IAN RANKIN

Ein Versprechen aus dunkler Zeit

GOLDMANN

Ian Rankin

Ein Versprechen aus dunkler Zeit

Kriminalroman

Aus dem Englischen
von Conny Lösch

GOLDMANN

Die englische Originalausgabe erschien 2020 unter dem Titel
»A Song For The Dark Times« bei Orion Books, London.

MIX
Papier | Fördert
gute Waldnutzung
FSC® C014496
FSC
www.fsc.org

Penguin Random House Verlagsgruppe FSC® N001967

1. Auflage
Taschenbuchausgabe August 2023

Redaktion: Kerstin von Dobschütz
Umschlaggestaltung: UNO Werbeagentur GmbH
Umschlagmotiv: Landschaft: © Geraint Rowland Photography/Gettyimages
Möwen: © Luis Jiménez Torres/EyeEm/Gettyimages
LK · Herstellung: ik
Satz: GGP Media GmbH, Pößneck
Druck und Bindung: GGP Media GmbH, Pößneck
Printed in Germany
ISBN: 978-3-442-49428-6

www.goldmann-verlag.de

In den finsteren Zeiten,
wird da auch gesungen werden?
Da wird auch gesungen werden.
Von den finsteren Zeiten.

Bertolt Brecht

Wir machen beschädigte Menschen gerne
zu unserem Spielzeug.

Jon Ronson

So You've Been Publicly Shamed

Prolog

I

Siobhan Clarke ging durch die leer geräumte Wohnung, die genau genommen gar nicht leer war; man hatte ihr nur das Leben ausgesaugt. Umzugskisten stapelten sich über die gesamte Länge des Flurs. Die Küchenschränke standen sperrangelweit offen, ebenso wie die Tür zum Treppenhaus. Das Schlafzimmerfenster war zum Lüften geöffnet. Ohne Möbel und den ruhelosen John Rebus selbst sah alles viel geräumiger aus. Nackte Glühbirnen baumelten von den Zimmerdecken. Einige Vorhänge waren geblieben, ebenso größtenteils der Teppichboden (am Vortag war sie bereits mit dem Staubsauger durch die Zimmer gegangen). Im Flur betrachtete sie jetzt die Kisten, wusste jeweils, was darin war, hatte jede einzelne davon eigenhändig beschriftet. Bücher, Musik, persönliche Unterlagen, Fallakten.

Fallakten: ein ganzes Zimmer voll davon – Ermittlungen, an denen John Rebus gearbeitet hatte, gelöste und ungelöste Fälle, außerdem solche, die ihn einfach so interessierten und als Rentner auf Trab hielten. Sie hörte Schritte auf der Treppe. Einer der Umzugsmänner nickte ihr lächelnd zu, hievte eine Kiste hoch und machte wieder kehrt. Sie folgte ihm, zwängte sich an seinem Kollegen vorbei.

»Fast geschafft«, sagte der zweite, blies die Wangen auf. Er schwitzte, und sie hoffte, dass ihm nichts fehlte. Schätzungsweise war er Mitte fünfzig und hatte einiges zu viel auf den Rippen. Edinburgher Wohnhäuser konnten die Hölle sein. Sie selbst hatte nichts dagegen, die zwei Stockwerke nach dem heutigen Tag nie wieder hinaufsteigen zu müssen.

Die Haustür unten war mit einem keilförmig gefalteten Stück Pappe fixiert, sodass sie offen blieb – Clarke vermutete, die Ecke einer Umzugskiste hatte dafür herhalten müssen. Der erste Helfer, mit tätowierten Armen, war auf dem Gehweg unten angelangt, bog scharf links ab, dann noch mal links und ging durch ein Tor. Hinter einem kleinen gepflasterten Bereich, der in ferner Vergangenheit einmal ein gepflegter Garten gewesen sein mochte, befand sich eine weitere weit geöffnete Tür, die in die Erdgeschosswohnung führte.

»Wohnzimmer?«, fragte er.

»Wohnzimmer«, bestätigte Siobhan Clarke.

Als sie eintraten, kehrte ihnen John Rebus den Rücken zu. Er stand vor einer Reihe brandneuer, erst am vorangegangenen Wochenende bei IKEA erstandener Bücherregale. Der Ausflug dorthin – das Aufeinanderprallen gegensätzlicher Auffassungen in der Regalabteilung – hatte die Freundschaft zwischen Rebus und Clarke stärker belastet als sämtliche Einsätze während ihrer gemeinsamen Dienstzeit beim CID. Jetzt drehte er sich um und betrachtete die Kiste mit gerunzelter Stirn.

»Noch mehr Bücher?«

»Allerdings.«

»Wo zum Teufel kommen die alle her? Haben wir nicht schon ein Dutzend Fuhren ins Antiquariat gebracht?«

»Ich weiß nicht, ob du bedacht hast, wie viel kleiner die neue Wohnung im Vergleich zur alten ist.« Clarke war in die Hocke gegangen, um sich Rebus' Hund Brillo zu widmen.

»Die müssen ins Gästezimmer«, brummte Rebus.

»Ich hab dir ja gesagt, du sollst die alten Fallakten wegwerfen.«

»Das sind vertrauliche Unterlagen, Siobhan.«

»Einige davon sind so alt, die sind noch auf Pergament verfasst.« Der Umzugshelfer war nach draußen gegangen. Clarke tippte auf eins der Bücher, das Rebus bereits ins Regal geräumt hatte. »Hätte dich nicht für einen Jack-Reacher-Fan gehalten.«

»Manchmal brauch ich auch eine Pause von der ganzen Philosophie und den alten Sprachen.«

Clarke betrachtete die Regale. »Willst du sie nicht alphabetisch ordnen?«

»Dafür ist mein Leben zu kurz.«

»Und die Platten?«

»Dafür auch.«

»Wie willst du dann jemals irgendwas wiederfinden?«

»Krieg ich schon hin.«

Sie trat ein paar Schritte zurück und drehte sich um. »Gefällt mir«, sagte sie. Die Tapete war entfernt worden, die Wände und die Decke frisch gestrichen, aber bei den Fußleisten und Fensterrahmen hatte Rebus sich geweigert. Die schweren Vorhänge vom Erkerfenster seines alten Wohnzimmers passten wunderbar in das praktischerweise identische Fenster hier. Sein Sessel, das Sofa und die Hi-Fi-Anlage waren so platziert, wie er es angeordnet hatte. Der Esstisch hatte weichen müssen – er war zu groß für den wenigen, verfügbaren Platz. Stattdessen hatte er jetzt einen modernen, kleineren Tisch mit Seiten zum Herunterklappen, ebenfalls von IKEA. Die Küche war eng, fast eine Art Kombüse. Auch das Badezimmer war lang und schmal, aber vollkommen ausreichend. Rebus hatte sich gegen eine Sanierung dort gesträubt: »Vielleicht später.« Clarke hatte sich in den vergangenen Wochen an diesen Refrain gewöhnt. Sie hatte Rebus zwingen müssen auszumisten. Den Bücher- und Plattenbestand auszudünnen hatte fast zwei Wochen in Anspruch genommen, und hin und wieder hatte sie Rebus dabei erwischt, wie er etwas aus einer der für den Secondhandladen bestimmten Kisten und Tüten wieder herausfischte. Ihr war aufgefallen, dass er kaum Familienerinnerungsstücke besaß oder etwas, das man als »Erbstück« hätte bezeichnen können – nichts, das seinen Eltern gehört hatte; nur eine Handvoll gerahmte Fotos von seiner Ex-Frau und seiner Tochter. Clarke hatte vorgeschlagen, er solle Kontakt zu seiner Tochter aufnehmen und diese bitten, ihm beim Umziehen zu helfen.

»Geht schon.«

Schließlich hatte Clarke sich selbst eine Woche Urlaub genommen, einen kleinen Transporter gemietet, groß genug für die Fahrten zu IKEA, zum Secondhandladen und zur Mülldeponie.

»Der Stuck ist derselbe wie in deiner alten Wohnung«, sagte sie jetzt mit Blick zur Decke.

»Aus dir wird ja doch noch mal eine Detektivin«, sagte Rebus und schob weitere Bücher ins Regal. »Aber die nächsten Lektionen heben wir uns auf für nach dem Tee, den du uns jetzt machst …«

In der Küche befand sich eine Tür, die in den ummauerten Garten hinter dem Haus führte, ein großes Stück Rasen mit dekorativer Begrenzung. Clarke ließ Brillo hinaus, dann füllte sie den Wasserkocher. Als sie die Schränke öffnete, stellte sie fest, dass Rebus das von ihr am Vortag Eingeräumte umorganisiert hatte – offenbar zog er ein anderes System vor: Töpfe, Backformen und Lebensmittel weiter unten; Geschirr weiter oben. Sogar das Besteck in den beiden Schubladen hatte er umgeräumt. Sie steckte Teebeutel in zwei Becher und holte die Milch aus dem Kühlschrank. Es war noch der alte von oben – auch die Waschmaschine war mitgekommen. Beide passten nicht richtig, ragten in den Raum hinein. Wäre es ihre Küche, würde sie sich ständig die Knie oder einen Zeh stoßen. Sie hatte ihm gesagt, dass sie nicht passen würden und er sie ersetzen sollte.

»Vielleicht später«, hatte die Antwort gelautet.

Die beiden Umzugshelfer brauchten keinen Tee – anscheinend funktionierten sie auf Basis von kohlensäurehaltigen Getränken und Tabak aus dem Vaporizer. Außerdem waren sie fast fertig. Sie hörte, wie sie weitere Kisten holten.

»Wohnzimmer?«, fragte einer.

»Wenn's sein muss«, erwiderte Rebus.

»Noch einmal, dann war's das, denke ich. Sie wollen bestimmt hinter uns abschließen.«

»Zieht einfach die Tür zu, wenn ihr fertig seid.«

»Kein letzter wehmütiger Blick?«

»Alle Zähler sind abgelesen, was brauch ich sonst noch?«

Dem Umzugshelfer schien darauf keine Antwort einzufallen. Clarke sah, wie er sich verzog, und ging mit den vollen Teebechern ins Wohnzimmer.

»Vierzig Jahre deines Lebens, John«, sagte sie und reichte ihm seinen Tee.

»Ein Neuanfang, Siobhan. Die Schlüssel gehen an den Anwalt des Käufers. Der Nachsendeantrag ist gestellt.« Er schien zu überlegen, ob er irgendwas vergessen hatte. »Ein Glück, dass die Wohnung hier frei geworden ist. Mrs Mackay war fast genauso lange hier wie ich da oben. Ihr Sohn lebt in Australien, da ist sie in ihren Dämmerjahren gut versorgt.«

»Wohingegen du es ja nicht ertragen hättest, auch nur fünfzig Meter weiter zu ziehen.«

Er fixierte sie mit einem Blick. »Trotzdem hab ich dich zum Staunen gebracht.« Er zeigte mit einem Finger an die Decke. »Du hast gedacht, die tragen mich in einer Kiste da oben raus.«

»Ob alle so vergnügt sind, wenn sie umziehen?«

»Vielleicht hast du ja vergessen, warum ich umziehe.«

Nein, das hatte sie nicht vergessen. COPD: chronisch obstruktive Lungenerkrankung. Die Treppe machte Rebus schwer zu schaffen, und als das Zu-verkaufen-Schild im Vorgarten unten aufgetaucht war …

»Außerdem«, setzte er hinzu, »waren die Treppen auch für Brillo mit seinen kurzen Beinen nicht ganz fair.« Er sah sich nach dem Hund um.

»Im Garten«, erklärte Clarke.

Die beiden gingen durch die Küche und nach draußen. Brillo schnüffelte sich schwanzwedelnd über den Rasen.

»Er hat sich schon eingelebt«, meinte Clarke.

»Das wird seinem Herrchen schwerer fallen.« Rebus schaute zu den Fenstern der umgebenden Wohnhäuser hinauf, seufzte und mied den Blickkontakt zu Clarke. »Du solltest morgen wieder arbeiten gehen. Sag Sutherland, dass du nicht die ganze Woche brauchst.«

»Wir müssen noch auspacken.«

»Auf dich wartet ein Mord. Apropos: Gibt's was Neues?«

Clarke schüttelte den Kopf. »Graham hat sein Team zusammengestellt. Ich glaube kaum, dass meine Anwesenheit da einen großen Unterschied machen würde.«

»Natürlich würde sie das«, widersprach Rebus. »Ich kann auch alleine auspacken und dann keine Ahnung haben, wohin ich den Krempel stellen soll.«

Sie grinsten einander an, drehten sich um, als die Umzugshelfer zurückkamen. Die Männer verschwanden ins Wohnzimmer und tauchten wenige Sekunden später wieder auf.

»Ich denke, wir sind dann so weit«, sagte der ältere der beiden von der Küchentür aus. Rebus ging zu ihm, kramte ein paar Scheine aus der Tasche. Brillo kam zu Clarke gelaufen, setzte sich mit erwartungsvollem Blick auf die Hinterbeine.

»Versprichst du mir, dass du auf ihn aufpasst?«, fragte Clarke.

Der Hund legte den Kopf schief, als müsste er sich eine Antwort auf die Frage erst noch überlegen.

II

Siobhan Clarkes eigene Wohnung befand sich in einer Straße abseits der Broughton Street, von Rebus aus gesehen am anderen Ende der Stadt, und im ersten Stock eines Wohnhauses, aus dem sie möglicherweise ausziehen würde. Jedenfalls dachte sie seit ein paar Monaten darüber nach. Inzwischen war sie mit DCI Graham Sutherland zusammen, einem Kollegen – wenn auch einige Karrieresprossen über ihr –, mit dem sie hin und wieder zusammenarbeitete. Sutherland führte eines der wichtigsten Ermittlerteams. Er wohnte in Glasgow und hatte sie gebeten, bei ihm einzuziehen.

»Das muss ich mir überlegen«, hatte sie gesagt. Sie hatte ihn mehrfach dort besucht, war aber nur einmal über Nacht geblieben. Obwohl er geschieden war, fanden sich noch einige Spuren seiner früheren Frau in seiner Wohnung. Außerdem, glaubte sie, hatte er sich bestimmt nicht die Mühe gemacht, ein neues Bett zu kaufen.

»Vielleicht wäre ja eine Wohnung in der Innenstadt mehr dein Ding«, hatte er vorgeschlagen, ohne dabei wirklich enthusiastisch zu klingen, und ihr ein paar Immobilien »zur Info« weitergeleitet, die er im Netz gefunden hatte. Eine davon hatten ihr tatsächlich ganz gut gefallen. Ohne ihm etwas davon zu sagen, war sie nach Glasgow gefahren und hatte vor dem Gebäude geparkt, war ausgestiegen und umhergelaufen, hatte sich ein Gefühl für die Gegend verschafft. Schön, hatte sie für sich befunden. Gar nicht schlecht.

Dann war sie nach Hause gefahren.

Rebus hatte sie für den Abend mehr oder weniger entlassen. Sie hatte vorgeschlagen, ein Curry bei seinem Lieblingsrestaurant zu holen, aber er hatte sie davongescheucht.

»Mach mal Pause. Sag deinem Freund, du willst wieder ins Team.«

Sie hatte auf ihr Handy geschaut. Es war fast acht Uhr abends, und Sutherland hatte noch keine ihrer Nachrichten beantwortet, weshalb sie jetzt in ihre Jacke schlüpfte, sich die Schlüssel schnappte und nach unten ging. Es war nur eine kurze Fahrt bis zur Wache in Leith – eigentlich hätte sie auch laufen können.

Auf halber Strecke hielt sie an, sprang in einen Laden und kam mit einer Plastiktüte wieder heraus. Nachdem sie beim Leith Links Park das Auto abgestellt hatte, ging sie zur Wache, meldete sich an der Sprechanlage und wurde eingelassen. Sie stieg die imposante Marmortreppe in den ersten Stock nach oben und betrat die Räume des MIT. Zwei vertraute Gesichter blickten von ihren Computern auf.

»Hast du nicht Urlaub?«, fragte DC Christine Esson.

»Deshalb bringe ich euch ja auch was mit.« Clarke leerte ihre Einkaufstüte: gesalzene Erdnüsse, Chips, Schoko-Brownies und Mineralwasser.

»Besser als eine Postkarte«, sagte DC Ronnie Ogilvie, schnappte Esson ein Tütchen vor der Nase weg.

»Ist der Chef schon nach Hause?«, fragte Clarke.

»Hat eine Besprechung in der Fettes Avenue.« Esson kehrte mit ihrem Erbeuteten an ihren Schreibtisch zurück.

Clarke folgte ihr, spähte über Essons Schulter auf deren Computerbildschirm.

»Und die anderen?«

»Wir sind die Spätschicht.«

»Wie läuft es denn?«

»Du hast doch frei«, erinnerte Esson sie. »Wie geht's mit dem Umzug voran?«

»Was glaubst du wohl?« Clarke hatte sich zu der Wand hinter Esson umgedreht – der Mord-Wand. An der riesigen, mit blauem Filz überzogenen Korktafel hingen Fotos des Opfers sowie des Tatorts, Straßenkarten, Autopsie-Ergebnisse und der aktuelle Dienstplan. Ihr eigener Name darauf war durchgestrichen. Typisch, sie hatte es mal wieder hinbekommen, sich in einer vollkommen ruhigen Phase freizunehmen, und gleich am ersten Tag ihres Urlaubs war ein riesengroßer Fall reingekommen. Sie hatte versucht, dem DCI begreiflich zu machen, dass sie ihren Urlaub problemlos verschieben konnte, aber er war unerbittlich geblieben. »John braucht dich – er würde das nie zugeben, und vielleicht weiß er's nicht mal, aber so ist es.«

»Wir bekommen ganz schön Druck von oben«, sagte Ronnie Ogilvie jetzt mit einem Mund voller Chips.

»Weil der Tote reich war?«

»Weil er reich war und Beziehungen hatte«, führte Esson aus. »Sein Vater Ahmad ist etliche Millionen schwer, steht vermutlich aber in Saudi-Arabien unter Hausarrest.«

»Vermutlich?«

»Die Saudis sind nicht direkt auskunftsfreudig. Die Info haben wir einer Menschenrechtsorganisation zu verdanken.«

Clarke überflog die angepinnten Daten. Salman bin Mahmoud war ein gut aussehender junger Mann gewesen.

Dreiundzwanzig Jahre alt. Er war einen Aston Martin gefahren und hatte in einem vierstöckigen georgianischen Townhouse in einer der besten Straßen der New Town gewohnt. Kurze schwarze Haare und ein gepflegter Bart. Braune Augen. Auf einigen Fotos lächelte er, lachte aber nicht.

»Nicht jeder Student bekommt einen DB11 zum Geburtstag«, meinte Clarke.

»Lebt auch nicht jeder in einer Wohnung mit fünf Zimmern.« Esson stand neben ihr. »Das Beste ist, er hat noch nicht mal hier studiert.« Clarke hob eine Augenbraue. »Eingeschrieben war er an der Business School in London, wo er ein Penthouse in Bayswater gemietet hatte.«

»Und was wollte er in Edinburgh?«, fragte Clarke.

Esson und Ogilvie wechselten einen Blick. »Sag du's ihr«, meinte Ogilvie und öffnete eine der Wasserflaschen.

»James Bond«, folgte Esson der Aufforderung. »Er war ein totaler James-Bond-Freak und ganz besonders scharf auf die frühen Filme.«

»Das heißt, die mit Sean Connery?«

»Der ja bekanntlich aus Edinburgh stammt«, bestätigte Esson nickend. »Anscheinend sind beide Wohnungen voller Bond-Memorabilia.«

»Was den DB11 erklärt, aber nicht die eigentliche Frage beantwortet – was hat ein reicher saudischer Student mit James-Bond-Fetisch in einer Sommernacht um dreiundzwanzig Uhr auf dem Parkplatz eines Teppichlagers in der Seafield Road verloren?«

»Vielleicht hat er sich mit jemandem getroffen«, schlug Ogilvie vor.

»Der ihn erstochen hat«, ergänzte Esson.

»Aber nicht ausgeraubt, und seinen teuren Wagen hat er auch stehen lassen.« Clarke verschränkte die Arme. »Was haben die Überwachungskameras ergeben?«

»Der Wagen wurde zwischen der Heriot Row und der Seafield Road oft genug erfasst, anscheinend ist er ohne längere Aufenthalte durchgefahren.«

»Die Salamander Street liegt auf der Strecke – bei Sexarbeiterinnen war sie früher sehr beliebt«, überlegte Clarke.

»Wir überprüfen das.«

»Kommt seine Mutter den Toten holen?«

»Anscheinend kümmert sich die saudische Botschaft um alles – wenn ich zwischen den Zeilen lese, würde ich sagen, die wollen sie nicht reisen lassen.«

Clarke schaute Esson an. »Ach?«

»Vielleicht haben sie Angst, dass sie nicht mehr zurückkommt.« Esson zuckte mit den Schultern.

»Was hat der Vater getan, um in Ungnade zu fallen?«

»Wer weiß? Die Familie stammt aus dem Hedschas. Ich hab ein bisschen nachgelesen, und er ist keinesfalls der Einzige, der unter Hausarrest steht. Meist lautet der Vorwurf Korruption. Wahrscheinlich bedeutet das ganz einfach, dass er einem Mitglied der Herrscherfamilie auf den Schlips getreten ist. Manche zahlen ein saftiges Bußgeld und werden auf freien Fuß gesetzt, aber Ahmad bislang nicht.«

»Liegt wohl immer am Geld.«

»Nicht immer, aber oft genug.«

Hinter ihnen hörten sie, wie sich jemand räusperte. Als sie sich umdrehten, sahen sie DCI Graham Sutherland breitbeinig im Türrahmen stehen, die Hände in die Hosentaschen seiner anthrazitfarbenen Anzughose geschoben.

»Anscheinend leide ich unter Halluzinationen«, sagte er. »Ich hätte schwören können, du hast noch eine halbe Woche wohlverdienten Urlaub.«

»Ich hab euch was mitgebracht«, sagte Clarke und zeigte auf den Schreibtisch.

»Police Scotland duldet keine Bestechung, Detective Inspector Clarke. Darf ich Sie zur Zurechtweisung in mein Büro bitten?« Er ging zur Tür am anderen Ende des Raums, öffnete sie und bedeutete Clarke, sie möge vor ihm in den beengten, fensterlosen Raum eintreten.

»Hör mal«, setzte sie an, als die Tür ins Schloss fiel.

Aber Sutherland hob die Hand, ließ sie verstummen und setzte sich ihr gegenüber an seinen Schreibtisch.

»So erschreckend das auch für dich sein mag, Siobhan, aber wir kommen gut ohne dich klar. Ich habe alle Ressourcen, die ich brauche, und einen Blankoscheck in der Tasche, sollten sie wider Erwarten doch nicht ausreichen.«

»Aber der Umzug ist praktisch erledigt.«

»Das sind tolle Neuigkeiten – dann kannst du ja mal ein paar Tage lang die Füße hochlegen.«

»Und wenn ich sie nicht hochlegen will?«

Sutherlands Augen verengten sich, er sagte jedoch nichts. Clarke hob die Hände zum Zeichen ihrer Kapitulation.

»Aber sei ehrlich – wie läuft es wirklich?«

»Ein klares Motiv wäre schön. Die Freunde, mit denen wir reden konnten, waren nicht sehr gesprächig.«

»Haben sie Angst?«

Sutherland zuckte mit der Schulter und fuhr sich mit der Hand über die weinrote Krawatte. Er war Anfang fünfzig und hatte nicht mehr lange bis zur Rente, war aber stolz darauf, dass er nicht nur seine Figur gehalten, sondern auch noch dichtes Haar hatte, weshalb schon unbegründete Gerüchte über Transplantationen aufgekommen waren. »Bei der Met helfen sie uns – schauen sich seine Londoner Kontaktpersonen an. Anscheinend war er nicht so versessen auf seine Seminare. Nachtclubs und Pferderennen waren offenbar eher sein Ding.« Sutherland brach ab. »Was dich aber zurzeit alles gar nicht interessieren muss.« Er setzte sich auf seinem Stuhl zurecht. »Wie geht's John?«

»Er sagt, er kommt klar. Ihm wäre lieber, ich würde wieder arbeiten, mich nützlich machen.«

»Ist das so?« Sutherland rang sich ein müdes Lächeln ab. Clarke hatte das Gefühl, diesen Kampf zu verlieren.

»Sehen wir uns später?«, fragte sie.

»Werde ich aufs Sofa verbannt?«

»So grausam könnte ich wahrscheinlich nicht sein.«

»Dann riskiere ich's vielleicht.«

»Ich hab für alle Fälle noch ein bisschen Verpflegung eingekauft.«

Er nickte dankbar. »Gibst du mir noch ein, zwei Stunden?«

»Pass auf, dass du keinen Burn-out bekommst, Graham.«

»Und wenn, dann wird eine frische, ausgeruhte Nachfolgerin gesucht. Kennst du jemanden, auf den die Beschreibung passt?«

»Ich werde darüber nachdenken, DCI Sutherland …«

III

Rebus musste ein bisschen an Brillos Leine ziehen. Nach ihrem Abendspaziergang auf den Meadows hatte der Hund zur Haustür gewollt.

»Da werden wir uns beide dran gewöhnen müssen«, sagte Rebus, stieß stattdessen das Tor seitlich am Haus auf. »Aber glaub mir, mit der Zeit gewöhnt man sich an alles.« Er hatte es geschafft, sich einen Blick zu dem vorhanglosen Fenster seines alten Wohnzimmers zu verkneifen. Als er die Tür seines neuen Zuhauses aufschloss, kam ihm neben dem Geruch nach frischer Farbe ein Hauch von etwas anderem entgegen: eine Duftspur der Vorbesitzerin. Eigentlich kein Parfüm – eher eine Mischung dessen, wer sie war und was für ein Leben sie geführt hatte. Irgendwo hatte er sich Mrs Mackays neue Adresse in Australien notiert, falls der Nachsendeauftrag nicht funktionierte. In seiner alten Wohnung hatte er etwas Ähnliches hinterlassen. Er hatte so eine Ahnung, dass der neue Eigentümer sie an Studenten weitervermieten würde – kaum verwunderlich. Marchmont war immer schon ein Studentenviertel gewesen, die Universität lag direkt auf der anderen Seite der Meadows. Rebus hatte sich nur sehr selten über zu laute Partys beschweren müssen und jetzt schon seit mehreren Jahren nicht mehr. Waren die Studenten heutzutage aus einem anderen Holz geschnitzt? Etwa weniger laut; dafür aber … na ja, wissbegierig?

Als er ins Wohnzimmer ging, sich zwischen den Kisten durchschlängelte, merkte er, dass er seinen Computer noch auspacken musste. Keine Eile: Der DSL-Anschluss kam auch erst in ein paar Tagen. Auf Siobhans Vorschlag hin hatte er eine Liste der Personen zusammengestellt, die er von seinen veränderten Umständen in Kenntnis setzen musste. Sie war nicht einmal eine halbe Seite lang – und überhaupt, wo hatte er sie eigentlich hingelegt? Er hörte Brillo in der Küche, wie er sich sein Trockenfutter und sein frisches Wasser schmecken ließ. Sich selbst hatte Rebus nichts zu essen gemacht; neuerdings schien er keinen großen Hunger mehr zu haben. In der Küche standen noch ein paar Bier und mehrere Flaschen Hochprozentiges in der Nische am Fenster. Ein paar schöne Malts, aber so richtig war er nicht in Stimmung. Für Musik dagegen schon: Er sollte dem Anlass entsprechend etwas Besonderes aussuchen. Er erinnerte sich, wie er mit Rhona in die Wohnung oben eingezogen war, ein halbes Leben war das her. Damals hatte er einen tragbaren Plattenspieler besessen und das zweite Stones-Album aufgelegt, sich Rhona geschnappt und war mit ihr durch das Zimmer getanzt, das ihnen damals riesig vorgekommen war.

Erst später hatten die Wände sie zunehmend erdrückt.

Als er die Rücken seiner LPs betrachtete, sah er, dass sie sich nicht mal mehr annähernd in derselben Reihenfolge befanden wie oben. Nicht dass sie irgendwie geordnet gewesen wären – aber er hatte einfach gewusst, wo er fand, was er hören wollte. Statt für die Stones entschied er sich jetzt für Van Morrison.

»Genau, du bist richtig«, sagte er zu sich selbst.

Nachdem er die Nadel auf das Vinyl gesenkt hatte, trat er einen Schritt zurück. Die Platte sprang. Er schaute zu Boden.

Lose Dielen. Er trat noch einmal mit dem Fuß auf und wieder dasselbe. Mit dem Finger pikte er auf den Übeltäter.

»Du stehst auf meiner Liste, mein Freund«, warnte er sie, ging mit vorsichtigen Schritten zu seinem Sessel zurück.

Es dauerte nicht lange, bis Brillo sich auf dem Boden zu seinen Füßen zusammenrollte.

Rebus hatte sich zwar das Versprechen gegeben, noch vor dem Schlafengehen ein paar Kisten auszupacken, merkte jetzt aber, dass es keine Eile hatte. Als sein Handy brummte, schaute er erst aufs Display, bevor er dranging: Deborah Quant. Vor einer Weile hatte er sie gefragt, ob sie eigentlich zusammen seien. Sie hatte erwidert, sie seien gute Freunde mit zusätzlichen Vergünstigungen – was beiden ausgezeichnet entsprach.

»Hallo, Deb.«

»Hast du dich schon eingelebt?«

»Ich dachte, vielleicht willst du vorbeikommen und nachschauen.«

»Dank deiner Leute hab ich einen langen Tag hinter mir.«

»Ich bin seit einer Ewigkeit im Ruhestand, Deb.« Rebus hielt inne. »Wahrscheinlich ging es um den saudischen Studenten?«

»Offenbar traut mir die Polizei und die Staatsanwaltschaft nicht mehr zu, eine Todesursache feststellen zu können.«

»Du meinst, du bekommst Druck von oben?«

»Von allen Seiten – von der Regierung hier und in London, außerdem von unseren Freunden von der Presse. Dazu kommt, dass muslimische Beerdigungen normalerweise innerhalb von zwei oder drei Tagen stattfinden müssen – die Botschaft drängt darauf, dass endlich was passiert.«

»Praktisch für denjenigen, der ihn getötet hat, wenn du die Leiche nicht für weitere Untersuchungen behalten darfst …«

»Was ich so lange erklärt habe, bis ich Fransen an den Lippen bekam.«

»Also die ganz große Daumenschraube, oder wie?« Er hielt erneut inne. »Ich denke mal, du hast nichts Außergewöhnliches feststellen können?«

»Ein Messer mit schmaler Klinge, vielleicht zwölf bis fünfzehn Zentimeter lang.«

»Wusste der Täter, was er tut?«

»Er hat auf den Hals gezielt, weniger auf Brust, Unterleib oder Bauch. Ich bin mir nicht hundertprozentig sicher, was uns das verrät, aber ist ja auch nicht meine Aufgabe. Der Eintrittswinkel lässt auf jemanden von ähnlicher Statur und höchstwahrscheinlich einen Rechtshänder schließen. Darf ich annehmen, dass du mit Siobhan darüber gesprochen hast?«

»Sie scharrt vor Ungeduld schon mit den Hufen.«

»Aber sie ist auch eine loyale Freundin.«

»Ich hab ihr gesagt, ich komme alleine klar.«

»Und wo bist du jetzt?«

»Im Wohnzimmer, ich sitze im Sessel und Brillo liegt zu meinen Füßen.«

»Und du hast deine Anlage angeschlossen. Dann ist die Welt doch in Ordnung …«

»Sehen wir uns morgen?«

»Ich versuch's.«

»Du arbeitest zu viel.« Er hörte sie lachen.

»Es war die richtige Entscheidung – das weißt du, oder?«

»Für meine Lunge vielleicht.«

»Versuch's mal einen Tag ohne, John. Kraul Brillo hinter den Ohren von mir. Wir sprechen uns bald wieder.«

»Nacht, Deb.«

Und dann war sie weg. Sie wohnte weniger als eine Meile entfernt in einem modern-minimalistischen Wohnblock, und auch in ihrem Apartment gab es nur wenige Dinge, schon weil sie nirgendwo etwas verstauen konnte – sie hatte keine Einbauregale, keine Abstellkammern, keine Nischen und keine Ecken. Einfach nur klare Linien, von denen jeder Anflug von Unordnung abperlte. Ihr Büro im Leichenschauhaus sah genauso aus – auf ihrem Schreibtisch durften keine Unterlagen liegen bleiben.

Rebus dachte erneut an die Bücher, ohne die er nicht leben konnte, auch wenn er sie nie wieder lesen würde; an die Alben, die er nur ein- oder zweimal in zehn Jahren auflegte, an denen er aber trotzdem hing; an die Kisten mit Fallakten, die praktisch ein Teil von ihm waren, wie ein Arm oder ein Bein. Und warum sollte er sich davon trennen, wenn er ein Gästezimmer hatte, in dem sich nie ein Gast blicken ließ? Seine Tochter und seine Enkeltochter waren die einzige Familie, die er hatte, und sie blieben nie über Nacht. Deshalb hatte er das alte Bett rausgeschmissen und durch ein Zweisitzer-Sofa ersetzt, um mehr Platz für Bücher zu haben, den Koffer, von dem er nicht annahm, dass er ihn jemals benutzen würde, und seinen zweitbesten Plattenspieler, derselbe nämlich, zu dessen Klängen er an jenem ersten Abend mit Rhona getanzt hatte. Er funktionierte nicht mehr, aber er dachte, er würde bestimmt jemanden finden, der ihn reparieren konnte. Als er in die Küche ging, um sich einen Tee zu machen, betrachtete er die Zeitschaltuhr für die Zentralheizung. Mrs Mackay hatte ihm die Gebrauchsanweisung dagelassen, aber eigentlich sah es ganz einfach aus.

»Die Heizkosten bleiben meist im Rahmen«, hatte sie gesagt. Andererseits hatte sie aber auch immer lieber noch eine weitere

Wollschicht übergezogen, als das Thermostat höher zu drehen. Er fragte sich, ob sie ihre diversen Strickjacken, Pullover und Schals alle mit nach Australien genommen hatte. Er würde nicht dagegen wetten.

Während das Wasser kochte, ging er ins Schlafzimmer. Mit dem Doppelbett, dem alten Kleiderschrank und der Kommode blieb nicht mehr viel Platz. Siobhan hatte ihm geholfen, das Bett zu machen, und hatte Brillo dabei ein halbes Dutzend Mal herunterscheuchen müssen.

»Sag nicht, dass er bei dir im Bett schläft«, hatte sie gemeint.

»Natürlich nicht«, hatte Rebus gelogen.

Jetzt sah ihn der Hund vom Flur aus an. Rebus schaute auf die Uhr. »Gleich«, sagte er. »Nur noch einen Tee und vielleicht auch noch eine Platte, hm?«

Er fragte sich, wie oft er in der Nacht aufwachen und sich nicht mehr an den neuen Weg ins Bad erinnern würde. Vielleicht sollte er das Licht im Flur anlassen.

»Dann trink halt nicht so viel Tee«, brummte er vor sich hin und ging zurück in die Küche.

IV

Dass er mal musste, war nicht der Grund, weshalb er um fünf Uhr früh aufwachte. Ein Anruf hatte ihn hochschrecken lassen. Er tastete sowohl nach seinem Telefon als auch nach der Nachttischlampe, weckte dabei Brillo. Obwohl er das Display nicht klar erkennen konnte, presste er sich das Handy ans Ohr.

»Dad?« Rebus hörte die Dringlichkeit in der Stimme seiner Tochter Samantha.

»Was ist denn?«, fragte er, setzte sich auf, wurde von einer Sekunde auf die andere hellwach.

»Dein Festnetzanschluss ist abgeschaltet.«

»Das wollte ich dir noch sagen …«

»Was?«

»Du rufst doch nicht wegen meines Festnetzanschlusses um diese Uhrzeit an. Ist was mit Carrie?«

»Der geht's gut.«

»Was denn? Alles in Ordnung?«

»Es ist wegen Keith.«

Ihr Freund, Carries Vater. Rebus schluckte. »Was ist passiert?« Er lauschte, während Samantha leise schluchzte. Ihre Stimme brach, während sie weiterredete.

»Er ist weg.«

»Dieses Arschloch …«

»Nicht so … jedenfalls glaube ich das nicht.« Sie schniefte. »Ich meine, genau weiß ich's nicht. Er ist verschwunden. Schon seit zwei Tagen.«

»Und bei euch war alles in Ordnung?«

»Nicht schlimmer als sonst.«

»Aber du glaubst nicht, dass er einfach – weiß nicht – einfach los ist und sich irgendwo betrinkt?«

»So ist er nicht.«

»Hast du ihn vermisst gemeldet?«

»Die schicken jemanden, der mit mir spricht.«

»Wahrscheinlich haben sie dir gesagt, dass zwei Tage noch nicht lange sind?«

»Haben sie, aber auf seinem Handy springt nur die Mailbox an.«

»Und er hat keine Tasche gepackt oder so?«

»Nein. Wir haben ein gemeinsames Konto – ich hab online nachgesehen, er hat nichts gekauft und auch kein Geld abgehoben. Sein Wagen steht in einer Parkbucht an der Kirche.«

Rebus wusste, welche Stelle sie meinte – fünf Minuten zu Fuß von ihrem Haus entfernt. Er hatte selbst schon dort geparkt, um die Aussicht zu genießen. Samantha lebte am äußeren Rand der kleinen Ortschaft Naver, an der wilden schottischen Nordküste, acht Meilen von Tongue entfernt. Der Wind hatte an Rebus' Wagen gerüttelt.

»Probleme bei der Arbeit?«, fragte er. »Geldsorgen?«

»Ich hatte was mit einem anderen, und er hat's mitbekommen«, platzte es aus ihr heraus.

»Okay«, sagte Rebus.

»Aber das war längst aus und vorbei. Das ist nicht der Grund, warum Keith weg ist – da bin ich sicher. Außerdem hätte er dann doch was mitgenommen. Der Schlüssel steckte noch im Zündschloss … Das Auto war so nah am Haus geparkt … Das macht doch keinen Sinn. Wirst du daraus schlau? Ich bin einfach … Ich hab die ganze Nacht wach gelegen, bin immer und immer wieder alles durchgegangen. Ich hab Angst, dass die Polizei denkt, ich hab was damit zu tun.«

Rebus schwieg einen Augenblick. »Warum sollten die das denken, Samantha?«

»Weil hier alle wissen, dass wir eine schwierige Phase durchgemacht haben. Die wissen das alle mit mir und Jess.«

»Ist das der Kerl, mit dem du was hattest? Hat Keith ihn sich je vorgeknöpft?«

»Keine Ahnung. Aber mit Jess kann das nichts zu tun haben. Bestimmt nicht.«

»Am wahrscheinlichsten ist, dass Keith einfach wieder auftaucht – ich spreche aus Erfahrung.«

»Ich hab so ein ungutes Gefühl, Dad.«

»Ich kann bis Mittag da sein. Um wie viel Uhr kommen die denn, um mit dir zu reden?«

»Haben sie nicht gesagt.« Sie holte tief Luft. »Aber ich hab ihnen gesagt, dass ich Carrie in die Schule bringen muss.«

»Wird schon werden, Sammy, ich versprech's.« Sammy – so hatte er sie genannt, bis sie fand, sie sei zu erwachsen dafür. Ausnahmsweise korrigierte sie ihn jetzt nicht.

»Danke«, sagte sie stattdessen. So leise, dass er es fast nicht gehört hätte.

Tag eins

1

Siobhan Clarke wurde durch eine SMS von Rebus geweckt, beschloss aber, dass diese warten konnte, bis sie Kaffee gekocht hatte. Es war kurz nach sieben, Graham Sutherland war bereits losgefahren. Sie fragte sich, ob sie sich Sorgen machen sollte, weil er offenbar die Fähigkeit besaß, sich wie ein Ninja anzuziehen und zu verschwinden, ohne dass sie etwas davon mitbekam.

»Einen Kaffee hätte er mir aber ruhig schon mal kochen können …«

Noch im Schlafanzug und mit beiden Händen am heißen Kaffeebecher trottete sie zurück ins Schlafzimmer, stellte den Becher auf den Nachttisch, nahm ihr Handy und wischte über das Display.

Tu mir einen Gefallen. Kümmere dich um Brillo. Schlüssel liegt unter dem halben Mauerstein neben der Wohnungstür. Ich melde mich später.

»Was soll das?« Clarke setzte sich auf die Kante des noch warmen Bettes und rief ihn an.

»Ich sitze im Auto«, warnte Rebus sie. »Und will keinen Strafzettel kriegen.« In seinem alten Saab gab es keine Freisprechanlage. Sie hörte das dumpfe Dröhnen des Motors.

»Wo brennt es denn?«

»Samantha. Ihr Lebensgefährte ist spurlos verschwunden.«

»Fährst du nach Tongue?«

»Nicht ganz – sie sind vor ein paar Jahren in einen Nachbarort gezogen.«

»Und du meinst, deine alte Rostlaube ist dem gewachsen?«

»Fast hätte ich gefragt, ob ich mir deine leihen darf.«

»Warum hast du's nicht getan?«

»Es war fünf Uhr früh. Ich wusste nicht, ob du' s mir gedankt hättest.«

»Außerdem hätte ich dich mit meinen Fragen aufgehalten.«

»Das außerdem. Brillo braucht nicht viel – ein kleiner Spaziergang pro Tag, dann kannst du ihn alleine zu Hause lassen, wenn du losziehst und bettelst, wieder in das Team der Ermittler aufgenommen zu werden.«

»Soll ich nicht weiter für dich auspacken?«

»Schon erledigt.«

»Lügner.«

»Wühl bloß nicht ohne meine Erlaubnis in meinen Sachen.«

»Meinst du, du bleibst nur den einen Tag?«

»Vermisste tauchen meistens wieder auf, Shiv.«

»Wo bist du jetzt?«

»Kurz vor Pitlochry.«

»Auf der gefürchteten A9?« Sie hielt inne. »Wie geht's Samantha?«

»Wie würde es dir gehen?«

»Wie lange ist er schon verschwunden?«

»Zwei Tage und eine Nacht.«

»Besteht Selbstmordgefahr?«

»Nicht unbedingt.«

»Oh?« Clarke führte den Becher an die Lippen.

»Samantha sagt, sie hatte was mit einem anderen.«

»Oha.«

»Er hat keine Tasche gepackt und das Auto in der Nähe des Hauses stehen lassen. Seine EC-Karte hat er auch nicht benutzt.«

»Vielleicht will er ihr einen Schrecken einjagen?«

»In dem Fall kriegt er was auf die Ohren.«

»Von ihr oder von dir?«

»Darüber unterhalten wir uns später. Du weißt, wo du Brillos Sachen findest.«

»Ich wusste es, aber dann hast du die komplette Küche umgeräumt.«

»Herausforderungen muss man sich stellen, Shiv.«

Bis ihr eine Entgegnung eingefallen war, hatte Rebus das Gespräch schon beendet.

Es war kurz nach zehn, als sie das MIT-Büro erreichte. Der Raum brummte vor Geschäftigkeit. Graham Sutherland beugte sich über Christine Essons Schreibtisch, während diese ihm erklärte, was auch immer auf ihrem Computerbildschirm zu sehen war. Als er Clarke entdeckte, brach Sutherland das Gespräch ab und kam auf sie zugeschlendert.

»Anscheinend kann ich dich nicht von hier fernhalten, DI Clarke«, sagte er, verschränkte die Arme und baute sich vor ihr auf.

Sie zuckte mit den Schultern und lächelte so liebenswert wie möglich.

»John ist unterwegs, raus aus der Stadt. Ich habe absolut nichts Besseres zu tun.«

»Aber wie gesagt, ich habe hier die volle Besetzung.« Er zeigte auf die Schreibtische. Clarke kannte alle: Esson und Ogilvie,

DS Tess Leighton und DS George Gamble, ein weiterer DC namens Phil Yeats. Sie hatte bereits zuvor mit Sutherland in dessen Team gearbeitet. Die anderen wussten alle Bescheid über sie und den Chef. Nur Gamble stichelte hin und wieder.

»Soweit ich sehe, hast du keinen DI«, meinte sie.

»Der bin ich selbst.«

Sie drehte sich zur Tür. Malcolm Fox war gerade mit ein paar Unterlagen in der Hand eingetreten.

»Du kommst ganz schön rum, Malcolm«, sagte Clarke.

»Die Major Crime Division hat Interesse bekundet«, erklärte Sutherland, wobei er aber nicht unbedingt begeistert klang. »Und uns DI Fox ausgeliehen.«

»Vermutlich, damit er täglich an unsere lieben Vorgesetzten Bericht erstattet?«

»Ich bin in erster Linie Teamplayer, Siobhan – das weißt du.«

Clarke konnte sich einen Blick in Tess Leightons Richtung nicht verkneifen. Daran, wie Leighton diesen erwiderte, erkannte sie, dass ihre kurze Beziehung mit Fox nicht von Dauer gewesen war.

»Ich kann mich nützlich machen, Sir«, sagte Clarke, wandte sich erneut an Sutherland. »Das weißt du.«

Sutherland ließ sich Zeit zum Überlegen. »Du müsstest dir aber einen Schreibtisch mit Malcolm teilen.«

»Solang er verspricht, nicht bei mir abzuschreiben …« Clarke wusste, was Sutherland dachte – so wie Fox ein Auge auf sie alle haben und seinen Vorgesetzten über sie berichten würde, so würde Clarke ihn nicht aus den Augen lassen und Sutherland darüber auf dem Laufenden halten.

Fox schien protestieren zu wollen, entschied sich stattdessen aber lieber schicksalsergeben mit den Schultern zu zucken.

»Mir soll's recht sein. Hauptsache, wir kriegen den Mörder, das hat Priorität.«

»Schön gesagt. Ich überlasse es euch beiden, euch einen freien Stuhl irgendwo zu suchen und euch erneut miteinander vertraut zu machen.«

Sie sahen Sutherland nach, der sich in sein Büro verzog. Fox streckte eine Hand aus.

»Willkommen an Bord.«

Clarke starrte die Hand an. »Meine Stadt, mein Schiff. Du bist hier nur Passagier.« Sie hörte, wie Tess Leighton ein Lachen unterdrückte. Fox' Gesicht färbte sich rot.

»Immer noch die alte Siobhan«, sagte er schließlich. »Charmant wie ein Hohlspitzgeschoss. Man könnte fast meinen, du wärst beim Meister persönlich in die Schule gegangen. Apropos …«

»Der Umzug ist unter Dach und Fach.«

»Ich meine, wie geht's ihm gesundheitlich? Nicht schlechter als vorher, oder?«

»Ruf ihn an und frag ihn.«

»Ich hab's aufgegeben.«

Clarke sah sich nach einem freien Stuhl um.

»Vielleicht drüben im Technikraum.« Fox zeigte Richtung Gang. »Ich geh nachsehen, wenn du willst.«

Clarke nickte.

»Während du Tee kochst.« Bevor sie etwas erwidern konnte, huschte er hinaus.

Clarke marschierte zum Wasserkocher, sah nach, ob noch genügend Wasser darin war, und schaltete ihn ein.

»Gibt übrigens auch eine Kasse dafür«, knurrte George Gamble hinter seinem Schreibtisch. »Steck fünf Pfund in die Büchse.«

»Dir auch einen schönen guten Morgen, George.«

George trug offenbar denselben Anzug wie immer – einen viel zu auffällig karierten Dreiteiler. Die Haare waren immer noch widerspenstig, das Gesicht fleckig, die Weste spannte am Bauch. Tess Leighton ihm gegenüber wirkte vergleichsweise gespenstisch – schlank, blass, hohläugig. Beide waren auf ihre Art gute Detectives, auch wenn Gamble offenbar nur noch die Tage und Stunden bis zu seiner Pensionierung zählte. Clarke hatte bislang nur einmal mit den beiden gearbeitet, kannte Esson und Ogilvie sehr viel besser, da sie aus ihrem alten Team am Gayfield Square hierher versetzt worden waren. Phil Yeats gehörte ebenfalls zu Sutherlands angestammter Mannschaft, ein blonder Mittzwanziger, spezialisiert auf alles, was ihm aufgetragen wurde, nicht mehr und nicht weniger.

Esson kam mit ihrem Becher zum Wasserkocher, wollte Nachschub holen.

»Was ist los?«, fragte sie leise.

»John ist unterwegs zu seiner Tochter.«

»Und lässt dich mit seinem ganzen Kram sitzen?«

»Den Umzug haben wir mehr oder weniger über die Bühne gebracht. Müssen nur noch ein paar Kisten ausgepackt werden.«

»Hast du was Interessantes in seiner Wohnung gefunden?«

»Keine Pornos und keine Leichen. Aber anscheinend steht er auf Jack Reacher.«

»Ich bin ja eher für Karin Slaughter zu haben. Die kommen übrigens beide nach Edinburgh, wenn du …«

»Christine«, unterbrach Clarke sie, »wann wolltest du mir das eigentlich mit Fox erzählen?«

»Was gibt's da zu erzählen? Soweit ich weiß, hast du Urlaub.«

»Als ich gestern reingeschaut habe …«

»Ich dachte, vielleicht bist du genervt.«

»Ich bin nicht genervt – ich hätte nur gerne Bescheid gewusst.«

Esson zog kurz eine Schnute. »Hast du dich gestern mit DCI Sutherland getroffen?«

Clarke funkelte sie böse an. »Und wenn?«

»Dann hat er ja wohl auch nicht ausgepackt … Ich vermute mal aus demselben Grund. Wir wollten einfach, dass du dich mal entspannst. DI Fox hat meistens den gegenteiligen Effekt auf dich.«

Das Wasser blubberte. Clarke hielt den Kocher beim Einschenken zu hoch, sodass siedend heißes Wasser aus dem ersten Becher schwappte. Sie fluchte leise.

»Der Urlaub hat dir ja offenbar wahnsinnig gutgetan«, stichelte Esson und sah Fox mit einem Stuhl aus dem Vernehmungsraum zurückkehren.

Clarke ignorierte sie, fischte die Beutel aus den Teebechern und ging mit beiden zu Fox' Schreibtisch. Er schob seine Sachen beiseite – Laptop, Papier, Stifte, das Ladegerät für sein Handy –, und das mit der ganzen Behutsamkeit, die ein Mann seiner Statur aufzubringen imstande war. Clarke versuchte, es sich auf dem Stuhl bequem zu machen. Fox hob seinen Becher, als wollte er ihr zuprosten, dann nahm er einen Schluck.

»Also, wo befinden wir uns?«, fragte Clarke.

»Erst mal gehen wir von einem Tötungsdelikt aus«, erwiderte Fox. »Bislang wurde keine Tatwaffe gefunden, und auch die Überwachungskameras haben nichts Wesentliches ergeben – wobei wir da noch beim Auswerten sind. Das Opfer war ein ausländischer Student, und es gab in letzter Zeit mehrere Übergriffe.«

»Ach?«

»Hauptsächlich in St Andrews – Kinder reicher Eltern wurden von einheimischen Idioten drangsaliert. Aber es gab auch ein paar Vorfälle in der Gegend um die Meadows. Inzwischen haben sich die Studenten organisiert, sodass niemand nachts alleine da rumlaufen muss. Das Ganze hat einen rassistischen Aspekt – durch den Brexit haben wir einen Anstieg an Übergriffen, größtenteils verbalen, aber auch physischen.«

»In Edinburgh?«

»Auch darüber gibt's nur wenige Berichte. Aber offenbar wurde ein enger Freund des Opfers vor ein paar Wochen zusammengeschlagen.«

»Das ist interessant.«

»Nicht weit entfernt von der Wohnung des Verstorbenen. Wir sehen bislang noch keinen naheliegenden Zusammenhang, aber wir behalten den Vorfall im Hinterkopf.«

»Was für ein Leben hat Salman geführt? Ich weiß, dass er auf James Bond stand, aber mehr auch nicht.«

»Anscheinend hat er genauso gelebt.« Fox öffnete eine Reihe von Fotos auf seinem Bildschirm. »Die hier stammen aus den sozialen Medien. Nachtclubs und Champagner. Der Aston, den er in Edinburgh fuhr, ist ein neueres Modell, aber in London hatte er den Klassiker stehen, einen DB5.«

»Ist Alkohol nicht verpönt? Ich nehme an, er ist gläubiger Moslem …«

»In seinen Kreisen scheinen andere Regeln zu gelten.«

Clarke betrachtete ein Bild nach dem anderen, auf denen der makellos gekleidete Salman bin Mahmoud glamouröse junge Frauen in Clubs oder auf Sportveranstaltungen umarmt.

»Vielleicht fällt dir auf, dass er am liebsten Martinis trinkt?«, meinte Fox.

»Was ist mit Drogen?«, fragte sie, als eine weitere Seite mit Fotos auftauchte, nachdem Fox auf das Trackpad geklickt hatte.

»Soweit wir wissen, nicht.« Fox zeigte nacheinander auf die Gesichter. »Das ist die Tochter eines konservativen Abgeordneten. Und die hier gehört zur schottischen Oberschicht – Lady Isabella Meiklejohn. Ihrem Vater gehört fast ganz Flow Country.«

»Ganz was?«

»Caithness and Sutherland. Hauptsächlich Torfmoor.«

»Die sehen alle aus wie Supermodels.«

»Ich frage mich, was sie an dem exotischen Playboy-Millionär so anziehend fanden.«

Clarke bedachte Fox mit einem Zucken um die Mundwinkel, das beinahe ein Lächeln hätte sein können.

»Wie reich war er denn?«

»Genau wissen wir's nicht. Sein Vater steht seit geraumer Zeit unter Hausarrest, aber das Geld gibt es offenbar noch – ein solches Leben lässt sich nur begrenzt auf Kredit finanzieren. Wir haben Fotos seiner Wohnung in Edinburgh an die Mord-Wand gepinnt.« Fox zeigte in die entsprechende Richtung. »Und die Kollegen bei der Met haben uns welche von seiner Londoner Unterkunft geschickt – auch alles andere als schäbig.«

»Und bevor das passiert ist, war er uns nicht bekannt – keine Nachbarn, die sich über wilde Partys beschwert haben, Strafzettel wegen zu schnellen Fahrens in New Town?«

»Eine Handvoll wegen Falschparken. Er hatte wohl keine Lust, auch nur kurze Strecken bis zu seiner Haustür zu Fuß zurückzulegen, weshalb er den Aston häufig auf der durchgezogenen Linie stehen ließ.«

»Ein Fest für die Ordnungshüter.«

Fox nickte zustimmend. Er war jetzt am Ende der Fotos angelangt. Clarke lehnte sich zurück. Der Stuhl war nicht unbedingt bequem – sie würde sich ein Kissen aus ihrem Wohnzimmer mitbringen müssen. »Also, was denkst du, ist da passiert?«

»Es läuft auf den Tatort hinaus. Seafield Road um die Uhrzeit – entweder hätte es der Beginn einer langen Fahrt in den Süden werden sollen, oder er hat sich mit jemandem getroffen.«

Clarke nickte zustimmend. »Wohnt keiner seiner Freunde in der Gegend?«

»Wir haben niemanden gefunden.«

»Vielleicht wollte er ja auch einfach nur mal ordentlich Gas geben. Ist in Edinburgh ja nicht ungewöhnlich, besonders in den Vorstädten. Wenn ich so einen Schlitten hätte, würde ich auch in Versuchung geraten.«

»Carjacking ziehen wir auf jeden Fall als Möglichkeit in Betracht, vielleicht ist dabei irgendwas schiefgelaufen. Der Aston wurde untersucht, aber dabei wurden nur Fingerabdrücke des Besitzers gefunden. Er hatte ausreichend Benzin und keine sonst wie erkennbaren mechanischen Probleme.«

»Er ist also nicht wegen einer Panne von der Straße abgefahren.« Clarke nickte erneut. »Die Verbindungsnachweise seines Handys?«

»Wurden sämtlich angefordert. Wie es bislang aussieht, galt sein letzter Anruf einem Freund – genauer gesagt dem, der überfallen wurde. Er sagt, sie haben über dieses und jenes gequatscht, Pläne fürs Wochenende und Ähnliches.«

»Wie lange vor dem Mord war das?«

»Nur ein paar Stunden.«

»Hast du mit diesem Freund schon gesprochen?«

»Ich persönlich?« Fox schüttelte den Kopf. »So lange bin ich noch gar nicht hier.«

Clarke schaute ihm in die Augen und hielt den Blickkontakt. »Und warum haben die dich *wirklich* hergeschickt, Malcolm?«

Er zuckte langsam mit den Schultern. »Weil der Fall in den Aufgabenbereich von Major Crimes fällt, Siobhan.«

»Aber warum?«

»Weil bestimmte Leute das so entschieden haben.«

»Du meinst unsere politischen Vorgesetzten?«

»Das ist ein Fall von internationaler Tragweite. Und wenn wir Europa verlassen …«

»Brauchen wir alle Handelspartner, die wir bekommen können – und das schließt auch fragwürdige Regime mit ein?«, vermutete Clarke. »Wobei die saudischen Herrscher den Vater des Verstorbenen ja offensichtlich nicht unbedingt als ihren Busenfreund betrachten. Warum wird dann so viel Druck gemacht?«

»Das kann ich wirklich nicht sagen.«

»Womit du mir diplomatisch mitteilen willst, dass ich aufhören soll weiterzubohren?« Clarke neigte den Kopf zur Seite. »Werden wir bei der Arbeit gegen Mauern anrennen, Malcolm? Werden wir bestimmten Leuten keine Fragen stellen dürfen, wird man uns Informationen vorenthalten?«

»Ganz ehrlich, ich weiß es nicht.« Fox hob erneut den Becher an die Lippen. »Aber irgendwie habe ich so eine Ahnung, dass du sowieso über jede Mauer klettern wirst, die sich dir in den Weg stellt – fast als hättest du's von …«

Clarke unterbrach ihn mit einem gestrengen Zeigefinger. »Was mir John Rebus beigebracht hat, gehört der Vergangenheit an und er auch.«

Sie hoffte, die Worte würden zuversichtlicher klingen, als sie sich fühlte.

2

Rebus hatte vergessen, wie lange die Fahrt dauerte. Eine Strecke von ungefähr zweihundertfünfzig Meilen, dabei hätte er schwören können, dass er sie in der Vergangenheit schon in weniger als vier Stunden zurückgelegt hatte. Heute allerdings waren es über fünf, dabei hatte er nur einmal Halt gemacht, um sowohl Wagen wie auch Fahrer aufzutanken, die Motorhaube beruhigend getätschelt, um sein treues Gefährt wissen zu lassen, wie sehr er dessen Anstrengungen zu schätzen wusste. Die A9 war alles in allem gar nicht so schlimm gewesen – einige Laster und Wohnwagen, ein paar Baustellen. Der zweispurige Ausbau war noch im Gange und würde wohl auch noch eine ganze Weile in Anspruch nehmen, wenn Rebus bereits über die einzige staufreie Autobahn in den Himmel gerauscht war. Er hatte nicht daran gedacht, irgendetwas mitzunehmen. Im Wagen hatte er nur eine einzige CD – einen Mix, den Siobhan für ihn gebrannt hatte. Mit dickem schwarzem Filzstift hatte sie »Songs for the Dark Times« darauf geschrieben. Er hatte sie gebeten, ihm den Titel zu erklären.

»Ein paar davon sollen dich nachdenklich stimmen«, sagte sie, »andere beruhigen und wieder andere zum Tanzen bringen.«

»Zum Tanzen?«

»Okay, du darfst auch nur mit dem Kopf nicken.«

Tatsächlich handelte es sich um eine wilde Mischung. Ein Stück hätte als direkt aus den Siebzigerjahren her gebeamter Funk durchgehen können, das nächste war ein minimalistischer Brian Eno. Leonard Cohen sang über Liebe und Trauer, eine andere Band äußerte sich zu England nach dem Brexit. Dann kam Black Sabbath mit *Changes*.

»Nicht schlecht, Siobhan …«

An der Tankstelle legte er eine Zahnbürste und Zahnpasta zu seinen Einkäufen und fragte die Frau an der Kasse, ob sie auch CDs verkauften.

»Heutzutage gibt's nur noch Bluetooth«, hatte sie erklärt.

»Na, hoffentlich geht das nach dem Putzen wieder weg«, hatte Rebus erwidert.

Der Regen hatte ein gutes Stück vor Tain eingesetzt und ihn bis Altnaharra und noch weiter begleitet, über dreißig Meilen auf einer einspurigen Straße, die aber glücklicherweise frei war von anderen Fahrzeugen. Seine Augen brannten, als wäre Sand darin, und seine Wirbelsäule, die Schultern und der Rücken schmerzten. Als er in einer Ausweichbucht hielt, um seine Blase zu erleichtern, holte er tief Luft und würdigte die Wildnis ringsum. Steile Hänge, gläserne Seen, Farnkraut und Vogelgezwitscher. Wobei er gar nicht allzu viel von der Landschaft mitbekam, in Gedanken war er bei Samantha. Rhona, ihre Mutter, war vor einigen Jahren gestorben. Die Beerdigung in einer Pendler-Vorstadt außerhalb Londons war äußerst spärlich besucht gewesen. Samantha hatte ihre Kindheit in der Wohnung in der Arden Street verbracht und war irgendwann mit ihrer Mutter nach London gezogen, dann wieder wegen der Arbeit zurück nach Edinburgh, bevor sie mit Keith in Tongue ein Zuhause gefunden hatte. Carrie war dank künstlicher Befruchtung zur Welt gekommen – beim allerletzten Versuch, wie Samantha meinte. Danach waren sie von Tongue aus gesehen noch ein paar Meilen weiter Richtung Osten in einen modernen Bungalow gezogen, wo die Heizkosten niedriger waren. Rebus war Keith nur bei einer Handvoll Gelegenheiten begegnet, hatte seine Tochter immer lieber besucht, wenn deren Lebensgefährte arbeiten war. Ebenso hatte Keith Samantha und Carrie praktisch nie auf ihren seltenen Ausflügen nach Edinburgh begleitet.

Kannte Rebus überhaupt seinen Nachnamen? Samantha musste ihn doch einmal ihm gegenüber erwähnt haben. Wahrscheinlich war er zu einem Ohr rein- zum anderen wieder rausgegangen. Anscheinend arbeitete Keith hart, sorgte gut für seine Familie. Zuletzt hatte er wohl im alten Atomkraftwerk in Dounreay an dessen Stilllegung gearbeitet. Im vorangegangenen Jahr hatte es dort eine undichte Stelle gegeben, und Rebus hatte angerufen, um zu fragen, ob mit Keith alles in Ordnung war. Samantha hatte ihm versichert, dass alle Tests negativ zurückgekommen waren.

»Dann brauchst du also doch noch eine Nachttischlampe?«, hatte ihr Vater gescherzt.

Dounreay lag nicht unbedingt in der Nähe von Naver. Mit dem Auto brauchte man fünfundvierzig Minuten für die Strecke. Er hatte Samantha einmal gefragt, warum sie nicht näher an Keiths Arbeitsstelle heranzogen. Die Antwort lautete: Carrie. Sie hatte Freunde in Naver und besuchte dort eine gute Schule. Wenn man das in die Waagschale warf, war die Fahrt zur Arbeit nicht ausschlaggebend.

Der gute alte Keith. Also warum hatte Samantha was mit einem anderen Mann angefangen?

Als er an Tongue vorbeifuhr, schaltete Rebus die Scheibenwischer aus. Die Sonne war endlich hinter einer Wolkenfront hervorgebrochen. Das Meer, sofern er es sehen konnte, glitzerte und war ruhig. Der Wind hatte sich gelegt. Hinter Tongue führte die Straße erneut einspurig weiter, schlängelte sich Richtung Inland, sodass er das Meer erneut eine Zeit lang aus dem Blick verlor. Schließlich erreichte er Naver, fuhr durch das Dorf. Als er an Samanthas Bungalow vorbeikam, sah er sich nach einem Streifenwagen um, konnte aber keinen entdecken. Die Kirche befand sich noch ein paar Hundert Meter weiter die Straße entlang an einer Haltebucht direkt davor. Dort stand Keiths dunkelblauer Volvo XC90.

Rebus hielt direkt dahinter und stieg aus, lockerte seine Schultern, indem er sie hob und senkte. Der Schlüssel war aus dem Zündschluss des Volvo gezogen und die Türen abgeschlossen. Rebus spähte ins Innere, ohne dass ihm dabei etwas Ungewöhnliches auffiel. Er schätzte die Entfernung bis zum Bungalow – ein Fußweg von ein paar Minuten? Er bezweifelte, dass hier häufig öffentliche Verkehrsmittel vorbeikamen, auch wenn sich eine Bushaltestelle auf der anderen Straßenseite befand. Vielleicht hatte Keith sich ja mitnehmen lassen. Oder sich ein Taxi organisiert? Vielleicht hatten ihn Freunde aus Dounreay mit nach Thurso genommen, sie hatten zusammen getrunken, er hatte irgendeinen Mist gebaut und versteckte sich jetzt verschämt in einem Hotel oder bei jemandem in dessen Gästezimmer, bis er den Mut aufbringen würde, alles zu beichten.

Immerhin hatte Samantha ihm ja auch etwas gebeichtet.

Oder doch nicht? Hatte sie es Keith selbst gestanden, oder hatte er sie erwischt? Rebus sah einen Wagen näher kommen.

Ein Mondeo, kein gekennzeichnetes Fahrzeug, trotzdem wusste Rebus irgendwie, dass es die Polizei war. Nicht gekennzeichnet bedeutete CID, weshalb er sich nicht wunderte, als der Wagen neben seinem Saab hielt, dabei die halbe Straße blockierte. Der Fahrer schaltete den Warnblinker ein und stieg aus, ließ die Tür offen, den Motor laufen.

»Kann ich Ihnen irgendwie behilflich sein, Sir?«, fragte er in einem Ton, der anklingen ließ, dass hier etwas erklärungsbedürftig sei. Der Mann war Ende zwanzig, sein kurz geschnittenes schwarzes Haar wurde an den Schläfen bereits grau. Er war sauber rasiert, das Kinn breit, die Wangen rosig, die Schultern breit. Unter anderen Umständen hätte Rebus ihn vielleicht für einen Farmer gehalten.

»Sie sind hier, um mit meiner Tochter zu sprechen«, sagte er. »Genau wie ich.«

Der Mann drückte den Rücken ein kleines bisschen durch, als könnte er Rebus so besser taxieren.

»Dann sind Sie John Rebus?« Er sah, dass dieser Mühe hatte, sich seine Verwunderung nicht anmerken zu lassen. »Das Internet macht es uns heutzutage leicht. Ich habe den Namen Ihrer Tochter eingegeben, und da sind Sie aufgetaucht.«

»Sie sollten sich aber eigentlich für ihren vermissten Freund interessieren.«

»Ich interessiere mich für alles, Sir.« Rebus wurde eine Hand entgegengestreckt. »Ich bin Detective Sergeant, eigens aus Inverness angereist.«

»Das ist ein weiter Weg.«

»Andere haben einen weiteren hinter sich.«

Rebus schüttelte die angebotene Hand. »Hat der Detective auch einen Namen?«

»Robin Creasey.«

»Und Sie wissen, dass ich früher beim CID war?«

»Inzwischen sind Sie aber nur noch als Zivilist unterwegs.«

»Wollen Sie mir damit sagen, dass ich mich raushalten soll?«

»Wie sollten Sie sich raushalten? Sie gehören zur Familie. Falls sich allerdings herausstellt, dass es sich um eine die Polizei betreffende Angelegenheit handelt …«

»Dann geht es *mich* nichts mehr an?«, vermutete Rebus.

»Ich sehe schon, wir verstehen uns.« Creasey betrachtete Rebus' Wagen.

»Sie sind gerade erst angekommen, hm? Man merkt, dass der Motor noch heiß ist.«

»Kann sein, dass ich da was machen lassen muss.«

Creasey grinste breit. »Dann wollen wir mal zu Ihrer Tochter.«

Auf halbem Weg zu seinem Mondeo blieb er stehen und betrachtete die Umgebung.

»Eigenartiger Platz, um einen Wagen abzustellen, oder? Ich frage mich, ob er Kirchgänger war.«

Samantha kaute während der gesamten Befragung an ihren Fingernägeln. Das Wohnzimmer war unaufgeräumt, wobei größtenteils wohl Carrie für die Unordnung verantwortlich war. Rebus vermutete, dass Samantha es nicht mal gemerkt hatte. Dasselbe galt für die Küche – das Geschirr der vergangenen Tage stapelte sich in der Spüle, die Reste vom Frühstück standen noch auf dem Tisch. Rebus hatte Tee für alle gemacht. Samantha saß auf einem Stuhl, Creasey auf dem Sofa. Rebus nahm den noch freien Stuhl, räumte Spielsachen und Bücher herunter. Creasey stellte seine Fragen knapp, aber präzise. Probleme bei der Arbeit? Zu Hause? War ein solches Verhalten untypisch für ihn? Ob sie ihm Keiths Telefonnummer sowie die seiner Freunde und Angehörigen geben konnte? Rebus erfuhr, dass Keith mit Nachnamen Grant hieß und seine Eltern nicht mehr lebten. Er hatte eine Schwester in Kanada, zu der er aber kein sehr enges Verhältnis hatte. Ob er manchmal schwimmen ging – in der Nähe gab es doch einen Strand? Nein, er hatte es nie gelernt.

»Er hat sich nicht ertränkt«, behauptete Samantha.

Natürlich hatte sie es auf seinem Handy versucht. Hatte Keith seine EC-Karte benutzt? Hatte er nicht. Konnte sie sich erklären, warum er den Wagen in der Haltebucht abgestellt hatte? Sie schüttelte den Kopf, kaute einen anderen Fingernagel ab. Rebus fiel auf, wie viele gerahmte Fotos es in dem Zimmer gab, die meisten waren gestellte Porträtaufnahmen von Carrie aus der Schule – aber auch Bilder von Familienurlauben, auf denen alle in die Kamera lachten. In echt wirkte Samantha jetzt müde, ihre Haare waren lang und strähnig, wurden zunehmend grau. Rebus dachte, sie habe abgenommen. Im Gesicht wirkte sie hager, die Haut am Hals war schlaff.

»Du solltest es ihm sagen«, drängte er gegen Ende der Befragung. Seine Tochter bedachte ihn mit einem bösen Blick. »Er wird es sowieso rausfinden, wenn er so gründlich ist, wie ich denke.«

Creasey blickte von der Tochter zum Vater und wieder zurück, wartete geduldig. Samantha stierte auf den Holzboden unter sich.

»Ich hatte was mit einem anderen. Ist inzwischen vorbei, aber Keith ist dahintergekommen. Ist nicht einfach, in einem so kleinen Ort wie diesem hier Geheimnisse zu bewahren.«

»Wie lange ist das her?«

»Ein paar Monate«

»Dieser andere Mann – war das ein Freund von ihm?«

Sie schüttelte den Kopf. »Er lebt in einer Kommune, ist so was wie deren Wortführer. So würde man das wohl nennen. Keith und ich waren neugierig, also haben wir sie mal besucht. Keith wollte danach nicht noch mal hin, ich schon.«

»Dann kennt Keith den Mann also?«

»Er heißt Jess Hawkins. Soweit ich weiß, sind sie sich nur das eine Mal begegnet und haben sich eigentlich wirklich nur kurz die Hand geschüttelt.«

»Als Keith davon erfahren hat, ist er nicht zu Mr Hawkins gefahren?«

»Ich hab ihm gesagt, dass er das nicht machen soll. Egal, was es war, zu dem Zeitpunkt war es sowieso schon vorbei.«

»Wie hat Keith es herausgefunden?«, wollte Rebus wissen. »Hast du's ihm gesagt?«

Wieder schüttelte sie den Kopf. »Durch einen Brief – natürlich anonym.«

»Also von jemandem hier aus dem Ort?«

Samantha zuckte mit der Schulter.

»Hast du ihn noch?«

»Nein.«

»Haben Sie Mr Hawkins seitdem noch einmal gesehen?«, erkundigte sich Creasey.

Samantha ließ sich Zeit, nickte dann langsam. »Mit anderen zusammen, ja.«

»Ich bin froh, dass Sie mir das erzählt haben. Ich muss Sie fragen, ob Sie denken, dass das alles etwas mit Keiths Verschwinden zu tun haben könnte.«

»Glaube nicht.«

»Irgendwie muss es sich aber doch auf Ihre Beziehung ausgewirkt haben.«

Sie schaute den Detective böse an. »Ich kann mich nicht erinnern, einen Therapeuten engagiert zu haben.«

Creasey hob beschwichtigend die Hand. »Möglicherweise erklärt es Keiths Verhalten – vielleicht wollte er einfach einen klaren Kopf bekommen und ist irgendwohin, um über alles nachzudenken.«

»Dafür hatte er ja schon mehrere Monate Zeit«, warf Rebus ein.

»In denen einiges in ihm gegärt haben könnte«, entgegnete Creasey.

Rebus fiel auf, dass er seinen Tee nicht angerührt hatte. Die Tasse stand immer noch auf einem Keramikuntersetzer auf dem Boden.

»Ich kann mir vorstellen, dass es nicht ganz einfach war, Samantha. Hat er sich in sich zurückgezogen, oder ist er eher ein Typ, der um sich schlägt?«

Samantha schnaubte. »Keith hat noch nie die Hand gegen mich erhoben.«

»Haben Sie geredet? Wollten Sie die Beziehung kitten?«

»Wenn er da war, schon.«

»Ist er denn öfter als sonst weggeblieben?«

»Er hat seine Hobbyfreunde. Wahrscheinlich haben die ihn öfter gesehen als Carrie und ich.«

»Was für ein Hobby hat er denn?«

»Lokalgeschichte. An der Straße nach Tongue gibt es ein ehemaliges Kriegsgefangenenlager. Keith und einige andere haben sich mit dessen Geschichte beschäftigt und ein paar

Ausgrabungen gemacht. Es gibt sogar den unausgegorenen Plan, das Lager für Touristen zu öffnen.«

»Vielleicht gar nicht so unausgegoren – immerhin befindet ihr euch auf der North Coast 500. Es kommen jede Menge neue Besucher her.«

»Die meisten rasen hier nur in ihren Sportwagen vorbei«, sagte Samantha abfällig. Creasey wandte sich an Rebus.

»Die Strecke erfreut sich zunehmender Beliebtheit.«

»Ich weiß«, erwiderte Rebus. »Mag sein, dass ich in fernen südlichen Gefilden lebe, aber so manches spricht sich doch bis zu uns herum.«

Creasey beschloss Rebus' Tonfall zu ignorieren und wandte sich wieder Samantha zu. »Was glauben Sie, kann Keith zugestoßen sein, Samantha?«

»Irgendwas.«

»Können Sie das genauer benennen?«

»Vielleicht hatte er einen Unfall.« Sie zuckte mit den Schultern und schaute auf ihr Handy.

»Ich muss Carrie bald abholen.«

Ein Blick auf seine Armbanduhr verriet Rebus, dass seine Tochter maßlos übertrieb – Schulschluss war erst in ein oder zwei Stunden. Er sah Creasey an, dass er denselben Gedanken hatte, auch wenn er nickte.

»Dann habe ich noch eine letzte Frage – wann haben Sie Keith zum letzten Mal gesehen oder gesprochen?«

»An dem Abend, bevor er verschwunden ist. Nach dem Essen. Er meinte, er wolle noch mal weg.«

»Hat er gesagt, wohin?«

»Nein.«

»Schien da alles in Ordnung zu sein?«

Samantha nickte langsam.

»Dann belassen wir's erst mal dabei.« Creasey erhob sich vom Sofa und reichte ihr eine Visitenkarte. »Ich werde eine Vermisstenmeldung machen, aber wenn er auftaucht oder sich sonst etwas Neues ergibt …« Samantha nickte wieder. »Sind die Schlüssel zum Volvo hier? Ich würde ihn mir gerne mal von innen ansehen. Wenn ich fertig bin, werfe ich Ihnen den Schlüssel durch den Briefschlitz.«

»Auf dem Tisch neben der Haustür.«

Creasey streckte die Hand aus, um Samanthas zu schütteln. »Vermisste kommen fast immer wieder zurück«, sagte er.

Sie schlug ein, ohne im Geringsten überzeugt zu wirken.

Rebus erhob sich und sagte, er würde den Detective zur Tür bringen. Creasey nahm die Autoschlüssel, während Rebus schon die Tür öffnete. Beide traten hinaus, und Rebus zog die Tür hinter sich zu, vergewisserte sich, dass sie nicht verschlossen war.

»Sie meinen, es gibt keinen Grund, sich Sorgen zu machen?«, erkundigte er sich.

»Wir stehen ja ganz am Anfang. Hätte sie nichts von der Affäre erzählt und hätte ich's später rausgefunden, hätte ich mich natürlich gefragt, was sie mir sonst noch verschweigt.« Er hielt inne, betrachtete Rebus' Miene. »Ich weiß, dass sie's nicht immer leicht hatte. Sie war erst zwölf, als dieser Irre sie entführt hat, hab ich recht? Der Kerl, der so einen Wahnsinnsgroll auf Sie hatte.«

»Das ist über dreißig Jahre her.«

»Und als sie Mitte zwanzig war, wurde sie Opfer eines Unfalls mit Fahrerflucht, saß sogar eine Zeit lang im Rollstuhl. Man sieht immer noch, dass sie leicht hinkt.«

»Spielen wir jetzt Ermittler-Quartett? Wer weiß mehr?«

»Sind Sie nicht ein bisschen zu alt für Quartettspiele?«

»Sie vergessen, dass ich eine Enkelin habe – außerdem eine Tochter, die trotz Ihrer Andeutungen psychisch einwandfrei im Lot ist.«

»Ich habe noch nicht viele Menschen getroffen, die psychisch ›einwandfrei‹ im Lot sind, Mr Rebus.«

»Schauen Sie sich den Wagen an, fahren Sie nach Hause und schreiben Sie Ihren Bericht.«

»Und Sie bleiben hier, um was genau noch mal zu machen?«

»Meiner Tochter, so gut ich kann, beizustehen.« Rebus öffnete die Tür und trat zurück ins Haus.

3

Sie räumten das Wohnzimmer und die Küche auf, Samantha sah alle paar Minuten auf ihrem Handy nach für den Fall, dass sie eine Nachricht von Keith verpasst hatte.

»Also war an dem Tag nichts ungewöhnlich?«, fragte Rebus.

»Nein.«

»Keith kam nach der Arbeit her, hat gegessen und ist noch mal los?«

»Hast du nicht zugehört, als ich das dem Detective erzählt habe?«

»Wollte mich nur noch mal rückversichern. Um wie viel Uhr hast du angefangen, dir Sorgen zu machen?«

»Als es Zeit wurde, schlafen zu gehen, denke ich.«

»Denkst du?«

»Ich hab ihm geschrieben.« Sie fuchtelte mit dem Handy vor der Nase ihres Vaters herum.

»Schau's dir doch an, wenn du mir nicht glaubst.«

»Natürlich glaube ich dir.«

»Klingt aber nicht so.« Sie sah erneut nach der Uhrzeit. »Außerdem muss ich jetzt wirklich los, Carrie holen.«

»Creasey hat's kapiert, das weißt du.«

Sie sah ihn finster an. »Was hat er kapiert?«

»Dass du ihn angelogen hast, um ihn loszuwerden.«

»Ich hätte das keine Minute länger ausgehalten.« Sie nahm ihren Mantel von der Stuhllehne und zog ihn über. »Kommst du mit?«

»Hat Keith Material über das Kriegsgefangenenlager hier zu Hause?«

»In der Garage.«

»Dann bleib ich lieber hier.«

»Wie du willst. Ist nicht abgeschlossen. Hier muss man seine Tür nicht abschließen.«

»Früher war das überall so«, meinte Rebus.

»Ist ein schöner, sicherer Ort, um Kinder großzuziehen«, sagte Samantha vor allem zu sich selbst, wickelte sich einen langen Schal um den Hals und ging zur Tür.

Als sie weg war, spazierte Rebus durchs Haus. Im Schlafzimmer gab es keine Nachttische, nur zwei identische kleine Tischchen. Auf ihrer Seite: eine halb leere Packung Ibuprofen, eine Nagelschere, ein Handy-Ladegerät, ein Radiowecker. Auf seiner Seite: eine Fußballerbiografie, ein iPad, Kopfhörer. Für das iPad brauchte man ein Passwort. Der Bildschirmschoner war eines der gerahmten Fotos aus dem Wohnzimmer – eins vom Strandurlaub, Vater und Tochter waren darauf, vermutlich hatte Samantha die Kamera bedient. Er überlegte, ob er die Kommodenschubladen aufziehen und in den eingebauten Kleiderschrank schauen sollte, hielt sich aber zurück.

Carries Zimmer war ein wildes Tohuwabohu aus Farben und Spielsachen, darunter auch eins, das er ihr zu ihrem achten Geburtstag gekauft hatte, wie er sich jetzt erinnerte. Außer dem kleinen Badezimmer und einer Abstellkammer gab es keine weiteren Räume im Haus, also zog er seinen Mantel über und ging zur Garage. Auf den Regalen lag Handwerkerkram,

Werkzeug, Kabel und Drähte. Und in der Mitte, wo eigentlich ein Fahrzeug stehen müsste, befand sich ein großer aufgebockter Tisch mit einem hölzernen Klappstuhl. Rebus setzte sich und fing an, die Stapel von Papieren, Büchern, Notizheften, Plänen und fotokopierten Fotos durchzusehen.

Camp 1033 wurde auch Borgie-Camp genannt, nach dem Fluss, der daran vorbeifloss. Rebus hatte den Eindruck, dass während des Zweiten Weltkriegs zu unterschiedlichen Zeiten unterschiedliche Personengruppen dort inhaftiert waren, zunächst vermeintlich »Fremde«, die bei Kriegsausbruch im Vereinigten Königreich gelebt hatten, ursprünglich aber aus dem Ausland stammten, später dann deutsche Kriegsgefangene. Keith war fleißig gewesen. Es gab Bücher über die Geschichte der britischen Konzentrationslager, die besonderen Lager in Schottland und andernorts. Er hatte sie von Buchhändlern geholt, die Verpackung einfach auf den Boden geworfen. Rebus' Ansicht nach sprach dies für eine sehr ungeduldige Wissbegierde – vielleicht hatte es ihm geholfen, nicht mehr darüber nachdenken zu müssen, was Samantha hinter seinem Rücken getrieben hatte. Er hatte sich vertieft. Völlig verloren. Es gab eine lange handschriftliche Liste mit offiziellen Dokumenten und Büchern, die er zusätzlich hatte auftreiben wollen. »National Library?« war doppelt unterstrichen.

Rebus wusste, er konnte Stunden hier verbringen, ohne dabei notwendigerweise etwas zu erfahren, das ihnen weiterhelfen würde. Trotzdem war er neugierig. Wenn dieses Lager hier Camp 1033 war, bedeutete das vermutlich, dass es auf den britischen Inseln mindestens noch 1032 weitere solcher Lager gegeben hatte. Warum hatte er nichts davon gewusst? Eines der Bücher beschäftigte sich mit einem anderen schottischen Lager namens Watten in der Nähe von Wick. Von hier aus betrachtet gar nicht mal so weit entfernt. Außerdem war da ein Info-Flyer für ein Lager namens Cultybraggan in der Nähe von Comrie, das im Prinzip unzerstört war und bereits als touristisches Reiseziel galt. Rebus sah, dass Keith – oder jemand anders – Berechnungen angestellt hatte, wie viel es kosten würde, Camp 1033 ebenfalls der Öffentlichkeit zugänglich zu machen. Mehrere hunderttausend Pfund war das Ergebnis, zu dem er gelangt war. Wer auch immer die Zahlen dort hingekritzelt hatte, hatte noch einen schlecht gelaunten Smiley neben die Gesamtsumme gesetzt.

Er hörte einen Wagen vorfahren, der Motor lief ungefähr eine halbe Minute lang, dann fuhr er weiter. Er ging von der Garage zurück zum Bungalow, fand den Schlüssel vom Volvo hinter der Tür auf dem Boden, hob ihn auf und ging selbst damit zu der Haltebucht. Der Wind peitschte ihm um die Ohren, sodass er wünschte, er hätte einen Hut dabei, auch wenn er wohl kaum hätte verhindern können, dass er fortgeflogen wäre. Er schloss den Wagen auf und setzte sich auf den Fahrersitz, schloss die Tür und sperrte die Elemente aus. Er drehte den Schlüssel im Zündschloss, und der Motor sprang an. Als er versuchsweise die Anlage einschaltete, war Radio Scotland eingestellt, aber es gab kein Signal.

Das Navi bot wenig Aufschluss, es war kein Ziel eingegeben. Hier in der Gegend zahlte es sich aus, wenn man seine Wege kannte und nicht auf Technik angewiesen war. Wie zur Bestätigung lugte ein Straßenatlas aus dem Fach in der Beifahrertür. Rebus kam nicht dran, weshalb er den Motor laufen ließ, ausstieg, um den Wagen ging und dann auf dem Beifahrersitz Platz nahm. Schnell merkte er, dass dieser feucht war. Rebus stieg wieder aus und presste die Handfläche auf den Sitz. Definitiv feucht. Er nahm den Atlas und blätterte ihn durch, konzentrierte sich auf die Karte von der Gegend, in der er sich befand. Nichts war eingekreist oder markiert. Er duckte sich in den Wagen hinein, hob die Armstütze in der Mitte. Das Fach darunter war leer, abgesehen von ein paar Schokoladenpapieren und einigen Streifen Kaugummi. Keith rauchte nicht, obwohl Samantha gegenüber Creasey eingeräumt hatte, dass er hin und wieder mit seinen Kumpels trinken ging, die meisten davon waren Kollegen. Zu den Pubs, die sie besuchten, gehörte das eine in Naver, aber manchmal fuhren sie auch bis Thurso. Wobei Keith sich aber nie angetrunken ans Steuer setzte – er nahm immer ein Taxi oder ließ sich von einem nüchternen Freund kutschieren.

Auch im Handschuhfach war nichts außer dem Wartungsbuch und verschiedenen Werkstattrechnungen. Rebus schloss die Beifahrertür und schaute auf dem Rücksitz nach, dann im Kofferraum, in dem er eine schmutzige Regenjacke, ein paar dicke Stricksocken und Wanderstiefel fand, die dem Aussehen nach einiges mitgemacht hatten. Rebus stellte sich vor, dass dies Keiths Ausstattung für seine Ausflüge ins Camp 1033 war.

Als er wieder auf den Fahrersitz wechselte, starrte er durch die Windschutzscheibe auf die steilen Hänge vor sich. Das Land hier war grüner als im nahe gelegenen Tongue, weniger zerklüftet und karg. Von früheren Besuchen wusste er, dass sich auf der anderen Seite des Kirchhofs Dünen befanden, die zu einem langen, halbmondförmigen Sandstrand führten. Er glaubte, sich zu erinnern, dass Samantha erzählt hatte, Keith sei in Dundee aufgewachsen, habe aber Verwandtschaft in der

Gegend hier – hatte Sommerurlaube in der Nähe verbracht und schöne Erinnerungen daran. Er fragte sich, ob er den Schlüssel stecken lassen sollte, falls Keith wiederkam. Aber Samantha hatte ihn mit ins Haus genommen, also machte Rebus den Motor aus, schloss den Wagen ab und steckte den Schlüssel ein.

Wieder am Bungalow angekommen, war von Samantha noch keine Spur, weshalb er in seinen eigenen Wagen stieg und nach Naver hineinfuhr. Die einzige Einkaufsstraße ging von der Durchfahrtsstraße ab. Dort gab es ein Pub namens The Glen und eine Poststelle, die gleichzeitig als Café und Töpferei fungierte. Als er vor dem Pub parkte, sah er Creasey. Er befand sich gerade im Gespräch mit Einheimischen draußen vor der Post. Rebus wusste genau, was Creasey da machte, denn er hatte sich dasselbe vorgenommen: sich umhören. Er betrat das Pub und ging zum Tresen. Abgesehen von einer Barfrau, die Gläser auf ein Regalbrett räumte, war dort absolut nichts los. Sie drehte sich zu ihm um.

»Ihr Kollege war gerade da«, sagte sie.

»Wie hab ich mich verraten?«

»Ich erkenne einen Polizisten, wenn ich einen vor mir sehe. Und ich sage Ihnen dasselbe, was ich dem anderen auch gesagt habe.«

Sie schaute Rebus an, stützte die Hände auf den Tresen. »Keith ist anständig, hat mir nie Ärger gemacht, der weiß genau, wann er genug hat.«

»Dann ist er hier Stammgast?«

»Da drüben sitzt er immer mit den Leuten von seinem Local History Workshop.« Sie zeigte auf einen Tisch in einer Ecke. »Jeder zwei Bier, das reicht denen meistens.«

»Sind das die Leute, die sich mit dem Borgie-Camp beschäftigt haben?«

Die Barfrau musterte ihn. »Alle Achtung, Ihr Kollege wusste nicht, wie's heißt.«

»Aber Sie haben es ihm gesagt, oder?«

»Allerdings. Trotzdem frage ich mich jetzt, wieso *Sie* das wissen und er nicht. Allmählich bekomme ich das Gefühl, dass ich voreilige Schlüsse gezogen habe.«

»Ich bin John Rebus. Samantha ist meine Tochter.«

»Sie waren früher bei der Polizei«, sagte sie, nickte langsam.

»Also haben Sie nicht ganz danebengelegen.«

»Gut zu wissen, dass ich mein Gespür nicht verloren hab. Der andere hat sich nach Samantha erkundigt – ob sie mit Keith zusammen herkommt und sie sich als Paar verstehen.«

»Darf ich fragen, was Sie geantwortet haben?«

»Ein Kind kann eine Beziehung belasten. Und da Keith pendeln muss, ist er den größten Teil des Tages nicht da.«

»Und wenn er nicht arbeitet, ist er im Camp 1033.«

»Waren Sie auch schon da?«

Rebus schüttelte den Kopf.

»Kann für die Gefangenen kein Spaß gewesen sein – eiskalt im Winter und ständig stürmt es. Trotzdem sind einige nach Kriegsende geblieben, haben sich mit Mädchen aus dem Ort zusammengetan.«

»Anscheinend kennen Sie sich aus. Sprechen Sie aus Erfahrung?«

»Mein Vater war einer davon.«

»Stimmt, Sie sehen nicht aus, als wären Sie alt genug.«

Sie verdrehte die Augen, schien sich aber durchaus geschmeichelt zu fühlen. »Für ihn war's die zweite Ehe, seine erste Frau war gestorben. Er war fast schon fünfzig, als ich zur Welt gekommen bin. Seinen Namen hat er geändert, aus Kolln wurde Collins und mich hat er May genannt, nach dem Monat, in dem ich geboren wurde – wenn Sie mich fragen, spricht das ja eher für einen Mangel an Fantasie.«

»Lebt Ihr Vater noch?«

»Er ist über neunzig, aber ganz rüstig.«

»Freut mich, Sie kennenzulernen, May.« Rebus schüttelte ihr über den Tresen hinweg die Hand. Er hatte ihr geschätztes Alter um zehn Jahre nach oben korrigieren müssen – das Klima hatte ihren Gesichtszügen nichts anhaben können. Dunkle schulterlange Haare, ein Gesicht, das kaum oder gar kein Make-up brauchte. Dazu hatte sie dieselbe nüchtern-sachliche Ausstrahlung wie alle Barleute. »Was hat DS Creasey sonst noch gefragt?«

Statt einer Antwort bot sie Rebus etwas zu trinken an. »Leisten Sie mir Gesellschaft?« Als er den Kopf schüttelte, schenkte sie sich eine Limonade ein, fischte eine Scheibe Zitrone aus einer Schüssel.

»Wir sind hier oben nämlich sehr kultiviert«, sagte sie, als sie diese in ihr Glas plumpsen ließ.

»Ist mir schon aufgefallen.«

Beim Trinken wirkte sie nachdenklich; Rebus hatte den Eindruck, sie überlege sehr genau, was sie ihm erzählen wollte.

»Er hat mich gefragt, ob ich Samanthas Geschichte kenne«, vertraute sie Rebus schließlich an. »Das hat mich gewundert. Ich meine, sie ist ja nicht diejenige, die sich verdünnisiert hat. Dagegen hat ihn Keiths Biografie gar nicht interessiert.«

»Als würde er sie verdächtigen?«, meinte Rebus.

»Ich hab nicht mitgespielt. Gerüchte verbreiten sich so schon schnell genug, ohne dass man sie auch noch anfacht.«

»Hat er Sie gefragt, was Keith Ihrer Meinung nach zugestoßen sein könnte?«

Sie nickte langsam, hielt den Blick weiter auf ihr Getränk gerichtet. »Menschen hauen aus den unterschiedlichsten Gründen ab. Ich hab's mir selbst auch mehr als einmal überlegt.«

»Und was hält Sie hier? Wahrscheinlich Ihr Vater, oder?«

»Kann sein – aber vielleicht bleibe ich auch aus genau den Gründen, aus denen es andere überhaupt hierherzieht: um von dem ganzen Mist wegzukommen, der sich überall sonst so abspielt. Deshalb schalte ich das Ding da auch nur ein, wenn's ein Gast verlangt.« Sie zeigte auf den Fernseher, der weit oben an der Wand über der Tür befestigt war. Rebus fielen die gerahmten Bilder daneben auf. John Lennon und Yoko Ono waren darauf zu sehen.

»Den hab ich gerade erst im Auto gehört«, meinte Rebus.

»Kommen tatsächlich immer mal wieder ein paar Fans vorbei.«

»Wieso denn?«

»Früher war er öfter hier in der Gegend. Also eigentlich in Durness, da hat er als Kind Ferien gemacht. Als Erwachsener kam er noch mal mit dem Auto und hat prompt einen Unfall gebaut.«

Rebus ging zum Fernseher. Eins der Fotos zeigte einen vorne heftig eingedellten Wagen.

»Er wollte Yoko zeigen, wo er als Kind gerne war«, erklärte May Collins. »Dann ist er von der Straße abgekommen, und sie sind im Krankenhaus in Golspie gelandet.«

»Glaub nicht, dass ich das schon wusste.«

»Das ist meine Art von Lokalgeschichte.«

Rebus drehte sich zu ihr um. »Hat Keith Sie mit seinen Freunden je über Ihren Dad ausgefragt?«

»Also, wenn die eins sind, dann gründlich.« Sie fixierte ihn mit einem Blick. »Sie aber auch, noch dazu für einen Rentner.«

»Wobei ich das in diesem Fall hier ja gar nicht bin, wie Sie sehr wohl wissen.«

Sie nickte, zum Zeichen, dass sie verstand, worauf er hinauswollte. »Sie sind Vater. Das bedeutet, Sie haben ein persönliches Interesse.«

»Falls Ihnen noch was einfallen sollte, das mir weiterhilft …«

Rebus schrieb seine Handynummer auf einen Bierdeckel und schob ihn ihr zu. »Ich wäre Ihnen sehr verbunden. Und vielleicht lade ich uns beim nächsten Mal dann zusammen auf einen Drink ein.«

Sie wedelte mit dem Bierdeckel. »So klein wie unser Nest hier ist, muss ich gar nicht telefonieren – einmal laut rufen tut's auch.«

Draußen war von Creasey nichts mehr zu sehen. Die Straße war menschenleer. Rebus ging sie bis ans Ende hinunter und dann wieder zurück zu seinem Saab. Als er den Schlüssel im Zündschloss drehte, passierte nichts. Er versuchte es erneut, pumpte am Gaspedal, bekam aber nicht mehr als ein leises Knacken zu hören. Er stieg aus und öffnete die Haube, starrte den Motor an.

»Willst du mich jetzt verarschen?«, brummte er vor sich hin, schlug die Haube wieder zu und ging zurück ins Glen.

»Das ging ja schnell«, sagte May Collins.

»Mein Wagen springt nicht an. Gibt's hier eine Werkstatt, die ich anrufen kann?«

»In Tongue gibt's eine, aber meistens kümmert sich Jess Hawkins um so was.« Sie sah Rebus' Gesichtsausdruck. »Ach, Sie wissen das mit Jess. War mir nicht sicher.«

»Das ist der Typ von der Kommune, oder?«

»Da leben alle möglichen Handwerker. Meistens kennt sich einer mit Motoren aus. Soll ich dort mal anrufen?«

»Haben die Telefon?«

Sie grinste. »Sind ja keine Amische.«

»Was denn?«

»Wissen Sie noch, was ich gesagt habe, warum Leute herziehen?«

»Weil anderswo die Kacke am Dampfen ist?«

»Viele wollen einen Neuanfang. Das und den Planeten retten. Also soll ich anrufen?«

Rebus wog die Möglichkeiten ab und nickte. Aber als sie's versuchte, ging niemand dran.

»Vielleicht warten wir eine Stunde und versuchen es dann noch mal«, schlug sie vor. »Sie können es sich ja erst mal mit was zu trinken und der Zeitung gemütlich machen.«

Rebus schüttelte den Kopf. »Aber ich lass den Autoschlüssel da, wenn das okay ist. Falls mich jemand sucht, ich bin bei Samantha.«

»Ich könnte Sie mitnehmen.«

»Und das Pub so lange schließen?« Rebus schüttelte den Kopf. »Auch wenn's nicht danach aussieht, ich kann meine Beine wunderbar benutzen.«

»Dann sehe ich Sie später vielleicht draußen vorbeijoggen?«

»So was mache ich lieber frühmorgens.« Rebus winkte kurz und ging, holte die Zahnbürste und die Zahnpasta aus dem unverschlossenen Saab und steckte sie in seine Tasche.

Er lag auf dem Sofa im Wohnzimmer – und war fast schon eingeschlafen –, als Carrie durch die Tür hereinrannte, unterwegs ihren Dufflecoat, ihren Rucksack und ihre Schuhe abwarf. Als sie Rebus erblickte, blieb sie abrupt stehen. Er sah Samantha an.

»Ich wusste nicht, ob du noch da bist«, sagte sie zur Erklärung, warum seine Anwesenheit für seine Enkeltochter so überraschend kam.

»Hallo, Carrie«, sagte er, öffnete die Arme. Carrie marschierte vorwärts wie in eine Schlacht, legte ihren Kopf an seine Schulter, als er sie umarmte und ihr ein Küsschen auf den Kopf drückte. Ihre Haare waren blond, kurz geschnitten, ihr Gesicht rund, der Blick neugierig. »Du siehst deiner Mum jeden Tag ähnlicher«, sagte er.

»Mum hat graue Haare«, erwiderte Carrie.

»Ich meine, als sie so alt war wie du.«

Carrie musterte ihn. »Kann ich ein Foto sehen?«

»Von deiner Mum?« Demonstrativ tastete er seine Taschen ab. »Ich hab keins dabei.«

»Du hast doch ein Handy.«

»Grandad hat keine Fotos auf seinem Handy«, sagte Samantha, trat vor und strich ihrer Tochter übers Haar.

»Warum denn nicht?«

»Komm, ich hol dir Milch und einen Keks.« Samantha schob Carrie in die Küche, drehte den Kopf halb zu ihrem Vater um. »Möchtest du auch was? Bleibst du zum Essen?«

»Mein Wagen hat den Geist aufgegeben.«

»Hab mich schon gefragt, wo er ist.«

»Im Ort hat man mir gesagt, bei Jess Hawkins hätte ich die besten Chancen.«

Samantha antwortete nicht. Rebus stand auf und folgte ihr in die Küche.

»Ist wahrscheinlich richtig«, sagte sie und schenkte Milch ein. Carrie hatte sich an den Tisch gesetzt und beschäftigte sich mit etwas, das aussah wie ein eigenes iPad. »Irgendjemand wird da sein, der dir helfen kann.«

»Wo wohnt er denn?«

»Richtung Tongue.«

»Also in der Nähe von Camp 1033?«

»Praktisch nebenan.«

»Ich hab mir die Sachen in der Garage angesehen.«

»Dann wirst du gemerkt haben, dass das Lager für Keith zur Obsession geworden ist.«

Samantha schaute auf ihr Handy, bevor sie es einsteckte – immer noch keine Nachricht.

»Wo ist Daddy?«, fragte Carrie.

»Auf der Arbeit«, sagte Samantha.

»Er ist *immer* auf der Arbeit«, maulte Carrie. »Wenn ich groß bin, werde ich überhaupt nicht arbeiten.«

»So ist's recht«, sagte Rebus. Dann zu seiner Tochter: »Wo ist denn die nächste Pension?«

»Du kannst doch hier übernachten«, sagte sie, stellte einen Teller mit Keksen auf den Tisch.

»Aber du hast doch gar keinen Platz.«

»Wir haben ein Sofa. Du möchtest bestimmt, dass Grandad bei uns übernachtet oder, Carrie?«

Carrie schaute auf, aber inzwischen war ihre Aufmerksamkeit vollkommen von dem, was sich auf dem Bildschirm abspielte, in Anspruch genommen, und Rebus verstand die genuschelte Antwort nicht.

»Wenn Carrie im Bett ist, können wir uns unterhalten«, fuhr Samantha fort. »Und du kannst mir erklären, wieso du keinen Festnetzanschluss mehr hast. Nach reiflicher Überlegung bin ich draufgekommen, dass du wahrscheinlich umgezogen bist.« Sie starrte ihn so lange an, bis er nickte. »Du bist umgezogen und hast mir nichts davon gesagt«, stellte sie fest. Ihre Stimme war emotionslos, aber ihre Augen nicht.

»War ja wirklich erst gestern«, wandte Rebus ein. »Ich hätte dich heute angerufen.«

»Wegen der Treppe, oder? Du kommst die Treppe nicht mehr hoch.«

Carrie blickte auf. »Wieso denn nicht?«

»Ich werde ein bisschen klapprig«, erklärte Rebus.

»Stirbst du?« Sie klang eher neugierig als ängstlich.

»Erst mal noch nicht.«

»Daddy verbringt seine ganze Zeit mit Toten.«

Samantha versuchte zu lachen. »Das stimmt doch nicht, Carrie.«

»Doch, in der Garage.« Sie fuchtelte mit einem Arm Richtung Außenwelt.

»Die ganzen Fotos und Namen – von denen lebt keiner mehr.«

Samantha erschrak, als ihr Handy klingelte, Enttäuschung machte sich in ihrem Gesicht breit, als sie den Namen der Anruferin auf dem Display las. »Jennys Mama«, sagte sie und ging dran. Carrie winkte, als könnte Jenny sie sehen. Samantha ging in den Flur. Offenbar ging es um eine Verabredung zum Spielen.

»Ich muss auch mal telefonieren«, teilte Rebus seiner Enkelin mit, sah nach, ob er Empfang hatte – ein Balken, gerade genug.

Samantha war im Wohnzimmer, also ging er in den Flur, gab die Nummer ein und fragte sich, wie Siobhan Clarke wohl auf die Nachrichten reagieren würde, die er für sie hatte.

4

»Und wann kommst du wieder?« Siobhan Clarke presste sich das Handy ans Ohr, betrachtete Brillo, der ungefähr zehn Meter von ihr entfernt durchs Gras schnüffelte. Plötzlich hockte sich der Hund hin, weshalb Clarke Fox Zeichen machte, er möge das kleine schwarze Plastiktütchen nehmen, das sie ihm an ihrer ausgestreckten Hand hinhielt. Sein Gesichtsausdruck meldete Einspruch an, den sie jedoch rasch mit einem bösen Blick ablehnte.

Im Park war relativ viel los: Brillo musste von einigen grillenden Grüppchen ferngehalten werden, ein paar Leute spielten Fußball, Jogger und Radfahrer waren unterwegs, Kleinkinder wurden von argwöhnischen Eltern an Zügeln herumgeführt, im Gras liegende Studenten machten sich bereit, den Abend andernorts fortzusetzen.

»Kannst du nicht einfach eins mieten?«, fragte Clarke, beobachtete Fox, wie er in die Hocke ging, um der ihm aufgetragenen Aufgabe nachzukommen. Er sah sich nach dem nächsten Mülleimer um und ging darauf zu, während Brillo erneut die unsichtbare Fährte aufnahm.

»Du lieber Gott, John …« Clarke seufzte laut. Bis Fox wieder bei ihr war, hatte sie das Gespräch beendet.

»Bleibt er länger da oben?«, erriet Fox.

»Probleme mit dem Wagen.«

»Mit seiner Tochter alles in Ordnung?«

»Ihre bessere Hälfte ist spurlos verschwunden. Ich glaube, abgesehen von ihrer Tochter ist sie ziemlich auf sich allein gestellt.«

»Und was machen wir mit dem Hund?«

Clarke rang sich ein schmales Lächeln ab, war ihm dankbar für das »Wir«.

»Wahrscheinlich muss ich ihn zu mir nehmen.«

»Wenn wir mit dem Freund des Verstorbenen gesprochen haben.«

Clarke nickte. »Danach hole ich Brillo ab.« Sie klatschte sich auf die Oberschenkel, woraufhin Brillo angesprungen kam. Clarke befestigte die Leine an seinem Halsband, und zu dritt gingen sie zurück zum Melville Drive, überquerten die Straße und stiegen die Marchmont Road hinauf. Als sie in die Arden Street einbogen, zögerte Brillo kurz vor dem Treppenhaus, stellte sich dann aber schicksalsergeben an das Tor, das in den kleinen Garten führte. Clarke schloss auf. Während sie nach den Futter- und Wasserschüsseln in der Küche sah, ging Fox im Wohnzimmer auf und ab, griff in eine Kiste und zog eine Handvoll Singles heraus.

»Steinzeit, die meisten jedenfalls«, sagte er, als Clarke zu ihm stieß.

»John sagt, auf seinem Grabstein soll stehen: ›Er hat auch B-Seiten gehört‹.«

Fox grinste und schaute sich im Raum um. »Komisches Gefühl – dieselben Sachen, aber in einer anderen Umgebung. Er hat mal mit mir darüber gesprochen, ob er sich vielleicht einen Bungalow kaufen soll …«

»So einen wie der, in dem du lebst?«

»Er meinte, das sei der Hauptgrund, weshalb er sich nicht dazu überwinden könne.«

»Wie hat er das gemeint?«

Fox legte die Platten wieder in die Kiste. »War einfach nur ein Seitenhieb, denke ich. Du kennst ihn doch.« Er rieb die Hände aneinander, als wollte er sie vom Staub befreien. Clarke schaute auf ihr Handy. »Fast Zeit? Kann der Hund hier alleine bleiben?«

»Ich hab ja schon gesagt, dass ich danach noch mal herkomme – es sei denn, du reißt dich darum.«

»Ich kann nicht so gut mit Tieren.«

»Ich auch nicht.«

Von der Tür aus wurde ein Schnauben laut. Brillo saß dort, den Kopf zur Seite geneigt.

»Er hört genau, wenn jemand lügt«, sagte Fox grinsend. »Na, dann komm, wir schauen uns mal an, wie heutzutage ein Trust-Fund-Sprössling lebt.«

Die Circus Lane war eine der pittoreskesten und meistfotografierten Straßen Edinburghs. Früher befanden sich hier die Ställe und Dienstbotenunterkünfte der nahe gelegenen Herrschaftshäuser. Heutzutage waren die umgebauten Hinterhäuser heiß begehrt und makellos in Schuss, die meisten mit Blumen vor dem Haus geschmückt. Früher hätte Clarke den Straßenbelag als schnödes Kopfsteinpflaster bezeichnet, aber inzwischen wusste sie es besser – es handelte sich um eine bestimmte Sorte Pflasterstein, die eher Backsteinen als Kieseln ähnelten. Den Namen hatte sie vergessen.

Giovanni Morelli lebte auf halber Höhe der Straße. Clarke und Fox hatten erwartet, ihn drinnen zu treffen, aber er stand vor dem Haus. Ohne Jacke, aber mit einem modischen Schal um den Hals, dazu trug er einen gelben Wollpullover mit V-Ausschnitt und ein weißes T-Shirt.

»Mr Morelli?«, hielt Clarke für nötig zu fragen. Der junge Mann nickte. Er war sauber rasiert, wenn auch mit einem leichten Fünf-Uhr-Schatten und braun gebrannt. Bevor er nickte, fuhr er sich mit einer Hand durch das dichte dunkle Haar. Bei ihm war eine Frau, bekleidet mit einer kurzen Wildlederjacke, Jeans und kniehohen Stiefeln. Sie war mehrere Zentimeter größer als der Italiener, hatte breitere Schultern. Die dicken strohblonden Haare hatte sie hinter ein Ohr gestrichen. Da sie sich auf ihre Zigarette konzentrierte, konnte Clarke ungestört ihre professionell manikürten Nägel betrachten.

»Issy ist vorbeigekommen«, erklärte Morelli. »Ich kann den Gestank von Tabak nicht leiden, deshalb …«

»Danke, dass Sie bereit sind, mit uns zu sprechen«, sagte Fox und stellte Clarke und sich selbst vor.

»Deshalb stehen wir jetzt hier auf der Straße wie zwei Penner«, fauchte die Frau namens Issy. »Wird es lange dauern? Wir sind auf dem Sprung zu einer Party.«

»Lady Isabella Meiklejohn?«, schlussfolgerte Clarke. Meiklejohn wirkte nur kurz erstaunt. Sie war Mitte zwanzig, hatte makellose Haut und perlweise Zähne.

»Wir möchten Ihnen zunächst unser Beileid aussprechen«, erklärte Fox. »Wie Sie wissen, hat die Aufklärung der Ereignisse für uns oberste Priorität.«

»Indem Sie Giovanni was anhängen?«, brummte Meiklejohn, trat ihre Kippe mit dem Stiefelabsatz aus.

»Issy, bitte«, sagte Morelli, legte sachte seine Finger auf ihren Arm. Für einen kurzen Augenblick ließ sie ihre eigene Hand darauf ruhen.

»Eine Theorie könnte sein«, fuhr Fox fort, »dass es einen Zusammenhang zwischen den beiden Übergriffen gibt. Dass jemand dahintersteckt, der einen Groll gegen Salman und Sie hegte, Mr Morelli.« Er ignorierte Meiklejohn, die die Augen verdrehte. »Der Überfall fand hier statt, ist das richtig?«

Morelli nickte, zeigte auf eine Stelle nur wenige Meter entfernt. »Ich bin nach Hause gekommen.«

»Wo waren Sie vorher?«

»Bei Salman.«

»Er lebte ... wie weit ... ungefähr fünf Gehminuten entfernt?«

Wieder nickte Morelli. »Es war Mitternacht oder kurz danach. Eine einzelne Person, denke ich. Von hinten. Ich habe einen Schlag auf den Kopf abbekommen.« Er legte eine Hand auf den Scheitel. »Mich hat's umgehauen. Dann bekam ich noch einen weiteren Schlag.«

»Mit der Faust oder ...«

»Im Krankenhaus ging man von irgendeiner Art Gegenstand aus.«

»Waren Sie an dem Abend ähnlich gekleidet wie heute?«

»Ich hatte eine Jacke an. Es war ja später, das heißt auch kälter.«

»Eine Jacke mit einer Kapuze?«

»Ja, Sie haben recht – man hat mir gesagt, die Kapuze habe die Schläge ein bisschen abgemildert.«

Meiklejohn checkte demonstrativ Nachrichten auf ihrem Handy.

»Soweit ich weiß, waren Sie mit Mr Morelli im Krankenhaus«, erkundigte sich Clarke bei ihr.

»Das sind wir alles schon einmal durchgegangen«, sagte

Meiklejohn. »Das heißt, es steht im Protokoll, und das wiederum heißt, dass Sie es ganz genau wissen.«

»Sie sind einfach nur eine Freundin?«

Endlich hob die Frau ihren Blick, traf den von Clarke.

»Ja.«

»Und auch für Mr bin Mahmoud?«

»Auch für den.« Ihr Blick senkte sich erneut auf ihr Display. »Hören Sie, wir wissen doch alle, dass es am Brexit liegt. Die Zahl der Übergriffe gegen Ausländer ist seither massiv angestiegen.«

»Hier in der Gegend gibt's aber eigentlich gar nicht so viele Brexit-Anhänger«, meinte Fox.

»Tatsächlich? Ich hab jede Menge in der Familie.«

»Wohnen Sie hier in der Nähe?«

»In London und Sutherland.« Sie schaute Morelli an. »Wir kommen zu spät.«

»Um die Ecke ist eine Bar, wenn Sie's eilig haben«, schlug Clarke vor.

»Wir sind in der Cowgate verabredet.«

Clarke runzelte die Stirn. »Doch nicht etwa im Devil's Dram?«

Meiklejohn schüttelte den Kopf. »Im Jenever Club.«

»Dann wollen wir Sie nicht länger aufhalten«, sagte Fox.

Morelli berührte seine Freundin erneut am Arm. »Nimm schon ein Taxi. Ich komme nach.«

Sie zog ein Gesicht. »Ich soll dich mit der Polizei alleine lassen? Auf keinen Fall.« Dann an Fox gerichtet: »Glauben Sie ernsthaft, dass Gios Überfall etwas mit dem kaltblütigen Mord an Salman zu tun hat?«

»Was denken Sie?«

»Ich denke, die Polizei klammert sich an Strohhalme, weil sie auf einem schwach beleuchteten Bidet nicht mal ihren eigenen Hintern finden würde.«

»Sie kennen sich mit Bidets vermutlich besser aus als wir«, meinte Clarke, wobei sich ihre Haltung ebenso verhärtete wie ihr Tonfall. Fox bedeutete Morelli, dass er eine weitere Frage hatte.

»Die Person, die Sie angegriffen hat – haben Sie eine Ahnung, wie groß sie gewesen sein könnte, wie alt, und ob Mann oder Frau?«

Morelli zuckte mit den Schultern.

»Hat der oder diejenige etwas gesagt oder mitgenommen?«

Erneut Schulterzucken.

»Das war ganz klar ein ausländerfeindlicher Übergriff«, fiel ihnen Meiklejohn ins Wort.

»Bei rassistisch motivierten Straftaten kommen zur physischen Gewalt häufig auch noch verbal geäußerte Beschimpfungen dazu«, entgegnete Fox. »Das Opfer soll wissen, warum ihm etwas widerfährt.«

Meiklejohn tat die Erklärung erneut mit einem kurzen Schulterzucken ab.

»Wo haben Sie drei sich denn kennengelernt?«, fragte Clarke in die Stille hinein.

»Auf einer Party«, erwiderte Morelli.

»Einer Party von Mr bin Mahmoud?«

Kopfschütteln. »Von einem gemeinsamen Freund aus St Andrews.«

»Studieren Sie beide hier?« Clarke sah die beiden zustimmend nicken. »Englische Literaturwissenschaft?« Wieder Nicken.

»Wohingegen Mr bin Mahmoud einen Wirtschaftsstudiengang in London belegt hatte …«

»Trotzdem gehörte er zu unserem Kreis«, sagte Meiklejohn.

»War sozusagen Teil Ihres sozialen Netzwerks?«, fragte Clarke.

»Genau«, sagte Meiklejohn, als sei sie zufrieden mit ihrer Bemerkung.

»*The Social Network* – an den Film erinnere ich mich«, sagte Morelli.

»Ich auch«, nickte Clarke. »Es ging um eine Gruppe verwöhnter reicher Jugendlicher, die sich gegenseitig in den Rücken fallen.«

Morelli legte die Stirn in Falten. »Das habe ich ganz anders in Erinnerung …«

Clarke parkte ihren Vauxhall Astra in der St. Stephen Street. Als sie am Bailie Pub vorbeikamen, fragte Fox, ob sie Lust auf einen Boxenstopp habe.

»Nicht hier«, erwiderte sie. »Außerdem hab ich noch Hundesitterpflichten, schon vergessen? Ich setz dich an deinem Wagen ab.«

»Haben wir jetzt was von den beiden erfahren?«

»Was denkst du?«

»Ich hab zuerst gefragt.«

»Hab ich gemerkt.« Sie schwieg, während sie den Wagen aufschloss, einstieg und sich anschnallte. Fox ebenfalls. »Beide wirkten weder geschockt noch in Trauer oder so.«

»Mal wieder ein Beleg für die Unerschütterlichkeit der herrschenden Klasse?«

»Oder sie leben in einer Welt, in der man zwar viele Leute kennt, ihnen aber nie wirklich nahesteht. Salman hatte Geld, sah gut aus und hatte Beziehungen. Ich bin sicher, Lady Isabella wirkt auf Leute wie ihn und Gio ebenso exotisch wie die alle zusammen auf dich und mich.«

»Für mich ist das eine andere Welt.« Fox schwieg einen Augenblick. »Morelli ähnelt dem Verstorbenen von der Statur und auch vom Hautton …«

»Aber bin Mahmoud hatte einen Bart.«

»Angenommen, es ist ihm jemand von der Wohnung des Verstorbenen aus gefolgt. Er hatte die Kapuze auf, der Angriff kam von hinten …«

»Eine Verwechslung?«

»Die Straße ist sehr ruhig, ideal für einen Überfall.«

Clarke schien darüber nachzudenken, während sie den Motor anließ und aus der engen Parklücke lenkte.

»Ich finde, du warst nicht ganz fair in deiner Beurteilung des Films«, setzte Fox hinzu.

»War ich auch nicht«, räumte Clarke grinsend ein. »Aber in dem Moment ist mir nichts anderes eingefallen.«

»Und dann das mit dem Bidet«, sagte Fox, grinste zurück.

5

Nachdem sie Brillo und alles andere Nötige eingesammelt hatte, saß Clarke nun in ihrer Wohnung und ließ den Hund seine neue Umgebung inspizieren. Er wirkte gleichzeitig verdattert und auch ein bisschen traurig, vermisste sichtlich sein Herrchen und fragte sich möglicherweise, ob dieses Nomadendasein von nun an sein Leben bestimmen sollte. Nachdem Clarke ein paar Reste aus dem Kühlschrank gegessen und einen halben Becher Pfefferminztee getrunken hatte, zog sie erneut ihren Mantel über und ging zur Tür. Brillo wollte mitkommen. Auf dem Treppenabsatz lauschte sie seinem Bellen und schloss die Tür wieder auf.

»Okay, wenn du darauf bestehst«, sagte sie und nahm den Hund auf den Arm.

Brillo benahm sich sehr gut im Wagen, saß schwanzwedelnd da, presste die Pfoten ans Beifahrerfenster und betrachtete die vorüberziehenden Geschäfte, Bars, Restaurants und Fußgänger. Es war nicht weit. Sie ließ das Fenster einen zwei Zentimeter breiten Spalt weit offen, stieg aus und sagte: »Bleib, braver Junge.« Brillo schien mit der Situation durchaus zufrieden zu sein.

Sie befanden sich in einer Straße abseits der Cowgate, an deren östlichem Ende. Am Wochenende konnte es hier spätabends aufgrund betrunkener Schläger und ähnlicher Idioten sehr ungemütlich werden, aber jetzt war weder Wochenende noch war es spät. Trotzdem standen vor den meisten Lokalen ein bis zwei stämmige Türsteher, jederzeit bereit, Ärger abzuwenden oder beizulegen. Clarke hatte den Jenever Club gegoogelt und sich bestätigt gesehen. Bis vor wenigen Monaten war es ein Nachtclub namens The Devil's Dram gewesen, der sich auf teure Whisky-Sorten und überteuertes Essen spezialisiert hatte, außerdem gab es eine Tanzfläche und DJ-Sets. Anscheinend war der Whisky einer Auswahl an Gin-Sorten gewichen, ohne dass sich der Laden von außen großartig verändert hätte.

Clarke konnte sich beim Überqueren der Straße nicht verkneifen, kurz nach links zu schielen, wo sich unauffällig und anonym das Leichenschauhaus befand. Die dort arbeiteten, sprachen vom »toten Zentrum« der Stadt, obwohl ringsum das Leben mit größtmöglicher Intensität pulsierte – zumindest dem lauten Wummern nach zu urteilen, das aus dem Club drang, als der Türsteher im Anzug Clarke die Tür aufhielt. Bevor sie eintreten konnte, senkte sich jedoch eine Hand auf ihre Schulter.

»Na, so was. So schnell sieht man sich wieder.« Sie wirbelte herum und blickte in das strahlende Gesicht von Malcolm Fox. »Ich war kurz davor, dich aufzugeben.«

Anstatt in den Club zu gehen, traten die beiden nun ein paar Schritte beiseite. »Okay, ich bin beeindruckt«, sagte Clarke, wobei es ihr aber gelang, ganz und gar nicht so zu klingen.

»Ich glaube, als ich vorgeschlagen habe, noch was trinken zu gehen, und du geantwortet hast ›nicht hier‹, ist mir klar geworden, dass dir was anderes vorschwebt – und da The Devil's Dram ja bereits erwähnt worden war …«

»Allmählich läufst du Gefahr, richtig gut zu werden.«

»Aber da steckt noch mehr dahinter, oder?«

Clarke überlegte kurz, bevor sie antwortete. »Meiklejohn war nicht direkt high, aber irgendwas hatte sie genommen – ich tippe auf Kokain.«

»Ist mir nicht aufgefallen.« Fox schien sich über sich selbst zu ärgern.

»Vielleicht bin ich in der Vergangenheit ja mehr Koksnasen begegnet als du.«

»Stimmt, ich hatte ein behütetes Leben. Aber wenn ich zwei und zwei zusammenzähle, dann bist du nicht hier, um Gio und Issy im Auge zu behalten – die übrigens noch gar nicht aufgetaucht sind.«

Clarke starrte ihn an. »Warst du die ganze Zeit hier?«

»Hatte nichts Besseres vor. Ich habe recht, oder? Das Dram hat früher einem gewissen Morris Gerald Cafferty gehört, und es gibt keinen Anlass zu vermuten, dass er nur, weil sich der Stil geändert hat, nicht mehr das Sagen hätte.«

»Und das andere, was wir über Cafferty wissen, ist …?«

»Dass er den Drogenhandel hier in der Gegend weitgehend kontrolliert.«

»Und damit weißt du so viel wie ich. Aber komisch, dass die beiden noch nicht aufgetaucht sind – sie hatten es vorhin doch so eilig.«

»Man könnte meinen, sie hätten uns loswerden wollen. Also, wie sieht der Plan aus, DI Clarke?«

»Ein kurzer Drink am Ende eines langen Tages«, erwiderte Clarke schulterzuckend.

»Das wird uns Cafferty bestimmt abnehmen.« Fox streckte eine Hand aus. Clarke schaute sie an. »Schön, wieder mit dir zu arbeiten, Siobhan.«

»Gleichfalls«, erwiderte sie schließlich und schlug ein. Aber als Fox den Griff löste, drückte sie noch fester zu. »Jetzt, da wir beide wieder so dicke miteinander sind, wird es Zeit, dass du mir verrätst, wieso man sich in Gartcosh für den Fall interessiert.«

Sie musterte Fox und sah, wie dieser innerlich mit sich rang. Schließlich nickte er und zog sie noch ein paar Schritte weiter vom Eingang fort.

»Eine Anfrage der Special Branch in London«, erklärte er mit einem gewissen Unterton. »Man fragt sich, ob es vielleicht eine staatliche Beteiligung gegeben haben könnte. Seitens der Saudis, meine ich. Ist allerdings nicht unbedingt deren Stil.«

»Insofern als er nicht zerhackt in einem Koffer abtransportiert wurde?«

Clarke ließ seine Hand los. »Was sagt dir dein Gefühl?«

»Zu früh, um das festzustellen.«

»War's eine Botschaft an seinen Vater?«

Fox zuckte nur mit der Schulter. »Du weißt jetzt so viel wie ich.«

»Und wissen die anderen im Team Bescheid?«

»Bei der Special Branch hält man es für besser, erst mal nicht darüber zu sprechen.«

»Warum?«

»Wäre ich großzügig, würde ich sagen, weil sie wollen, dass wir in alle Richtungen hin offen bleiben.«

»Und wenn nicht?«

»Die Saudis sollen nicht denken, wir hätten sie im Verdacht. Das könnte wichtige Handelsbeziehungen gefährden.«

»Je weniger Leute Bescheid wissen, umso geringer das Risiko, dass etwas durchsickert.« Clarke nickte zum Zeichen, dass sie verstand. »Aber mir verheimlichst du nichts mehr, Malcolm«, warnte sie ihn.

»Darf ich davon ausgehen, dass du's dem DCI erzählst?«

»Gibt's einen Grund, warum ich es nicht tun sollte?«

»Deine Entscheidung, Siobhan.«

»Meine Entscheidung«, bestätigte sie und ging auf die Gestalten links und rechts neben dem Eingang zu.

Sie hatten beschlossen, zuerst auf den Toiletten nachzusehen, ob dort jemand eine Line zog. Im Hauptraum war es laut. Dort befand sich die Tanzfläche aus von unten beleuchteten, bunten Quadraten. Der DJ stand lässig groovend hinter zwei Laptops, ein paar Leute tanzten. Es war mehr oder weniger halb voll, der Abend war noch jung, trotzdem wurde bereits nicht zu knapp Schweiß und Lärm erzeugt. An der Bar gingen reihenweise Cocktails über den Tresen, die Mitarbeiter legten eine Show hin. Über eine transparente Treppe gelangte man nach oben auf eine Galerie beziehungsweise nach unten in den Keller, wo es vermutlich ruhiger zuging.

Clarke waren die Räumlichkeiten nicht fremd, auch wenn sie seit dem Namenswechsel noch nicht hier gewesen war. Die geschmacklos okkulte Deko des Devil's Dram war jetzt durch pseudo-viktorianische Stilelemente ersetzt worden – schwere Vorhänge, flackernde Wandleuchten, die Gaslaternen nachempfunden waren, eine dunkle Holzvertäfelung. Sie stieß die Tür zur Damentoilette auf und tat, als würde sie sich in dem langen Spiegel über den Waschbecken betrachten. Nur eine Kabinentür war geschlossen. Als die Besucherin herauskam, stellte sie sich neben Clarke, brachte mit einer Hand ihre Haare in Ordnung, hielt in der anderen ihr Handy.

»Ganz schön tot hier heute Abend«, meinte Clarke.

»Ja, sonst ist echt mehr los.«

Die Tür ging auf, und eine weitere junge Frau kam auf zehn Zentimeter hohen Absätzen hereingeklappert. Sie bedachte Clarke mit einem fragenden Blick, nahm deren vernünftige Kleidung zur Kenntnis – und vermutlich auch das Alter der Trägerin. Clarke begriff, dass sie tatsächlich die Mutter dieser beiden jungen Frauen hätte sein können.

»Gary ist voll das Arschloch«, erklärte die Neuangekommene in ihr Handy, den Blick auf ihr Display gerichtet, als sie in einer der Kabinen verschwand.

»Gary?«, fragte Clarke die Frau neben sich und erhielt ein Schulterzucken als Antwort. Sie zog noch einmal kurz an ihrem kurzen Glitzerkleid, warf einen weiteren prüfenden Blick in den Spiegel und verschwand durch die Tür Richtung Bar.

Die Stimme hinter der Kabinentür listete hallend Garys zahlreiche Verfehlungen auf. Clarke sah sich ein letztes Mal nach Spuren von weißem Pulver um, dann zog sie die Tür auf. Auf der anderen Seite erwartete sie eine stämmige Gestalt, das Gesicht frei von jedem Anflug eines Lächelns. Als sie an dem Mann vorbei zur Herrentoilette schaute, entdeckte sie, dass auch Fox einen neuen Begleiter hatte.

»Er will mit euch reden«, wurde ihr beschieden.

»Natürlich will er das«, erwiderte Clarke und sah Fox an, der mit den Schultern zuckte. Sie nickte und ließ sich an der Tanzfläche vorbeiführen, folgte Fox und dessen Aufpasser die Treppe hinauf zur Galerie, wo sie den massigen, kahl rasierten Morris Gerald Cafferty alleine auf einer Eckbank vorfanden.

»Hab ich mir doch gedacht, dass Sie das sind«, sagte Cafferty grinsend, signalisierte beiden, sie sollten sich setzen. Es war gerade so Platz genug, wobei Clarke sich der Tatsache bewusst war, dass sich Fox' Oberschenkel an ihre pressten. »Wollt ihr was trinken?«

»Nein, danke«, erwiderte Fox.

Auf ein weiteres Handzeichen von Cafferty verschwanden die beiden Türsteher, und er konzentrierte sich auf seine Gäste. »Ihr geht in einen Club, wollt aber nichts trinken. Dann gehe ich recht in der Annahme, dass ihr noch im Dienst seid?«

»Der Laden hier hat sich ganz schön verändert«, sagte Clarke weiter im Plauderton.

Cafferty fuhr mit der Hand über das kelchförmige Glas vor sich. »Inzwischen ist Gin das neue Ding. Lässt sich billig und schnell destillieren. Einen Mixer an der Bar, fertig – das machen alle –, ist schon eine Kunst, keinen Profit damit zu machen.«

»Die Umgestaltung war vermutlich auch nicht teuer«, meinte Clarke und nahm vergnügt zur Kenntnis, dass Cafferty sich anstrengen musste, nicht gereizt zu reagieren.

»Arbeitet ihr an dem Mord an dem arabischen Studenten?«, tippte Cafferty.

»Gut geraten«, sagte Fox.

»Muss ein wichtiger Fall sein, sonst wären Sie ja nicht aus Gartcosh herbeigeeilt. Immer noch bei Major Crimes, DI Fox?«

Fox nickte.

»Wobei es DI Clarke wahrscheinlich nach wie vor wurmt, dass Sie die Beförderung bekommen haben, die eigentlich sie verdient hätte.«

»Waren Salman und seine Freunde Stammgäste hier?«, fragte Clarke, die sich nicht ablenken ließ.

»Sie waren ein paarmal da«, räumte Cafferty ein. »Ich hab den Keller zum VIP-Bereich umgebaut. Wenn mir jemand gefällt, bekommt er eine kleine schwarze Karte, die ihm den Zutritt ermöglicht.«

»Es gab nicht zufällig mal ein Zerwürfnis?«

»Mit dem Prinzen?« Cafferty lächelte angesichts der Absurdität der Frage.

»Ich glaube nicht, dass er ein Prinz war«, meinte Fox.

»Hat ihm aber gefallen, wenn ich ihn so genannt habe.« Cafferty veränderte seine Sitzposition. »Hab mir mal seine Geschichte im Netz angesehen und das alles über seinen Vater entdeckt. Politik, also wirklich … die Wurzel allen Übels.« Während er sprach, funkelten seine Augen.

Clarke fragte sich, was er für ein Spiel spielte.

»Ich hab gehört, Sie sind unter die Umzugshelfer gegangen, DI Clarke. Nicht vergessen – immer schön locker bleiben in den Knien. Wie gefällt Rebus denn sein neuer Alterssitz?«

»Kaufen Salman und seine Entourage manchmal bei Ihnen?«, erkundigte sie sich.

Cafferty riss gespielt entsetzt die Augen auf. »Wollen Sie mir etwa illegalen Drogenhandel unterstellen? Und bevor ich weiß, wie mir geschieht, hab ich einem jungen arabischen Studenten den Bauch aufgeschlitzt?« Er machte ein abfälliges Geräusch. »Ich sehe schon, eure CID-Gehirne sind stumpfe Werkzeuge, wie immer. Da fällt mir ein, wärmen Sie Ihrem Chef immer noch das Bett, Siobhan? Büroaffären enden selten gut. Schauen Sie sich nur Malcolm an und …« Er schnippte mit den Fingern, die Stirn in Falten gelegt. »Ihr Name liegt mir auf der Zunge.«

»Deshalb sind wir nicht hier«, sagte Clarke, schob sich von der Sitzbank. »Wir haben gehört, dass hier Freunde des Opfers anzutreffen sind, und hätten ihnen gerne weitere Fragen gestellt. Dürfen wir uns Ihren sogenannten VIP-Bereich mal ansehen?«

»Fühlen Sie sich eingeladen. Tatsächlich bestehe ich sogar darauf. Die Rasierklingen und die aufgerollten Fünfzigpfundscheine findet ihr auf einem goldbeschichteten Tischchen neben der Bar. Vielleicht sogar was Exotischeres, wenn ihr das geheime Passwort erratet …« Cafferty sah ihnen schmunzelnd nach.

Als sie die Treppe hinunterstiegen, konnte Fox sich einen Blick über die Schulter zurück nicht verkneifen.

»Er wird langsam alt«, sagte er zu Clarke. »Dieser komische Glanz in seinem Gesicht, das sieht nicht unbedingt gesund aus.«

»Oder er hat von der eigenen Ware gekostet.«

»Aber das würde er nicht machen, oder?«

»Nein«, lenkte Clarke ein.

»Was glaubst du, wer ihm die ganzen Neuigkeiten über uns zusteckt?«

»Kann jeder sein. Zeig mir eine einzige Abteilung bei der Polizei, aus der nichts nach draußen dringt.«

»Auch wieder wahr.«

Sie erreichten die Treppe. Ein deutlich eleganterer Türsteher stellte sich ihnen dort mit ineinander verschränkten Händen entgegen, hinter sich ein schwarzes Samtseil. Als sie näher kamen, hob er es vom Haken.

»Dachte, man muss eine Karte vorzeigen«, sagte Clarke.

»Gesetzeshüter nicht«, sagte der Mann mit einer Stimme wie vom Grund eines Steinbruchs.

Clarke und Fox gingen nach unten. Das Licht war anders, ein bisschen heller und die Musik leiser. Es gab eine kleine Bar, hinter der eine glamouröse Frau bediente, die eindeutig unterbeschäftigt wirkte. Die Tische ringsum waren leer.

»Nicht mal ein zusammengerollter Fünfpfundschein«, sagte Fox leise.

Ein bogenförmiger Durchgang führte in einen unverputzten Gang. Clarke roch entfernt Feuchtigkeit. Sie wusste, dass es in der Old Town Dutzende solcher unterirdischen Gänge und Keller gab. Auf beiden Seiten befanden sich von draußen nur teilweise einsehbare Räume, in denen sich die Inhaber der schwarzen Karten niedergelassen hatten. Jeder einzelne Raum war mit lila Knautschsamt ausgekleidet. Echte Kerzen ersetzten die elektrische Beleuchtung der oberen Stockwerke. Champagner in Eiskübeln war hier offenbar das bevorzugte alkoholische Getränk. Obwohl sich das Rauchverbot hier augenscheinlich durchgesetzt hatte, rauchten einige Vaporizer. Clarke entdeckte Meiklejohn und Morelli in einem der Räume. Offenbar waren sie gerade eingetroffen, legten ihre Jacken ab und begrüßten dabei drei bereits am Tisch versammelte Gäste. Niemand beachtete Clarke und Fox im Gang. Clarke signalisierte Fox, er solle noch mal zurückkommen. Auch als sie ein zweites Mal an dem Türbogen vorbeigingen, wurden sie nicht von der Gruppe entdeckt.

Wieder im Barraum, blieben sie kurz stehen.

»Weißt du, wer das war?«, fragte Clarke.

»Ich bin ja nicht senil.«

»Ich meine nicht Posh Spice und den Italian Stallion – ich meine den Typen mit den beiden Models.«

»Ich hatte nicht so richtig Gelegenheit …«

»Er heißt Stewart Scoular. Bis er bei der SNP abgesägt wurde, war er Abgeordneter des schottischen Parlaments und hat rassistische Bemerkungen im Netz gepostet. Danach hat er sich eine Weile klammheimlich verzogen und später als Baulöwe neu erfunden.«

»Okay.«

Die Barfrau fragte, ob sie etwas trinken wollten.

»Mit herzlichen Grüßen von Mr Cafferty«, setzte sie hinzu.

»Danke, im Dienst nicht«, sagte Fox und sah, wie sich ihr festgefrorenes Lächeln auflöste.

Clarke stieg bereits die Treppe wieder hinauf. Fox folgte ihr aus dem Club auf die Cowgate.

»Deshalb hatte er so ein Funkeln im Blick«, sagte Clarke.

»Cafferty?«

Sie nickte, tief in Gedanken. »Als er das mit der Politik gesagt hat – da wusste er ganz genau, dass wir Stewart Scoular unten finden würden. Als hätte er die Koordinaten für uns in sein Navi eingegeben.«

»Deshalb hat er darauf bestanden, dass wir uns umsehen?«

Wieder nickte Clarke. »Was führst du im Schilde, Cafferty?«, murmelte sie.

»Dass ein wohlhabender Bauunternehmer Leute wie Meiklejohn und Morelli kennt, ist aber doch nicht so ungewöhnlich, oder?«

Clarke dachte darüber nach. »Wahrscheinlich ist er fünfzehn Jahre älter als sie, aber nein, an sich ist das nicht ungewöhnlich.«

»Na dann …« Fox brach ab, zog seine Schultern gerade, als er den Blick bemerkte, den Clarke ihm zuwarf. »Ist das jetzt der Moment, in dem du mir erklärst, dass du intuitiv zuverlässiger ins Schwarze triffst als ich? Vielleicht hast du ja wirklich die Beförderung verdient, die ich bekommen habe?«

»Du kennst doch Cafferty – wenn er die Möglichkeit sieht, einen Keil zwischen uns zu treiben, wird er sie nutzen. Um nichts anderes ging es ihm mit dem Schnellschuss.«

»Aber meinst du, er wollte dir etwas sagen mit seinem Spruch über Politik?«

»Da bin ich mir sogar ziemlich sicher.«

»Aber du weißt nicht, was?«

Sie schüttelte langsam den Kopf. »Und was heißt das für uns?«

»Das heißt, dass wir nach Hause fahren. Ich hoffe, Brillo wurde inzwischen nicht schon geklaut.«

»Hast du ihn im Wagen gelassen? Ich weiß nicht, ob John das recht wäre.«

»Dann soll er seinen Arsch herschieben.«

»Ich bin sicher, er arbeitet dran.«

Clarke starrte ihn an. »Wirklich?«, fragte sie.

»Eher nicht«, gestand Fox und hob kapitulierend die Hände.

Ein Kellner kam und tauschte Caffertys leeres Glas gegen ein volles. Es war Limonade, aber das musste ja niemand wissen. Cafferty ließ seine Gäste gerne in dem Glauben, er selbst sei Fan seines Produkts. Früher, als er noch Whisky verkauft hatte, war Apfelsaft als Attrappe durchgegangen. Jetzt machte er sich an seinem iPad zu schaffen, ging noch einmal das Material der Überwachungskameras durch, spielte es erneut ab. Er war nicht sicher, ob Clarke Scoular erkannt hatte, aber er glaubte, davon ausgehen zu dürfen. Wäre Fox alleine gekommen, dieser schwerfällige Bär von einem Kerl, hätte das schon anders ausgesehen.

»Aber interessant«, sagte er zu sich selbst, zoomte näher, dann betrachtete er die Szene aus unterschiedlichen Kameraperspektiven. Da war die wohlduftende Lady Isabella und ihr olivenhäutiger Begleiter, überlebensgroß und keine drei Meter von Clarke und Fox entfernt. Trotzdem hatten die Detectives sie nicht angesprochen – was bedeutete, dass Clarke geschwindelt hatte, als sie erklärt hatte, sie wollten ihnen weitere Fragen stellen. Es bedeutete, sie fischten im Trüben. Natürlich. Beide waren gleichzeitig auf dem Klo gewesen? Das hieß, sie suchten nach Drogen.

Cafferty lächelte schmallippig. »Hättest ruhig auf einen Gratisdrink bleiben können, Shiv.« Er vermutete, dass Lady Isabella jeden Augenblick in ihre Clutch greifen, ein kleines Tütchen hervorzaubern und sich dessen Inhalt mit ihren Kumpels teilen würde. Scoular würde noch eine Flasche Champagner kaufen, der Club würde also trotzdem Umsatz machen. Nicht alle würden koksen – Scoular hatte lieber eine saubere Nase. Aber Cafferty hatte sowieso genügend Aufnahmen, darunter auch von dem unglückseligen Salman bin Mahmoud. Vielleicht würde er sie ja gar nicht verwenden, aber man wusste ja nie, oder? Und in der Zwischenzeit würde er ihnen sein Beileid aussprechen. Hatten sie nicht gerade einen Freund verloren? War der Abend heute nicht sogar eine Art Trauerfeier? Vielleicht würde er sogar die Frage einfließen lassen, die ihm mehr als alles andere durch den Kopf ging: Was hatte der junge Prinz in einem so unwirtlichen Teil der Stadt zu suchen, so weit entfernt von seinem georgianischen Townhouse und dem ganzen Drum und Dran? Hatte Cafferty auf den vielen Stunden Videomaterial etwas übersehen? Wenn er das nächste Mal das System aufrüstete, musste auf jeden Fall eine Tonspur her; bis es so weit war, erhob er sich in aller Feierlichkeit, die ihm zur Verfügung stand, und hob sein frisch aufgefülltes Glas.

Tag 2

6

Rebus war auf dem Sofa aufgewacht und hatte gemerkt, dass er aufmerksam beobachtet wurde.

»Wo ist mein Daddy?«, fragte Carrie leise.

Er setzte sich auf und schaute auf die Uhr. Kurz nach sieben. Seine Enkelin war noch im Schlafanzug.

»Ich hab Mummy weinen hören«, fuhr sie fort. »Ist Daddy weg, weil Mummy ihn angeschrien hat?«

»Angeschrien?«

»Beide haben geschrien. Aber Daddy hat versucht, nicht so laut zu sein.« Sie schob die Unterlippe vor.

Rebus zwinkerte sich den Schlaf aus den Augen. »Sie haben sich gestritten? An dem Abend, an dem Daddy weg ist?«

»Weil ich Daddy erzählt hab, dass wir bei den Hühnern waren.« Sie war kurz vor den Tränen.

»Das ist nicht deine Schuld, Carrie, nichts davon.« Rebus hielt inne. Dann: »Was für Hühner?«

»Die von Jess«, schniefte seine Enkeltochter.

»Du solltest dich anziehen«, sagte Rebus. »Wir sehen uns beim Frühstück. Mach dir keine Sorgen, okay?«

Ohne ein weiteres Wort trottete sie in ihr Zimmer zurück. Rebus stieg rasch in seine Klamotten und legte die Daunendecke, so gut es ging, zusammen, dann öffnete er das Fenster zum Lüften. Über Nacht hatte es draußen geregnet, und jetzt klarte der Himmel auf. Den Wind hörte er aber immer noch. Er verfing sich in den Vorhängen, zerrte daran. Samantha hatte ihnen beiden einen Whisky eingeschenkt, und sie hatten zusammengesessen und geredet – hauptsächlich über Unverfängliches und sehr bemüht, sich bloß nicht zu streiten. Jetzt klopfte sie an die Wohnzimmertür, brachte ihm einen Becher Kaffee.

»Gut geschlafen?«

»Wie ein Baby.«

»Sind Cornflakes okay für dich? Wir haben sonst nicht viel.«

»Meistens genügt mir Kaffee.«

Sie nickte, war mit den Gedanken woanders.

»Keine Neuigkeit.« Eher eine Feststellung als eine Frage.

Sie schüttelte den Kopf. »Ich mach Frühstück«, sagte sie, drehte sich um und ging.

»Ich hab gestern was vergessen, was ich dich noch fragen wollte, Samantha – der Beifahrersitz von dem Volvo war feucht.«

»Das Fenster war unten.«

»Als du den Wagen gefunden hast?«

Sie nickte wieder. »Es hat reingeregnet.«

»Hast du eine Ahnung, *warum* es offen gewesen sein könnte?«

»Ich mach Frühstück«, wiederholte sie.

»Warte mal – da ist noch was. An dem Abend, an dem Keith weg ist, habt ihr euch gestritten, oder? Wegen eines Besuchs bei Jess Hawkins?«

Samanthas Miene verdüsterte sich. »Das kleine Früchtchen.«

»Du darfst ihr keine Vorwürfe machen – das tut sie selbst schon genug. Aber dir ist nicht eingefallen, Creasey was davon zu erzählen.«

»Na und?«

»Wenn er sich umhört und es von jemand anderem erfährt …«

»Da war nichts, Dad, ehrlich. Keith war nicht einverstanden damit, dass ich weiter dorthin fahre, aber ich mag die Leute. Die sind auf meiner Wellenlänge.«

»Mehr auf deiner als auf der von Keith?«

»Ich weiß nicht … in mancher Hinsicht …« Sie starrte ihren Vater an. »Wirst *du's* ihm sagen?«

»Mir ist lieber, er hört es von dir.«

»Und mir ist lieber, du hältst dich da raus.« Sie verließ den Raum, knallte die Tür hinter sich zu.

Rebus wartete, bis er Stimmen in der Küche hörte – Mutter und Tochter sprachen über ein Schulprojekt –, dann ging er zum Duschen ins Bad. Bis er in die Küche kam, waren sie fast fertig mit dem Frühstück. Er schaute auf die verbliebene Schüssel und den Löffel und begriff, dass das wohl Keiths Platz war. Rebus blieb stehen, versuchte, nicht im Weg zu sein. Samantha ratterte eine Liste mit Dingen herunter, die ihre Tochter nicht vergessen durfte, während sie Geschirr in die Spülmaschine räumte.

»Hab ich schon gemacht«, erwiderte Carrie auf jeden einzelnen Punkt.

»Dann hol deine Jacke und die Tasche«, sagte Samantha schließlich, schloss die Klappe der Spülmaschine.

»Ist das okay, wenn ich dich in die Schule bringe?«, fragte Rebus.

Carrie guckte misstrauisch anlässlich des Bruchs mit der gewohnten Routine.

»Ich weiß nicht, ob das wirklich nötig ist«, sagte Samantha kalt.

»Würde ich aber gerne.« Rebus' Blick war auf seine Enkelin gerichtet.

»Wäre das in Ordnung für dich?«, fragte er.

Schließlich nickte Carrie.

»Danke«, sagte Rebus.

Sie gingen ein oder zwei Minuten lang schweigend nebeneinander her, Carrie warf immer wieder Blicke über die Schulter zurück zum Haus, Samantha hielt ihr Handy wie einen Talisman in der freien Hand. Trotz seiner sehr übersichtlichen Größe verfügte Naver sowohl über eine Grund- wie auch eine weiterführende Schule, wobei jeweils eher Dutzende als Hunderte von Schülern dort angemeldet waren. Samantha war immer sehr begeistert vom Unterrichtsniveau gewesen, und als Rebus sie danach fragte, ratterte Carrie die Vorzüge ihrer aktuellen Lehrerin herunter.

»Das Problem ist eher, die Lehrer auch zu halten«, setzte Samantha hinzu. Als sie in den Ort hineinkamen, sah Rebus dass die Haube seines Saab hochgeklappt war, ein Mann im blauen Overall und gefütterter Jacke beugte sich über den Motor.

»Ich werde euch hier verlassen«, sagte Rebus zu seiner Tochter und seiner Enkelin. »Viel Spaß in der Schule, Carrie.«

Sie gab ein gleichgültiges Geräusch von sich und hopste vor ihrer Mutter davon. Rebus sah ihnen nach, hoffte, Samantha würde sich noch einmal zu ihm umdrehen, damit er winken konnte. Aber sie tat es nicht. May Collins kam mit einem Becher Tee aus dem Glen. Der Mechaniker unterbrach die Arbeit, um ihn ihr abzunehmen. Zur Begrüßung lächelte sie Rebus an.

»Das ist John«, teilte sie dem Mechaniker mit. »Samanthas Vater.«

»Mick Sanderson«, sagte der Mann, winkte mit öligen Fingern, um sich dafür zu entschuldigen, dass er ihm nicht die Hand geben konnte. Er war Mitte zwanzig, hatte lockige rote Haare und ein Gesicht voller Sommersprossen.

»Danke, dass Sie sich drum kümmern«, sagte Rebus. »Haben Sie schon festgestellt, woran's liegt?«

»Gerade erst angefangen«, erklärte Sanderson. »Kann alles Mögliche sein. Je älter ein Wagen, umso mehr Zuwendung braucht er.«

»Kann sein, dass ich ihn ein bisschen vernachlässigt habe.«

»Glauben Sie mir, das hab ich schon gemerkt.«

»Wenn es sich reparieren lässt«, warf May Collins ein, »dann ist Mick der Richtige dafür. In der Kommune gibt's einen Traktor, der eigentlich ins Museum gehört – aber Mick bekommt ihn Jahr für Jahr doch noch mal in Gang.«

»Ist das denn wirklich eine Kommune, Mick?«, fragte Rebus.

Der Mechaniker zuckte mit den Schultern. »Kann man schon so nennen. Wir leben alle zusammen, teilen uns die Arbeit – Sie dürfen gerne mal vorbeikommen.«

»Vielleicht mach ich das.« Rebus hielt inne. »Sie wissen bestimmt, warum ich hier bin?«

»Das mit Keith hab ich gehört, falls Sie darauf hinauswollen.«

»Kennen Sie ihn denn?«

»Er war mal mit Samantha bei uns.«

»Aber ihm hat's nicht genauso gut gefallen wie Samantha.« Sanderson zuckte mit den Schultern. »Oder lag es doch eher an den Leuten, die ihm missfallen haben?«

»Meiner Erfahrung nach sind Orte und Menschen mehr oder weniger dasselbe.«

»Er arbeitet in einem Atomkraftwerk – da fehlt ihm wohl irgendwie die richtige New-Age-Einstellung.«

»Aber er hilft bei der Stilllegung, oder? Sorgt dafür, dass es sicher ist. Dagegen hat niemand was. Wohingegen dieser Benzinfresser hier …« Sanderson klopfte mit den Fingerknöcheln auf den Saab.

»Zu meiner Verteidigung muss ich sagen, dass ich ihn vor Beginn der Erderwärmung gekauft habe.«

May Collins lachte, und selbst Sanderson gelang der Ansatz eines Lächelns.

»Ich vergesse meine Manieren«, sagte May. »Darf ich Ihnen einen Tee bringen, John?«

»Nein, danke.« Dann an Sanderson: »Hat May Ihnen schon meine Nummer gegeben?«

»Wenn's was Neues gibt, lasse ich es Sie wissen. Ich nehme an, es reicht, wenn Sie damit bis in die nächste Werkstatt kommen?«

»Wenn das die einzige Möglichkeit ist.«

»Ich will sehen, was ich machen kann.«

Rebus nickte. »Noch mal danke. Hat Ihre Kommune eigentlich einen Namen?«

»Eigentlich nicht.«

»Und wie sind die Öffnungszeiten für Besucher?«

»Tag und Nacht, irgendjemanden werden Sie immer antreffen.« Sanderson hatte seinen Becher auf den Asphalt gestellt und beugte sich jetzt wieder über den Motor.

»Samantha und Carrie waren an dem Tag dort, an dem Keith verschwunden ist.«

»Aha?«

»Bei den Hühnern.«

»Kann sein, dass ich woanders zu tun hatte.«

Rebus sah dem Mann noch ein bisschen bei der Arbeit zu. »Dann lass ich Sie erst mal werken.«

May Collins drückte seinen Arm. »Wir machen um zwölf auf«, sagte sie. »Kommen Sie mit Samantha zum Mittagessen. Gibt nur Suppe und Sandwiches, aber die tun ihr bestimmt ganz gut.«

»Ich frage sie«, versprach Rebus.

Sie drückte seinen Unterarm noch ein bisschen fester. »Machen Sie das.«

Rebus ging – die Hände in die Tasche gesteckt und die Jacke bis zum Hals zugeknöpft – zum Bungalow zurück. Wahrscheinlich waren es nur drei oder vier Grad kälter als in Edinburgh, aber der Wind kam aus nördlicher Richtung und ließ sich nicht bändigen, offenbar nicht einmal im Sommer. Die Haustür war noch unverschlossen. Er ging hinein, war aber ruhelos, suchte und fand die Schlüssel vom Volvo. Samantha hatte ihn wohl aus der Haltebucht hergefahren und draußen geparkt. Er schrieb eine Notiz und legte sie auf den Küchentisch – Samantha sollte nicht denken, Keith sei zurück und habe den Wagen geholt. Aber als er gehen wollte, kam sie schon wieder zurück.

»Ich fahr mal durch die Gegend«, sagte er.

»Auf meine Gesellschaft legst du wohl keinen Wert?«

»Das ist es nicht. Aber auf mich alleine gestellt kann ich am besten arbeiten.«

»Dann willst du also doch nicht nur durch die Gegend fahren.«

»Wahrscheinlich schon. Kannst du Keiths Kollegen und Freunde anrufen, während ich weg bin – hören, ob's was Neues gibt? Vielleicht hast du beim ersten Mal ja jemanden vergessen.«

Sie betrachtete das Handy in ihrer Hand. »Der Detective hat angerufen.«

»Creasey?«

»Gleich nachdem ich Carrie abgeliefert hatte. Er hat noch Fragen über mich und Jess.« Sie bedachte Rebus mit einem vorwurfsvollen Blick.

»Ich hab nichts gesagt. Hast du ihm das mit dem Streit erzählt?«

»Das war kein Streit.«

»Trotzdem.« Rebus hielt inne. »Um die Mittagszeit bin ich wieder da – May Collins hat gesagt, wir sollen bei ihr im Pub essen.«

»Mal sehen«, lenkte Samantha ein.

Rebus beugte sich vor und wollte ihr ein Küsschen auf die Wange drücken, aber sie wandte sich ab. Es blieb ihm nichts anderes übrig, als zum Wagen zu gehen.

Er verließ den Ort in westlicher Richtung auf der A 836. Auf der einen Seite war Küste – wenn auch größtenteils außer Sichtweite –, auf der anderen Berghänge mit wcidenden Schafen. Endlich fiel ihm ein improvisiertes Schild auf, das ihn auf eine Herberge und ein Café für Rucksackreisende aufmerksam machte. Sie bestand aus einem relativ großen, solide gebauten Haus mit einem modernen einstöckigen Anbau. Er hielt auf dem ungepflasterten Parkplatz und ging zu der Holztür, an der ein handgeschriebenes Schild hing mit der Aufschrift: »Ja, es ist wirklich offen – einfach die Klinke drücken«. Er entsprach der Aufforderung und trat in einen Raum, der groß genug war für vier Tische und einen Tresen. Ein Mann ungefähr in seinem Alter stand dahinter und winkte zur Begrüßung.

»Wie kann ich Ihnen helfen?«

»Mit einem Kaffee«, sagte Rebus und sah sich um. An einer Wand hingen zahlreiche Fotos und Postkarten. Die Karten stammten von Wanderern, die sich für die herzliche Gastfreundschaft, für heiße Getränke, Scones und Kuchen bedankten. Die Fotos zeigten Gäste, die vor dem Café im Hintergrund posierten oder an einem Hang Pause machten, schwer beladen mit Rucksäcken und eingepackt in so viele Lagen wie nur möglich. Der Mann wandte sich von der Kaffeemaschine ab.

»Ich vermute mal, Sie sind nicht hergewandert – jedenfalls nicht heute.«

»Verraten mich meine Klamotten?«

»Vor allem Ihr Schuhwerk.«

»Ich interessiere mich mehr für Geschichte als für Geografie.«

»Für Camp 1033?«

Rebus trat näher an den Tresen heran. »Genau. Jemand vom Local History Workshop hat mir davon erzählt.«

»Die kommen manchmal her«, bestätigte der Mann langsam nickend.

»Haben Sie gehört, dass einer von denen vermisst wird?«

»Keith Grant, ja.« Der Mann fixierte Rebus mit einem Blick. »Und Sie sind Samanthas Vater, der so tut, als wäre er irgendein Tourist. Nachrichten sprechen sich herum, wissen Sie?« Er zeigte zum Fenster. »Das ist Keiths Wagen, mit dem Sie gekommen sind.«

»Meine Tochter macht sich große Sorgen«, gestand Rebus. »Ich hör mich nur mal um in der Hoffnung, auf irgendwas zu stoßen.«

»Ihre Tochter kenne ich kaum, aber Keith war – ist – Stammgast. Die mussten ihn abends immer fast wegtragen aus dem

Lager. Dann haben sie zwei Tische zusammengeschoben, damit sie gemeinsam über ihren Karten, Notizen und Fotos brüten konnten. Möchte bezweifeln, dass ich mich von dem, was die verzehrt haben, jemals zur Ruhe setzen kann.« Er brach ab und hielt den Kaffee hoch, den er gerade eingeschenkt hatte. »Wollen Sie den trotzdem, oder war das bloß ein Vorwand?«

»Auf jeden Fall.« Der Becher wurde auf den Tresen gestellt, und Rebus nahm ihn. »Apropos zur Ruhe setzen«, sagte er, »ich kann mir nicht helfen, aber …«

»Sie meinen, in meinem Alter sollte ich mich längst zur Ruhe gesetzt haben?« Der Mann fuhr sich mit den Fingernägeln über eine gerötete Wange. Seine Augen funkelten unter buschigen silbergrauen Brauen. »Na ja, da haben Sie nicht ganz unrecht. Meine Frau und ich sind hergezogen, nachdem wir unser Geschäft verkauft haben. Ursprünglich kommen wir aus Lancaster. Letztes Jahr ist sie gestorben.« Er schaute sich seine Umgebung an. »Das war ihre Idee – sie hatte gerne mit Menschen zu tun. Nicht so, wie wenn man in der Stadt lebt, aber mit Gästen, wissen Sie? Sie hat den meisten ihre Lebensgeschichten entlockt, dann in einem ihrer Notizbücher ein paar Zeilen drüber geschrieben – das war so eine Art Hobby, könnte man sagen.«

»Klingt, als wäre ein Local History Workshop genau ihr Ding gewesen.«

»Oh, das war's auch. Und das ist der Grund, warum die am Anfang überhaupt hergekommen sind – meine Rosemary hatte Camp 1033 sogar als Projekt vorgeschlagen.«

»Tut mir leid, dass sie nicht mehr lebt.«

»Mir auch.« Der Mann streckte Rebus eine Hand hin. »Ich bin übrigens Ron Travis.«

»John Rebus. Dann kennen Sie Keith also recht gut, Ron?«

»Weshalb ich genauso im Dunkeln tappe wie Sie. Einfach so zu verschwinden, das sieht ihm überhaupt nicht ähnlich, wenn Sie mich fragen.«

»Vielleicht hatte er ja einen Unfall?«

Travis dachte darüber nach, rieb sich wieder über die Wange. »Denkt Ihre Tochter das?«

Rebus musterte den Mann. »Mir ist klar, dass es nicht leicht ist, hier Geheimnisse zu bewahren.«

»Die Kommune lebt nicht weit von hier, oder?«

»Fünf Minuten die Straße weiter.«

»In der Nähe vom Camp?«

Travis nickte. »Hierher verschlägt es alle möglichen Leute, John. Solche wie mich und Rosemary, die sich verändern wollen, und dann solche wie Hawkins und seine Leute, die so was Ähnliches suchen wie wir. Bei den Einheimischen kommt das nicht immer gut an, die leben seit Jahrzehnten hier und müssen sich irgendwie einen Lebensunterhalt zusammenkratzen.«

»Samantha und Keith sind auch erst spät hergekommen.«

»Aber sie haben ein Kind – da wird man schneller akzeptiert. Die Hälfte der Leute im Local History Workshop stammten von woanders. Schon komisch, dass ausgerechnet sie es sind, die die alten Geschichten am Leben erhalten wollen.«

»Keith hat auf jeden Fall für Camp 1033 dran gearbeitet. Er hat seine Garage zum Museum umfunktioniert.«

»Na ja, das ist ja auch eine interessante Geschichte – und praktisch vergessen. Haben Sie das Camp gesehen?«

»Da wollte ich als Nächstes hin.«

»Sie wissen, dass alle möglichen Leute dort untergebracht waren? Gleich nach Kriegsbeginn fing der Horror schon an.

Italiener und Deutsche, die seit Generationen im Land gelebt hatten, wurden plötzlich interniert. Später dann Kriegsverbrecher – unverbesserliche Nazis und solche Leute. Die Polen haben sogar ihre eigenen Landsleute eingesperrt, wenn ihnen deren Nase nicht gefallen hat. Polnische Infanteristen sind hier die halbe Küste entlang patrouilliert.«

Er sah Rebus' Blick, mit dem er ihn bedachte. »Kann's mir nicht verkneifen, manchmal mitzuhören, wenn die vom Workshop sich unterhalten. Die träumen davon, das Lager zu kaufen und ein Touristenzentrum draus zu machen. Das war Keiths Idee, erinnere ich mich. Leider wird nichts draus werden.«

»Ich hab gesehen, was für Summen dazu nötig wären.«

»Selbst wenn die das Geld aufbringen würden, möchte ich bezweifeln, dass der Besitzer verkauft.« Travis schmunzelte. »Er wollte die ganze Gegend hier schon mal zum Spaceport machen.«

»Zum was?«

»Zum Weltraumbahnhof, von dem aus Satelliten starten. Wurde aber abgelehnt. Danach sollte es ein Dark-Sky-Park werden – für Hobby-Astrologen. Ein großes neues Hotel und jede Menge kleine Ferienhäuschen. Soweit ich weiß, hängt das Vorhaben noch am Reißbrett, allerdings soll's inzwischen ein Golfplatz mit dazugehörigem Country Club werden.«

»Aber das Haus hier gehört Ihnen?«

Travis nickte. »Im Prinzip bin ich eingepfercht zwischen Tausenden von Hektar, die Lord Strathy gehören – der selbst natürlich lieber in London lebt als hier oben.«

»Lord Strathy gehört auch das Land der Kommune, oder?«

»Aber die Rechnung hat er ohne Jess Hawkins gemacht. Hawkins hat den Pachtvertrag so hinbiegen können, dass es wahnsinnig kostspielig wäre, ihn woanders hinzuverfrachten, wenn er das nicht will. Ich habe gehört, dass Strathy eine Reihe von teuren Anwälten darauf angesetzt hat, Schlupflöcher im Vertrag zu finden. Bislang ohne Erfolg.«

»Hab nie was von diesem Lord Strathy gehört.«

»Eigentlich heißt er Meiklejohn mit Nachnamen – wahrscheinlich gibt's Dutzende von Grundbesitzern, von denen Sie nie was gehört haben. Was die nicht davon abhält, über einen Großteil des Landes zu verfügen, das Sie und ich unsere Heimat nennen. Kennen Sie die Theatertruppe 7:84?« Rebus schüttelte den Kopf.

»Der Name ist reine Statistik – sieben Prozent der Bevölkerung gehören vierundachtzig Prozent des gesamten Vermögens. Und das schon seit einer ganzen Weile.«

»Meinen Sie nicht, dass sich das Verhältnis allmählich ein bisschen zum Guten verändert.«

»Manchmal denke ich, ich bin nur deshalb hier gelandet, damit ich nicht mehr damit leben muss. Rosemary und ich, wir waren früher aktiv – auf Demos, haben Unterschriften gesammelt und so. CND, Anti-Apartheid, Friends of the Earth. Als Tony Blair gewählt wurde, haben wir uns zwei Tage lang vor Freude betrunken.« Er lächelte bei der Erinnerung daran. »Hat dann aber eigentlich doch kaum einen Unterschied gemacht.«

»Und trotzdem habe ich das Gefühl, dass Sie kein großer Freund der Kommune sind.«

»Meiner Ansicht nach haben die der Welt den Rücken gekehrt. Solange es ihnen selbst in ihrer kleinen Blase gut geht, können wir anderen zur Hölle fahren. Und Hawkins … Na ja, offenbar hat der was, sonst würden die nicht bleiben, aber ich hab keine Ahnung, was das sein soll.« Er schaute Rebus direkt in die Augen. »Samantha hat offenbar auch was in ihm gesehen. Ich vermute mal, Sie haben davon gehört?«

»Hab ich. Hat aber wohl nicht lange gedauert. Danach hat sie die Beziehung zu Keith ja wieder geflickt.«

»Aber geflickt ist geflickt – so schnell vergisst man so was nicht.«

Draußen fuhren zwei Motorradfahrer vor, ihre Bikes waren mit Campingausrüstung beladen. Die Fahrer stiegen ab, schälten sich aus mehreren Schichten Leder und nahmen ihre Sturzhelme ab. Beide waren bereits grauhaarig.

»Die Ersten heute«, meinte Travis.

»North Coast 500?« Rebus sah Travis nicken. »Was schulde ich Ihnen für den Kaffee?«

»Zweifünfundsiebzig. Die Toilette ist, wenn Sie rausgehen, links – im Camp 1033 werden Sie nicht viel finden.«

»Danke.«

»Viel Glück, John. Sagen Sie Ihrer Tochter, ich denke an sie.«

»Mach ich.«

Die Biker grüßten Rebus, als er an ihnen vorbeiging. Er hielt sie für Skandinavier, konnte sich aber auch irren. Sie sahen gesund aus, zufrieden mit der Welt. Er spürte sein Herz hämmern, wegen der Koffeinzufuhr. Seine Knie und sein Rücken schmerzten noch nach der langen Fahrt am Vortag, und er hatte einen leichten Schädel von dem Whisky, den er mit Samantha getrunken hatte. Er setzte sich in den Volvo und verfasste eine Nachricht an Siobhan Clarke, brachte sie auf den neusten Stand hinsichtlich des Saab und hoffte, Brillo würde sich ohne ihn nicht zu sehr quälen. Er versuchte sich vorzustellen, den ganzen Tag lang draußen auf einem Motorrad herumzufahren, dann ein Zelt aufzubauen und reinzukriechen, Schutz zu suchen vor den Elementen – und dasselbe am nächsten Tag wieder.

»Jedem das seine«, brummte er vor sich hin, wünschte, er hätte nicht das Rauchen aufgeben müssen.

Sein Handy teilte ihm klingelnd mit, dass er wieder Empfang hatte und einen Anruf bekam. Eine Nummer aus Edinburgh, die er aber nicht kannte. Er meldete sich trotzdem.

»Hallo?«

»John? Hier ist John Neilson. Ich hab gehört, du bist umgezogen.«

Ein ehemaliger Polizist, zehn Jahre älter als Rebus und damals, als sie miteinander zu tun hatten, am Gayfield Square und in der High Street stationiert. Früher waren sie hin und wieder was trinken gegangen.

»Wer hat mich denn verpetzt?«

»Kirsty.«

Die Besitzerin der Oxford Bar. Eine der wenigen Auserwählten, denen Rebus sich anvertraut hatte.

»Sie dachte, du hättest nichts dagegen, dass ich's weiß.«

»Da hat sie zufällig recht.«

»Wegen deiner COPD?«

»Denke mal, ja.«

»Wir werden alle nicht jünger. Wollte nur fragen, wie du so zurechtkommst.«

Rebus ließ sich was einfallen. »Steckst du immer noch die Nase so oft in Bücher, John? Vielleicht könntest du mir helfen. Ich interessiere mich neuerdings für Gefangenenlager im Zweiten Weltkrieg.«

»Ist ja ein heiteres Thema.«

»Ich hab eine Liste mit Dokumenten und Büchern, die ich aufzutreiben versuche.«

»Da brauchst du keine Bibliothek, so was findest du im Internet.«

Rebus hatte vergessen, dass Neilson sich seit seiner Pensionierung sehr mit Computern beschäftigte. Einmal hatte er damit angegeben, eine gelöschte Festplatte wiederhergestellt zu haben. »Wie finde ich raus, welche Websites mir weiterhelfen?«, fragte er.

»Über Lager in Deutschland?«

»In Großbritannien«, korrigierte ihn Rebus. »Internierungslager, weniger Kriegsgefangenenlager, aber speziell Camp 1033.« Er hörte, dass Neilson einen Stift nahm und mitschrieb.

»Ich schicke dir ein paar Links. Wie lautet deine E-Mail-Adresse?«

Rebus buchstabierte sie ihm.

»AOL, John?«, schmunzelte Neilson. »Du bist wirklich ein Dinosaurier. Überlass das mir.« Er hielt inne. »Dann ist der Umzug also gut über die Bühne gegangen? Ich weiß, so was kann ganz schön traumatisch sein. Wann darf ich mir die Wohnung denn mal ansehen?«

»Lass mich erst auspacken. Kannst du mir die Info beschaffen?«

»Bisschen Polizeiarbeit – ich vermisse das genauso wie du.«

Rebus beendete das Gespräch, ließ den Volvo an und fuhr wieder auf die Straße.

7

Er fuhr an Camp 1033 vorbei, ohne es zu merken, hielt es zunächst nur für eine Ansammlung verfallener Farmgebäude. Als er seinen Irrtum bemerkte, wendete er, parkte auf dem Grasstreifen neben der Straße und blieb an einem umgestürzten, circa einen Meter hohen Zaun stehen. Auf den Fotos in Keiths Garage hatte man gesehen, dass das Lager in den Vierzigerjahren von einem hohen Zaun mit Stacheldraht umgeben war, der Zugang war nur durch ein hohes Tor möglich. Nichts davon war geblieben. Das einzige noch vorhandene Tor reichte Rebus bis zur Brust, und wäre er jünger und gelenkiger gewesen, hätte er problemlos darüber springen können. Ein Schloss gab es nicht, das hohe Gras verhinderte, dass es sich öffnen ließ.

Ein kräftiger Stoß, und schon war er auf dem Gelände. Überwucherte Wege führten zwischen den Überresten länglicher Wellblechbaracken hindurch, die Dächer waren größtenteils nicht mehr vorhanden, die Fenster zerbrochen. Hier und da Graffiti, aber nicht viel. Eine große blaue, mit Steinen beschwerte Abdeckplane, zeigte an, wo die Leute vom Local History Workshop ihre Ausgrabungen machten.

Während Rebus weiter auf das Gelände vordrang, wurde ihm bewusst, dass es größer war, als er angenommen hatte. Er erinnerte sich an die Pläne in der Garage. Sie hatten nicht nur Baracken gezeigt, sondern auch eine Trinkwasseranlage, ein

Küchengebäude, eine Arztpraxis, Wärterräume und mehr. Ein trostloser Ort und gerade deshalb perfekt. Hätte sich jemand in die Berge abgesetzt, hätte er sich über Tage verlaufen, wäre immer schwächer geworden, ohne je wieder die Zivilisation zu erreichen. Wäre er an der Straße entlanggegangen, hätte man ihn in seiner Gefangenenkleidung sofort entdeckt. Rebus spähte durch den offenen Türeingang einer der Baracken. Früher mussten dort Stockbetten gestanden haben und ein Ofen, vermutlich nicht viel mehr. Mit einiger Sicherheit hatte es keinerlei Wärmedämmung gegeben, nur dünne Betonwände und ein Wellblechdach.

Rebus zog sein Handy aus der Tasche und merkte, dass der einzelne Balken, der ohnehin nur ein schwaches Signal angezeigt hatte, nun gänzlich verschwunden war. Erneut trieb Regen landeinwärts. Es fuhren weder Autos vorbei, noch ließen sich sonstige Lebewesen blicken. Nicht mal Vögel am Himmel. Er hatte sich selten weiter von der Behaglichkeit eines Zuhauses entfernt gefühlt. Da er Travis' Rat nicht gefolgt war, meldete seine Blase plötzlich Beschwerde an, weshalb er ein von der Straße uneinsehbares Stück Mauer auswählte und den Reißverschluss seiner Hose aufzog. Als er fertig war, stapfte er tiefer ins Lager hinein, versuchte sich vorzustellen, wie es bewohnt aussehen würde – mit Internierten und Wärtern. Von Ersteren mehrere Hundert, aber von Letzteren vermutlich nur einige Dutzend und diese bewaffnet mit Gewehren und Pistolen.

Zu seiner Linken befand sich eine weitere Unterbringungsbaracke, die etwas besser erhalten war, insofern als sowohl Dach und Tür noch intakt waren, auch wenn sich in den Fensterrahmen, wie Rebus sehen konnte, keine Scheiben mehr befanden. An der Tür war noch ein Knauf, den er drehte. Beim

Eintreten fielen ihm die Überreste einiger Stockbetten auf. Schwarze und graue Asche zeigte, wo vor langer Zeit einmal ein Feuer gemacht worden war, möglicherweise von den Feierfreudigen, die außerdem ein paar verrostete Bierdosen nicht viel weiter davon entfernt hatten stehen lassen. Außerdem lag da noch etwas. Eine braune Ledertasche. Er hob sie auf, aber sie war leer. Dann sah er ein Paar Stiefel hinter einem der Bettrahmen hervorlugen. Langsam sog er eine Lunge voll Luft ein und machte sich auf das Schlimmste gefasst, dann trat er ein paar Schritte näher.

Das Gesicht des Mannes war von Rebus abgewandt, der Körper verdreht und steif.

Rebus erkannte einen Toten, wenn er einen vor sich sah – und auch, ob es sich höchstwahrscheinlich um ein Verbrechen handelte.

»Verdammte Scheiße, Keith«, sagte er leise. Er ging in die Hocke und fühlte am Hals und den Handgelenken nach einem Puls, wusste aber, dass es einem Wunder gleichkäme, wenn er einen finden würde. Und auch, dass dies nicht die Zeit für Wunder war. Einige Fliegen tummelten sich in der klaffenden Wunde am Hinterkopf des Toten. Er wollte sie verscheuchen, erinnerte sich dann aber, dass ihre Larven helfen konnten, den Todeszeitpunkt festzustellen – Deborah Quant hatte es ihm oft genug eingeschärft. Er stand wieder auf und sah auf sein Handy – kein Empfang. Wie sollte er das Samantha beibringen? Was sollte er ihr sagen? Keith war nicht davongelaufen, hatte sich nicht umgebracht und war auch keinem Unfall zum Opfer gefallen.

Er suchte den Boden mit Blicken ab, hoffte, die Waffe zu entdecken, nahm anschließend sein Handy und fotografierte die leere Tasche. Dann, mit einer letzten stummen Entschuldigung gegenüber Keith, verließ er die Baracke und ging zur Beruhigung tief durchatmend zum Volvo zurück.

Er befand sich bereits in Sichtweite von Travis' Hostel, als er erneut auf sein Handy schaute. Immer noch kein Signal. Es half nichts, er musste vor dem Café halten und noch mal rein. Die Biker waren fertig mit ihren Scones und ihrem Kaffee. Travis stand an der Spüle.

»Darf ich mal Ihr Festnetz benutzen?«, fragte Rebus.

»Sie sehen aus, als hätten Sie ein Gespenst gesehen«, scherzte Travis, ahnte aber rasch, was sich hinter Rebus' eigentümlichem Verhalten und der Tonlage verbarg. Er führte ihn hinter dem Tresen entlang in ein enges Büro und verzog sich. Rebus gab die Nummer ein, die der Detective ihm gegeben hatte.

»DS Creasey«, erwiderte die Stimme schließlich.

»Hier ist John Rebus. Ich habe eben gerade Keith Grant tot aufgefunden.«

»Wo?«

»In einer der Baracken in Camp 1033.«

»Dem Internierungslager?«

»Genau dem.«

»Ist er gestürzt?«

»Er wurde von hinten erschlagen. Sein Schädel ist offen.«

»Wer weiß davon?«

»Zum jetzigen Zeitpunkt nur Sie und ich.«

»Wird ein paar Stunden dauern, bis ich ein Team zur Spurensicherung schicken kann. Ich rufe in Thurso an. Die können bis dahin bestimmt ein oder zwei Streifenbeamte entbehren, damit wenigstens schon mal jemand den Tatort sichert.« Creasey hielt inne. »Was hat *Sie* denn dorthin geführt, John?«

»Fragen können Sie später stellen«, sagte Rebus bestimmt. »Jetzt bringen Sie erst mal den Ball ins Rollen.« Er beendete das Gespräch, starrte den Hörer an, rieb sich die Nasenwurzel und versuchte, seine Gedanken zu ordnen. Wenig später ging er zurück ins Café. Travis räumte den Tisch der Gäste ab, und Rebus sah die Motorräder Richtung Tongue davondröhnen.

»Keine Sorge«, sagte Travis, las seine Gedanken. »Die haben nicht vor, sich das Lager anzusehen.« Dann: »Süßer Tee soll ja angeblich helfen bei Schock ...«

Rebus schüttelte den Kopf. »Aber ich muss mich ein bisschen als Wächter betätigen – vielleicht kann ich ein paar belegte Brötchen mitnehmen?«

»Ich kann Ihnen auch was Warmes in einer Thermoskanne machen.«

»Das wäre toll, danke.«

»Darf ich fragen, was passiert ist?«

»Leider nicht.«

»Der arme Kerl. Ich hab ihn gewarnt, dass er da nicht übernachten soll.«

Rebus starrte Travis an. »Wirklich?«

»Er hatte einen Schlafsack dabei, aber man kann sich trotzdem eine Unterkühlung holen, selbst im Sommer.«

»Wann war das?«

»Vor ungefähr einem Monat. Nach dem Ärger zu Hause. Eines Abends bin ich vorbeigefahren und hab seinen Wagen am Zaun stehen sehen. Er war in einer der Baracken. Ich hab ihm gesagt, dass ich jederzeit ein Bett hier für ihn habe, aber er wollte es nicht.«

Rebus nahm sein Handy und suchte das Foto von der Tasche.

»Kennen Sie die?«, fragte er, drehte das Display, sodass Travis es sehen konnte.

»Sieht nach seiner Tasche aus. Da hat er seine ganzen Unterlagen drin gehabt.« Travis hielt inne. »Und natürlich seinen Laptop.« Er schien die Bedeutung des Fotos zu realisieren. »Dann ist er wohl nicht an der Kälte gestorben?«, vermutete er.

Rebus schüttelte den Kopf, sagte nichts.

»Oh.« Das Blut wich aus Travis' Wangen. »Ich hole Ihnen die Thermoskanne«, sagte er zerstreut, trottete in die Küche. »Schinken oder Käse auf die Brötchen?«

»Vielleicht eins so, eins so.«

»Na klar.«

Fünf Minuten später war Rebus wieder unterwegs, hatte Travis ermahnt, mit niemandem darüber zu sprechen. Er parkte an derselben Stelle wie zuvor, blieb aber dieses Mal im Wagen sitzen, ließ ein Fenster herunter, bis der Wind den Regen hereinwehte. Das Radio fand auf keiner Frequenz einen Sender. In der Thermoskanne war Linsensuppe, die Rebus wie Schlamm in den Becher kippte, für seinen Geschmack war sie versalzen. Wobei er sie aber gar nicht richtig schmeckte, ebenso wenig die Brötchen. Travis hatte noch Salatblätter und Tomate draufgetan, aber Rebus hatte beides ins Gras geworfen.

Fast eine ganze Stunde verging, bis er einen Wagen herankommen hörte. Das Blaulicht des Streifenwagens leuchtete, als er schlitternd neben dem Volvo hielt, praktisch die Straße versperrte. Rebus stieg aus und sah vier uniformierte Beamte – drei Männer, eine Frau – aus dem Fahrzeug steigen.

»Die Blaulichtbrigade aus Thurso, nehme ich an?«, fragte er.

»Uns wurde gesagt, wir sollen uns beeilen.«

»Jedenfalls haben Sie's geschafft, jedes lebendige Wesen im Umkreis von vierzig Meilen darauf zu stoßen, dass was passiert ist. Die Gerüchteküche fängt vermutlich in diesem Augenblick an zu brodeln.«

»Wer sind Sie überhaupt?«, fragte der Fahrer, hielt Angriff offenbar für die beste Verteidigung.

»Ich bin derjenige, der die Polizei gerufen hat. Wie lange wird es dauern, bis die Spurensicherung kommt?«

»Dann haben Sie auch die Leiche gefunden?« Alle vier Beamte drehten sich zum Camp um. Einer griff auf den Rücksitz des Streifenwagens und holte eine Rolle mit blau-weißem Klebeband aus dem Wagen, auf dem in regelmäßigen Abständen »Polizei« stand.

»Bis wir mehr wissen, gilt das gesamte Lager als Tatort«, sagte Rebus. »Ihr vier bewacht die Eingrenzung, das heißt den Zaun.« Er nickte Richtung Absperrband. »Ich würde sagen, wenn das alles ist, habt ihr wahrscheinlich ein paar Hundert Meter zu wenig davon mitgebracht.«

»Wer sind Sie?«, fragte der Fahrer erneut mit neugierigem Blick.

»Ich bin einer, der es zu seiner Zeit mit mehr als genug Mordfällen zu tun hatte. Und wenn ihr keinen Anschiss von der Mordkommission bekommen wollt, sobald die Kollegen hier sind, dann lasst euch lieber von mir sagen, was ihr zu tun habt – verstanden?«

»Sie haben uns keine Anweisungen zu geben«, behauptete der Fahrer, trat einen Schritt auf Rebus zu und musterte ihn von Kopf bis Fuß. »So weit ich sehen kann, haben Sie überhaupt niemandem Anweisungen zu geben. Also tun Sie uns einen Gefallen und zeigen Sie uns, wo wir die Leiche finden.

Danach – und das sage ich mit allem gebührenden Respekt, Sir – verpissen Sie sich dorthin, woher Sie gekommen sind.«

Zwei seiner Kollegen wollten nicht warten. Sie waren bereits über das Tor gestiegen. Wenige Sekunden später trotteten sie auf die nächsten Gebäude zu. Rebus zuckte resigniert mit den Schultern und kehrte zum Volvo zurück, sah den vier Streifenbeamten nach, die jetzt alle auf das Lagergelände wanderten und außer Sichtweite verschwanden. Er wusste, dass er bleiben würde, wo er war. Zum Teil, weil Creasey mit seinem Team vermutlich bereits unterwegs war, aber vor allem, um hinauszuzögern, was ihm in Naver bevorstand. Er erinnerte sich, wie Carrie ihn beobachtet hatte, als er schlafend auf dem Sofa gelegen hatte.

Wo ist Daddy?

Ich hab Mummy weinen hören.

Vor Ende des Tages würden noch sehr viel mehr Tränen vergossen werden.

8

In der Nacht hatte es einen weiteren Überfall gegeben, eine chinesische Studentin war von hinten angegriffen und anschließend am Boden liegend getreten worden. Man hatte sie in die Notaufnahme gebracht und inzwischen wieder entlassen. Tess Leighton und George Gamble hatten den Auftrag erhalten, sie in ihrer Wohnung zu befragen.

»Spricht nicht gerade fließend Englisch«, sagte Gamble mit Blick auf sein Notizbuch. »Eine Freundin hat gedolmetscht.«

»Dass sie unter Schock stand, hat's auch nicht besser gemacht«, unterbrach Leighton, verschränkte die Arme vor der Brust. Sie befanden sich im MIT-Büro, die anderen Teammitglieder hörten aufmerksam zu. DCI Sutherland hatte sich den Tatort auf der Straßenkarte an der Wand angesehen, rot eingekreist. Argyle Place in Marchmont.

»Hauptsächlich Geschäfte im Erdgeschoss«, erklärte ihm Leighton. »Ein Pub an der Ecke. Bislang keine Zeugen. Eine andere Studentin, die auf dem Nachhauseweg war, hat das Stöhnen gehört. Und ihr aufgeholfen. Sie dachte, sie sei gestolpert und gefallen.«

»Dann gehen wir von Tür zu Tür«, sagte Sutherland. »Und überprüfen, ob es Überwachungskameras dort gibt. Gibt's keine Beschreibung des Täters?«

»Sie hat auf ihr Handy geschaut, hatte Ohrstöpsel drin und Musik gehört. Gemerkt hat sie's so richtig erst, als sie schon am Boden lag.«

»Die Universitäten und Colleges werden ihre Sicherheitswarnungen noch mal verschärfen«, ergänzte Christine Esson. »Und die Lokalpresse macht online damit auf.«

»Hat der Täter denn irgendwas mitgenommen?«

»Nur ihr Handy«, sagte Leighton. »Weshalb ich denke, dass es vielleicht wirklich einfach ein Überfall war. Trotzdem schlägt die Presse schon wieder Rassismus-Alarm.«

»Studenten und Kinder reicher Eltern galten immer schon als Freiwild«, wiegelte Fox ab. »Eigentlich gibt es keinen naheliegenden Grund, einen Zusammenhang zu Salman bin Mahmoud zu sehen.«

»Was die Presse nicht davon abhält, genau das zu tun«, knurrte Sutherland. »Jetzt hätte ich gerne die guten Neuigkeiten.« Er sah sich im Raum um, fixierte Clarke und Fox. »Siobhan?«

»Wir haben gestern Abend mit Isabella Meiklejohn und Giovanni Morelli gesprochen – hauptsächlich über den Anschlag auf Mr Morelli. Anscheinend sind sie ganz gut über den Verlust ihres Freundes weggekommen.«

»Soll heißen?«

»Sagen wir mal, sie haben nicht direkt Trauer getragen. Anschließend wollten sie noch in den Jenever Club. Nervös wirkten sie auch nicht unbedingt, aber das mag an ihrer Herkunft liegen. Ich würde sagen, sie haben ein ziemlich abgeschottetes Leben geführt.«

»Ich denke, Siobhan will sagen«, schaltete Fox sich ein, »wenn sie wüssten, weshalb ihr Freund zur Zielscheibe wurde, dann haben sie es sich nicht anmerken lassen. Offenbar hatten sie keine Angst, dass ihnen dasselbe Schicksal widerfährt.«

»Herrlich herrklärt«, sagte Esson, tat als würde sie applaudieren.

»Ich wollte nur …«

»Das reicht.« Sutherland hob eine Hand. »Wir werden uns den Überfall von gestern Abend genauer ansehen, konzentrieren uns aber weiter auf den Mord. Ich weiß immer noch nicht ansatzweise genug über Mr bin Mahmoud. Die von der Met sind wie immer behäbig, und von seiner Bank und seinen Handy- und Internetanbietern bekommen wir herzlich wenig Informationen. Ihr müsst euch ein bisschen mehr anstrengen, Leute.«

»Können wir die Regierung bitten, stärker Druck auszuüben?«, fragte Esson.

»Von der Seite hört man inzwischen wenig«, räumte Sutherland ein. »Wenn ihr mich fragt, haben die Saudis mit den Schultern gezuckt. Wenn die Ergebnisse haben wollten, hätten sie's längst bestimmten Ministern und Diplomaten mitgeteilt, und wir hätten einen Arschtritt bekommen.«

»Dazu ist es aber nicht gekommen, weil die Familie des Opfers in ihrer Heimat derzeit nicht hoch im Kurs steht«, vermutete Clarke.

»Und weil keine Handelsabkommen Gefahr laufen, in Mitleidenschaft gezogen zu werden, egal, wie's ausgeht.«

»Es sei denn, er wurde von saudischen Agenten um die Ecke gebracht«, sagte Leighton. Als Gamble schnaubte, drehte sie sich zu ihm um. »Sind schon seltsamere Dinge passiert, George.«

Fox mied Clarkes Blick, war erleichtert, als sein Handy vibrierte. Er schaute auf das Display. Nummer unterdrückt. Rat suchend sah er Sutherland an, der ihm mit einer abrupten

Kopfbewegung den Weg Richtung Tür wies. Fox nahm den Anruf auf dem Weg nach draußen an.

»DI Fox«, sagte er, schloss die Tür hinter sich.

»Malcolm.«

Lang gezogene Sprechweise, leicht nasal. »Cafferty«, sagte er. »Woher haben Sie diese Nummer?«

»War schön, Sie gestern Abend zu sehen. Ich hoffe, Sie haben gefunden, was Sie gesucht haben.«

»Wir wollten wissen, ob Sie Kokain vertreiben.« Fox lauschte der augenblicklichen Stille und dem gebellten Lachen, das ihr folgte.

»Damit hatte ich nicht gerechnet.«

»Womit?«

»Der ungeschönten Wahrheit.«

»Was wollen Sie, Cafferty?«

»Ich hab gehört, es hat einen weiteren Übergriff gegeben. Wurde etwas entwendet?«

»Das Handy des Opfers – warum?«

»Ich wollte meine Dienste anbieten. Jetzt, da Polizisten wie Rebus der Geschichte angehören, habt ihr wertvolle Quellen verloren.«

»Soll heißen?«

»Spitzel und Informanten, Augen und Ohren auf der Straße.«

»Heutzutage spricht man von Human Intelligence. Bieten Sie an, sich umzuhören – wenn ja, darf ich fragen, warum?«

»Betrachten Sie mich als besorgten Bürger. Ist schließlich in niemandes Interesse, wenn die Leute Angst haben, nachts auf die Straße zu gehen.«

»Und das ist die Zeit, in der Sie hauptsächlich Ihren Geschäften nachgehen.«

»Schuldig im Sinne der Anklage.« Kurz herrschte Stille in der Leitung.

»Da ich Sie aber gerade dranhabe …«

»Endlich kommt er zum Punkt.«

»Wissen Sie was? Bei Ihrem spitzen Tonfall überlege ich's mir doch anders. Vielleicht sollte ich damit lieber direkt eine Etage höher gehen.«

»Ich gebe Ihnen gerne die Nummer von meinem Chef.«

»Sutherland meine ich nicht.«

Fox legte die Stirn in Falten. »Wen denn?«

»Ihre Chefin bei Major Crime, Assistant Chief Constable Jennifer Lyon.«

»Und was genau glauben Sie, sollte sie wissen?«

»Das erkläre ich ihr lieber persönlich, Malcolm. Haben Sie meine Adresse?«

»Ich war gestern Abend dort.«

»Ich meine, meine Privatanschrift. In einer halben Stunde – am besten denken Sie sich irgendwas für Siobhan aus. Ihre Chefin würde das auch wollen, glauben Sie's mir.«

Caffertys Wohnung erstreckte sich über die obersten drei Stockwerke eines modernen Gebäudes aus Glas und Stahl auf dem Gelände des ehemals größten Krankenhauses der Stadt, das nun aber unter dem Namen Quartermile einen Imagewandel erfahren hatte. Fox war innerhalb von zwanzig Minuten dort, hatte seinen Arbeitsplatz verlassen, ohne Gründe anzugeben. Er drückte auf die Klingel und wurde eingelassen, fuhr mit dem Fahrstuhl ins Penthouse hinauf. Als er oben eintraf, war die Tür zum Treppenhaus bereits geöffnet und Cafferty selbst stand mit einem Tomatensaft in der Hand im Eingang.

»Kommen Sie rein, kommen Sie«, sagte er zur Begrüßung und ging voran. Der Gang führte in einen riesigen offenen Raum mit Galerie. Bodentiefe Fenster gewährten einen unverbauten Blick über die Meadows bis nach Marchmont und den Pentland Hills dahinter. Im Osten sah man Arthur's Seat und Salisbury Crags, am Gipfel waren schemenhaft die Umrisse abgehärteter Touristen erkennbar.

»Nicht schlecht, hm?«

»Verbrechen zahlt sich wohl aus, wie man so schön sagt.«

Cafferty lachte, gestikulierte in Richtung Küchenzeile. »Einen Kaffee vielleicht?«

Fox schüttelte den Kopf. »Bringen wir's hinter uns«, sagte er.

»Immer sachlich und auf den Punkt – guter Mann.« Cafferty machte es sich in einem Ledersessel bequem, wunderte sich nicht, dass Fox stehen blieb. »Also, es ist folgendermaßen …« Er brach ab. »Sicher, dass ich Ihnen nichts zu trinken anbieten kann?«

»Spucken Sie's aus.«

Cafferty hob sein Glas. »Würde ich gerne, aber das ist eine von meinen fünf Vitaminportionen pro Tag. Der Arzt sagt, ich muss auf meine Gesundheit achten. Will ja nicht enden wie der arme alte Rebus, der nicht mal mehr die Treppe hochkommt.«

Er seufzte, als Fox still und stumm wie eine Statue vor ihm verharrte.

»Also, es ist so – Ihre Chefin, ACC Lyon. Soweit ich höre, soll sie die Karriereleiter ja weiter aufsteigen. Der Chief Constable geht in einem Jahr oder höchstens zwei Jahren in den Ruhestand. Wenn es nach ihm ginge, wäre er schon weg, aber die wollen ihn nicht ziehen lassen. Dabei ist der arme Kerl fix und fertig, hat mit Leib und Seele gekämpft, um die Organisation wieder in den Griff zu bekommen. Beim Budget muss noch einiges passieren, aber ich möchte bezweifeln, dass sich das jemals wirklich ändert.« Er fixierte Fox mit einem Blick und grinste breit. »Wie Sie sehen, Police Scotland ist für mich so etwas wie ein Hobby geworden.«

»Ich habe immer noch nicht gehört, weshalb ich hier bin.«

»Sie sind hier, weil aus dem ungehinderten Aufstieg von Jennifer Lyon ganz plötzlich ein freier Fall werden könnte.« Cafferty machte eine spiralförmige Abwärtsbewegung mit seiner freien Hand. »Was sehr schade für sie wäre. Wobei die Ironie daran ist, dass es nicht mal ihre Schuld wäre, jedenfalls nicht direkt. Hängt alles nur von ihrem Mann ab.« Er nahm einen Schluck Saft, richtete den Blick aus dem Fenster.

Fox schob die Hände in die Taschen; das war keine große Reaktion, aber immerhin eine Reaktion.

»Also, Malcolm, Sie müssen Folgendes tun …« Wieder unterbrach Cafferty sich. »Sicher, dass Sie sich nicht setzen wollen? Sie wirken ein bisschen blass.«

»Sagen Sie's einfach.«

Er nahm erst noch einen weiteren Schluck Saft, schien ihn sich schmecken zu lassen. Und als er endlich so weit war: »Ich kann das alles verschwinden lassen – die Fotos und das Video. Möglich, dass sie nichts davon hören will, Sie können also auch gerne behaupten, dass *Sie* das alles verschwinden lassen können. Mein Name muss gar nicht fallen, wenn Sie's lieber so angehen möchten. Worauf es ankommt, ist nur, dass dies Ihre Überholspur zur nächsten Beförderung ist, sobald Lyon an die Spitze vorgerückt ist.«

Fox' Kiefer verkrampfte. Er wollte Cafferty nicht die Genugtuung gönnen und ihm die naheliegendste Frage stellen.

Cafferty grinste in sein fast leeres Glas hinein. Seine Lippen waren rot gerändert vom Tomatensaft.

»Ich habe immer noch nicht gehört, was *Sie* eigentlich wollen«, sagte Fox leise.

»Die Antwortet lautet: nicht viel. Und nichts Illegales.«

»Dann sagen Sie's mir.«

Cafferty tat, als wollte er sich erheben. »Vielleicht schenk ich mir doch erst mal noch nach …«

»Sagen Sie's mir einfach, verdammte Scheiße!«

Mit zufriedenem Gesichtsausdruck ließ Cafferty sich wieder auf dem Sofa nieder. Dann kam er zur Sache.

Der Scottish Crime Campus befand sich in Gartcosh in einem Neubau auf dem Gelände eines alten Stahlwerks in Lanarkshire, das Land drumherum war größtenteils unerschlossen. Der Hauptsitz von Police Scotland befand sich offiziell in Tulliallan, aber alle wussten, dass die wirklich wichtigen Dinge in Gartcosh passierten.

ACC Jennifer Lyon ging stets zielstrebig durch die Gänge und über die Freiflächen des Bürokomplexes. Fox hatte längst begriffen, dass dies eher dazu diente, Leute davon abzuhalten, sie mit Fragen zu bestürmen, als dass sie dringend ein bestimmtes Ziel erreichen wollte. Auf der gesamten einstündigen Fahrt von Edinburgh hierher hatte er sich seine einleitenden Sätze zurechtgelegt. Trotzdem fühlte sich sein Gehirn an wie leer gefegt, als er Lyon mit mehreren Schlüsselbändern um den Hals auf sich zukommen sah. Er würde sich zum Überbringer von schlechten Nachrichten machen, und das verziehen einem deren Empfänger selten.

»Malcolm«, sagte sie. »Ich nehme an, es gibt was Neues?«

»Was Neues?«

»In dem Mordfall.«

»Nicht direkt, Ma'am.«

Sie neigte leicht den Kopf zur Seite. Ihre Haare waren strohblond, sämtliche graue Strähnen ausgemerzt, und so frisiert, dass sie einem Sturzhelm auf ihrem Schädel glichen.

»Sondern?«, drängte sie.

Fox räusperte sich. »Wir sollten uns lieber ungestört unterhalten, Ma'am.«

Sie sah sich in dem riesigen Vorhof um. Mitarbeiter gingen leise an ihnen vorbei, einige flüsterten in Telefone, andere schauten zu dem gefürchteten und mächtigen Assistant Chief Constable.

»Bitte sagen Sie mir nicht, dass ich Sie aus irgendeinem Schlamassel holen muss.« Fox schüttelte den Kopf. »Zum Glück.« Sie setzte sich erneut in Bewegung, Fox folgte ihr in kurzem Abstand.

Niemand wartete im Empfangsbereich vor ihrem Büro. Ihre Assistentin sah von ihrem Computer auf, erkannte Fox und bedachte ihn mit einem bemühten Lächeln. Lyon saß bereits hinter ihrem sehr aufgeräumten Schreibtisch, als Fox die Tür schloss. Er blieb einen Augenblick stehen, aber ihr böser Blick wies ihn an, Platz zu nehmen. Der verchromte Stuhl war massiv, aber nicht zum bequemen Sitzen geschaffen. Fox' Kehle war trocken. Er räusperte sich erneut.

»Es handelt sich um eine Art Botschaft«, setzte er an. »Von einem, der uns sozusagen freundschaftlich zugetan ist. Ich sage Ihnen gerne, um wen es sich handelt, aber es könnte sich zu Ihrem Vorteil auswirken, wenn Sie es nicht wissen.«

»Vielleicht sagen Sie mir erst mal, wie die Botschaft lautet.«

Sie stützte die Ellbogen auf ihren Schreibtisch, beugte sich leicht vor, um Fox zu signalisieren, dass er ihre ungeteilte Aufmerksamkeit hatte.

»Es geht um Ihren Ehemann, Ma'am. Fotos und Videos, auf denen er zu sehen ist und die Sie in Verlegenheit bringen und sich möglicherweise negativ auf Ihre Karriere auswirken könnten.«

Jennifer Lyon musste die Information erst mal verarbeiten. Ihr Blick driftete vorübergehend ins Leere. Schließlich hob sie die Ellbogen, lehnte sich zurück, zog ihre Schultern gerade.

»Na schön«, sagte sie mit tonloser Stimme. »Wer hat Ihnen das gesagt?«

»Sind Sie sicher, dass Sie's wissen wollen?«

»Herrgott noch mal, sagen Sie's einfach.«

»Morris Gerald Cafferty.«

»Alias Big Ger.« Sie nickte beinahe unmerklich. »Fotos und ein Video?«

Jetzt war es an Fox zu nicken. »Wobei er mir nichts davon gezeigt hat.«

»Unwahrscheinlich, dass er blufft?«

»Er wirkte relativ selbstsicher.« Fox hielt inne. »Es ist Ihnen stets gelungen, Ihr Privatleben aus dem ...«

»Sie wissen, wer mein Ehemann ist, oder?«

Fox wusste es. Dennis Jones, der Vizepräsident einer der neueren Universitäten an der Westküste. »Ich vermute, es geht nicht um finanzielle Unregelmäßigkeiten«, fuhr Fox fort. »Ich wüsste nicht, inwiefern so etwas interessantes Filmmaterial liefern könnte.«

Lyons Mundwinkel zuckten. »Eine Affäre«, sagte sie, den Blick auf ihren Schreibtisch gerichtet. »Und bevor Sie fragen, nicht mit einer Studentin, sie ist Angehörige des Lehrkörpers, ebenfalls verheiratet. Es war dumm, von kurzer Dauer und ist längst vorbei.«

»Apropos dumm … Könnte es sein, dass die beiden gemeinsam in Edinburgh ausgegangen sind? Vielleicht in der Cowgate?«

»Cafferty gehört dort ein Club, nicht wahr? Ausgestattet mit jeder Menge Kameras, nehme ich an.« Sie nahm einen Stift, betrachtete ihn und warf ihn auf den Schreibtisch. »Warum sind Männer nur solche verdammten Idioten?«

»Sie haben gesagt, es ist vorbei – weil Sie dahintergekommen sind?«

»Und weil ich, wie man das so macht, ein Ultimatum gestellt habe.«

»Kürzlich erst?«

Sie sah ihn durchdringend an. »Spielt das eine Rolle?« Aber dann gab sie nach. »Vor ein paar Monaten.« Sie sprang auf, trat hinter ihren Stuhl. Umfasste mit beiden Händen die Lehne. »Also, was jetzt?«, fragte sie.

»Er sagt, er kann das alles ungeschehen machen, wenn wir ihm einen Gefallen tun.«

Lyon schüttelte entschlossen den Kopf. »Sie wissen, dass wir das nicht machen können.«

»Wenn es hilft, es ist nicht illegal. Er will nur, dass wir einen Einsatz einleiten, ein bisschen ermitteln, vielleicht ein paar Überwachungen durchführen …«

»Geht es um einen Konkurrenten?«

Fox zuckte mit den Schultern. »Das nehme ich an. Hinterher wissen wir vielleicht mehr.«

»Was denkt er, wird dabei rauskommen?«

»Ich weiß nicht, ob er das weiß.«

»Und wer ist der Betreffende?«

»Ein Bauunternehmer namens Stewart Scoular.«

»Den Namen kenne ich.«

»Er hat kurze Zeit im schottischen Parlament gesessen. Zufällig habe ich ihn gestern Abend gesehen.«

»Ach?«

»In Caffertys Club. Er war dort mit Freunden von Salman bin Mahmoud.«

»Dann gibt es einen Zusammenhang zu Ihren Ermittlungen?«

Fox schüttelte den Kopf. »Bislang sind wir noch nicht auf ihn aufmerksam geworden.«

»Na ja, dann würde ich sagen, jetzt sind Sie's.«

»Jawohl, Ma'am.«

»Bislang deutet noch nichts auf staatliche Einmischung seitens der Saudis hin?«

»Nein.«

»Ich halte die Special Branch auf dem Laufenden.« Lyon dachte einen Augenblick nach, dann setzte sie sich wieder. »Ich sollte mich mit Cafferty treffen.«

»Bei allem Respekt, aber das wäre leichtsinnig. Ich fungiere gerne als Vermittler.«

»Haben wir etwas über diesen Scoular? Ist er schon mal auf unserem Radar aufgetaucht?«

»Kann es schaden nachzusehen?«

»Sagen Sie's mir, Malcolm, wie weit trauen Sie Ihrem Freund Cafferty?«

»Keinen Zentimeter. Aber er will etwas, und er denkt, dass er über uns die besten Chancen hat, es zu bekommen. Ich bin sehr neugierig, was sich hinter seinem Interesse an Scoular verbirgt …«

»Also kommen wir ihm entgegen, bis wir die Antwort kennen?«

»Oder bis er uns die Fotos und das Video aushändigt.«

Lyon zeigte mit einem Finger auf Fox. »Sie müssen sich ansehen, was er hat, Malcolm. Ich will nichts damit zu tun haben, aber Sie sollten es prüfen. Nur damit wir wissen, dass er uns keinen Mist erzählt.«

»Verstehe.«

»Und je diskreter die Nachforschungen vorgenommen werden, desto besser.« Ihr Blick hellte auf. »Eigentlich ist der Fall, dem Sie zugeteilt sind, ideal dafür – holen Sie Scoular mit ins Boot der Verdächtigen. Kriegen Sie das hin, ohne dass es auffällt?«

»Ich bezweifle, dass ich ihn observieren lassen könnte.«

»Kommt drauf an, was Sie ans Licht bringen, oder?« Ihrer Stimme und ihrem Verhalten war ein Hauch von Verzweiflung anzumerken.

»Ich werde alles tun, was in meiner Macht steht, Ma'am«, sagte Malcolm Fox.

9

Als Rebus auf ein Klopfen hin die Tür öffnete, stand May Collins mit feierlicher Miene davor und hielt ihm zwei große Einkaufstüten entgegen.

»Können Sie haben, wenn Sie wollen«, sagte sie. »Die haben meinem verstorbenen Mann gehört. Sie haben ungefähr dieselbe Größe. Ich gehe mal davon aus, dass Sie jetzt länger bleiben, und hier werden Sie nicht viele Bekleidungsgeschäfte finden …« Sie brach ab.

Rebus nahm ihr beide Tüten ab und schaute in eine davon. »Dann haben Sie's schon gehört?«, fragte er.

»Ach, John, ist das nicht schrecklich?« Ihre Stimme brach. »Wie geht's denn Samantha?«

»Sie hat Carrie zu einer Freundin gebracht.«

»Haben Sie's ihr gesagt?«

Rebus holte tief Luft, nickte beim Ausatmen.

»Muss schrecklich gewesen sein.«

Schrecklich? Rebus war nicht sicher, ob das nicht untertrieben war. Samantha war vor ihm zurückgewichen und hatte nach ihm ausgeholt, als er versucht hatte, sie zu berühren, hatte geheult, gebrüllt und war nicht mehr zu beruhigen gewesen. Aber der Schock war schon wenig später dem Entsetzen gewichen: Was sollte sie Carrie sagen? Welche Worte würden den Schicksalsschlag abmildern? Sie hatte auf ihrem Handy nach der Uhrzeit geschaut. Sie musste los in die Schule. Wo war ihr Mantel?

Rebus: »Setz dich doch erst mal. Nimm dir wenigstens fünf Minuten.«

»Hast du noch nicht genug angerichtet?« Ein Vorwurf, ein Aufschrei gegen den einzigen auf der Welt, der ihr in diesem Moment nah genug war, um ihn zu verdienen. Und als Rebus ihr erneut die Hand reichen wollte, hatte sie danach geschlagen. »Ich bin die ganzen Jahre über wunderbar ohne dich klargekommen …«

Obwohl Rebus gar nicht geantwortet hatte, nickte May Collins – ein mitfühlendes Nicken. »Ich könnte Ihnen einen Tee machen. Oder vielleicht einen Whisky?«

Rebus schüttelte den Kopf, als Collins offenbar etwas wieder einfiel. »Mick hat Ihren Wagen startklar bekommen. Er verspricht nicht, dass Sie damit bis nach Edinburgh kommen, aber ich hab den Schlüssel.«

Rebus nahm ihn ihr ab. »Was bin ich ihm schuldig?«

»Ich glaube nicht, dass er was annehmen würde – jetzt schon gar nicht.« Sie seufzte. »Wenn Sie mich brauchen, wissen Sie, wo Sie mich finden.«

Beide drehten sich um, als sie Autos vorbeirasen hörten. Zwei Pkw, ein Transporter, nicht als Polizeidienstfahrzeuge gekennzeichnet. Kollegen auf dem Weg nach Camp 1033.

»Ich weiß nicht, ob ich das fragen darf«, sagte May Collins leise, »aber hat er's selbst getan?« Rebus' Miene blieb ungerührt. »Also war's ein Unfall?«

»Kein Unfall«, sagte er.

Ihr Mund bildete ein großes O, die Augen wurden größer, als sie begriff.

»Also«, sagte sie, »ich sollte dann wohl mal lieber …« Sie drehte ihren Oberkörper, machte Anstalten zu gehen, hoffte aber wohl, Rebus würde sie einladen zu bleiben.

»Danke für die Klamotten«, sagte Rebus, kehrte in den Bungalow zurück und schloss die Tür.

Im Badezimmer suchte er ein paar Teile heraus und zog sie an, dann ging er in die Küche und stopfte seine eigenen Klamotten in die Waschmaschine, wählte den schnellsten Waschgang, den es gab. Draußen hielt ein Wagen. Rebus kam Creasey zuvor, stand bereits an der Tür, als dieser sie erreichte.

»Darf ich reinkommen?«, fragte der junge Detective Sergeant diensteifrig wie ein Bestattungsunternehmer.

Rebus ging ins Wohnzimmer voraus.

»Samantha ist bei einer Freundin.«

»Wie geht es ihr?«

Rebus konnte nur mit der Schulter zucken. »Und der Kleinen?«

Erneutes Schulterzucken. »Ich war nicht dabei, als Samantha es ihr gesagt hat – *wenn* sie's ihr überhaupt schon gesagt hat.«

Creasey nahm auf der Sofakante Platz. »Das sind schreckliche Neuigkeiten natürlich, und es wird Zeit brauchen, bis sie's richtig realisiert …«

»Aber Sie müssen sie trotzdem vernehmen?«

»Das wissen Sie. Und die Spurensicherung wird sich den Volvo ansehen müssen.«

»Sie werden meine Fingerabdrücke finden.«

»Und meine auch«, sagte Creasey. »Das heißt, wir brauchen Ihre und auch die von Samantha zum Abgleich.«

»Waren Sie schon im Lager? Haben Sie ihn gesehen?«

Creasey nickte langsam.

»Die leere Tasche – da hatte er seine Aufzeichnungen und seinen Laptop drin, hat mir der Mann gesagt, der das Café an der Straße führt.«

»Wir sind dabei, eine Aussage von Mr Travis aufzunehmen.«

Rebus ließ sich auf der Sessellehne nieder – er wollte es sich nicht bequem machen.

»Keith hat ein paar Nächte dort geschlafen, nachdem er das mit Samantha und Jess Hawkins herausbekommen hatte.«

»Wir werden mit *allen* sprechen, John, vertrauen Sie mir.« Creasey hielt inne.

»Sie vertrauen mir doch, oder?«

»Wieso fragen Sie mich das?«

»Weil ich einiges über Sie erfahren habe. Sie haben Ihr Leben lang in der Hauptstadt gearbeitet und halten uns hier oben vielleicht für ein bisschen … provinziell. Ich kann Ihnen versichern, dass wir uns mit unseren Jobs auskennen und genauso gründlich sein werden, wie Sie es sich wünschen und erwarten.«

Rebus starrte zu Boden. »Es hat mit dem Lager zu tun«, sagte er.

»Warum?«

»Wegen des fehlenden Laptops.«

»Den hätte jeder Gelegenheitsdieb mitgenommen – tragbar und leicht weiterzuverkaufen. Sein Handy fehlt auch.« Rebus schüttelte den Kopf, und Creasey sah ihn enttäuscht an. »Also, was war Mr Grant so wichtig an dem Lager?«

»Ich weiß es nicht, aber in der Garage sind jede Menge Unterlagen. Sie müssen mit den Leuten vom Local History Workshop sprechen. Vielleicht haben die ja ein paar Antworten.«

»Kommt noch.«

»Ich vermute mal, die Autopsie ist entscheidend? Todesursache als erster Anhaltspunkt? Lückenlose Durchsuchung des Camps?«

Creasey nickte eifrig.

»Wobei meine Tochter als Verdächtige gilt, vielleicht sogar als Hauptverdächtige?«

»Sie waren selbst schon in meiner Situation, Sie wissen, wie so was läuft. Das bedeutet nicht, dass wir nicht diskret vorgehen werden. Und die Kollegen vom Opferschutz werden für Ihre Tochter und Enkeltochter da sein, wenn sie Hilfe brauchen.« Creasey erhob sich. »Liegen die Schlüssel für den Volvo auf dem Tisch im Flur?« Rebus nickte. »Ich nehme sie mit. Vielleicht hat Samantha aber einen Ersatzschlüssel? Es wäre schlau, wenn sie vorläufig die Finger vom Wagen lässt, bis wir damit fertig sind.«

»Ich werd's ihr sagen.«

Creasey streckte die Hand aus und nahm die von Rebus. »Sie werden jetzt als Vater gebraucht, überlassen Sie alles andere uns.«

Rebus sah Creasey in die Augen. »Sagen Sie mal«, meinte er. »Hatte er noch sein Bargeld und seine Kreditkarten?«

»Seine Brieftasche hatte er bei sich, allem Anschein nach unberührt.«

»Und trotzdem halten Sie Raub für ein mögliches Motiv?«

»Zum jetzigen Zeitpunkt halte ich alles für ein mögliches Motiv.«

»Vergessen Sie das nur nicht, mein Lieber. Und lassen Sie nicht locker.«

Er brachte den Detective an die Tür, sah durchs Wohnzimmerfenster, wie er in den Wagen stieg und in Richtung Tatort davonfuhr. Als der Motorenlärm verklungen war, zog er seinen Mantel über und ging in die Garage. Setzte sich auf den Klappstuhl vor dem aufgebockten Tisch und beschäftigte sich noch einmal gründlicher mit der Geschichte von Lager 1033.

10

Fox hatte den halben Weg nach Edinburgh bereits zurückgelegt, als er beschloss, doch auf Siobhan Clarkes jüngsten Anrufversuch zu reagieren.

»Was soll die Houdini-Nummer?«, wollte sie wissen.

»Ich wurde nach Gartcosh beordert – die Chefin hat mich gebraucht.«

»Muss ein schönes Gefühl sein, gebraucht zu werden. Ich hab inzwischen eine neue Nachricht von John bekommen.«

»Kommt er zurück?«

»Im Gegenteil – er hat eine Leiche gefunden. Den Lebensgefährten seiner Tochter.«

»Verdammt. War's Selbstmord?«

»Stand nicht in der SMS, und ich kriege ihn nicht ans Telefon – fast, als hätte er sich das bei dir abgeguckt.«

»Ich war in einer Besprechung.«

»Aber jetzt bist du auf dem Weg hierher?«

»Ich brauche noch ungefähr eine halbe Stunde – wo treffen wir uns?«

»Ich geh mit Brillo zu den Meadows. Muss auch noch ein paar Sachen aus Johns Wohnung holen.«

»Dann sehen wir uns dort.« Fox beendete das Gespräch, schaute in den Spiegel, blinkte und scherte aus zum Überholen. Fast dreißig Jahre lang fuhr er Auto, hatte nie einen Strafzettel bekommen, keinen einzigen Kratzer und keine Beule verschuldet. Weil er vorsichtig war. Sich an die Vorschriften hielt. Er wusste, was er tat.

Jetzt fragte er sich allerdings, ob er im Begriff stand, diese Grenze zu überschreiten – und wie weit –, alles im Interesse von Assistant Chief Constable Jennifer Lyon. Und seinen eigenen Beförderungsaussichten.

»Er wird in eine Tierpension müssen«, sagte Clarke und sah Brillo zu, der wieder einer von den unzähligen Fährten nachschnüffelte.

»Kann sein«, pflichtete Fox ihr bei. »Hast du immer noch nicht mehr von John gehört?«

Sie schüttelte den Kopf. »Ich kann den Hund nicht den ganzen Tag in meine Wohnung sperren – auch nicht in die seines Herrchens.«

»Gibt's vielleicht einen Nachbarn oder eine Nachbarin?« Clarke durchbohrte ihn mit einem Blick. Fox hob beide Hände. »Nein, nein, nein. Ich hab's dir gesagt, ich bin kein Tiermensch. Außerdem arbeite ich genauso lange wie du.«

»Und trotzdem hat's uns nichts gebracht.«

»Was ist mit den anderen im Büro – Christine oder Ronnie? Du könntest ja die Vorgesetzte raushängen lassen.«

»Hab ich mir auch schon überlegt.« Clarke kramte ihr Handy aus der Tasche und schaute aufs Display. »Wenn man vom Teufel spricht«, sagte sie und ging dran.

»Was kann ich für dich tun, Christine?«

»Wir hatten gerade einen Wahnsinnsdurchbruch in dem Fall.«

»Sehr witzig.«

»Früher bist du auf so was reingefallen.«

Clarke konnte das leise Klappern der Computertastaturen im Hintergrund hören.

»Du langweilst dich wohl im Büro.«

»Ganz eindeutig, aber ich rufe an, um zu hören, ob John Rebus vielleicht Lust auf einen Theaterabend hat.«

»Theater?«

»Weißt du noch, dass ich dir erzählt habe, Lee Child und Karin Slaughter kommen nach Edinburgh? Das ist heute Abend, und meine Verabredung hat mich sitzen lassen, das heißt, ich hab ein Ticket zu verschenken.«

»John ist noch im Norden.«

»In dem Fall ist heute wohl dein Glückstag.«

»Hast du Ronnie schon gefragt?«

»Der liest nur Comics.«

»Graphic Novels«, hörte Clarke Ronnie Ogilvie von seinem Schreibtisch gegenüber dem von Esson korrigieren.

»Ich sag dir Bescheid«, sagte sie. »Ist meine Abwesenheit schon aufgefallen?«

»Der DCI wurde von unseren Herrschern und Meistern fortzitiert. Und ich hab's mir mit Ronnie vor mehreren Stunden Material aus den Überwachungskameras gemütlich gemacht.«

»Dann will ich dich nicht weiter aufhalten.« Clarke beendete den Anruf und pfiff Brillo zu sich, hielt die Leine bereit. Sie schaute Fox an. »War demnach gar nichts Weltbewegendes, dein Ausflug nach Gartcosh?«

»Nein, gar nicht«, erwiderte er kopfschüttelnd.

»Keine Updates aus London über Killerkommandos aus Fernost?«

»Die Passagierlisten wurden überprüft. Wenn die Special Branch eins ist, dann gründlich.«

»Und du hast natürlich betont, dass wir uns hier zu Tode schuften?«

»Absolut.«

»Na, dann ist ja gut.« Clarke war ein paar Schritte Richtung Melville Drive gegangen, dann aber stehen geblieben, als sie sah, dass Fox keine Anstalten machte, sie zu begleiten.

»Ich hab da drüben geparkt«, sagte er und zeigte vage in Richtung der Universitätsgebäude auf der anderen Seite des Parks.

»Das ist doch meilenweit entfernt«, sagte Clarke.

Er verzog leicht den Mund.

»Wir sehen uns im Büro«, sagte er und wandte sich um.

Sie sah ihm nach. Er drehte noch einmal halb den Kopf, als wollte er nach ihr sehen, dann beschleunigte er seinen Schritt.

Clarke setzte sich in die andere Richtung in Bewegung, Brillo schaute zu ihr auf, fragte sich vielleicht, ob sie vielleicht auf magische Art und Weise plötzlich die Gestalt seines alten Herrchens annehmen würde. Er schien zufrieden, als sie ihn auf den Arm nahm, kehrtmachte und Fox folgte. Ihr fiel kein guter Grund ein, weshalb dieser so weit weg hätte parken sollen. Fox hatte sein Handy aus der Tasche gezogen und schaute beim Gehen darauf. Clarke nahm einen kleinen Umweg über das Gras. Es waren jede Menge Fußgänger unterwegs, Leute mit Hunden und Frisbee oder Fußball spielende Studenten. Ein aufmerksamer Beobachter hätte sie trotzdem entdeckt, aber Fox drehte sich auf seinem Weg über den Middle Meadow Walk nicht noch einmal um. Am ersten Café bog er links ab, ging auf den Quartermile-Komplex zu. Dort gab es ein unterirdisches Parkhaus, das allerdings sehr teuer war. Zu teuer für den sparsamen Malcolm Fox, fand Clarke. Als sie an den schmalen Fußweg gelangte, der seitlich am Café vorbeiführte, war er plötzlich spurlos verschwunden. Die Straße vorne war leer. Er war also entweder tatsächlich ins Parkhaus gegangen oder …

Auf Zehenspitzen näherte sie sich dem nächsten Toreingang und schaute um die Ecke zu dem Eingang des ersten modernen Apartmentgebäudes. Die Glastür war gerade erst zugefallen. Sie wartete einen Augenblick, dann ging sie zur Tür. Immer noch vorsichtig spähte sie durch die Scheibe, sah an der digitalen Anzeige über dem Fahrstuhl eine Reihe von Zahlen aufleuchten und schließlich bei einem Buchstaben stehen bleiben.

P wie Penthouse.

Clarke sah Brillo in die fragenden Augen. »Wir wissen, wer hier wohnt, oder, mein Kleiner?«, meinte sie im Flüsterton, legte den Kopf in den Nacken, starrte nach oben: »Ich hoffe, du weißt, was du tust, Malcolm. Ganz ehrlich, das hoffe ich …«

Kaum hatte er Caffertys Wohngebäude verlassen, rief Fox Jennifer Lyon an.

»Eigentlich ganz harmlose Aufnahmen«, teilte er ihr mit. »Die beiden waren im Jenever Club, zuerst oben, dann bekamen sie eine Karte von einem Mitarbeiter, die ihnen VIP-Status verlieh und Zugang zu einem gesonderten Bereich des Clubs ermöglicht hat.«

»Weiter.«

»Es wird ein bisschen getanzt … geküsst und umarmt.« Er räusperte sich.

»Und?«

»Das war's ungefähr. Sie sind intim miteinander, aber es findet in dem Sinne kein …«

»Ich verstehe.«

»Cafferty sagt, das war nicht der einzige Besuch der beiden dort, aber ich vermute, wenn er belastenderes Material hätte, hätte er es mir gezeigt.«

»Okay, danke.«

»Ist wirklich ziemlich harmlos.«

»Geschlafen hat er ja trotzdem mit ihr. Wenn Cafferty das Material an die Öffentlichkeit bringt, hat Dennis einiges zu erklären.«

»Er kann immer noch abstreiten, dass es weiter ging.«

Fox hörte sie seufzen. »Ich habe mir diesen Scoular im Netz angesehen. Scheint vollkommen sauber zu sein. Hat Ihnen Cafferty weitere Hinweise gegeben, warum er sich für ihn interessiert oder worauf er bei ihm zu stoßen hofft?«

»Nein, keine.«

»Dann wollen wir versuchen, ein bisschen Zeit zu schinden.«

»Indem wir weitere Nachforschungen über Scoular anstellen?«

»Im Zuge der bin Mahmoud-Ermittlungen.«

»Wie Sie wünschen, Ma'am.«

»Ich weiß das zu schätzen, Malcolm. Glauben Sie nicht, dass ich es vergesse.«

»Danke.«

Als das Gespräch beendet war, ging Fox ein kleines bisschen beschwingter weiter zum Wagen. Von einer Sache, so glaubte er, musste Lyon nicht unbedingt erfahren – dem kurzen Abstecher ihres Ehemanns und seiner Freundin in die von Scoular und seinen Bekannten besetzte Nische. Und dem dort angebotenen und konsumierten Koks. Gefolgt von Champagner, Gelächter und dem überglücklichen Gesichtsausdruck von Dennis Jones …

»Wenn ich dich anrufe, Benny«, fauchte Cafferty in sein Handy, als er am Fenster seines Penthauses stand und auf die Stadt unten starrte, »dann erwarte ich, dass du verdammt noch mal beim ersten Klingeln drangehst. Hast du verstanden? Ist mir egal, ob du gerade fickst oder kackst. Nichts ist wichtiger als meine Zeit.«

»Verzeihung, Chef. Soll ich den Wagen bringen?«

»Du sollst deinen fetten Arsch heben und mit ein paar Leuten reden. Gestern Nacht wurde eine chinesische Studentin überfallen, und ihr Handy wurde geklaut. Wenn das so ein kleiner Pisser aus der Siedlung war, dann wird er's herumerzählen. Fahr da hin und krieg raus, wer das getan hat.«

»Wozu?«

»Weil ich es dir sage!«

»Natürlich Chef, absolut.«

»Der Überfall hat in Marchmont stattgefunden, also fängst du vielleicht am besten im Süden an – Moredun, Gracemount … mit anderen Worten Psycho Country. Hast du da Kontakte?«

»Ein paar schon.«

»Worauf zum Teufel wartest du dann? Ruf mich in zwei Stunden wieder an, egal, ob's was Neues gibt oder nicht.«

Cafferty pikte mit spitzem Finger auf sein Display, beendete den Anruf. Er wartete, bis sich seine Atmung wieder normalisiert hatte. Sechzig bis siebzig Prozent seines Jobs bestanden aus Theater und Attitüde. Anders als diese jungen Schlägertypen musste er sich nicht bewaffnen, um zu bekommen, was er wollte. Ein Blick und ein Wort genügten in der Regel – oder zumindest war das früher so gewesen. Aber es wurde schwerer, die Welt veränderte sich. Die jüngeren Gangster heutzutage kannten keine Grenzen und kein Ende mehr. Sie kamen aus Metropolen wie Manchester und Liverpool hoch in den Norden, drängten in Städte wie Dundee, deren Bevölkerungen nichts weniger gebrauchen konnten, als billigere, dafür aber umso korruptere und bedrohlichere Bezugsquellen für Drogen. Bislang hatte Cafferty seine Geschäfte in Edinburgh allein durch seinen Ruf schützen können, aber er war nicht sicher, ob das auf lange Sicht so bleiben würde. Aber selbst wenn, er hatte immer noch seinen Club, das Boutique Hotel in der New Town, die Autowaschanlage und das Wettbüro.

Er vermietete Wohnungen, die stilvolleren darunter an ausländische Studenten. Inzwischen hauptsächlich an Chinesen. Von denen eine junge Frau gestern Abend brutal überfallen wurde. Vielleicht fragten die sich allmählich, ob Edinburgh überhaupt der richtige Ort für sie ist. Wäre nicht so schlimm, wenn dafür andere Ausländer nachrücken würden, aber bei der ganzen Ungewissheit im Zuge des Brexit … Er bezog sein Einkommen inzwischen größtenteils über saubere Kanäle, und so sollte es auch bleiben. Immobilien hatten sich als solide Investitionsmöglichkeit erwiesen, und er überlegte, ob er in die kommerzielle Flächenentwicklung einsteigen sollte – und genau das war die Domäne von Stewart Scoular. Er hoffte, zunehmend in dieser Welt Fuß zu fassen, Kontakte zu Personen aus gehobeneren Gesellschaftsschichten zu bekommen, Leuten wie Lady Isabella, der Familie bin Mahmoud und Giovanni Morelli.

Und sich dafür von Benny und seinesgleichen zu entfernen.

Cafferty ließ den Blick durch den Raum schweifen, in dem er sich befand.

»Nie genug«, sagte er sich.

Egal, wie viel und wie weit, für ihn war es niemals auch nur annähernd genug.

11

Die Hauptstraße von Naver war geschäftiger, als Rebus sie je erlebt hatte. Einheimische standen in Grüppchen zusammen, unterhielten sich, Autos fuhren auf und ab, ihre Insassen nahmen jeden Augenblick jede einzelne Begegnung wahr. Rebus wusste, dass auch die Presse bereits auf dem Weg sein musste, die vermutlich die Reihen der gaffenden Zaungäste verstärkt hatte. Er schloss seinen Saab auf und drehte den Schlüssel im Zündschloss. Der Motor sprang gleich beim ersten Mal an, klang aber nicht hundertprozentig rund. Als er das Gas einmal durchtrat, drehten sich mehrere Köpfe nach ihm um. Er machte den Motor aus und stieg wieder aus.

Ihm Gehen hielt er den Kopf gesenkt, ignorierte die Fragen, offenbar wussten einige, wer er war. Das Haus, zu dem er wollte, befand sich am Ende der Straße. Er klingelte und wartete. Eine Frau Mitte siebzig, leicht vornübergebeugt, öffnete die Tür und machte ihm Zeichen einzutreten, als würde sie einen Flüchtenden aufnehmen. Sie fasste ihn an beiden Händen.

»Ein entsetzlicher, ganz entsetzlicher Schock ist das für uns alle.«

»Danke, dass Sie sich so kurzfristig Zeit für mich nehmen, Mrs McKechnie.«

»Kein Grund zu danken, ganz und gar nicht. Bitte, hier entlang. Und sagen Sie Joyce zu mir.«

Das Wohnzimmer war klein und voller Krimskrams, überall standen Porzellanfiguren, gerahmte Familienfotos bedeckten die Wände. Das Feuer brannte im Kamin und schien den gesamten Sauerstoff aus dem beengten Raum zu saugen. Auf dem Tischchen stand ein Metalltablett mit Tassen, dem besten Porzellan und Buttergebäck. Ein Mann, einige Jahre jünger als Mrs McKechnie, hatte sich erhoben.

»Edward Taylor«, sagte er und gab Rebus die Hand.

»Setzt euch, alle beide«, befahl Joyce McKechnie. »Ich mach das schon.« Sie hob die Teekanne. »Edward trinkt seinen schwarz.«

»Ein Schuss Milch, danke«, sagte Rebus, legte die Jacke ab.

Taylor bot ihm den Teller mit Buttergebäck an, aber Rebus schüttelte den Kopf.

»Schreckliche Nachrichten, das mit Keith«, sagte Taylor. »Mein Beileid.«

»Danke.« Es herrschte Schweigen, bis McKechnie sich gesetzt hatte. »Und ich möchte mich noch einmal dafür bedanken, dass Sie bereit sind, mit mir zu sprechen.«

»Das ist doch das Mindeste, was wir tun können«, sagte McKechnie. Sie sprach mit einheimischem Akzent, aber Rebus hatte das Gefühl, Taylor stammte von weiter südlich.

»Selbst nach der kurzen Zeit, die ich erst hier bin, scheint mir offensichtlich, dass Keith der Local History Workshop sehr am Herzen lag.«

»Er war unsere Hoffnung für die Zukunft«, sagte Taylor. »Wir anderen Teilnehmer haben alle unseren Lebensabend erreicht, wie man so sagt.«

»Was ist mit den anderen?«, bohrte Rebus nach.

»Ich habe Anna angerufen, aber keine Rückmeldung bekommen«, sagte Joyce McKechnie. »Ich glaube, die sind noch nicht wieder aus dem Urlaub zurück.«

Anna und Jim Breakspear, das waren die anderen beiden Namen, die Rebus in Keith Grants Notizen gefunden hatte.

»Ein Treffen der Auserlesenen«, meinte er.

»Auf dem Papier sind wir gut über ein Dutzend, aber es hat ja nicht jeder so viel Zeit zur Verfügung wie ihm lieb wäre.«

»Andererseits«, setzte Taylor hinzu, »hatte Keith einen Vollzeitjob und trotzdem seinen Teil übernommen.« Er fingerte an einem der Knöpfe seiner graubraunen Strickjacke.

»Aber Sie sind ja alle noch recht rüstig«, meinte Rebus. »Ich habe die Ausgrabungsstelle gesehen.«

McKechnie schmunzelte. »Wir haben ein paar Hebel in Bewegung gesetzt und uns Freiwillige aus dem Jugendzentrum schicken lassen.«

Rebus nickte verständnisvoll und schaltete sein Handy ein, rief das Foto auf, das er brauchte. Er erhob sich, drehte das Display von sich weg und hielt es den beiden hin. »Keiths Tasche wurde gefunden, aber leer. Was denken Sie, hatte er da drin?«

Taylor betrachtete das Foto. »Vielleicht sein jüngstes Notizbuch – er hat Dutzende vollgeschrieben.«

»Und seinen Laptop«, ergänzte McKechnie.

»Haben Sie eine Vorstellung, was er da auf dem Laptop gehabt haben könnte?«

»Inzwischen nennt man die Dinger schon gar nicht mehr so, oder?«, unterbrach Taylor ihn, bevor er einen Schluck von seinem Tee nahm. »Hat irgendwie was mit verbrannten Knien und einem Gerichtsprozess zu tun.«

McKechnie hatte überlegt. »Notizen über das Camp, natürlich. Außerdem Fotos, Karten, solche Sachen.«

Rebus' Handy brummte, und er schaute aufs Display, stellte fest, dass er außerdem noch ein paar Anrufe verpasst hatte. Zwei von Laura Smith, der Gerichtsreporterin vom *Scotsman*. Er schaltete das Handy aus und steckte es ein.

»Würden Sie sagen, das Lager war für ihn zur Obsession geworden?«, fragte er.

»Wahrscheinlich schon«, sagte Taylor, während McKechnie zustimmend nickte.

»Wobei ich mich gefragt habe …« McKechnie brach ab, presste die Lippen fest aufeinander.

»Alles, was Sie sagen, könnte uns weiterhelfen«, drängte Rebus.

»Na ja, das Lager liegt direkt neben dem Stalag Hawkins …«

»Stalag Hawkins?«

Sie lächelte bemüht. »So hat Keith das genannt – irgendwann haben wir's alle von ihm übernommen.«

»Sie meinen die Kommune?«

Taylor strich sich ein paar Krümel vom Hosenbein. »Sie wissen, dass Samantha sich mit denen angefreundet hatte?«

»Sie hat mir von ihrer Affäre mit Hawkins erzählt, wenn Sie das meinen. Aber die war ja aus und vorbei.«

»Natürlich.«

Rebus betrachtete McKechnie. »War Keith im Lager, um die Kommune auszuspionieren? Aber man kann sie von dort aus doch nicht einmal sehen.«

»Aber die Autos, die rein- und rausfahren.«

»Hat er Ihnen das gesagt?«

Sie schüttelte den Kopf. »Wir haben uns nur auch schon gewundert, mehr nicht.«

»Das erklärt aber nicht, warum er so viel Arbeit in die Erforschung gesteckt hat – die ganzen Kostenberechnungen für den möglichen Ausbau als Dokumentationszentrum für Besucher.«

»Da haben Sie natürlich recht«, sagte Taylor, stellte seine Tasse wieder aufs Tablett und lehnte das Angebot einer zweiten ab. »Er war voll und ganz verfangen in den Krallen des Lagers.«

»Gespenster haben keine Krallen, Edward«, sagte McKechnie mit müdem Lächeln.

»Gespenster?« Rebus schaute von McKechnie zu Taylor und wieder zurück.

»Camp 1033 hat im Lauf seiner kurzen Existenz viele Menschen das Leben gekostet. Einige sind an Krankheiten oder anderen natürlichen Ursachen gestorben, andere durch Erschießungskommandos und Ähnliches.«

»Und Ähnliches?«, wiederholte Rebus.

»Sie wurden ermordet, vergiftet …«

»Für das alles hat Keith sich interessiert?«

»Sehr sogar«, pflichtete Taylor ihr bei.

Rebus rieb sich mit der Hand übers Kinn. »Ich bin all seine Notizen durchgegangen, die ich finden konnte, und habe gesehen, dass in mindestens einem der Bücher, die er gekauft hatte, auch von Todesfällen in anderen Lagern die Rede war. Über Camp 1033 aber stand da nichts.«

»Er hat doch sogar ein paar Interviews aufgezeichnet?«, McKechnie schaute Taylor an, der zustimmend nickte. »Er hat mit Personen gesprochen, die sich an das Lager erinnern – aber bevor Sie mich danach fragen, Mr Rebus, das war *ein kleines bisschen* vor meiner Zeit.«

Rebus rang sich das Lächeln ab, das sie zu erwarten schien. »Nur der Klarheit halber, Sie meinen, Gespräche mit Personen, die hier leben?«

»Er hat auch ein paar Überlebenden im Ausland geschrieben – Internierten, die nach dem Krieg nach Deutschland oder Polen zurückgekehrt sind.«

»Oder nach England oder in die Staaten«, ergänzte Taylor.

»Hat er die Gespräche gefilmt?«, erkundigte sich Rebus.

»Ich glaube, es gibt nur Tonaufnahmen.« Taylor sah McKechnie an, die mit den Schultern zuckte. »Er hat sie auf seinem USB-Stick abgespeichert.«

Rebus versuchte sich zu erinnern, ob er in der Garage einen gesehen hatte. »Das können aber nicht viele Personen gewesen sein«, sagte er.

»Und es werden ständig weniger«, bestätigte Taylor.

»Ich weiß, dass er mit May Collins gesprochen hat, aber hat er auch ihren Vater interviewt?«

»Joe Collins, ja. Und Frank Hess, Stefan Novack, Helen Carter …« Taylor sah erneut Joyce McKechnie an.

»Ich bin sicher, das sind die Einzigen, die übrig geblieben sind«, pflichtete sie ihm bei.

»Es wäre mir eine große Hilfe«, sagte Rebus, beugte sich vor, die Ellbogen auf die Knie gestützt, »wenn Sie vielleicht alle mal die Köpfe zusammenstecken und aufschreiben könnten, was Ihnen zu den von Keith geführten Gesprächen und den Todesfällen in Camp 1033 einfällt. Wäre das möglich?«

»Die Geister der Vergangenheit haben ihn nicht umgebracht, Mr Rebus«, sagte McKechnie, ganz und gar nicht unfreundlich.

»Ich versuche nur eine Vorstellung davon zu bekommen, wie er so war. Ich wünschte, ich hätte die Gelegenheit genutzt, als er noch am Leben war.«

»Verstehen wir«, sagte Taylor. »Und wir werden tun, was wir können.«

»Das weiß ich wirklich zu schätzen«, sagte Rebus und stand auf.

Samantha war in Carries Zimmer, packte eine Tasche für ihre Tochter. Als sie Rebus ansah, waren ihre Augen rot gerändert.

»Deine Sachen sind bald trocken. Wo hast du denn die Klamotten her?«

»Von May Collins.«

»Von ihrem Mann?«

»Genau.«

»Sie hat die Klamotten von ihrem toten Mann aufgehoben?«

»Was machst du da?«

»Carrie übernachtet bei Jenny.«

»Hast du's ihr gesagt?«

Sie blies die Wangen auf und stieß Luft aus. »Wo warst du überhaupt?«

»Hab mich mit den Leuten von Keiths Workshop unterhalten.«

Sie sah ihn erneut an. »Aus einem bestimmten Grund?«

»Er wurde im Lager gefunden, Sammy.«

»Bitte – ich heiße Samantha.« Sie zog den Reißverschluss der Tasche zu und überlegte kurz. »Zahnbürste«, sagte sie und zwängte sich an ihm vorbei. Er folgte ihr die wenigen Schritte zum Badezimmer.

»Können wir reden?«

»Worüber?«

»Keiths Tasche war im Lager. Anscheinend wurde das, was auch immer da drin war, gestohlen.«

»Und?«

»Du hast keine Tasche erwähnt. Oder seinen Laptop – der fehlt auch, es sei denn, du weißt mehr als ich.«

Sie erstarrte, drehte sich schließlich zu ihm um. »Mit wem rede ich eigentlich gerade? Ich muss wirklich wissen, ob das mein Vater ist, der gerade vor mir steht, oder einer von den Bullen, der mich vernehmen will.«

»Sammy …«

»Samantha!« Tränen niederkämpfend tobte sie an ihm vorbei. Bis er sie eingeholt hatte, umkreiste sie den Küchentisch, sah sich verzweifelt um, als würde sie etwas für immer Verlorenes suchen.

»Alle denken, ich hab was damit zu tun«, platzte es aus ihr heraus. »Die Blicke, wenn ich vorbeigehe. Bei Facebook sind sie kurz davor, mich auf dem Scheiterhaufen zu verbrennen. Deine Kollegen wollen Fingerabdrücke und eine Haarprobe wegen der DNA. Sie wollen eine Aussage, eine formale Identifizierung. Und das ist erst der Anfang.« Das Feuer in ihr beruhigte sich ein klein wenig. »Wir haben uns gestritten an dem Abend. Nichts Dramatisches im Großen und Ganzen, aber dein Freund Creasey wird das nicht so sehen. Ich bin mit meiner Weisheit am Ende. Keith ist tot, und ich muss verhindern, dass Carrie mitbekommt, wie ich die Nerven verliere.« Sie zwinkerte, bis sie wieder mit einigermaßen klarem Blick in die Welt sah. »Fällt Ihnen irgendwas Geistreiches dazu ein, Detective Inspector?«

»Ich bin für dich da, Samantha.«

»So wie früher, oder wie? Wenn Mum und ich Glück hatten, hast du zweimal im Jahr angerufen.« Sie sog Luft ein und zeigte auf den Wäschetrockner. »Ich will, dass du verschwindest, sobald der durch ist.«

»Verdammt noch mal, Samantha …«

»Ich mein's ernst. Ich komme klar. Muss ich ja.« Sie wollte ihm nicht in die Augen sehen. »Ich hab gehört, die haben deinen Wagen repariert, also gibt es eigentlich keinen Grund mehr zu bleiben.«

»Es gibt jeden erdenklichen Grund – du bist die einzige Angehörige, die ich noch habe, du und Carrie. Ich will helfen.«

»Dann beantworte mir eine Frage.« Ihr Blick durchbohrte ihn, während sie auf ihn zukam, bis ihre Gesichter nur noch wenige Zentimeter voneinander entfernt waren. »Gelte ich als Verdächtige?«

»Die Polizei muss dich erst mal ausschließen können.«

»Und bis dahin, zähle ich dazu, oder? Sowohl für dich wie auch für die?« Sie schüttelte langsam den Kopf. Als sie ihre Stimme erneut hob, hatte sie all ihre Kraft verloren. »Geh einfach, Dad. Ich will nicht, dass du noch hier bist, wenn ich zurückkomme.« Sie warf sich die Tasche über eine Schulter, blieb an der Tür nach draußen stehen.

»Klamotten von einem Toten«, sagte sie, mehr zu sich selbst als zu ihm. Dann war sie weg.

Er überlegte, ob er ihr folgen sollte, sich ihr bis in die Ortschaft hinein an die Fersen heften. Hatte Carrie nicht verdient, ihn zu sehen? Konnte er Samantha nicht zur Vernunft bringen? Stattdessen aber ließ er sich auf einen der Küchenstühle sacken und wartete, bis die Wäsche im Trockner fertig war.

Dreißig Minuten später ging er in den Glen. Es herrschte reger Betrieb. Als er eintrat, verstummten die Gespräche. Ein Einheimischer wurde von einem Journalisten ausgefragt, ein Handy nahm die Geschichte auf, die er erzählte. Rebus marschierte zur Bar. May Collins schaute auf die beiden Taschen mit Klamotten, die er dabeihatte, mehr als auf Rebus selbst. Schließlich hob sie den Blick und begegnete seinem.

»Gästezimmer gibt's hier wohl keine?«, fragte er.

12

Eine Bar, fünf Gehminuten vom MIT-Stützpunkt auf der Wache von Leith entfernt, war zum abendlichen Treffpunkt des Teams geworden. Graham Sutherland merkte, wenn die Motivation nachließ oder Müdigkeit einsetzte, und verkündete: »Wir legen die Arbeit nieder und heben die Gläser.« Wie immer zahlte er die ersten beiden Runden mit seiner EC-Karte – eiserne Regel des Chefs. In der Kneipe gab es einen Ecktisch, der anscheinend immer frei war, außerdem holten sie sich noch ein paar Hocker dazu. Sutherland gestand Siobhan Clarke, dass er vorher angerufen und um »denselben Platz wie immer« gebeten hatte.

»Was bedeutet, dass du denen einen Gefallen schuldest«, hatte Clarke erwidert. »Vorsicht, Graham, das ist eine heikle Angelegenheit.«

»Ist nicht mehr wie früher zu Rebus' Zeiten. Niemand setzt sich mehr mit dir und einer Flasche Grouse ins Hinterzimmer, um dich zu schmieren.« Nicht mal Rabatt gab's noch. Sutherland achtete darauf, dass sie nichts billiger bekamen, egal, wer die Runde bezahlte.

An diesem Abend saßen sie zu sechst um den Tisch. Ronnie Ogilvies Aufmerksamkeit war von einer Quizsendung im Fernsehen beansprucht, er rief die Antworten laut, noch bevor die Mitspieler im Studio dazu kamen. Esson und Leighton hatten mit ihren Handys zu tun, ihre Drinks waren fast unberührt. Fox konzentrierte sich auf die beiden Tüten mit geriffelten Chips, die aufgerissen in der Tischmitte lagen, und leckte sich nach jeder Handvoll die Finger.

»Prost«, sagte Sutherland, hob sein Half-Pint-Glas, bevor er davon trank. Clarke hatte einen Gin Tonic und eine extra Flasche Tonic dazu. Erneut dachte sie an Rebus' Generation, die sich keine Sorgen hatte machen müssen, als Autofahrer aufgefordert zu werden, ins Röhrchen zu blasen. Aber nicht nur die Zeiten hatten sich geändert. Clarke und ihre Kollegen waren insgesamt aus einem anderen Holz geschnitzt. Hin und wieder ging man noch gemeinsam aus, ließ mal Dampf ab, aber größtenteils betrachtete man den Job als genau das – einen Job. Gamble und Yeats waren schon nach Hause gegangen, der eine zum Essen, das seine Partnerin gekocht hatte, der andere zum Fußballspielen mit Freunden. Sie sahen gar nicht ein, sich jede wache Stunde mit Polizeiarbeit zu beschäftigen. Clarke blickte über den Tisch zu Sutherland und fragte sich, ob das der Grund war, warum sich keiner von ihnen beiden so richtig auf den anderen einließ. Vielleicht war es die Angst, die Beziehung könnte von dem Job aufgefressen werden und umgekehrt. Man brauchte immer noch ein kleines bisschen Raum zum Atmen.

Weshalb sie sich hatte überreden lassen, mit Esson zu der Lesung zu gehen. Sie würden irgendwo in der Nähe des Veranstaltungsorts einen Happen essen, dann einfach ein paar Stunden lang abschalten. Als sie Malcolm Fox ansah, der mit einem Schluck Apfelschorle noch mehr Chips herunterspülte, merkte sie, dass er mit den Gedanken woanders war. Er tat, als würde er sich ebenfalls für die Quizsendung interessieren, aber nur, damit er sich mit niemandem unterhalten musste. Er war völlig versunken, irgendetwas beschäftigte ihn, er wirkte nicht direkt beunruhigt, war aber von einer nervösen Energie erfüllt, die die anderen vermutlich gar nicht wahrnahmen. Er hatte nichts über seinen Besuch bei Cafferty gesagt, sondern einfach weiter an seinem Computer gearbeitet, war die Kontaktdaten von Salman bin Mahmouds Freunden und Bekannten durchgegangen, hatte bei der Met angerufen und versucht, den Kollegen dort ein bisschen Beine zu machen. Als Sutherland an ihm vorbeigegangen war und kurz zugehört hatte, hatte er ihm ermutigend auf die Schulter geklopft.

Fox wandte den Blick vom Fernseher erst ab, als er merkte, dass seine suchenden Finger keine Chips mehr fanden. Beide Tüten waren leer, abgesehen von ein paar Krümeln. Er sah, dass Clarke ihn beobachtete, und zuckte mit den Schultern.

»Na, wie teuer war das Parkhaus in Quartermile?«, fragte sie. »Wirklich so teuer wie alle immer sagen?«

»Ich war am George Square«, erklärte er ihr. »Mehr gibt meine Brieftasche nicht her.«

»Denkt bitte alle dran«, unterbrach Sutherland, »dass ihr eure Quittungen über sämtliche erstattbaren Ausgaben aufhebt und einreicht. Wir haben unser Budget noch nicht überschritten, und ich bezweifele, dass wir das tun werden.«

»Ich kann ja mal in den Nahen Osten fliegen und mir anschauen, was auf der Seite so los ist«, sagte Esson grinsend, ohne dabei von ihrem Handydisplay aufzuschauen.

»So wie Malcolm unseren Freunden bei der Met zugesetzt hat«, erwiderte Sutherland, »würde es mich nicht wundern, wenn er demnächst nach London fahren will.«

»Ist wahrscheinlich gar nicht nötig«, erwiderte Fox. »Der Verstorbene hat den Großteil seiner Zeit dort verbracht. Wenn ihn dort jemand hätte umbringen wollen, hätten wir seine Leiche nicht hier oben gefunden.«

»Es sei denn, er wollte von seiner Fährte ablenken«, sagte Ogilvie und wandte sich von der Quizsendung ab, im Fernseher lief der Abspann.

»Ich komme immer wieder auf den Tatort zurück«, fuhr Fox fort. »Warum an dieser gottverlassenen Stelle? Wer hat den Treffpunkt bestimmt – das Opfer oder der Mörder?«

»Wir haben immerhin erfahren, dass der Parkplatz früher als Treffpunkt für Drogenübergaben und bei der Dogging Community beliebt war.«

»Der Dogging Community?« Esson lachte über Sutherlands Formulierung.

»Angesichts der Kreise, in denen das Opfer verkehrte, würde ich schätzen, dass er weder am einen noch am anderen interessiert war. Wenn er Drogen wollte, bekam er davon jede Menge in den VIP-Clubs und Wohnzimmern seiner Freunde. Und was Sex betrifft …«

»Denken wir eigentlich, dass er was mit Issy Meiklejohn hatte?« Esson warf die Frage allgemein in die Runde. »Wobei sie ja auch mit diesem Italiener dick befreundet zu sein scheint. Wie es auf der Polizeischule immer so schön hieß, *cherchez la femme.*«

Sutherland grinste und hob die Hände.

»Das sollte hier eine Art Fronturlaub werden, falls ihr's vergessen habt. Würde bitte mal jemand das Thema wechseln, *s'il vous plaît.*«

Schweigen am Tisch. Alle hoben ihre Gläser, stierten auf ihre Drinks.

Tess Leighton seufzte als Erste.

»Mir fällt nichts ein.«

»Dito«, setzte Ogilvie dazu.

Nachdem alle das Grinsen wieder eingestellt hatten, schlug Sutherland eine weitere Runde vor, aber Esson schüttelte den Kopf.

»Siobhan und ich sollten los.« Sie griff nach unten, um ihre Tasche vom Boden zu nehmen. »Bis morgen im Büro.«

»Ich bleib noch auf einen Drink«, sagte Ogilvie zu seinem Chef. Fox schaute skeptisch, und Leighton hatte zwar genickt, tippte aber längst schon wieder Nachrichten in ihr Telefon.

Clarke folgte Esson aus der Bar. Noch war es hell und würde dies auch noch ein paar Stunden lang bleiben. Sie waren schon halb am Wagen, als Clarkes Handy piepte. Eine Nachricht von Graham Sutherland.

Später heute Abend?

Sie zögerte, beschloss, nicht sofort zu antworten. Darüber würde sie nachdenken müssen.

Die Lesung fand in der Usher Hall statt. Sie hatten auf der Grindlay Street geparkt und noch ein Essen im Dine einbauen können.

»Wer hätte das gedacht?«, sagte Clarke, als sie die Zuschauer in den Saal strömen sah.

»Ist ausverkauft«, teilte ihr Esson mit und kramte in ihrer Tasche nach den Tickets.

Clarke hatte noch eine zweite Nachricht von Sutherland erhalten.

Fahre aber nach Glasgow, wenn du mich nicht gebrauchen kannst.

Er hatte einen Schlüssel zu ihrer Wohnung, doch sie wusste, dass er ihn nicht unaufgefordert benutzen würde.

Wenn du alleine klarkommst, warte bei mir. Ich weiß aber noch nicht, wann ich zurück bin. Sie wollte gerade auf Senden drücken, als ihr noch etwas einfiel. *Ist noch jemand im Pub? Malcolm schon nach Hause gegangen?*

Wenig später trafen zwei Nachrichten fast gleichzeitig ein.

Danke. Ich warte auf dich.

Er ist gleich nach dir weg.

Clarke starrte das Display an. Sie wusste ganz genau, wohin Fox verschwunden war.

»Was gibt's?«, fragte Esson.

Clarke merkte, dass ihre Kollegin sie beobachtet hatte.

»Ach, nichts.«

»Doch, irgendwas ist. Musst du wohin?«

»Anscheinend kann ich nicht abschalten.«

»Glaub bloß nicht, ich hab's nicht gemerkt. Beim Essen musste ich auch schon gegen die Wand reden.«

Clarke lächelte müde. »So schlimm war's doch nicht, oder?«

Esson verscheuchte sie mit einer Handbewegung. »Geh schon. Mach, was du willst.«

»Bist du sicher? Ich geb dir das Geld fürs Ticket.«

Esson sah auf die Uhr. »Wahrscheinlich nehmen sie's an der Kasse noch zurück. Ich glaube, ich hab eine Rückgabeschlange gesehen.«

»Danke, Christine. Tut mir wirklich leid.«

Esson verscheuchte Clarke mit einer weiteren Handbewegung und setzte sich selbst Richtung Abendkasse in Bewegung. Mit einem letzten entschuldigenden Lächeln verschwand Clarke auf die Grindlay Street, dann fiel ihr wieder ein, dass sie in Essons Wagen hergekommen waren. Ihr eigener stand noch in Leith. Sie schaute zur Lothian Road zu dem Taxistand vor dem Sheraton. Dort warteten drei Taxis. Sie schlängelte sich durch den Verkehr und stieg auf den Rücksitz des ersten in der Schlange.

»Wo soll's denn heute Abend hingehen?«, fragte der Fahrer.

»Queen Charlotte Street – zur Polizeiwache.«

»Sie wollen sich wohl freiwillig stellen? Lebt sich nicht leicht mit einem schlechten Gewissen.«

Der Fahrer ließ den Motor an und schaltete die Uhr ein.

»Da wäre ich mir nicht so sicher«, erwiderte Clarke zu leise, als dass es der Mann hätte hören können.

»Guten Abend, Malcolm«, sagte sie, als sie das MIT-Büro betrat. Fox zuckte leicht zusammen.

»Du hast mich erschreckt«, sagte er.

Clarke war hinter ihm stehen geblieben und las, was er auf seinem Bildschirm hatte.

»Freunde und Bekannte«, erklärte er.

Clarke nickte. »Und die hätten nicht bis morgen warten können.« Sie schaute sich in dem leeren Büro um.

»Mich erwartet zu Hause ja nicht viel«, erklärte er. »Außerdem hab ich das Büro auch ganz gerne mal für mich alleine.«

»Du meinst, weil du da ungestört bist«, schien Clarke ihm beizupflichten und ließ sich auf einem Stuhl nieder, sodass sie einander gegenübersaßen.

»Alles klar?«, fragte er. »Wieso bist du denn nicht bei der Lesung?«

»Ich war nicht in Stimmung. Hast du was gegessen?«

»Ich hätte besser die Finger von den Chips gelassen.« Er klopfte sich auf den Bauch, dann griff Clarke plötzlich nach dem Block, auf dem er sich Notizen gemacht hatte, und blätterte ihn durch.

»Fleißiger Junge«, meinte sie. »Du bist ja fast so was wie ein Ein-Mann-Stewart-Scoular-Fan-Club.«

»Wir haben ihn zusammen mit Meiklejohn und Morelli gesehen. Wir müssen davon ausgehen, dass er auch das Opfer gekannt hat. Und auf der Straße heißt es, er sei bekannt dafür, dass er seinen Freunden gerne ein bisschen Koks verkauft.«

Clarke lächelte schmal. »Und wen genau kennst du auf der Straße, Malcolm? Hab dich immer eher für einen Schreibtischhengst gehalten. Im Moment lebst du ja eigentlich nicht mal in Edinburgh.«

Fox wurde rot. »Das heißt noch lange nicht, dass ich keine Quellen habe, Siobhan. Ich bin bei der Major Crime – wir sind auf Informanten angewiesen.«

»Dann nenn mir einen Namen.« Aber Clarke hob eine Hand. »Nein, lass mich raten. Wie wär's mit Morris Gerald Cafferty? Kann es sein, dass er für Major Crime und DI Malcolm Fox den Informanten spielt?«

»Okay, du hast deinen Spaß gehabt.« Fox verschränkte die Arme. »Ich vermute mal, du bist mir heute Nachmittag gefolgt?«

»Hast du ihn angesprochen oder er dich?«

»Sowohl als auch.«

»Und er hat dir Stewart Scoular geliefert, einfach so?«

»Mehr oder weniger.«

Clarke schüttelte den Kopf. »So einfach ist es nie, wenn Cafferty im Spiel ist. Was ist los, Malcolm?«

»Ich kann's dir nicht sagen, Siobhan – noch nicht.«

»Hat es was mit deinem Ausflug nach Gartcosh zu tun?«

»Hör einfach auf.« Er hob abwehrend die Hand.

»Weiß Cafferty was über Scoular und Salman bin Mahmoud?«

»Keine Ahnung.«

»Also hat er dir nicht mehr verraten, als dass Scoular ein bisschen Koks verteilt? Inwiefern hat das mit dem Fall zu tun, an dem wir arbeiten?«

Auf Malcolm Fox' Gesicht machte sich ein Lächeln breit. »Ich freue mich, dass du mich das fragst.«

Er zeigte auf den Platz neben sich, woraufhin sie sich setzte und auf seinen Computerbildschirm schaute, während er eine Hand auf die Maus legte und mit der anderen etwas eintippte.

»Wer hätte gedacht, dass die Wirtschaftsseiten einer Zeitung so erhellend sein können«, fing Fox an. »Eigentlich wollte ich das alles gerade ausdrucken, aber du kannst es dir ja schon mal ansehen.« Er tippte mit dem Finger auf den Bildschirm. »Scoular ist mit seinem Unternehmen weltweit an Projekten beteiligt. Vor ein paar Jahren gehörten dazu auch eine Reihe teurer Apartmentgebäude in Nahost. Dabei hat er eine Lektion gelernt.«

Clarke sah zu, während weitere Artikel auftauchten, dieses Mal über Bauvorhaben in London, Toronto und Vancouver.

»Nicht alle sind über das Planungsstadium hinausgekommen, aber einige schon«, sagte Fox.

»Und worin bestand jetzt die Lektion?«

»Leute mit Geld wollen damit meist noch mehr Geld verdienen, aber sie wollen auch, dass es sicher ist, und in Nahost gibt es Risiken. Salmans Vater hat als Vermittler fungiert, nicht nur eigenes Geld in Projekte investiert, sondern auch andere Investoren herangeholt, die häufig anonym geblieben sind, sich hinter größtenteils im Ausland registrierten Unternehmen verstecken.« Fox drehte sich zu Clarke um. »Aber jetzt, da Salmans Vater aus dem Verkehr gezogen wurde …«

»Du glaubst, dass Salman dessen Geschäfte übernommen hat? Ich kann mich nicht erinnern, dass sein Name bei unseren Recherchen aufgetaucht wäre.«

»Stimmt, aber wirf mal einen Blick hier drauf.« Ein paar weitere Klicks, ein weiterer Artikel von den Wirtschaftsseiten – ein einziger Absatz, leicht zu übersehen. Während Clarke las, sprach Fox den Kommentar dazu.

»Scoular will mit seinem Unternehmen und saudischem Geld ein Golfresort im Norden bauen, auf dem Grundbesitz von Lord Strathy.«

»Wer ist jetzt wieder Lord Strathy?«

Auf einen weiteren Klick hin tauchte Lord Strathys Werdegang auf, dazu ein Foto von ihm in Hermelinrobe, er strotzte vor Privilegiertheit.

»Eigentlich heißt er Ramsay Meiklejohn«, sagte Fox. »Er ist der Vater von Issy Meiklejohn.« Ein weiterer Klick brachte eine Karte von Nordschottland zum Vorschein.

»Ihm gehört das ganze blau markierte Gebiet.«

»Das ist eine Menge Land.« Clarke zeigte auf eine Stelle an der Küste, dann noch eine. »Reicht nicht ganz bis Tongue und Thurso …«

»Aber fast. Der Stammsitz der Familie befindet sich auf halber Strecke zwischen den beiden, an der Straße von Dounreay.«

Das nächste Bild zeigte ein Schloss.

»So alt ist es gar nicht mal«, meinte Fox. »Mitte neunzehntes Jahrhundert. Erbaut im schottischen Baroniestil, daher auch die Disney-Türmchen.«

»Meine Güte, Malcolm, wenn du erst mal anfängst, machst du vor nichts mehr Halt.« Clarke schaute ihn an. »Ist aber noch lange kein Grund, so selbstzufrieden zu grinsen.«

»Du musst zugeben, dass sich da einiges zusammenfügt: Scoular steckt mit Lord Strathy unter einer Decke, er wird aus Nahost finanziert, das Opfer und Isabella Meiklejohn …«

»Aber es bringt uns der Antwort auf die Frage, warum jemand Salman tot sehen wollte, kein Stück näher.«

»Außer«, sagte Fox, »hiermit …« Eine neue Seite öffnete sich auf dem Bildschirm. »Dasselbe Konsortium wollte einen Spaceport in der Nähe von Tongue bauen. Daraus wurde aber nichts, teilweise aufgrund lokaler Bedenken, aber hauptsächlich, weil das Geld nicht zusammengekommen ist. Dieselben Probleme scheint es jetzt auch wieder mit dem Golfresort zu geben. Und es ist nicht so, dass es nicht schon Kosten verursacht hätte. Da Ahmad bin Mahmoud unter Hausarrest steht, sein finanzieller Handlungsspielraum damit begrenzt ist, steht vermutlich sein Sohn unter dem Druck, die Kohle lockermachen zu müssen. Druck, den Leute wie Stewart Scoular und Ramsay Meiklejohn auf ihn ausüben.«

»Gibt es Belege dafür, dass das stattgefunden hat?«

Fox' Miene verdüsterte sich etwas. »Ich habe ein paar Wirtschaftsjournalisten kontaktiert, aber noch nichts von ihnen gehört.«

»Du hast mit der Presse gesprochen?« Clarke bedachte ihn mit einem strengen Blick.

»Nur sehr vorsichtig formulierte E-Mails geschickt.«

»Trotzdem war das vermutlich nicht dein klügster Schachzug.« Clarke kratzte sich an der Stirn.

»Ich sehe nicht, dass hier sonst irgendjemand den Fall voranbringt, Siobhan.«

»Du handelst auf Caffertys Geheiß, Malcolm. Er ist derjenige, der das alles losgetreten hat. Meinst du nicht, dass uns das zu denken geben sollte?«

Fox schüttelte den Kopf. »Wenn du mich fragst, hat Cafferty gedacht, wir würden nicht mehr finden, als dass Scoular seinen Freunden hin und wieder ein bisschen weißes Pulver verkauft. Was ihm vermutlich missfällt, weil ihm selbst dadurch potenzielle Kunden fehlen.« Er zeigte auf den Bildschirm.

»Aber das geht weit darüber hinaus, und ich bin der Einzige, der hier die einzelnen Punkte miteinander verbindet. Das ist es doch mindestens wert, dem Chef vorgelegt zu werden, oder nicht?«

»Doch. Aber du klingst, als würde dir noch mehr vorschweben.« Sie musterte ihn. »Vielleicht ein Gespräch mit Stewart Scoular?«

»Vielleicht.«

»Bevor du damit eine Etage höher gehst?«

Fox zuckte mit den Schultern. »Was du heute kannst besorgen, das verschiebe nicht auf morgen, so sagt man doch.«

Er konnte sich ein Grinsen gerade so verkneifen.

»Du hast schon ein Treffen verabredet?«, erriet Clarke.

Er sah auf die Uhr. »Kommst du mit?«

»Jetzt?«

»Mehr oder weniger.«

»In seinem Büro?«

Er schüttelte den Kopf. »Bei ihm zu Hause. Wir ermitteln in einem Mordfall, ich habe ihm erklärt, dass die Zeit drängt.«

»Was hast du sonst noch gesagt?«

»Dass wir jeden befragen, der den Verstorbenen kannte, und dass in diesem Zusammenhang auch sein Name aufgetaucht ist.«

»Hat er denn zugegeben, Salman gekannt zu haben?«

Fox nickte, während er die Arme in seine Jackenärmel schob. »Ich mag ein Schreibtischhengst sein, Siobhan«, sagte er, tätschelte eine Ecke der Tischplatte, »aber manchmal galoppiere ich als Erster durchs Ziel.«

Clarke war nicht voll und ganz davon überzeugt, folgte ihm aber trotzdem für alle Fälle aus dem Büro.

Ihr blieb gar nichts anderes übrig.

13

Stewart Scoular wohnte in einem georgianischen Haus mit Blick auf den Water of Leith in Stockbridge. Neben der Haustür befanden sich zwei Klingelschilder, auf einem stand »Büro«, auf dem anderen nichts. Fox drückte auf die unbeschriftete Klingel. Wenige Augenblicke später knisterte eine Stimme in der Sprechanlage. »Kommen Sie rein.«

Sie stießen die Tür auf und betraten einen beengten Vorraum, von dem zwei Türen abgingen, eine davon öffnete sich. Scoular trug ein am Kragen offenes hellrosa Hemd, die Ärmel hochgekrempelt. Clarke fiel auf, dass er barfuß war. Er trug keine Ringe, keine Armbanduhr oder anderen Schmuck. Sein Haar war sandfarben und frisch geschnitten, sein Gesicht leicht sommersprossig, die Zähne strahlend weiß.

»Ich sehe, Sie haben Verstärkung mitgebracht«, sagte er schmunzelnd.

»Das ist meine Kollegin DI Clarke«, erklärte Fox. »Wir wissen es sehr zu schätzen, dass Sie so spät am Abend noch bereit sind, mit uns zu sprechen.«

Scoular tat die Förmlichkeiten mit einer Handbewegung ab und führte sie in ein großes Wohnzimmer mit hoher Decke, aufwendigem Stuck und Parkettboden.

»Wunderschöne Wohnung«, sagte Fox, wobei er klang, als würde er es ernst meinen. Die Möbel wirkten teuer, aber der

Raum fühlte sich ungenutzt an. Clarke hatte den Eindruck, dass sich irgendwo anders eine Männerhöhle mit einem großen Fernseher und dem anderen üblichen Beiwerk befand. Im Wohnzimmer gab es keine Regale und auch nur sehr wenig Krimskrams. Keine Bücher, Zeitschriften oder Familienfotos.

»Sind Sie alleine hier?«, fragte sie.

»Nicht *jeden* Abend«, erwiderte Scoular erneut mit einem Schmunzeln. »Darf ich Ihnen etwas zu trinken anbieten?«

»Das ist sehr freundlich, aber nein, danke.« Fox hatte sich auf dem Ledersofa niedergelassen. Das Gestell war verchromt, eigentlich hätte man Fingerabdrücke sehen müssen, aber Clarke konnte keinen einzigen entdecken. Entweder war es brandneu oder Scoular beschäftigte eine sehr gründliche Putzkraft. »Wir wollen Sie nicht lange aufhalten«, sagte Fox, rutschte ein Stück, um Clarke Platz zu machen. »Nur ein paar Fragen, um abzuklären, wie gut Sie Salman bin Mahmoud kannten.«

Scoular setzte sich auf den zum Sofa passenden Sessel und überschlug die Beine, sodass sein rechtes auf seinem linken Knie lag. Clarke kam es vor, als würde er sich ein kleines bisschen zu viel Mühe geben, möglichst entspannt und unbesorgt rüberzukommen. Er neigte den Kopf nach hinten, als könnte er so besser nachdenken.

»Ich möchte ehrlich bezweifeln, dass ich ihm häufiger als zehn- oder zwölfmal begegnet bin. Hauptsächlich auf Partys.«

»Darunter auch welche, die er selbst gegeben hat?«

»Einmal auf jeden Fall.«

»Er hat fünf bis zehn Minuten zu Fuß von hier gewohnt, ist das richtig?«

»Ungefähr.«

»Und Giovanni Morelli wohnt noch näher?«

»Höchstens fünf Minuten. Ich würde sagen, dass ich Gio besser kenne als Sal.«

»Wurde er Sal genannt?«

»Von manchen schon.« Scoular umfasste seine nackten Zehen mit einer Hand und massierte sie.

»Haben Sie sich am Fuß verletzt?«, unterbrach Clarke ihn.

»Nein.« Anscheinend merkte er erst in diesem Moment, was er gemacht hatte. »Verzeihung.« Er stellte den Fuß wieder auf den Boden. »Ich hatte vorhin einen leichten Krampf, nach dem Laufen.«

Clarke wunderte sich nicht, dass er laufen ging. Vermutlich hatte er auch einen Fitnessraum im Haus. Er war schlank und leicht gebräunt, in den Augen einer bestimmten Sorte von Frauen definitiv sehr attraktiv. Sie malte sich aus, wie er in einem Raum voller Menschen eines seiner Projekte vorstellte, die alle auf sein Aussehen und Selbstbewusstsein neidisch waren. Sie würden ihn als Rebellen wahrnehmen, ausgeschlossen von der eigenen Partei, weil er Ecken und Kanten hatte.

»Ich hätte fragen sollen, ob Sie mit Ihren Ermittlungen schon vorangekommen sind«, erkundigte er sich.

»Es geht voran«, versicherte ihm Fox – eine bedeutungslose Phrase, aber Scoular ließ sich gerne damit abspeisen.

»Als ich noch Abgeordneter war, habe ich mich sehr für Verbrechen und Justiz interessiert. Dabei ist mir aufgefallen, wie unterfinanziert Police Scotland ist und dass dort dennoch eine Wahnsinnsarbeit geleistet wird.«

»Wir wollen uns möglichst nicht beklagen«, erklärte Clarke.

»Um auf Mr bin Mahmoud zurückzukommen«, unterbrach Fox. »Sie sind ihm ein paarmal in privatem Rahmen begegnet, aber Ihre Beziehung ging tatsächlich nicht darüber hinaus?«

»Eigentlich nicht, nein.«

»Haben Sie ihn mal in London besucht?«

»Nein.«

»Aber Sie reisen häufiger geschäftlich dorthin?«

»Manchmal.«

»Geschäftlich sind sie als …«

»Bauunternehmer tätig – hauptsächlich Gewerbeimmobilien. Hotels und Ähnliches. In Edinburgh gibt es jede Menge Grundstücke, mit denen wir sehr viel mehr anstellen könnten.«

»Sie meinen, größere Profite erzielen?«

»Um das Maximum an *Potenzial* zu realisieren. Es geht nicht immer nur ums Geld.«

»Sondern auch um weitere Annehmlichkeiten, eine gesteigerte Lebensqualität?«

Scoulars Blicke waren durchdringend, er fragte sich, ob Clarke sarkastisch war. »Ganz genau«, sagte er tonlos.

»Da Sie Mr bin Mahmoud kannten und Mr Morelli kennen«, sagte Fox, »stehen Sie vermutlich auch in Kontakt zu Lady Isabella Meiklejohn?«

»Ja, Issy kenne ich gut.«

»Gibt es weitere Personen in Mr bin Mahmouds Umfeld, mit denen wir sprechen sollten?«

Scoular dachte einen Augenblick nach. »Da fragen Sie besser Issy und Gio. Wie gesagt, ich war alles andere als Sals engster Vertrauter …«

»Und wer war das Ihrer Meinung nach?«

»Wahrscheinlich Issy.«

»Waren die beiden denn ein Paar?«

»Das kann nur sie beantworten. Ich hatte nie den Eindruck, dass Sex wirklich Sals Ding war.«

»Und was war sein ›Ding‹, Ihrer Meinung nach?«

»Club-Besuche. Er hat sich gerne gut gekleidet, schöne Wagen gefahren, ist gereist …«

»Hat sein Vater das alles bezahlt?«

»Sofern er nicht heimlich gekellnert hat …«

Fox gelang es mit Mühe, Scoulars Grinsen zu erwidern. »Hatten Sie mal mit Salmans Vater zu tun?«

»Nein, nie.«

»Aber Sie haben Geschäfte in Nahost gemacht?«

»Eine ganze Weile schon nicht mehr und nie mit ihm.« Scoular klatschte sich mit den Handflächen auf die Oberschenkel, als wollte er sich bereit machen aufzustehen. »So langsam sind wir doch mit allem durch, meinen Sie nicht?«

»Hatte Mr bin Mahmoud Feinde, gab es Anzeichen für Schwierigkeiten in seinem Leben?«

»Nein.«

»Und wann haben Sie ihn zum letzten Mal gesehen?«

»In irgendeinem Club, denke ich.«

»Vielleicht im Jenever?« Scoular starrte Clarke an, ohne zu antworten. »Wir haben gehört, das ist eines Ihrer Stammlokale.«

»So würde ich es eher nicht nennen. Ich gehe vielleicht ein- bis zweimal im Monat hin.«

»Aber Sie kennen den Betreiber – einen gewissen Cafferty?«

»Erinnern Sie sich, dass ich gesagt habe, ich habe mich für Verbrechen und Justiz interessiert?«

»Dann kennen Sie Cafferty?«

»Nur vom Hörensagen.«

»Dessen ungeachtet macht es Ihnen nichts aus, seinen Umsatz zu steigern?«

Scoular schaute von Clarke zu Fox und wieder zurück. »Ich weiß nicht, worauf Sie hinauswollen.«

Fox antwortete. »Wir versuchen nur, uns ein möglichst vollständiges Bild von Mr bin Mahmoud zu machen, seinem Werdegang, seinem Lebensstil.«

»Man konnte Spaß mit ihm haben, er war ein klassischer Playboy, würde ich sagen. Bei manchen mag das Eifersucht und Neid hervorrufen, aber wenn man ihn kannte, musste man ihn einfach mögen.« Dieses Mal erhob sich Scoular, dehnte demonstrativ seine Waden.

»Noch eine letzte Sache«, sagte Fox, erhob sich ebenfalls. »Haben Sie eine Ahnung, was er da draußen bei Seafield gewollt haben könnte?«

»Das habe ich mich auch schon gefragt.«

»Und?«

»Der einzige Zusammenhang, der mir einfällt, ist, dass wir mal da draußen Golf gespielt haben.«

»War er Golfer?«

»Kein besonders guter, aber Sean Connery spielte Golf. Sal wollte immer seinem Vorbild nacheifern.«

»Nur Sie beide?«

»Gio war auch dabei. Er spielt nicht viel besser, versteht es aber ausgezeichnet, sich dem Anlass entsprechend zu kleiden. Kennen Sie die Szene in *MASH*? Die Profis aus Dover – daran haben mich die beiden erinnert.«

»Aber vermutlich haben Sie sie nicht ausgelacht?«, erkundigte sich Clarke. »Da Sie ihnen doch für eines Ihrer Projekte an den Geldbeutel wollten.«

Scoular bedachte sie mit einem verächtlichen Blick. »Heutzutage gibt's keine Geldbeutel mehr, Inspector. Alles wird digital und elektronisch geregelt. Ich kann mit Stolz sagen, dass ich keinen einzigen Cent meiner Investoren je verloren habe.«

»Der Golfplatz im Norden?«, setzte Fox hinzu. »Auf dem Land von Issy Meiklejohns Vater?«

»Was ist damit?«

»Jetzt, da Mr bin Mahmoud tot ist, wird da die Finanzierung nicht noch problematischer? Oder hatte er ohnehin schon beschlossen, nicht noch mehr in den Topf zu werfen?«

»Ich denke, ich habe gesagt, was ich zu sagen habe.« Scoular ging zur Tür und hielt sie auf. Clarke ließ sich Zeit mit dem Aufstehen, sie hielt seinem Blick bis zur Türschwelle stand.

»Danke noch mal, dass Sie sich die Zeit genommen haben«, meinte sie. Dann zeigte sie auf seine nackten Füße: »Passen Sie nur auf, dass Sie keine Frostbeulen bekommen …«

»Interessant, oder?«, sagte Fox kaum, dass sie auf dem Gehweg standen.

»Wir haben ihn jedenfalls aus der Ruhe gebracht.«

»Meinst du, er verschweigt uns was?«

Clarke nickte. »Genau wie du. Die Frage ist: Wie gehen wir's weiter an?«

»In Gartcosh gibt es forensische Buchprüfer. Die könnten ihn sich mal vornehmen.«

Clarke dachte kurz nach. »Für jemanden, dem Rassismus vorgeworfen wird, beweist er bei der Wahl seiner Freunde aber einen ausgesucht internationalen Geschmack.«

»Hauptsache sie sind reich und keine Juden.«

»Und was ist mit dem Golfplatz? In der Nähe von dort, wo Mahmoud ermordet wurde?«

»Meinst du, damit ist was?«

»Ich hab keine Ahnung, Malcolm.« Sie sah auf ihrem Handy nach der Uhrzeit.

»Gassigehen mit Brillo?«

»Der Arme hat lange genug warten müssen. Kommst du mit, oder musst du wieder bei Cafferty Meldung machen?« Sie sah, wie sich sein Blick verfinsterte. »War nur Spaß«, sagte sie.

»Das nehme ich dir nicht ab«, erwiderte er, schob die Hände in seine Taschen und wandte sich ab.

»Du hast dir nichts vorzuwerfen«, sagte Clarke leise zu sich selbst. »Du bist nicht diejenige, die zwischen einem Gangster und der Special Branch laviert …«

Cafferty saß wie üblich an seinem Platz auf der Galerie im Jenever Club, wie immer ein Glas Limonade vor sich, als Benny mit Neuigkeiten zurückrief.

»Kann sein, dass ich was habe, Chef. Guter Tipp mit Moredun. Der Typ wohnt in einer Seitenstraße der Moredunvale Road, ist da Chef einer Bande. Den Bullen nicht unbekannt.«

Cafferty nahm noch einen Schluck von seinem Getränk. »Ein Name wäre schön, Benjamin.«

»Cole Burnett.«

»Wie das Zeug, das wir aus den Bergwerken geholt haben?«

Benny buchstabierte es ihm.

»Nie von ihm gehört«, gestand Cafferty – eher sich selbst als seinem Angestellten.

»Soll ich ihn mitbringen?«

»Hast du ihn gesehen?«

»Noch nicht. Aber ich hab seine Adresse.«

»Wieso bist du dir so sicher, dass er unser Mann ist?«

»Er klaut am liebsten Handys. Ein Stoß, ein Tritt und weg ist er.«

»An wen verkauft er seine Ware?« Cafferty lauschte der Stille, während Benny überlegte, wie er ihm am besten beibog, dass er keine Ahnung hatte.

»Egal, bring ihn her. Vielleicht in den Club, aber warte, bis wir geschlossen haben. Aus dem Keller dringt nicht viel Lärm nach draußen – da kannst du den Hulk an den Hauptstrom anschließen, und auf der Straße würde es keiner mitkriegen.«

»Eine Autobatterie tut's auch«, meinte Benny.

»Damit kennst du dich besser aus als ich«, sagte Cafferty, wobei beide wussten, dass dies eigentlich nicht der Wahrheit entsprach.

14

Mitternacht war schon vorbei, als May Collins die letzten Gäste nach draußen schob. Am Abend hatte sie Verstärkung durch einen Barmann namens Cameron bekommen. Er war in seinen Zwanzigern und lebte mit seinen Tattoos und Piercings in einem Wohnwagen hinter dem Pub.

»Ihr Zimmer ist eigentlich seins«, hatte Collins Rebus erklärt, »aber er übernachtet lieber da draußen.«

Rebus half, die Gläser und Sonstiges von den Tischen zu räumen, während Collins Hocker und Stühle stapelte und Cameron die Spülmaschine einräumte.

»Den Boden lassen wir bis morgen früh«, schlug Collins vor.

»So viel war schon lange nicht mehr los.« Cameron klang nicht unglücklich darüber. Es hatte keinen Krawall und keine Pöbeleien gegeben. Das Pub war zum Zentrum der Gemeinde geworden, mit neugierigen Journalisten gab man sich nicht wirklich ab. Zwei von ihnen hatten zu den Letzten gehört, die gegangen waren – einer stammte aus Inverness, der andere aus Aberdeen. Der aus Inverness hatte Rebus angesprochen: »Laura Smith lässt schön grüßen, und Sie sollen sie zurückrufen.« Rebus hatte ihm mit gewöhnungsbedürftiger Wortwahl geantwortet, woraufhin sich der Reporter zurückgezogen und den Rest des Abends in seiner Blase mit Pressekollegen sitzen geblieben war.

Man hatte auf Keith angestoßen und diejenigen, die ihn gekannt hatten, hatten sich an ihn erinnert, aber unterschwellig fragten sich alle: Gab es einen Mörder in ihrer Mitte? Rebus hatte ein paar Theorien mitgehört. Es lag an Fahrenden, Fremden, Einwanderern. War nicht vor ein paar Jahren jemand in Thurso ermordet und der Täter nie gefasst worden? Und war da die Todesursache nicht auch ein Schlag auf den Kopf gewesen? Solche Geschichten waren notwendig, das wusste er – es steckte eher der Versuch dahinter, sich abzulenken, als die Situation zu erklären. Eine wildere Variante sah sogar einen Poltergeist am Werk.

»Ich habe eigenartige Dinge da in der Gegend gesehen«, hatte der Vertreter dieser Theorie seinen gebannt lauschenden Zuhörern erklärt. »Lichter, Geräusche, Schatten, die sich hinter dem Hauptzaun bewegen …«

Collins' und Rebus' Blicke hatten sich getroffen, und Collins hatte verständnislos den Kopf geschüttelt.

Rebus hatte den Abend vor einem einzigen Pint verbracht, das er, als es schal geworden war, gegen einen Whisky mit viel Wasser eingetauscht hatte.

»Tut mir leid, dass ich nicht mehr zum Umsatz beitrage«, entschuldigte er sich und reichte einen Fünfpfundschein über den Tresen.

»Läuft auch ohne Sie hervorragend«, hatte Collins erwidert.

Jetzt öffnete sie die Kasse und steckte Scheine und Münzen in einen Beutel.

»Ich bring das kurz in den Safe«, sagte sie zu Cameron, verschwand durch die Tür.

Cameron stand wieder hinter der Bar, schenkte sich einen Cider ein, da er alles Notwendige erledigt hatte. Rebus schaute die aufgehängten Flaschen an. Zwischen ihnen entdeckte er ein Wappen, ein paar verblichene Postkarten aus Übersee, einen falschen Zwanzigpfundschein, verschiedene ausländische Münzen und Scheine und ein paar Schnappschüsse, die im Lauf der Jahre in der Kneipe entstanden waren.

»Das ist Mays Vater«, sagte Cameron und tippte auf eins der Fotos. »Er hat den Laden hier geführt, bis es ihm zu viel geworden ist. Aber das war lange vor meiner Zeit.«

»Kommt er manchmal noch her?«

Der Barmann schüttelte den Kopf. »Ich glaube, hier hängen zu viele Erinnerungen für ihn dran. Gute, meine ich, aber er ist nur noch ein Schatten seiner selbst.«

»Das Gefühl kenne ich.«

Cameron gelang ein schiefes Lächeln. »Dann bleiben Sie über Nacht?«

»Samantha braucht einen bisschen Raum für sich.«

»Verständlich, denke ich.« Er hatte den Cider in wenigen Zügen ausgetrunken und nahm jetzt seine Jeansjacke vom Haken. »Das war's für mich.«

»Hatten Sie viel mit Keith zu tun?«

»Hab ihn ab und zu hier am Tresen bedient.«

Rebus' Blick wanderte erneut zu den aufgehängten Flaschen. »Wofür waren die denn mal?«

Er nickte zu drei Nägeln an der Wand, die ein Dreieck bildeten.

»Ob Sie's glauben oder nicht, da hing mal ein Revolver.« Cameron zeigte nacheinander auf jeden einzelnen Nagel. »Hier lag der Lauf, da der Abzug und der Kolben da hinten. Ich glaube, er hat Mr Collins gehört, aber sicher bin ich nicht. War eh total verrostet.«

»Was ist damit passiert?«

Der Barmann zuckte mit den Schultern. »May hat ihn weggeworfen, denke ich. Will ja nicht jeder Gast einen Revolver angucken, wenn er gerade dabei ist, sich gute Laune anzutrinken.«

»Und der hing da einfach?«

»May hat ihn ein paarmal runtergenommen – nur so zum Spaß, wenn's drum ging, Leute nach Kneipenschluss rauszuschmeißen. Hat wohl funktioniert.«

»Da bin ich sicher«, sagte Rebus.

Cameron warf einen letzten prüfenden Blick in die Bar. »Dann sehen wir uns wahrscheinlich morgen Vormittag. May macht uns Bacon Rolls, danach bringen wir hier alles wieder auf Vordermann, bevor wir öffnen. Ich frag mich, ob's morgen wieder genauso rundgeht wie heute.«

»Der Pressezirkus wird weiterziehen«, meinte Rebus.

»Ich hoffe, die bleiben noch ein, zwei Tage.« Cameron winkte und verschwand durch die Tür, gerade als May Collins wieder zurückkam. Sie schob sich eine Strähne hinter ein Ohr.

»Noch ein Absacker, würde ich sagen«, erklärte sie und hielt ein Glas unter eine der Whiskyflaschen. »Sie trinken doch hoffentlich einen mit.«

»Ich sollte lieber nicht.«

»Sie wollen ja wohl nicht mehr Auto fahren, oder?«

»Ist wegen der Gesundheit. Ich hab COPD.«

»Oh, tut mir leid.«

Sie setzten sich nebeneinander auf zwei Barhocker, stießen an und tranken. Die Stille senkte sich um sie herum, wurde nur durch das leise Surren der Spülmaschine und hin und wieder von einer Stimme draußen gestört.

»Sie überlegt sich das bestimmt noch mal«, sagte Collins schließlich. »Samantha meine ich.«

»Kann sein.«

»Sie sind Ihr Vater – ich kann mir nicht vorstellen, dass sie lange sauer sein kann. Aber jetzt im Moment braucht sie einfach jemanden, dem sie die Schuld geben kann, und das sind Sie.«

»Soll ich mich vielleicht auf die Couch legen oder so?«, fragte Rebus, wobei ihm einfiel, dass Samantha Robin Creasey eine ähnliche Frage gestellt hatte.

»Dafür braucht's keinen Psychologen, nur jemanden, der selbst schon jede Menge Zerwürfnisse mit dem eigenen Vater hatte.«

»Cameron hat mir erzählt, früher hat Ihr Vater das Pub hier geführt.«

»Später, ja. Seine erste Frau war gestorben, und er hat meine Mutter geheiratet – Betsy hieß sie. Aber als auch meine Mum tot war, ist es ihm immer schwerer gefallen.«

»Also sind Sie eingesprungen?«

»Mit meinem Mann Billy. Aber dann bekam der auch Krebs, und das war's.« Sie sah sich um. »Ich weiß nicht, ob ich das jemals gewollt hätte, aber ich war hier und Dad hat mich gebraucht.«

»Ich bin ziemlich sicher, dass ich nicht das bin, was Samantha braucht.«

»Vielleicht im Moment nicht, aber …«

»Das Problem ist, dass ich meinen Job immer viel zu gerne gemacht habe, May. Meine Frau hat gesagt, es käme ihr vor, als hätte ich eine Affäre – ich war abends lange weg, an den Wochenenden meistens nicht zu Hause. Und wenn ich zu Hause war, hatte ich die Fälle hier oben immer mit dabei.« Er tippte sich an die Stirn. »Und ich konnte ja nichts davon erzählen. Auf gar keinen Fall wollte ich Rhona und Sammy mit in diese Welt reinziehen.«

»Vielleicht war das Ihr Fehler – die beiden brauchten keinen Ritter, der sie beschützt, Rhona brauchte einen Mann und Samantha einen Vater, fertig.« Sie trank ihr Glas aus und ging sich nachschenken, Rebus schlug ihr Angebot aus. Er sah sie vor der aufgehängten Flasche stehen.

»Cameron hat mir von dem Revolver erzählt«, sagte Rebus.

»Ach ja?«

»Haben Sie ihn weggeworfen?«

»Nicht ganz.« Sie nahm wieder auf ihrem Hocker Platz. »Der hat plötzlich Beine bekommen.«

»Er wurde gestohlen?«

Collins zuckte mit den Schultern. »Erst hab ich gedacht, Dad hat ihn, aber so war's nicht. Er war total verrostet, also kein Grund, sich Sorgen zu machen.«

»Aber Sie haben den Diebstahl gemeldet?«

»Der taucht schon wieder auf. Wenn einer von den Jugendlichen damit rumfuchtelt, kriege ich das mit.«

»Wie lange ist das her?«

»Ungefähr ein Monat.«

»Was denkt Ihr Vater?«

Sie nahm einen Schluck, bevor sie antwortete. »Er hat sich gewundert, dass ich ihn überhaupt so lange behalten habe.«

»Stammte er denn noch aus dem Krieg?«

»Soweit ich weiß.«

»Aber Ihr Vater war doch Kriegsgefangener, oder?«

»Ja, er war interniert.«

»Da kann er keine Waffe gehabt haben.«

»Er hat den Revolver irgendwann in den Fünfzigerjahren gefunden, angespült am Strand, hieß es.« Sie stellte ihr Glas ab. »Worauf wollen Sie hinaus, John?«

»Keith hat sich leidenschaftlich für Camp 1033 interessiert. Er hat sogar ein paar Nächte dort verbracht. Wer auch immer ihn umgebracht hat, hat vermutlich den Inhalt seiner Tasche mitgehen lassen – das heißt seine Forschungsergebnisse. Ich habe gehört, er hat Ihren Vater und auch noch ein paar andere Überlebende befragt, aber davon ist in den Unterlagen in der Garage nichts zu finden.«

Collins dachte darüber nach. »Wollen Sie mit meinem Vater sprechen?«

»Und mit den anderen, wenn's geht.«

»Ich kann sie einladen.« Sie schaute auf die Uhr. »Wenn ich sie morgen Vormittag anrufe, schaffen wir's vielleicht noch, bevor wir aufmachen. Was sagen Sie dazu?«

»Ich sage danke.«

»Meinen Sie denn, dass das helfen wird?«

»Keine Ahnung.«

»Ob die Polizei auch mit den Leuten reden will?«

»Wenn sie gründlich vorgeht.«

»Aber davon sind Sie offenbar nicht überzeugt.«

»Creasey scheint schon einigermaßen kompetent zu sein, ich weiß, wie das läuft – die sind nicht alle so wie er.«

»Na ja, wir werden sehen. Heute bin ich erst mal froh, dass ich einen edlen Ritter unter meinem Dach habe.«

»Auch wenn die Rüstung knarzt?«

»Von dem klapprigen Ross draußen vor der Tür mal ganz zu schweigen.« Collins konnte ihre Müdigkeit nicht mehr verbergen, als sie vom Hocker glitt. »Kommen Sie, wir machen das Licht aus und gehen nach oben.«

»Wahrscheinlich kannten Sie Keith viel besser als ich. Ehrlich gesagt, kannte ich ihn praktisch überhaupt nicht. Wie war er so?«

»Er war still, aber eine Persönlichkeit. Alle haben ihn gemocht, und man hat gemerkt, dass er Carrie abgöttisch liebt.«

»Als Samantha was mit Jess Hawkins angefangen hat, muss ihn das sehr verletzt haben. Glauben Sie wirklich, dass die beiden ihre Beziehung wieder flicken konnten? Ich meine, so richtig?«

»Es schien alles in Ordnung zu sein.« Collins dachte kurz nach. »Ich nehme an, wir haben alle möglichst nicht darüber gesprochen.«

»Es gab aber nie eine Auseinandersetzung zwischen Keith und Hawkins?«

»Vielleicht mit Worten, aber mit Fäusten nicht, soweit ich weiß.«

»Samantha hat mir gesagt, sie sind sich nur ein einziges Mal begegnet. Und das war anscheinend lange vor dem Krach mit Samantha.«

»Dann irre ich mich vielleicht.«

»Sie wissen, dass er das mit Hawkins durch einen anonymen Brief erfahren hat – haben Sie eine Ahnung, wer so was machen könnte?«

»Mir gefällt die Vorstellung nicht, dass überhaupt jemand so was macht.« Sie sah Rebus in die Augen. »Falls Sie wissen wollen, ob sich bei Keith Gefühle angestaut haben – das kann gut sein. Ich bin sicher, es hat ihn gewurmt, dass alle im Ort Bescheid wussten. So was nagt an einem. Er muss sich gefragt haben, warum niemand was gesagt hat. Jedenfalls hat er sich danach stärker in sich selbst zurückgezogen.«

»Und seine ganzen Bemühungen auf Camp 1033 konzentriert …« Rebus' Handy machte ihn auf eine ankommende Nachricht aufmerksam.

»Samantha?«, fragte Collins.

»Edinburgh«, korrigierte Rebus. »Vielleicht sollte ich kurz zurückrufen, bevor ich hochgehe.« Ihm fiel noch etwas ein. »Darf ich den Computer im Büro benutzen?« John Neilson hatte sein Versprechen vor einigen Stunden gehalten und ihm verschiedene Links zu Webseiten geschickt. Rebus hatte seine E-Mails auf dem Handy angesehen und dort Neilsons Nachricht gefunden. Aber wenn er lange Texte lesen wollte, wäre ein größerer Bildschirm eindeutig von Vorteil.

Collins gab nickend ihr Einverständnis. »Aber ich stell die Alarmanlage an, also spazieren Sie hier nicht zu viel herum. Bis morgen früh.«

»Es gibt Bacon Rolls, hab ich gehört.«

»Gute Nacht, John.«

Rebus ging an eins der Fenster. Die Scheibe bestand aus Milchglas, weshalb er nichts sehen konnte. Trotz der späten Stunde war es draußen nicht vollständig dunkel. Er wusste, dass der Preis dafür sehr kurze Wintertage waren. Jetzt waren keine Stimmen mehr zu hören, nur ein einsamer Wagen fuhr vorbei. Er schrieb Clarke eine Nachricht – *können wir reden?* –, und als sie bejahte, rief er an.

»Wir sind schon zwei Nachteulen«, sagte er. »Alles in Ordnung mit Brillo?«

»Er ist hier bei mir in der Wohnung.«

»In deiner Wohnung?«

»In meiner Wohnung. Wie läuft es denn?«

»Keith wurde ermordet.«

»Ich hab was im Netz gesehen, aber der Artikel war sehr vage.«

»Er wurde mit einem stumpfen, noch unbekannten Gegenstand erschlagen. Die Mühlen von Gesetz und Ordnung fangen langsam an zu mahlen. Samantha ist fix und fertig, wie du dir vorstellen kannst. Carrie übernachtet erst mal bei einer Freundin.«

»Hatte er Angehörige?«

»Eine Schwester in Kanada – ich frage mich, ob Sammy dran denkt, ihr Bescheid zu sagen.«

»Auf den ersten Blick keine Verdächtigen?«

»Nein«, gestand Rebus.

»Dann krempelst du selbst die Ärmel hoch?«

»Sozusagen.«

»Und hast damit alle Hände voll zu tun?«

Rebus hielt inne, nahm ihren Tonfall war. »Was ist los, Siobhan?«

»Es gibt einen flüchtigen Zusammenhang zwischen meinem Opfer und der Gegend, in der du dich gerade befindest.«

Er hörte zu, während sie ihm von Stewart Scoular, der Familie bin Mahmoud, dem Golfplatz-Vorhaben, Isabella Meiklejohn und Lord Strathy erzählte.

»Ich höre den Namen nicht zum ersten Mal«, meinte er, als Lord Strathys Name fiel. »Soll ich ein paar Nachforschungen anstellen?«

»Nicht unbedingt …«

Er konnte sich ein Grinsen nicht verkneifen. »Trotzdem rufst du mich mitten in der Nacht an, um mir das alles zu erzählen. Ich durchschaue dich wie ein frisch geputztes Fenster, DI Clarke.«

»Aber ganz inoffiziell, John.«

»Selbstverständlich.«

»Und wenn du etwas auch nur annähernd Relevantes findest …«

»Komme ich damit unverzüglich zu dir.«

»Bist du sicher, dass du Zeit dafür hast? Ich weiß, dass Samantha dich dringender braucht als ich.«

»Überlass das mir, Siobhan, ich sehe, was ich machen kann. Jetzt leg dich schön ins Bett und sag Brillo, dass ich ihn vermisse.«

»Mach ich, John. Und danke.«

»Bis bald.«

Rebus beendete das Gespräch, tippte sich mit dem Handy ans Kinn und ging zurück in die Bar. Die Lichtschalter befanden sich direkt neben der Stelle, wo die verschwundene Waffe gehangen hatte. Er starrte einen Augenblick lang die Nägel an, dann tauchte er die Kneipe in Dunkelheit und verzog sich ins Büro.

Drei Stunden später lag er im Bett, konnte nicht schlafen und starrte an die Decke. In wenigen Stunden würde es hell werden. Er glaubte jetzt zu wissen, warum Keith sich so sehr für Camp 1033 interessiert hatte. Ihm war es darum gegangen, wie Menschen während des Zweiten Weltkriegs behandelt wurden. Nachbarn wurden eingesperrt, nur weil sie außerhalb des Vereinigten Königreichs geboren worden waren. Menschen hatten angefangen, ihren Bäckern, Lebensmittelhändlern und Restaurantbesitzern zu misstrauen. Eine Zeit lang war die Isle of

Man ein einziges riesiges Internierungslager, ebenso Isle of Bute. »Kassiert sie alle ein«, hatte Churchill verfügt, wonach ein einziges Gerangel entbrannte und jeder Mensch ausländischer Herkunft für einen potenziellen Anhänger der Fünften Kolonne gehalten wurde. Die Situation verschärfte sich noch, als Sikorski, der Tausende polnische, in Großbritannien stationierte Soldaten anführte, Personen wegsperrte, die mit seiner Politik nicht einverstanden waren. Keith hatte mehrere lange Artikel geschrieben, die Rebus neben verschiedenen Ablehnungsschreiben von Zeitschriften und Zeitungen ordentlich abgeheftet in der Garage gefunden hatte. Darin schimmerte seine Wut über die Ungerechtigkeit durch – vielleicht ein bisschen zu ungefiltert. In einem Artikel hatte er die damalige Haltung mit dem verglichen, was er in der heutigen Gesellschaft beobachtete. Der Artikel trug den Titel: *Die niemals endende Hexenjagd.*

»Sieht aus, als wärst du einer von den Guten gewesen«, wisperte Rebus in die Nacht.

Warum hatte er gewaltsam sterben müssen?

Tag drei

15

Um halb acht stand Rebus draußen vor dem Bungalow, der Wind schnitt ihm ins Gesicht. Die Tür war verschlossen, kein Anzeichen von Leben im Haus. Samantha musste schon losgefahren sein; sie hatte Carrie bei ihrer Freundin abgeholt. Er merkte, dass er gar nicht wusste, wo die Freundin wohnte. Als er zum Saab zurückging, kam ein Streifenwagen herangefahren, blockierte seinen Weg. Der einzige Insasse stieg aus. Er trug Uniform und war schlau genug gewesen, auf jegliche Kopfbedeckung zu verzichten – den Spaß würde er den wirbelnden Windböen nicht lassen.

»Sind Sie John Rebus?«

»Kommt drauf an.«

»Nur weil ich Sie eher für einen Landstreicher gehalten hätte als für einen ehemaligen Polizisten. DS Creasey hat mich geschickt, damit ich Ihre Fingerabdrücke nehme.«

»Okay.«

»Also, wenn Sie in mein Büro eintreten würden …«

Womit er den Beifahrersitz seines Streifenwagens meinte. Der Kasten für die Fingerabdrücke war hinten. Der Streifenbeamte holte ihn und machte sich an die Arbeit.

»Nehmen Sie auch von meiner Tochter welche?«, fragte Rebus.

»Liegt doch auf der Hand, Sir«, grinste der Mann, weil er seine Bemerkung offenbar für einen gelungenen Scherz hielt.

Als die Fingerabdrücke in einem durchsichtigen Plastiktütchen versiegelt und mit Rebus' Namen und Geburtsdatum beschriftet waren, entließ ihn der Beamte mit einer entsprechenden Geste und machte sich an seinem Funkgerät zu schaffen.

»War mir auch ein Vergnügen mit Ihnen«, brummte Rebus und bückte sich, um sich die Fingerspitzen im Gras abzuwischen, dabei sah er zu, wie der Streifenwagen rückwärts auf die Straße stieß, sich auf den Weg zu seinem nächsten Ziel machte.

Der Saab klang immer noch nicht gesund, aber er sprang an und die Räder drehten sich. Langsam fuhr er zur Grundschule. Eltern trafen mit ihren Sprösslingen ein, alle stemmten die gesenkten Köpfe dem unablässigen Wind entgegen. Rebus stieg aus dem Wagen und stellte sich ans Tor. Viele Eltern schienen zu wissen, wer er war, grüßten ihn argwöhnisch oder starrten ihn einfach im Vorübergehen an. Schließlich sah er Carrie. Sie hielt ein anderes Mädchen ungefähr im selben Alter an der Hand. Ihm fiel nicht ein, was er sagen sollte, also sagte er nichts. Die Frau, die die beiden begleitete, scheuchte die Mädchen durchs Tor, drückte jeder noch ein Küsschen auf den Kopf, dann drehte sie sich zu Rebus um, verschränkte die Arme.

»Ich bin der Vater von Samantha«, sagte er.

»Ich weiß.«

»Wie geht's Carrie?«

»Die Kleine ist ja nicht blöd – sie weiß, dass was passiert ist.«

»Samantha hat es ihr nicht gesagt?«

»Sie hat's versucht.« Die Frau sah die beiden Mädchen über den Spielplatz davonspringen, die Rucksäcke hüpften. »Und bevor Sie mich fragen, ich hab angeboten, Carrie heute bei mir zu lassen, aber Sam möchte, dass alles so normal wie möglich weitergeht. Sie weiß, dass sie Unmögliches verlangt, aber wer bin ich, es ihr zu verweigern?«

»Sie nennen sie Sam?«, fragte Rebus mit dem Ansatz eines Lächelns. »Ich muss ›Samantha‹ sagen. Ich hatte gehofft, mit ihr zu sprechen …«

»Die Polizei hat sie mitgenommen nach Thurso. Sie muss die Leiche identifizieren, wobei man nicht meinen sollte, dass das wirklich notwendig ist. Ich hab gesagt, wenn sie kurz wartet, fahre ich mit, aber sie hat sich nicht erweichen lassen.«

»Wie lange ist das her?« Der Fingerabdruck-Cop musste das gewusst haben, aber er hatte nichts gesagt. Samantha würden entweder direkt vor oder nach der Identifizierung Fingerabdrücke abgenommen. Du lieber Himmel …

»Sie kamen gleich heute Morgen zu uns.« Die Frau hielt inne. »Ich sehe Ihnen an, dass Sie denken, Sie sollten bei ihr sein. Glauben Sie mir, das hab ich ihr auch gesagt.«

»Aber sie war unerbittlich?«, vermutete Rebus.

Die Frau streckte ihre Hand aus. »Ich bin übrigens Julie Harris.« Rebus schlug ein. »Jennys Mutter.« Dem Akzent nach kam sie aus der Gegend.

»Danke, dass Sie Sam und Carrie helfen. Und wenn Sie vielleicht ein gutes Wort für mich einlegen würden …«

»Sie hat eine Menge zu verkraften, das müssen Sie verstehen. Im Moment sind Sie der Kollateralschaden.« Harris sah seinen Blick. »Ich bin Krankenschwester. Vor Jennys Geburt hab ich in der Notaufnahme gearbeitet und beschlossen, dass ich lieber Vollzeit-Mutter werde.« Sie hielt erneut inne. »Sie wollen jetzt gleich nach Thurso düsen und Sam überreden, sich helfen zu lassen, oder?«

»Bin ich so leicht zu durchschauen?«

»Nein, aber Ihrer Tochter ganz schön ähnlich, Mr Rebus. Vergessen Sie das nicht.«

In östlicher Richtung raus aus Naver wurde die Straße zweispurig. Rebus sah ferne Windparks und zu seiner Linken hin und wieder scheinbar unzugängliche Buchten und Strände, die von steilen Klippen eingefasst wurden. Schließlich entdeckte er das kugelförmige Reaktorgebäude von Dounreay, an dessen Stilllegung Keith gearbeitet hatte. Der große Parkplatz war voll mit den Fahrzeugen der Mitarbeiter. Ihm wurde bewusst, dass er nicht wusste, welche Funktion Keith dort genau bekleidet hatte. Er war nicht im Management gewesen, aber das bedeutete nicht, dass er nicht hoch qualifiziert war. Rebus' Erfahrung nach eher das Gegenteil.

Die CD lief leise, er erkannte The Clash und Jethro Tull, aber die darauffolgenden drei Songs nicht. Als er an den Stadtrand von Thurso kam, sah er jenseits des Wassers Land im Norden.

Orkney, vermutete er. Das Schild nach Scrabster zur Fähre hatte er vor nicht allzu langer Zeit passiert. Samantha und Keith waren ein paarmal mit Carrie dort gewesen, Samantha hatte ihm hinterher am Telefon davon vorgeschwärmt.

»Hast ihr nicht mal gesagt, dass du umziehst«, brummte er vor sich hin. »Deiner eigenen verdammten Tochter …«

Da war ein Straßenschild, das den Weg zum Krankenhaus wies, wo er auch das Leichenschauhaus vermutete. Er überlegte, ob er Deborah Quant anrufen sollte, vielleicht konnte sie ja dem diensthabenden Pathologen, wer auch immer das sein würde, Bescheid sagen, damit Rebus überhaupt reingelassen wurde. Aber dazu hätte er einiges erklären müssen – und wahrscheinlich hätte sie ihn auch ermahnt, sich nicht zu viel zuzumuten. Stattdessen beschloss er zu improvisieren. Warum sollte er mit lebenslangen Gewohnheiten brechen?

Nachdem er hinter einer Reihe am Straßenrand parkender Fahrzeuge gewartet hatte, um Autos in entgegenkommender Richtung durchzulassen, beschloss er, das Fenster runter- und ein bisschen Luft hereinzulassen. Dabei fiel ihm auf, dass eines der vorbeiziehenden Fahrzeuge ein Streifenwagen war. Samantha saß hinten auf dem Rücksitz, blass und mitgenommen. Er rief ihr zu, aber keine Reaktion. Er fluchte und wartete, bis sich der Verkehr gelegt hatte, ein eifriger einheimischer Autofahrer hing so dicht an ihm dran, dass sein Kühler beinahe an die hintere Stoßstange des Saab stieß.

Nachdem er an den parkenden Autos vorbei war, blinkte Rebus und fuhr links ran, wartete, bis die Straße frei war und er in drei Zügen wenden konnte. Es half nichts, er musste Samantha zurück nach Naver folgen. Aber dann fiel ihm wieder ein, dass er ungefähr auf halber Strecke zwischen Naver und Thurso durch das Dorf Strathy gefahren war. Er kramte sein Handy aus der Tasche und sah Lord Strathy alias Ramsay Augustus Ranald Meiklejohn nach. Die Auswahl an Fotos, die er fand, zeigten einen Mann, der ebenso aufgeblasen war wie sein Name. Haare hatte er praktisch keine mehr, seine Gesicht war von der Farbe eines blühenden Klatschmohnfeldes. Auf einem Bild trug er volle Jagdkleidung, saß umgeben von gierig wirkenden Hunden auf einem Pferd. Ein weiteres war von Strathy Castle aus aufgenommen worden. Bei dem Gebäude handelte es sich um ein echtes schottisches Baronialschloss mit Türmchen und unzähligen Staffelgiebeln. Rebus' Handy zeigte ihm schon bald den Standort des Schlosses auf einer Karte, es lag von der Ortschaft aus gesehen nur wenige Meilen landeinwärts.

»Sag nicht, dass ich nicht lieb zu dir bin, Siobhan«, sagte er zu sich selbst, als er weiterfuhr und dabei den CD-Player lauter drehte.

Der Streifenwagen musste ganz schön gerast sein, denn als er Strathy erreichte, hatte er ihn immer noch nicht eingeholt. Im Ort gab es kein Schild, das ihm den Weg zum Schloss wies, andererseits gab es ohnehin nur eine schmale Straße, die links abging, von der Küste wegführte, sie war von Feldern flankiert und wurde immer schmaler. Schlaglöcher voller Regenwasser steigerten das Vergnügen, Rebus fuhr langsamer, versuchte den Saab möglichst vorsichtig zu lenken, aber der Motor jaulte und keuchte. Ein imposantes Tor zwischen zwei steinernen Pfeilern mit Statuen obendrauf kam in Sicht, das reich verzierte gusseiserne Tor war geschlossen. Ein verwittertes Holzschild ganz unten warnte den Besucher, dass sich dahinter ein »Privatgrundstück« befand.

Rebus stieg aus und näherte sich dem Tor. Ein Blick nach oben verriet ihm, dass es sich bei den beiden Statuen um einen Löwen und ein Einhorn handelte, beide hinter vorgehaltenen Schilden, denen die Elemente im Lauf der Jahre übel mitgespielt hatten.

»Mir geht's genauso, Leute«, sagte er, stieß gegen das Tor und merkte, dass es nachgab. Als beide Flügel offen standen, stieg er wieder in den Saab und fuhr weiter die Auffahrt hinauf.

Hinter einer lang gestreckten Kurve tauchte das Schloss auf. Zwischen der Haustür und einer Rasenfläche mit einem abgeschalteten Brunnen als zentralem Mittelstück befand sich eine Kiesfläche zum Parken. Meilenweit keine andere Behausung, die Aussicht weitläufig, aber gegen das Wetter weitgehend ungeschützt. Es gab keine Bäume und keine Hecken.

Als Rebus parkte, ging die schwere Holztür auf und zum Vorschein kam eine Frau mit aneinandergepressten Händen, beinahe als wollte sie beten. Im Näherkommen betrachtete er sie. Sie war Mitte fünfzig, hatte die Haare zum Knoten hochgebunden, trug einen schlichten grauen Rock mit dazu passender Strickjacke und Bluse. Auch wenn er noch nicht vielen begegnet war, sie erinnerte ihn an eine Nonne.

»Kann ich Ihnen helfen?«, fragte sie.

»Ich hoffe. Ich wollte gerne mit Lord Strathy sprechen, wenn er da ist.«

Jede Spur von Freundlichkeit in ihrem Gesicht war sofort wie weggeblasen. »Er ist nicht da.«

»Das ist aber schade. Ich bin nämlich den ganzen Weg von Edinburgh hergekommen …«

»Ohne Termin?« Sie klang, als könnte sie sich das überhaupt nicht vorstellen.

»Wir brauchen meistens keinen.« Rebus schob die Hände in die Taschen. »Haben Sie von dem Mord an dem saudischen Studenten gehört?«

Hätte sie Perlen getragen, hätte sie jetzt daran gefasst. Stattdessen drückte sie abwechselnd jeweils eine Hand mit der anderen, als würde sie ein Küchenhandtuch auswringen.

»Sind Sie von der Polizei?« Rebus antwortete nicht, ließ sie aber in dem Glauben. »Ist was passiert mit …?« Sie brach ab. »Dann kommen Sie lieber mal rein.«

»Danke.«

In der Diele sah es genau so aus, wie er es sich vorgestellt hatte: Hirschgeweihe an der Wand, Barbourjacken an einer Reihe von Haken, auf dem Boden darunter grüne Gummistiefel, dunkles Holz und ein brauner, gewebter Bodenbelag.

»Tee?«, fragte sie.

»Das wäre wunderbar«, sagte Rebus.

»Möchten Sie vielleicht im kleinen Salon warten?«

»Ich warte gerne in der Küche. Tut mir leid, ich habe Ihren Namen …«

»Ich bin Mrs Belkin. Jean Belkin.«

»Mein Name ist Fox«, erklärte ihr Rebus.

Er hatte erwartet, dass sich die Küche im Keller befand, und er wurde nicht enttäuscht. Sie verließen den Eingangsbereich und traten in einen schmalen, schmucklosen Gang, der schließlich über eine steinerne Wendeltreppe in einen weiteren Gang im Keller führte. Die große Küche war augenscheinlich zum letzten Mal in den Sechzigerjahren modernisiert worden, wobei der AGA-Herd noch älter wirkte. Er wärmte sich die Hände daran, während Belkin einen elektrischen Wasserkocher füllte. Sie erriet seine Gedanken.

»Die Herdplatte braucht ewig lange«, sagte sie und legte den Schalter um.

»Sind Sie hier alleine, Mrs Belkin?«

»Wenn es so wäre, hätte ich Sie nicht über die Schwelle gelassen, jedenfalls nicht ohne mir vorher Ihren Ausweis anzusehen.«

Rebus klopfte demonstrativ auf seine Jackentasche. »Im Wagen«, entschuldigte er sich.

»Ist egal, mein Mann Colin ist nicht weit. Er ist hier der Gärtner, Handwerker und was auch immer gerade gebraucht wird.« Sie suchte Becher und eine Teekanne, Milch und Zucker. »Einen Keks?«

»Für mich nicht, danke.«

»Sind Sie wirklich aus Edinburgh hergekommen?«

»Ja, natürlich.«

»Und haben Sie von *unserem* Mord hier gehört? Bald ist man nirgendwo mehr sicher.«

»Der junge Mann in der Nähe von Naver?« Rebus nickte. »Schlimme Sache.«

»Die Menschheit kommt auf den Hund.« Sie schüttelte bestürzt den Kopf.

»Da kann ich nicht widersprechen.«

Er beobachtete sie, während sie sich wohl überlegte, wie sie ihre nächste Frage formulieren sollte.

»Ist es wegen Lady Isabella, Inspector?«

»Wie kommen Sie darauf?«

»Sie hat doch den saudischen Gentleman gekannt – war sogar ein paarmal mit ihm hier.«

»Ach was?«

»Aber sie kommt nicht oft nach Hause, die Lichter der Großstadt sind ihr lieber.«

»Es betrifft eher Lady Isabellas Vater. Unseren Informationen zufolge hat er Geschäfte mit dem Verstorbenen gemacht.«

»Was denn für Geschäfte?« Sie schenkte konzentriert Wasser aus dem Kocher in die Kanne, ihre Hand war dabei ganz ruhig.

»Hat Lord Strathy ein Büro – oder eine Assistentin oder Sekretärin?«

»In London, ja. Die Geschäftsverhandlungen finden größtenteils dort statt.«

»Und ist er jetzt dort?«

Plötzlich schoss Belkin das Blut in die Wangen. »Ehrlich gesagt, wissen wir zurzeit gar nicht, wo er ist.«

Hinter ihnen wurde ein Geräusch laut. Die Tür zur Außenwelt schlug auf, und ein stämmiger, unrasierter Mann blickte Rebus misstrauisch an.

»Colin, das ist Mr Fox, ein Detective aus Edinburgh«, wollte Belkin erklären.

»Ach ja?« Der Mann klang, als wäre er nicht ganz überzeugt. »Sind Sie nicht schon ein bisschen zu alt?«

»Ich bin jünger, als ich aussehe.«

»Müssen Sie wohl.« Der Gärtner ging zur Spüle, wusch sich die Hände und trocknete sie an einem Handtuch ab, das seine Frau ihm reichte. »Worum geht's denn?«

»Um den jungen Saudi«, teilte ihm seine Frau mit, während sie Tee in einen weiteren Becher schenkte, »der, der hier war ...«

»Was ist mit dem?«

Rebus trat einen Schritt vor. »Wir sehen uns seine geschäftlichen Kontakte an, und in diesem Zusammenhang ist der Name Ihres Arbeitergebers aufgetaucht.«

Colin Belkin nahm schlürfend einen Schluck Tee. »Und woher zum Teufel sollen wir was darüber wissen?«

»Ich wollte eigentlich Lord Strathy sprechen – Ihre Frau hat mir gerade gesagt, dass er verschwunden ist.«

»Du lieber Himmel, nur weil sich einer mal eine kleine Auszeit nimmt«, brummte der Gärtner.

»Hat er das denn gemacht?«

»Sieht ganz danach aus.« Belkin setzte den Becher auf dem großen Holztisch ab. Dann an seine Frau gewandt: »Kannst du dich noch dran erinnern, an die Sache vor zwei Jahren? Der Reporter, der gar keiner war?«

»Was für eine Sache?«, fragte Rebus.

Aber der Gärtner hatte ihm eine Hand entgegengestreckt,

die Handinnenfläche nach oben. »Erst will ich Ihren Ausweis sehen.«

»Den hat er im Wagen, hat er mir gesagt«, erklärte Jean Belkin.

»Dann gehen wir zum Wagen und sehen ihn uns an. Ist verboten zu behaupten, man ist von der Polizei, wenn's gar nicht stimmt.«

»Ich kann Ihnen eine Nummer geben, die Sie anrufen können«, entgegnete Rebus. »Erkundigen Sie sich nach DI Malcolm Fox.«

Belkin kramte ein Handy aus seiner Gesäßtasche. »Dann machen wir das.«

Rebus drehte sich zu Jean Belkin um. »Was für eine Sache?«, fragte er erneut, aber sie wollte nicht antworten.

»Da ist die Tür«, sagte der Mann mit entsprechender Geste, »es sei denn, Sie geben mir die Nummer …«

Rebus schwankte einen Augenblick. »Sie hören wieder von uns«, sagte er.

Colin Belkin drehte den Türknauf, noch immer das Handy in der anderen Hand. Mit einem letzten bösen Blick verschwand Rebus, umrundete das Gebäude und ging über einen ansteigenden Fußweg zurück zu seinem wartenden Saab.

Am Ende der Auffahrt ließ er das Tor sperrangelweit offen – nicht viel, um sich zu rächen, aber was hätte er sonst tun können? – und fuhr in eine Haltebucht. Er schaltete sein Handy ein, stellte aber fest, dass er keinen Empfang hatte. Hatte der Gärtner nur geblufft? Gut möglich. Er hörte Laufschritte, aber da war es schon zu spät. Die Fahrertür wurde aufgerissen, und Colin Belkin packte ihn zähnefletschend mit der Faust am Jackenkragen.

»Sie sind kein verfluchter Polizist, also wer zum Teufel sind Sie?«

Rebus versuchte, seinen Sicherheitsgurt mit einer Hand zu lösen, während er mit der anderen Belkins schraubstockartigen Griff abwehrte. Der Mann schüttelte ihn wie eine Lumpenpuppe.

»Stecken Sie Ihre Nase nicht in die Angelegenheiten ehrlicher Leute!«, bellte Belkin. »Sonst setzt es was.« Er fuchtelte mit seiner geballten Faust knapp vor Rebus Gesicht.

»In welchem Knast haben Sie denn gesessen?«, fragte Rebus. Der Mann riss die Augen auf, ließ ein bisschen locker.

»Ich rieche einen ehemaligen Sträfling auf fünfzig Meter Entfernung. Weiß Ihr Arbeitgeber davon?«

Belkin zog die Faust zurück, als wollte er zu einem Schlag ausholen, erstarrte aber, als er seine Frau rufen hörte. Sie stand in der Toreinfahrt und flehte ihn an aufzuhören. Belkin hielt Rebus das Gesicht so dicht vor die Nase, dass dieser dessen Zwiebelatem riechen konnte.

»Wenn Sie uns noch mal belästigen, setzt es Prügel.« Er ließ los, drehte sich um und ging zurück zu seiner wartenden Frau.

Rebus' Herz hämmerte, und ihm war leicht schwindlig. Er presste eine Hand an die Wölbung seiner Tasche, unter der sich sein Inhalierer verbarg, glaubte aber nicht, dass er ihm helfen würde. Stattdessen blieb er einen Augenblick sitzen, sah im Rückspiegel, wie Belkin das Tor mit einem unglaublichen Rums zufallen ließ und seine Frau ihn zum Schloss zurückwinkte. Als die beiden außer Sichtweite waren, trat er aufs Gas, spürte ein leichtes Zittern in seinem rechten Fuß. Der perfekte Zeitpunkt für John Martyns *I'd Rather Be The Devil*, mit dem die CD jetzt einsetzte.

Wieder auf der A836, schaute er erneut auf sein Handy und fand einen Balken Signal, also fuhr er an den Straßenrand und rief Siobhan Clarke an.

»Wie läuft's?«, fragte sie.

»Lord Strathy hat sich schon eine ganze Weile nicht mehr bei seinen Angestellten blicken lassen.«

»Dann ist er wohl in London.«

»Ist nicht mein Eindruck. Ich würde sagen, die haben versucht, ihn ausfindig zu machen, aber ohne Erfolg.«

»Was für Schlüsse ziehst du daraus?«

»Das ist eher deine Aufgabe als meine.«

»Ich werde in seinem Londoner Büro anrufen. Vielleicht auch seine Tochter fragen.«

»Noch was – die Angestellten haben erwähnt, dass sich die Presse vor ein paar Jahren für irgendwas interessiert hat. Hast du eine Ahnung, was das gewesen sein könnte?«

»Warte.« Er hörte, wie sie ihre Unterlagen durchging und Malcolm Fox auf eine Frage hin etwas nuschelte.

»Strathys vierte Ehefrau«, sagte Clarke schließlich. »Anscheinend sammelt er sie wie Jagdtrophäen. Aber diese hat ihn sitzen lassen.«

»Und das ist alles?«

»Sie hat der Schickeria abgeschworen und ist zu den Hippies übergelaufen.«

Rebus verengte den Blick. »Soll heißen?«

»Laut den Berichten hat sie sich irgendeiner New-Age-Sekte angeschlossen.«

»Die zufällig in der Gegend zwischen Naver und Tongue lebt?«

»Wieso fragst du mich, wenn du's sowieso schon weißt?«

»War eher eine nicht unbegründete Vermutung. Hast du ihren Namen?«

»Angharad Oates. Die Boulevardpresse hat ihn natürlich schlimm verballhornt.«

»Kannst du mir schicken, was du über sie hast?«

»Oder du googelst einfach selbst, mehr hat Malcolm auch nicht gemacht.«

»Dann hält er dich wohl auf Trab?«

»Geht so.«

»Komisch, dabei war er doch eben gerade erst hier in Strathy Castle und hat Fragen gestellt …«

»Hast dich wohl wie immer bedeckt gehalten?«

»Vergiss nur nicht, wer hier die Drecksarbeit für dich erledigt.«

»Wie läuft es sonst? Mit Samantha meine ich?«

»Sie ist tapfer.«

»Und du?«

»Tu mir noch einen letzten Gefallen, ja? Überprüf einen Colin Belkin für mich. Er ist Gärtner und Mädchen für alles in Strathy Castle.«

»Und?«

»Ich wette meinen gesamten Besitz, dass er vorbestraft ist.«

»Mal sehen, was ich für dich tun kann.«

16

»Sag mir, was du siehst«, verlangte Malcolm Fox, drehte den Kopf zu Siobhan Clarke. Sie waren gemeinsam zum Golfplatz nach Craigentinny gefahren und an der Stelle vorbeigekommen, an der Salman bin Mahmoud ermordet worden war.

Clarke sah einige parkende Autos, die meisten Marken und Modelle, die Leute aus dem mittleren Management bevorzugten – genau genommen die Art von Auto, die Malcolm Fox heutzutage selbst fuhr. Ein paar silberhaarige Herren verließen am Ende ihrer morgendlichen Runde das Clubhaus, schwere Taschen mit Schlägern über den Schultern.

»Deine Zukunft?«, riet sie scherzhaft. Dann: »Vielleicht spuckst du's einfach aus, hm?«

»Schau mir zu und lerne.« Fox machte den Motor aus und löste seinen Sicherheitsgurt, dann öffnete er die Fahrertür. Clarke konnte ihn nicht ausstehen, wenn er so war. Nie erzählte er einfach, was er herausgefunden hatte, oder warum er einem bestimmten begründeten Verdacht nachging – immer musste er so ein Theater veranstalten. Er ging auf die Absperrung zu, die sie gerade erst durchfahren hatten. Die weiße Schranke konnte je nach Bedarf heruntergelassen werden. Der Parkplatz war unbewacht, aber mehrere Schilder mahnten Sanktionen und Strafen an. Kaum hatte Clarke ihn eingeholt, schlug Fox mit der Hand auf die Schranke.

»Nachts wird sie runtergelassen – ich hab angerufen und nachgefragt.«

»Okay.«

»Runtergelassen und abgeschlossen – verstehst du, was das bedeutet?« Er wartete, aber sie antwortete nicht. »Salman bin Mahmoud war irgendwann tagsüber hier, hat Golf gespielt. Der Parkplatz eignet sich ausgezeichnet als Treffpunkt, denkt er.« Fox malte mit dem Finger einen Kreis in die Luft. »Keine Überwachungskameras, keine Wächter.«

»Er weiß nicht, dass man ihn nachts nicht benutzen kann?«, schlussfolgerte Clarke.

»Weil es nicht so klappt, wie er denkt, fährt er zum ersten Parkplatz, den er finden kann.«

»Am Lagerhaus.« Jetzt nickte sie. »Dabei aber vorausgesetzt, dass das Treffen seine Idee war, obwohl wir auf seinem Handy nichts Entsprechendes gefunden haben.«

»Vielleicht gibt es noch ein anderes Handy, von dem wir nichts wissen. Oder das Treffen kam anders zustande. Vielleicht wurde es persönlich verabredet. Ich sage nur, das ist der Grund, warum er an der Stelle getötet wurde. Dazu kommt, dass es bei dem Treffen vielleicht sogar um den Golfplatz ging.«

Clarke sah Fox' aufgeregten Blick.

»Ich höre«, sagte sie und verschränkte die Arme.

»Ich habe mit dem Wirtschaftsjournalisten gesprochen, mit dem ich in Kontakt stehe. Craigentinny ist ein öffentlicher Platz, das heißt, er gehört der Stadt, aber es ist kein Geheimnis, dass Edinburgh in den roten Zahlen steckt und man bei der Stadt unbedingt Geld sparen und welches dazuverdienen möchte. Ein Konsortium hat ein Angebot gemacht.«

»Um den Golfplatz zu kaufen?«

»Anscheinend nicht nur diesen – und auch nicht nur Plätze in Edinburgh.«

»Hat das was mit Stewart Scoulars Plänen für ein Golfresort im Norden zu tun?«

»Es fallen immer wieder dieselben Namen.«

»Unter anderem der Name der Familie bin Mahmoud und der von Lord Strathy?«

Fox nickte wie ein schlauer Schüler, dessen Lehrer gerade auf ihn aufmerksam wurde.

Clarke dachte mit ungerührter Miene nach.

»John sagt, Lord Strathy ist spurlos verschwunden. Ich hab's in seinem Londoner Büro versucht, aber die haben alle möglichen Ausflüchte gesucht.«

»Seine Tochter?«

»Geht nicht ans Telefon. Ich hab eine Nachricht hinterlassen.« Clarke kaute auf ihrer Unterlippe. »Wie oft hat Salman bin Mahmoud hier gespielt?« Fox zuckte mit den Schultern. »Wie lange ist das her, dass er mit Scoular gespielt hat?«

»Du weißt genauso viel wie ich, Siobhan.«

»Wir müssen morgen noch mal mit Scoular sprechen, hab ich recht?« Das Schulterzucken wurde zum Nicken. »Und wie viel davon willst du Big Ger Cafferty erzählen?«

»Das bleibt am besten eine Sache zwischen ihm und mir, meinst du nicht? Ich will auf keinen Fall, dass du auch noch mit reingezogen wirst.«

»Weil es unschön werden kann?«

»Ich hab einen gewissen Schutzpanzer.«

»Dann kannst du nur hoffen, dass wer auch immer es auf dich abgesehen hat, nicht auf deinen Kopf zielt.« Clarke löste ihre verschränkten Arme und stemmte sie in die Hüften.

»Okay«, sagte sie. »Dann wollen wir mal sehen, ob wir einem gewissen reptilienhaften Bauunternehmer zusetzen können.«

Er wirkte nicht unbedingt erfreut, sie zu sehen.

Sie trafen ihn in einem Restaurant unweit der George Street an, wo er zum Geschäftsessen geladen hatte. Noch kauend verließ er seine Gäste und betrat das Foyer.

»Nur ein paar Fragen«, sagte Clarke, die nicht bereit war, sich ausführlicher zu entschuldigen. »Wie oft waren Sie mit Salman bin Mahmoud Golf spielen?«

»Dreimal, glaube ich.«

»Und wie oft davon in Craigentinny?«

»Nur einmal.«

»Und zwar«, unterbrach ihn Fox und trat näher an ihn heran, als ein Kellner vorbeiwollte, »weil Ihr Konsortium daran interessiert war, Craigentinny in Privatbesitz zu überführen?«

Scoular schluckte, was auch immer er noch im Mund hatte. Sein Blick wanderte zwischen den beiden Detectives hin und her.

»Was hat das denn mit dem Mord an Salman zu tun?«

»Genau das versuchen wir herauszufinden.«

Bevor Scoular noch etwas ergänzen konnte, schleuderte Clarke ihm eine weitere Frage entgegen. »Wie lange ist es her, dass Sie mit dem Verstorbenen Golf gespielt haben?«

»Ungefähr drei Wochen.«

»Drei Wochen vor seinem Tod zum letzten Mal?«

»Ich müsste in meinem Kalender nachsehen, aber so ungefähr.«

»Und das war in Craigentinny?«

»Genau.«

»Und Sie beide haben über die Finanzierung des Kaufs des Golfplatzes gesprochen?«

»Unter anderem, ja.«

»Ich vermute, kaufen ist die preisgünstigere Alternative im Vergleich zum Bau eines neuen Resorts an einem anderen Ort?«, erkundigte sich Fox.

»Kommt auf die Verhandlungen an.«

»Immer vorausgesetzt, Sie hatten vor, das Grundstück weiterhin als Golfplatz zu nutzen. Ich vermute mal, wenn über die Mitgliedschaften nicht genug hereinkommt, können Sie das Gelände immer noch umwidmen und ein paar schöne Luxusapartments drauf bauen …«

Scoular funkelte Fox an. »Mit welchem meiner Konkurrenten haben Sie wohl gesprochen? Von denen dürfen Sie keinem über den Weg trauen – aus haltlosem Tratsch kann schnell eine Verleumdungsklage werden, Inspector.«

Als mehrere Gäste das Restaurant betreten wollten, ging Clarke näher an Scoular heran. »Haben Sie Lord Strathy in letzter Zeit mal gesehen?« Sie sah, wie sich sein Kiefer verkrampfte und er sich zu ihr umdrehte.

»Ramsay?«, sagte er schließlich. »Warum fragen Sie?«

»Er ist einer Ihrer Investoren, oder? Vielleicht sollte ich sogar sagen ›Partner‹?«

»Und wenn?«

»Anscheinend ist er untergetaucht.«

»Ach?«

»Sie haben nichts von ihm gehört?«

Scoular schaute demonstrativ auf seine Armbanduhr. »War noch was?«

»Nur um das noch mal klarzustellen, Salman bin Mahmoud war das, was man unter einem Geschäftspartner versteht? Er konnte über das Geld der Familie verfügen, und einiges davon wanderte in Projekte, die Sie leiten?«

»Ich bin Vermittler, mehr nicht.«

»Heißt das Ja?«

»Ich habe Ihnen alles gesagt, was ich kann. Sollten Sie Zweifel an meiner Kooperationsbereitschaft haben, könnte es an der Zeit sein, meine Anwälte einzuschalten. Einstweilen möchte ich Sie bitten, Ihrer Tätigkeit andernorts nachzugehen – finden Sie denjenigen, der Sal ermordet hat. Das wäre doch schon mal ein hervorragender Anfang.«

Er schob sich durch den Vorhang zurück in den Speisesaal. Clarke und Fox konnten kurz auf die Tische schauen. Offenbar waren alle voll besetzt. Nachdem sie ein paar Sekunden abgewartet hatten, lockte Clarke Fox mit gekrümmtem Zeigefinger heran und zog den Vorhang ein Stück auseinander. Der Raum war L-förmig, und als sie um die Ecke bogen, sahen sie einen abgesonderten, mit einer Trennscheibe abgeteilten Bereich. Darin stand ein einzelner ovaler Tisch, an dem sechs Gäste Platz genommen hatten. Scoular entschuldigte sich, während ein Kellner nachschenkte und ein anderer leere Teller abräumte. Vier Männer, allesamt in Anzug und Krawatte, nur eine Frau. Lady Isabella Meiklejohn.

Clarke stieß die Tür auf und trat ein, Fox folgte ihr.

»Das ist unerträglich«, wollte Scoular einwenden.

Clarke ignorierte ihn.

»Ich habe Ihnen eine Nachricht hinterlassen«, sagte sie zu Meiklejohn.

»Haben Sie das?« Meiklejohn trug einen dunkelroten Mantel. Sie lächelte, hielt dies offenbar für eine ausreichende Entschuldigung und richtete den Blick auf das Glas, das sie zum Mund führte.

»Wir haben versucht, Ihren Vater zu erreichen«, erklärte ihr Clarke.

»Warum bloß?«

»Wissen Sie, wo er sich aufhält?«

»Das weiß ich nicht, und es interessiert mich auch nicht besonders.« Sie lächelte den anderen Gästen zuliebe.

»Richten Sie ihm aus«, befahl Clarke, »dass er mich anrufen soll.«

Meiklejohn prostete daraufhin den anderen Gästen demonstrativ mit ihrem Glas zu.

»Ich überlasse Sie wohl besser Ihren Verkaufsgesprächen …« Clarke starrte jeden der vier Männer nacheinander an, als wollte sie sich ihre Gesichter merken.

Fox trat ein Stück beiseite, ließ zuerst Clarke den Raum verlassen. Mit angedeutetem Kopfnicken folgte er ihr hinaus, holte sie aber erst auf dem Gehweg ein. Clarke zog einen Strafzettel unter dem Scheibenwischer ihres Wagens hervor und gab ihn Fox.

»Hast du jemanden erkannt?«, fragte sie.

»Nein.«

»Vielleicht hätten wir deinen Mann vom Wirtschaftsteil mitnehmen sollen.«

»Mein Bauchgefühl sagt mir, das waren Banker, vielleicht Unternehmensberater.«

Clarke nickte. »Und Issy Meiklejohn als Schaufensterdeko.«

»Nicht mehr?«

Clarke starrte ihn an. »Was denkst du, Malcolm?«

»Sie wäre nicht die erste Frau in der Geschichte, die mit ihrer Intelligenz hinter dem Berg hält.«

»Du meinst, sie leitet das Familienunternehmen?«

»Wäre nicht viel anders als die Rolle, die Salman bin Mahmoud übernommen hat – vielleicht war das am Anfang auch der gemeinsame Nenner zwischen den beiden: junge Menschen, die auf den Hauptgewinn schielen.«

Clarke musste ihm zustimmen, wobei sie Fox aber keinesfalls das goldene Sternchen schenken wollte, das er anscheinend erwartete. Sie zeigte auf den Strafzettel in seiner Hand. »Vergiss nicht, den zu bezahlen. Wenn nicht, verdoppelt sich das Bußgeld, und ich weiß nicht, ob dein Schutzpanzer noch funktioniert, wenn Edinburghs Verkehrshüter ins Spiel kommen.«

17

Camp 1033 war immer noch abgesperrt. Rebus hielt neben einem gelben Mietcontainer, der inzwischen neben dem Tor platziert worden war. Als er die Tür seines Saab öffnete, schlug ein Windstoß sie ihm aus der Hand. Nachdem er ausgestiegen war, brauchte er zwei Anläufe, um sie wieder zu schließen. Die Tür des Containers war verschlossen, niemand reagierte auf sein Klopfen. Der einzige Streifenbeamte auf der anderen Seite der Absperrung bedachte ihn mit einem abweisenden Blick.

»Na, Sie haben ja wohl die Arschkarte gezogen«, sagte Rebus im Näherkommen zu ihm.

»Dauert nicht mehr lange bis zum Schichtwechsel. Kann ich Ihnen irgendwie weiterhelfen?«

»Ich bin ein Angehöriger des Verstorbenen. Ist DS Creasey zu sprechen?«

»Er ist nicht hier.«

»Sieht ganz danach aus«, sagte Rebus und blickte sich um.

»Sind Sie auch derjenige, der die Leiche gefunden hat?«

»Der bin ich«, gestand Rebus.

»Man hat mir gesagt, dass Sie hier auftauchen könnten. Die Botschaft lautet: Verziehen Sie sich und lassen Sie uns unsere Arbeit machen. Ich weiß, dass Sie früher bei der Polizei waren, daher werden Sie das sicher verstehen.«

»Sie machen nur Ihren Job, mein Lieber. Die Tatsache, dass die Sie hier draußen abgestellt haben, verrät mir alles, was ich wissen muss, um einzuschätzen, wie hoch Sie bei Ihren Kollegen im Kurs stehen.« Rebus drehte sich um und wollte zum Saab zurück. »Sagen Sie Creasey, dass ich mit ihm sprechen will.«

»Mach ich, na klar.« Der Beamte räusperte sich und spuckte auf den Boden.

Rebus setzte sich in den Saab und überlegte, was er als Nächstes machen sollte. Sein Handy piepte, gab die Ankunft einer Nachricht von May Collins bekannt.

Treffen uns halb fünf hier x

Jede Menge Zeit bis dahin, also fuhr er ein Stück weiter die Straße entlang Richtung Tongue. Ein handgemaltes Schild an einem Pfosten fiel ihm ins Auge. Es wies den Weg über eine steinige Straße. Auf dem Schild stand nur ein einziges Wort: WILLKOMMEN.

»Schönes Gefühl, zur Abwechslung mal gern gesehen zu sein«, sagte Rebus zu sich selbst, lenkte den Wagen über den holprigen Weg. Er führte zwischen zwei Hängen hindurch, hauptsächlich wuchsen hier Disteln in dichten Büscheln. Endlich kam ein Gehöft in Sicht. Rauch stieg vom Schornstein des Fachwerkhauses auf. Dahinter befanden sich ein paar große Scheunen und auf dem Gelände verteilt einige heruntergekommene Wohnwagen. Ein Mann mit freiem Oberkörper, das Hemd um die Hüfte gebunden, spaltete Scheite mit einer Axt. Rebus erkannte Mick Sanderson und winkte ihm.

Er parkte den Saab neben einem ihm bekannten Volvo und stieg aus. An der Tür, auf dem Armaturenbrett und dem Lenkrad entdeckte er Reste von Puder. Die Spurensicherung war fleißig gewesen – hatte aber hinterher offenbar keine Lust mehr gehabt, sauber zu machen. Er näherte sich dem Hackklotz, nahm ein Motorrad zur Kenntnis, das in der Nähe an einem Baum lehnte. Ein paar junge Frauen streuten einigen hungrigen Hühnern Futter hin, während andere in den Gemüsebeeten arbeiteten. Schweiß glänzte auf Sandersons Oberkörper.

»Das heißt, der Saab fährt noch.« Er nickte in Richtung seines Werks.

»Läuft runder denn je«, behauptete Rebus.

»Wir wissen beide, dass das gelogen ist. Wenn Sie damit nach Edinburgh wollen, sollten Sie mal jemanden in einer richtigen Werkstatt nachsehen lassen.«

»Ich wollte mich trotzdem bei Ihnen bedanken.« Rebus streckte ihm eine Hand hin.

Sanderson lehnte die Axt an den Holzstapel und schlug ein. »Außerdem wollte ich noch eine Bezahlung anbieten.«

»Das ist nicht nötig.«

»Wenn Sie sicher sind?« Rebus zuckte mit den Schultern, drehte sich zu den jungen Arbeiterinnen um. »Wie viele Personen leben denn hier?«

»Ändert sich ständig. Manche bleiben ein paar Wochen, andere länger.«

Rebus nickte, heuchelte Interesse. »Ich sehe, dass meine Tochter da ist. Vielleicht sag ich kurz Hallo …«

Sanderson wollte etwas erwidern, aber Rebus ging bereits zum Farmhaus. Bevor er dort ankam, öffnete ein Mann Mitte fünfzig die Tür, das Gesicht voller Falten, die langen grauen Haare zum Pferdeschwanz gebunden. Er trug eine schmutzige Jeans und ein blaues Hemd, das beinahe jede Farbe verloren hatte.

»Sie müssen John sein«, sagte er, zeigte ein Lächeln, das seine Augen nicht erreichte. Letztere waren blau und durchdringend, die Pupillen klein. Er hatte sich seit einigen Tagen nicht mehr rasiert, und an den Handgelenken trug er zahlreiche bunte Baumwollbändchen. Er lehnte sich mit einer Hand an den Türrahmen, die andere hatte er auf die Hüfte gestützt.

»Kommen Sie rein«, sagte er. »Ich bin Jess.«

Rebus trat in einen großen, offenen Raum. Im Kamin stand ein Ofen, der Küchenbereich war unaufgeräumt und chaotisch, statt Sofas gab es Futons und übergroße Sitzkissen. An einer Wand stapelten sich Yogamatten in verschiedenen Farben. Eine Frau saß an einem Tisch in der Küche und befüllte Einmachgläser mit gekochtem Gemüse. Rebus nickte zur Begrüßung, aber sie ignorierte ihn. Sie war nur wenige Jahre jünger als Jess Hawkins, ihr Gesicht wettergegerbt, die langen strohfarbenen Haare schienen allmählich zu verfilzen. Auf dem Boden neben ihr saß ein zufriedenes Kleinkind, kaute an einem Spielzeug.

In der Mitte des Raums befand sich eine Treppe, die ins Stockwerk darüber führte. Sie sah handgezimmert und nicht besonders sicher aus, zumal auf den meisten Stufen Spielsachen und Klamotten verteilt lagen.

»Ich wollte nur mal kurz mit Samantha reden«, sagte Rebus, behielt seinen Plauderton bei.

Hawkins sah ihn gequält an.

»Sie ist nicht in der Stimmung zu reden, John. Sie braucht jetzt Raum zum Atmen.«

»Ich bin hier!«, schrie Rebus die Treppe hinauf. »Ich will nur helfen!«

Hawkins hatte eine Hand sachte auf seinen Unterarm gelegt, zog sie aber wieder weg, als Rebus ihn finster anstarrte.

»Raum zum Atmen«, wiederholte Hawkins sanft. »Wenn es an der Zeit ist, kommt sie zurück.«

Rebus starrte ihn immer noch an. »So wie sie nach der kleinen Affäre mit Ihnen zu Keith zurückgekommen ist?« Er zeigte auf die Frau am Tisch. »Was hat denn *Ihre* Partnerin davon gehalten?«

»Wir sind ebenso frei in der Liebe wie im Leben«, entgegnete Hawkins. »Möchten Sie einen grünen Tee? Oder vielleicht nur Wasser?«

»Keith Grant ist nicht weit von hier gestorben.«

»Das ist mir bewusst – die Polizei war hier und hat uns Fragen gestellt.«

»Nachdem er das mit Ihnen und meiner Tochter herausgefunden hat, hat er im Lager übernachtet – wahrscheinlich haben Sie seinen Wagen dort parken sehen. Erzählen Sie mir nicht, Sie hätten ihn nicht erkannt.«

»Worauf wollen Sie hinaus, John?«

»Vielleicht war er hier.« Rebus hob die Stimme in der Hoffnung, dass Samantha ihn laut und deutlich hören konnte. »An seiner Stelle wäre ich hergekommen.«

»Erkennen Sie Ähnlichkeiten zwischen sich selbst und ihm? Oder ist das reine Projektion?« Hawkins klang, als wollte er es ehrlich wissen.

»Schlafen Sie mit allen Frauen hier oder nur mit einigen Auserwählten? Sie haben die Kommune gegründet, nachdem Sie ein Vermögen an der Börse verdient und wieder verloren haben. Das Internet ist eine wunderbare Sache, nicht wahr? Ihre Geschichte findet sich dort, und alle können sie nachlesen – aus einer Sozialbausiedlung bis in die City of London, dann gehen Sie ein Risiko zu viel ein, und statt Moët gibt's nur noch Müsli …«

»Jetzt werden Sie verletzend, John. Ich wünschte, es gäbe eine Möglichkeit Ihnen zu helfen …« Hawkins wirkte beinahe, als hätte er Mitleid, als er sich abwandte und auf den Tisch zuging, sich hinter die Frau stellte und ihren Nacken berührte. Sie lächelte herzlich, was er aber nicht sehen konnte. Rebus ging ein paar Schritte auf sie zu.

»Angharad?«

Sie schaute zu ihm auf. »Kennen wir uns?« Ihr Akzent war unverkennbar englische Oberschicht. Rebus sah von ihr zu dem plappernden Kind, dann fixierte er wieder Hawkins.

»Kein Wunder, dass er Sie hasst«, meinte er.

»Wer?«

»Lord Strathy.«

Hawkins lächelte wieder. »Das ist kein Hass, John, das ist Habgier.«

»Und damit kennen Sie sich ja ausgezeichnet aus.«

»Wir suchen jeder auf seine eigene Weise nach Antworten. Sie waren Polizist. Sie haben nach draußen geschaut, als Sie sich nach innen hätten wenden sollen. Sie haben Ihr gesamtes Erwachsenenleben als Teil des Staatsapparats verbracht, die Drecksarbeit gemacht, damit die anderen sich nicht die Finger schmutzig machen müssen.«

»Wenn niemand mehr den Job macht, den ich gemacht habe, bricht alles zusammen.«

»Vielleicht ist es Ihnen noch nicht aufgefallen, aber es bricht sowieso alles zusammen. Und zum Schluss hat Ihr Job Sie Ihre Familie gekostet.«

»Sie können mich mal.«

Angharad Oates schüttelte missbilligend den Kopf, ohne in ihrer Arbeit innezuhalten.

»Sie können sich nicht ewig hier verstecken«, fuhr Rebus fort. »Die Welt ist nicht hinter dem Willkommensschild zu Ende, das Sie da vorne aufgestellt haben.«

»Ich wünschte, ich könnte Ihnen helfen«, wiederholte Hawkins und streckte die Arme aus.

»Dann bringen Sie meine Tochter her, damit ich mit ihr reden kann.«

»Sie hat nicht das Gefühl, dass Sie ihr vertrauen.«

»Und da irrt sie sich.«

»Lassen Sie der Sache Zeit – geben Sie *ihr* die Zeit, die sie braucht.«

»Fallen alle auf diesen ausgedachten Psychoblödsinn von Ihnen rein? Glauben Sie überhaupt selbst daran?«

»Ich biete hier nichts weiter an als eine Alternative zu der Welt, in der Sie ja anscheinend glücklich sind.«

»Wut und Groll«, verkündete Oates und gab dem Kind einen Apfelschnitz.

»Wut und Groll«, wiederholte Hawkins. »Und dazu immer mehr Habgier und Dummheit. Man müsste schon ein Trottel sein, sich da draußen nach Antworten umzusehen.« Er winkte in Richtung der Welt jenseits der Kommune.

»Und wie kommt es dann, dass sich meine Tochter gegen all das und für Keith entschieden hat?«, fragte Rebus.

»Ich hab's mir überlegt.« Die Stimme kam von oben an der Treppe. Dort stand Samantha mit kraftlos herunterhängenden Armen, Tränen trockneten auf ihren Wangen. »Ich hab's mir überlegt, aber ich konnte nicht.«

»Wegen der Liebe«, sagte Jess Hawkins und nickte zum Zeichen, dass er sie verstand. Angharad Oates griff nach oben, nahm Hawkins' rechte Hand und drückte sie.

»Samantha, können wir reden?«, fragte Rebus.

Aber nach einem kurzen Augenblick schüttelte sie den Kopf und verschwand in einem der Zimmer. Hawkins öffnete den Mund und wollte etwas sagen, doch Rebus brachte ihn mit einem spitzen Zeigefinger zum Schweigen. »Wenn Sie noch mehr Scheiße über das Leben und die Liebe labern, dann schwöre ich, hau ich Ihnen was aufs Maul.«

Er sah zu, wie Oates mit ihrer freien Hand fest das Gemüsemesser packte und auf ihn richtete.

»Versuchen Sie's nur«, sagte sie und zeigte ihre makellosen Zähne.

»Ich denke, Sie sollten jetzt gehen, John«, sagte Hawkins und tätschelte ihre Schulter.

»Carrie braucht ihre Mutter«, sagte Rebus.

»Ich weiß.«

Hawkins nickte immer noch, als Rebus zur Tür ging und verschwand.

18

»Sie sind alle da«, sagte May Collins, kam hinter dem Tresen hervor und führte Rebus zu dem Tisch in der Ecke. »Hat ein bisschen länger gedauert, als ich dachte.« Vier Personen warteten dort auf ihn. Zwei davon mit Gehhilfen, die sie nicht weit entfernt geparkt hatten.

»Das ist mein Vater Joe«, sagte May.

Der kleine, gebückte Mann schien Probleme beim Atmen zu haben. Die Hand, die er ausstreckte, zitterte sichtlich, seine Haut fühlte sich an wie Krepppapier. Er trug eine Brille mit dicken Gläsern, und auf seinem Kopf waren mehr Altersflecken als Haare. Neben ihm saß eine Frau, die beinahe seine Schwester hätte sein können.

»Helen Carter«, sagte May. Dann hob sie die Stimme. »Helen ist ein bisschen taub trotz Hörgerät. Hab ich recht, Helen?«

Die Frau gluckste und nickte.

Am Tisch gegenüber saß ein Mann aus einem ähnlichen Jahrgang, war aber größer und schmaler als Joe Collins, seine Züge waren kantig, und scheinbar benötigte er keine Brille.

»Stefan Novack«, sagte May Collins. »Helen und Stefan leben beide in Tongue. Stefan war so nett und hat sie mitgenommen.«

Rebus ergriff Novacks Hand und betrachtete die Gestalt neben sich. Der junge Mann hob die Hände.

»Ich weiß«, sagte er.

»Das ist Jimmy Hess«, erklärte May Collins. »Seinem Großvater geht's heute nicht so gut.«

»Und Ihr Großvater ist …?«

»Frank Hess – eigentlich Franz, so wie Joe eigentlich Joseph heißt.« Jimmy zeigte auf May Collins' Vater. »Und wie ich immer gerne dazusage, wir sind nicht mit Rudolf verwandt.«

»Wobei wir Frank hier ja nie zu sehen bekommen«, fuhr May fort.

»Ich trinke keinen Alkohol«, erklärte Jimmy. »Nicht mehr.«

»Ich hol uns was zu trinken«, sagte May Collins zu Rebus, tätschelte ihn am Arm.

»Nur ein Mineralwasser«, sagte er, nahm am Kopf des Tisches Platz.

»Mein herzliches Beileid«, sagte Jimmy Hess. Er war ein großer Mann und dabei sehr ungelenk. Ungefähr Ende dreißig, kein Ehering. Dunkles Haar, das an den Schläfen rapide zurückwich.

»Ich weiß das sehr zu schätzen, dass Sie für Ihren Großvater einspringen«, sagte Rebus. »Aber wahrscheinlich verschwenden wir hier Ihre Zeit.«

Hess hob erneut die Hände. Anscheinend machte er das häufig, vermutlich ohne sich überhaupt dessen bewusst zu sein. »Die Sache ist die, dass Grandad mir ständig vom Lager erzählt hat, und ich war ja auch immer dabei, wenn Keith seine Fragen gestellt hat, also kann ich vielleicht besser helfen, als Sie denken.«

Rebus signalisierte nickend, dass er verstand. »Wie Sie alle wissen«, begann er und richtete sich dabei an die gesamte Runde, »war Keith der Freund meiner Tochter. Jemand hat ihn im Camp 1033 ermordet. Wie es aussieht, wurden außerdem sein Computer und einige seiner Notizen gestohlen. Ich habe mir angesehen, was noch da ist, was er zu Hause hatte, und ich weiß, dass das Lager für ihn zur Obsession geworden war. Daher frage ich mich, was er bei den Gesprächen mit Ihnen erfahren hat.«

»Das hab ich nicht alles gehört«, sagte Helen Carter, die sich so nah an Rebus heranbeugte, dass sie ihn fast berührte. »Wissen Sie, ich war ja keine Gefangene.«

Rebus lächelte. »Sie haben auf der Krankenstation gearbeitet. Das steht in Keiths Unterlagen.«

»Und du hast einen der Internierten geheiratet«, rief Hess quer über den Tisch. »Ich hab immer noch ein Spielzeugpferd, das Helens Mann im Lager geschnitzt hat.« Er schaute Rebus an. »Viele durften raus, um auf den Feldern zu arbeiten.«

May Collins stellte Rebus ein Wasser hin.

»Jetzt nicht einnicken«, ermahnte sie ihren Vater, dessen Lider sich langsam senkten.

»Liegt an der Unterhaltung«, blaffte er sie an. Er sprach noch immer mit starkem Akzent.

»Gehörten Sie auch zu den Gefangenen, die das Lager verlassen durften?«, fragte ihn Rebus.

»Natürlich.«

»Und Sie waren kurz zuvor befördert worden – das heißt, Sie waren anderswo untergebracht, als die niedrigeren Ränge?«

»Korrekt.«

»Wie sind Sie in das Lager gekommen?«

»Mein Zug war umstellt. Uns blieb nichts anderes übrig, wir mussten uns ergeben.«

»Und Sie, Mr Novack?«

Novacks rechte Hand bewegte sich langsam und mit Bedacht auf das Glas auf dem Tisch vor sich zu. Seine Finger krümmten sich darum, ohne dass er den Versuch unternahm, es zu heben. »Bevor 1033 ein britisches Lager wurde, hat es den Polen gehört.«

»Und Sie haben es sich mit General Sikorski verscherzt? Dann waren Sie nicht zur selben Zeit dort wie Mr Collins und Mr Hess?«

»Nicht ganz, nein – aber Helen hat die ganze Zeit dort gearbeitet.«

Novack schaute Helen Carter an und nickte leicht mit dem Kopf.

»Hab nur ganz wenig davon mitbekommen«, sagte Carter und fingerte an ihrem Hörgerät herum.

»Wenn Sie ihr ein Glas Rum zur Verdauung anbieten«, sagte Novack leise, »werden Sie feststellen, dass sie auf wundersame Weise hört.«

Der verschlagene Blick, den Rebus ihm zuwarf, bestätigte die Prognose.

»Ich bin nach dem Krieg hierher zurückgekehrt«, fuhr Novack an Rebus gewandt fort. »Ich hatte schöne Erinnerungen an den Ort und die Menschen – und ich hatte festgestellt, dass mich in Polen kein tolles Leben erwartete. Camp 1033 war natürlich immer noch in Betrieb. Es wurde erst 1947 geschlossen. Internierte wurden als unbezahlte Arbeitskräfte eingesetzt – und natürlich wurden Arbeiter im Land gebraucht.«

»Das war auch so, als Sie entlassen wurden, Mr Collins?«, fragte Rebus.

»Genau.«

»Und warum haben Sie sich entschieden zu bleiben, Mr Novack?«

Wieder zuckte er mit den Schultern. »Ich hatte mich verliebt.«

Rebus wandte sich an Jimmy Hess. »Wie war das bei Ihrem Großvater?«

Hess nickte. »Genauso.«

»Schon eigenartig, oder?«, warf Helen Carter ein. »Ich glaube nicht, dass viele britische Kriegsgefangene nach 1945 in Deutschland geblieben sind.«

»Das habt ihr euch selbst zuzuschreiben, weil ihr so aufgeschlossen seid«, sagte Novack. »Ich meine nicht nur dich persönlich, Helen, sondern euch Schotten ganz allgemein.«

»Sie haben also ausschließlich glückliche Erinnerungen an Ihre Zeit im Lager?«, erkundigte sich Rebus.

»Es gab viele Entbehrungen«, sagte Novack. »Im Winter war es bitterkalt, drückend im Sommer. Auch nachdem die britischen Soldaten die Polen abgelöst hatten, gab es noch Zwischenfälle. Man hat vermutet, jemand habe versucht, eine Brotlieferung an das Lager zu vergiften – das stimmt doch, Helen?«

»Viele hatten eine Lebensmittelvergiftung. Das war so eine Sache.«

Rebus' Blick ruhte auf Novack. »Sie glauben nicht, dass das Zufall war?«

»Die Leute waren meistens freundlich, aber stellen Sie sich das mal vor – da kommen plötzlich lauter Ausländer an und dürfen sich frei im Ort bewegen, bezirzen die Frauen …«

»Das hat wahrscheinlich zu gewissen Ressentiments geführt?«, vermutete Rebus.

»Am besten, Josef erzählt«, meinte Novack.

»Was gibt's da zu erzählen?«, bellte Collins über den Tisch.

»Ein Mitgefangener musste dran glauben, Josef.«

»Wieso dran glauben?«, fragte Rebus in die betretene Stille.

»Er kam vor ein Erschießungskommando. Weil er einen Wächter erschossen hatte.« Novack richtete seine Aufmerksamkeit jetzt auf Helen Carter. »Der Wächter war mit deiner Schwester befreundet, stimmt's, Helen? Ich kann mich an seinen Namen nicht mehr erinnern …«

»Er hieß Gareth«, sagte sie mit einer Stimme, die kaum mehr war als ein Wispern, und ihre wässrigen Augen füllten sich mit Tränen. »Gareth Davies.«

»Zwei Männer, eine Frau.« Novack zuckte mit den Schultern.

Rebus wandte sich wieder Joe Collins zu. »Der Revolver, den Sie hinter dem Tresen aufbewahrt hatten – was hatte es damit auf sich?«

»Ich hab ihn am Strand gefunden. Wahrscheinlich hat er einem Wächter gehört, der ihn nach Kriegsende ins Meer geworfen hat.«

»Haben Sie ihn gesichert?«

»War nicht nötig – die mechanischen Teile waren verkantet, der hätte niemals mehr funktioniert.«

»Was haben Sie gedacht, als er später verschwunden ist?«

»Dass das nichts weiter zu bedeuten hat.«

Hinter Rebus ging geräuschvoll die Tür auf, und ein Schatten fiel über den Tisch.

»Was zum Teufel treiben Sie hier?«, wollte Robin Creasey wissen.

Rebus drehte sich zu ihm um.

»Ich mache nur Ihren Job, DS Creasey. Einer muss es ja tun.«

»Ich möchte unter vier Augen mit Ihnen sprechen, draußen, sofort.«

Rebus seufzte entschuldigend, während er sich langsam erhob und dem Detective nach draußen folgte.

»Sie waren noch mal am Lager«, stellte Creasey fest.

»Dann haben Sie meine Nachricht also erhalten?«

»Was glauben Sie denn, mir mitteilen zu müssen?«

Rebus tat, als müsste er über die Frage nachdenken. »Jetzt, da ich es mir recht überlege, weiß ich gar nicht, ob das etwas ist, mit dem Sie sich belasten sollten. Wahrscheinlich haben Sie ja so schon genug um die Ohren.«

»Wohingegen Sie längst eine Mütze über die Ihren gezogen haben sollten.«

»Was wollen Sie damit sagen?«

»Ich will sagen, warum zum Teufel sind Sie überhaupt noch hier?«

»Der Freund meiner Tochter wurde ermordet, falls Sie's vergessen haben.«

»Dass Sie mir bei den Ermittlungen ständig in die Quere kommen, ist das Letzte, was ich gebrauchen kann. Und was haben Sie sich dabei gedacht, als Sie nach Strathy Castle gefahren sind?«

»Das hat sich aber schnell herumgesprochen …«

»Der Gärtner hat einen Freund, der Polizist in Thurso ist. Er hat ihn gebeten nachzusehen, ob es bei der Polizei in Edinburgh einen gewissen Fox gibt. Und den gibt es sogar, aber die Beschreibung passt nicht. Der echte Fox ist zig Jahre jünger als Sie.«

»Das heißt aber noch lange nicht, dass ich derjenige im Castle war.«

»Nur, dass Sie's gerade zugegeben haben.«

»Wie dumm von mir …« Rebus stopfte die Hände in die Taschen.

Beide Männer drehten sich zur Tür um, als diese erneut aufging. Stefan Novack wickelte sich einen Schal um den Hals.

»Ich hab noch eine andere Verabredung«, erklärte er. »Joseph ist eingeschlafen, und Helen muss nach Hause, ihre Pillen nehmen. Ich hoffe, wir konnten Ihnen helfen.«

»Ich hätte gerne noch ein bisschen länger Zeit gehabt«, sagte Rebus. »Können wir uns ein anderes Mal weiter unterhalten?«

»Wie Sie wollen.« Novack hielt die Tür auf, damit Helen Carter mit ihrer Gehhilfe den Glen verlassen konnte. Sie schien Rebus nicht zu erkennen. Die beiden gingen zu einem wartenden Wagen. Novack entriegelte die Türen.

»Worum ging es denn bei der Zusammenkunft?«, fragte Creasey.

»Keith hat den Leuten Fragen gestellt, aber von den Interviews findet sich in seinen Unterlagen in der Garage keine Spur. Wer auch immer seinen Laptop mitgenommen hat, tat dies aus gutem Grund. Außerdem gab es einen USB-Stick mit Tonaufnahmen – und der fehlt auch.«

Creasey verzog das Gesicht. »Kommen Sie, John, darüber haben wir doch schon gesprochen. Jeder Einbrecher und Dieb weiß, dass man einen Computer oder ein Handy weiterverkaufen kann.«

»Seine Notizbücher sind ebenfalls verschwunden. Wollen Sie mir erzählen, die will er auch verkaufen?«

»Sie wollen mir also weismachen, dass er wegen seines Interesses an einem Internierungslager aus dem Zweiten Weltkrieg kaltblütig ermordet wurde? Das halten Sie für ein einleuchtenderes Motiv als Eifersucht, ein Zerwürfnis oder einen Raubüberfall?«

Rebus fuchtelte mit einem Zeigefinger Richtung Creasey. »Wollen Sie meiner Tochter was anhängen?«

»Wir bleiben in alle Richtungen offen.«

»Wen haben Sie denn sonst noch? Jess Hawkins?«

»Warum ausgerechnet den?« Creasey klang aufrichtig interessiert.

»Weil seine Jim-Jones-Brigadoon-Sekte praktisch direkt neben Camp 1033 haust.«

»Und?«

»Und er oder einer seiner Jünger beschlossen haben könnte, dass Keiths Ermordung die einzige Möglichkeit ist, Samantha der wahren Lehre zuzuführen.«

Die beiden Männer starrten einander einen Augenblick lang schweigend an.

Rebus stieß geräuschvoll Luft aus und fuhr sich mit der Hand durchs Haar.

»Ich weiß nicht, Robin. Ich weiß es wirklich nicht.«

»Wie passt denn Lord Strathy zu Ihren Theorien?«

Rebus schüttelte den Kopf. »Damit habe ich nur jemandem in Edinburgh einen Gefallen getan.«

»Diesem Fox?«

»Dem nicht, nein. Sie wissen, dass Strathy sehr viel Land hier in der Gegend besitzt, auch Camp 1033 und Hawkins' Kommunengelände gehört ihm.«

Creasey hob eine Augenbraue. »Ich glaube nicht, dass ich das wusste.«

»Keith wollte, dass die Gemeinde das Land kauft, auf dem sich das Lager befindet, und in ein Besucherzentrum verwandelt.«

»Und?«

»Und jetzt ist Seine Lordschaft vom Radar verschwunden.«

Creasey guckte ein bisschen interessierter. »Seit wann?«

»Gute Frage. Ich weiß es nicht genau. Aber mein Bauchgefühl sagt mir, der Gärtner im Castle – ein gewisser Colin Belkin – war früher kein so ein großer Freund der Polizei.«

»Hat er Vorstrafen?«

»Könnte sich lohnen, das mal zu überprüfen, würde ich sagen.«

Creasey malmte mit dem Kiefer, dachte nach. »Meine Leute sind so schon überlastet …«

»Sitzen die alle in dem Container?«

»Wir können die Polizeiwache in Tongue benutzen – sobald wir denjenigen gefunden haben, der den Schlüssel dafür hat.«

»Wenn Ihnen Leute fehlen, kann ich jederzeit aushelfen.«

»Netter Versuch, John, aber … aber Sie wissen ganz genau, was ich Ihnen darauf antworten werde.«

»Ich soll mich verziehen, nach Hause fahren, Ihnen nicht auf die Nerven fallen – so was in der Richtung?«

»Sie sollten sich auf Samantha und Carrie konzentrieren – die beiden brauchen Sie sehr viel dringender als die Toten.« Creasey schaute auf seine Uhr.

»Lassen Sie sich nicht von mir aufhalten.«

»Ich hab heute Abend noch einen Termin in Inverness. Muss los.«

»Hatten Sie schon Gelegenheit, meine Fingerabdrücke mit denen im Volvo abzugleichen?«

»Ihre, meine, die von Samantha und Keith. Außerdem Fragmente von Kinderabdrücken, wir nehmen an, es handelt sich um die Ihrer Enkeltochter.« Creasey hielt inne. »Wissen Sie, dass Samantha bei Hawkins war, an dem Tag, an dem Keith gestorben ist? Sie müssen nicht antworten – ich seh's Ihnen an. Klingt das für Sie, als wäre die Affäre zu Ende gewesen?«

»Sie kriegen sie nicht, Creasey, das lasse ich nicht zu.«

Creasey starrte ihn an. »Nichts von dem, was ich gesagt habe, macht für Sie auch nur den geringsten Unterschied, oder?«

»Ich kann Ihnen versichern, ich habe es zur Kenntnis genommen.«

An dem langsamen Kopfschütteln des Detectives erkannte Rebus, dass er sich nicht von seinem Kurs abbringen ließ. Er sah Creasey nach, der jetzt die Straße überquerte und in seinen Wagen stieg. Die Tür zur Bar ging auf, und Jimmy Hess trat heraus.

»Ich muss los«, sagte er, schüttelte sich in seine Fleecejacke.

»Danke, dass Sie gekommen sind. Ich hoffe, Ihr Großvater ist bald wieder fit.«

»Er ist jetzt dreiundneunzig. Ich glaube, Fitness steht nicht mehr auf dem Programm.«

»Aber geistig ist er noch voll da – jedenfalls so weit, dass Keith ihm ein paar Fragen stellen konnte.«

»Die beiden haben sich unterhalten. Ich weiß nicht, ob mein Großvater viel helfen konnte. Sein Gedächtnis ist nicht mehr das, was es mal war, und das ist ja alles schon sehr lange her.«

»Ich würde wohl auch ganz gerne mal mit ihm reden.«

»Ich will sehen, was sich machen lässt.«

»Wer kümmert sich denn um ihn, wenn ich fragen darf?«

»Nur ich. Wir kommen größtenteils ganz gut klar.«

»Das muss schwer für Sie sein, wenn Sie gleichzeitig arbeiten.«

Jimmy Hess' Gesicht verdüsterte sich ein wenig. »Ich hab meinen Job geschmissen, damit ich besser helfen kann. Gehört doch dazu, wenn man eine Familie ist, oder?« Er schaute in die heraufziehende Dunkelheit hinauf. »Man weiß nie, was einen erwartet.« Er zog die Kapuze über den Kopf und setzte sich in Bewegung.

Wenig später ging auch Rebus wieder hinein. Joe Collins war am Tisch eingenickt, die Hände lagen in seinem Schoß. Musik drang aus den Lautsprechern, aber gerade so hörbar. In der Bar befanden sich jetzt wieder nur Stammgäste. Die Presseleute waren weitergezogen, ebenso die Schaulustigen. Rebus hievte sich auf einen der Barhocker.

»Was darf's denn sein?«, fragte May Collins.

»Ein Kaffee, den stärksten, den Sie hinbekommen.«

»War das Bett gestern nicht bequem?«

»Konnte mein Gehirn nicht abschalten.«

»Sind Sie sicher, dass Kaffee in dem Fall das Richtige ist?«

»Keine Ahnung, May – was war noch mal die Frage?«

Lachend ging sie zur Maschine.

19

Der Jenever Club hatte noch gar nicht richtig aufgemacht, aber die Tür war schon offen, sodass Dennis Jones einfach hineingehen und Morris Cafferty zu sprechen verlangen konnte.

»Normalerweise werde ich Big Ger genannt«, bellte eine Stimme von der Galerie herunter.

Jones nahm zwei Stufen auf einmal. Er war von großer Statur und hielt sich fit, spielte Badminton und Squash. Zuletzt im Team mit einer Kollegin, Gillian Bowness, im Doppel bei einem Uni-Turnier – damit hatte der ganze Ärger angefangen.

Cafferty saß auf der letzten Sitzbank. Er war alleine und klappte den Deckel seines Computers zu, als Jones an ihn herantrat.

»Setzen Sie sich«, sagte er, »und sagen Sie mir, was Sie auf dem Herzen haben.«

»Ich denke, das wissen Sie längst.« Jones atmete schwer, war getrieben vom Adrenalin.

»Weiß Ihre Frau, dass Sie hier sind?«

»Sie hat mir nur gesagt, dass jemand Filmmaterial hat. Und das kann nur von hier sein, also habe ich ein bisschen nachgeforscht. Detektivischer Spürsinn war dafür kaum nötig.«

»Und jetzt sind Sie hier. Was genau kann ich für Sie tun?«

»Ich lasse nicht zu, dass Sie ihr das antun.«

»Wem?«

»Jenni.«

»Ich vermute, Sie meinen Assistant Chief Constable Lyon? Was hat sie denn gesagt?«

»Nur dass sie die Sache in Ordnung bringt und ich mir keine Sorgen machen soll. Aber wenn das bedeutet, dass sie mit Abschaum wie Ihnen …«

»Wäre Ihnen lieber, die Angelegenheit würde an die Öffentlichkeit gelangen?« Cafferty schmunzelte leicht, hörte aber auf, als er sah, wie Jones die Fäuste ballte. »Machen Sie nichts noch entscheidend Dümmeres, als Sie schon getan haben. Setzen Sie sich, und dann sage ich Ihnen etwas, das ich Ihrer lieben Frau noch nicht gesagt habe.«

Er ließ sich Zeit, bis Jones sich fügte und auf der Bank Platz nahm.

»Das Filmmaterial, das wir hier von Ihnen beiden aufgenommen haben, ist ganz harmlos – ein bisschen Schmusen und Knutschen, ein bisschen die Nase pudern. Sie müssten mal sehen, was hier manchmal los ist. Aber ich kann mit Stolz sagen, dass ich weiß, mit wem ich es jeweils zu tun habe. Ihre Stellung an der Uni interessiert mich nicht, aber der Posten Ihrer Lebenspartnerin durchaus.« Er hielt inne. »Deshalb musste ich Sie ein oder zwei Wochen lang im Auge behalten. Der Country Park in der Nähe Ihres Arbeitsplatzes – das ist wirklich ein wunderschönes Fleckchen und dabei kaum frequentiert. Der Parkplatz ist ja oft vollkommen leer …« Er sah die Wirkung seiner Worte. Aus Dennis Jones entwich sichtlich Luft. »Eigentlich schon ganz schön leichtsinnig, meinen Sie nicht? Obwohl ich die Gelenkigkeit Ihrer Freundin durchaus bewundert habe. Muss wohl am Badminton liegen.« Wieder hielt er inne. »Ich weiß nicht, was Sie Ihrer Frau gesagt haben, aber solche Bilder auf der Titelseite eines Boulevardblatts … na ja, also das übersteht keine Ehe.«

Er beugte sich vor, die Ellbogen auf dem Tisch. »Es geht nicht um Sie, Dennis. Ich möchte bezweifeln, dass sich Jenni wirklich allzu große Sorgen um Sie und Ihre Karriere macht, ihre eigene dagegen …« Er lehnte sich zurück. »Was meinen Sie wohl, wie sie reagieren würde, wenn sie wüsste, dass Sie hier waren? Ich sag's Ihnen: Sie würde sich bei mir entschuldigen, weil Sie nämlich riskieren, mir tierisch auf den Sack zu gehen. Ein Anruf bei der Presse, eine E-Mail mit Anhang und ACC Lyon steht in allen Zeitungen. Obwohl ich Ihr Machogetue durchaus verstehen kann, Sie sollten sich jetzt lieber nach Hause schleichen und es Ihrer Frau überlassen, die verschissene Windel zu entsorgen, die Sie ihr vor die tadellos sauberen Füße geworfen haben.«

Er klappte erneut den Computer auf, signalisierte damit, dass das Gespräch beendet war.

»Das wird noch ein Nachspiel haben«, blies Jones sich auf und erhob sich.

»In Ihrem eigenen Interesse sollten Sie hoffen, dass es so ist«, erwiderte Cafferty, hielt dabei noch lange den Blick, bis er sich schließlich wieder seinem Bildschirm widmete.

Danach lauschte er den die Treppe hinunter stampfenden Schritten, dann schob er sich von der Bank und sah über die Brüstung nach unten. Sein Besucher war gegangen. Er zog sein Handy aus der Tasche und telefonierte.

»Malcolm?«, sagte er, als dieser sich meldete. »Sind Sie noch im Büro? Kommen Sie in fünfzehn Minuten runter auf die Straße …«

Es war ein großer schwarzer Mercedes, die hinteren Scheiben dunkel getönt. Als Fox die Polizeiwache Leith verließ, stieg der Fahrer aus und schloss die Tür hinter sich. Fox überquerte die Straße. Der Fahrer war nicht sehr groß, sah aber aus, als wüsste er sich zu verteidigen, nervös und arrogant, mit einer Bomberjacke aus Leder.

»Rücksitz«, sagte er.

Fox stieg ein, setzte sich neben Cafferty. Der Fahrer blieb auf dem Bürgersteig stehen, zündete sich eine Zigarette an und starrte auf sein Handy.

»Probleme?«, fragte Fox, übersprang die Höflichkeiten.

»Ich dachte, Sie sollten wissen, dass ich Besuch von Casanova hatte.«

»Ich vermute, Sie meinen Dennis Jones?«

»Wahrscheinlich hat er gemerkt, dass was nicht stimmt, hat's seiner Frau am Verhalten angemerkt, und irgendwann ist ihr der Kragen geplatzt.«

»Und sie hat ihm alles gesagt?«

»Nicht ganz – aber er ist gerissen genug, gleich zu mir zu kommen.«

»Und?«

»Das soll nicht noch mal vorkommen. In dieser Beziehung ist nur Platz für drei, Malcolm – Sie, ich und Ihre Chefin.«

»Das ist keine Beziehung.«

»Dem kann ich nicht widersprechen, zumal ich ja weder von Ihnen noch von ihr irgendwas erfahren habe.«

»Vertrauen Sie mir, wir arbeiten dran.«

»Und?«

»Wir befinden uns am Anfang eines Puzzles. Der Rand ist fast fertig, aber in der Mitte gibt es noch einiges auszufüllen.«

»Dann zeigen Sie mir den Umriss.«

Fox schüttelte den Kopf. »Noch nicht.«

»Aber bald?«

Er drehte sich halb um, sodass er Cafferty direkt ansah. »Hat es was mit Salman bin Mahmoud zu tun? Schmutziges Geld zwischen sauberem? Golfresorts und Landadel?«

»Okay, dann waren Sie also fleißig«, nahm Cafferty langsam nickend zur Kenntnis.

»Aber ich brauche den Rest des Bildes sobald wie möglich.«

»Wenn ich hier mit Ihnen rumsitze, bringt uns das alle beide nicht weiter.«

»Werden Sie Lyon von ihrem hitzigen Ehemann berichten?«

»Das muss ich wohl.«

»So ein Mann, ungestüm und heißblütig …«

»Was?«

»Kann sein, dass wir ein Auge auf ihn haben müssen. Wer weiß, ob er nicht wieder auf Abwege gerät?« Cafferty sah Fox an. »Aber ich muss schon zugeben, Sie sind sehr viel gewitzter, als ich gedacht hätte.«

»Wieso das denn?«

»Als ich von dem Filmmaterial gesprochen habe, das ihn mit dem Koks zeigt, da wusste er offenbar nicht, dass ich's habe, was mir verrät, dass seine Frau auch nichts davon weiß – und das heißt, dieses Detail haben Sie für sich behalten. Sie wollten nicht, dass Lyon mehr weiß als absolut nötig, vermutlich aus Angst, sie könnte es an Ihnen auslassen?« Er wackelte mit einem ausgestreckten Zeigefinger. »Ich hätte wissen müssen, dass einer, der Fox heißt, ganz schön ausgefuchst sein kann. Jetzt verziehen Sie sich und kümmern Sie sich um Stewart Scoular. Die Uhr tickt, Malcolm …«

Fox stieß die Tür auf und stieg aus. Der Fahrer trat aus, was von seiner Zigarette übrig war. Fox überquerte die Straße und ging erneut in das Stationsgebäude, passierte die Sicherheitskontrolle und stieg die Treppe hinauf. Über ihm an der Decke war ein Wasserschaden, für den nächsten Regen stand schon ein Eimer auf der obersten Stufe bereit. Das Gebäude war zu Beginn des neunzehnten Jahrhunderts als Gericht gebaut worden und hatte anschließend eine Zeit lang den Leith Council beherbergt. Es war ein solides Steingemäuer, aber wie für viele Polizeiwachen von ähnlichem Baujahr galt auch für diese, dass der Unterhalt kostspielig war. Er fragte sich, wie viele Jahre dem Gebäude noch blieben.

»Wahrscheinlich mehr als mir«, sagte er sich und keuchte etwas angestrengt, als er den Absatz oben erreichte.

Clarke saß an ihrem gemeinsamen Schreibtisch. Die anderen hatten bereits Feierabend gemacht oder standen im Begriff, es zu tun, nur Siobhan war noch geblieben. Die Aufzeichnungen vom Handybetreiber des Opfers waren eingetroffen, Verbindungsnachweise über sechs Monate. Sie hatten bereits auf seinem Handy nachgesehen, wussten also, wen er in jüngster Zeit angerufen hatte, und hatten mit allen gesprochen, mit denen er am Tag seiner Ermordung Kontakt gehabt hatte. Ein gehobener Wein- und Spirituosenladen in London war darunter, zwei Privatbanken (eine in London, die andere in Edinburgh), ein Schneider, der sich auf Tweed und sportliche Kleidung spezialisiert hatte, und ein Restaurant in Leith mit Michelin-Stern. Die Banken hatten sich stur geweigert, Fragen zur finanziellen Situation ihres Klienten zu beantworten. Eine alles andere als vollständige Sammlung ausgedruckter Kontoauszüge war aus Salman bin Mahmouds Wohnung in Edinburgh geholt worden, und sie zeigten einen Kontostand im unteren fünfstelligen Bereich.

»Ich will ja nicht unverschämt klingen«, hatte Christine Esson gesagt, »aber das kommt mir nicht viel vor.«

Graham Sutherland hatte erklärt, die Superreichen hätten häufig andere Methoden, um Geld beiseitezuschaffen und an Mittel zu gelangen. Forensische Buchprüfer hatten sowohl bei der Met in London wie auch in Gartcosh alle Hände voll zu tun. Es war Fox nicht schwergefallen, Stewart Scoular neben Isabella Meiklejohn und Giovanni Morelli in den Kreis der zu Befragenden aufzunehmen.

Dem Verstorbenen hatten seine Sportwagen nicht gehört – beide waren nur geleast. Die Wohnung in Edinburgh gehörte der Familie, vermutlich ursprünglich als langfristige Geldanlage gedacht, und das Londoner Penthouse war ebenfalls nur gemietet, kostete fast exakt doppelt so viel wie Fox im Monat verdiente.

Fox saß neben Clarke und nahm die beiden Bücher zur Hand, die auf dem Tisch standen. Beides Thriller, beide gebunden.

»Ein Geschenk von Christine«, erklärte Clarke. »Eins für mich, eins für John.«

Fox schlug die Bücher auf der Titelseite auf. »Signiert mit allem Drum und Dran«, sagte er. »Jetzt brauchst du nur noch Freizeit …«

»Was wollte Cafferty übrigens?« Fox starrte sie an. »Im Büro gibt's Fenster, Malcolm. Du bekommst einen Anruf, und eine Viertelstunde später musst du mal für kleine Jungs …«

»Und ich hab mein Jackett angezogen«, merkte Fox.

»Was nicht unbedingt notwendig ist, wenn man dem Ruf der Natur folgt. Also bin ich ans Fenster gegangen und habe einen großen glänzenden Wagen gesehen, mit einem großen glänzenden Leibwächter noch dazu.«

»Er wollte nur ein Update.«

»Das kannst du wirklich nicht machen.« Clarke legte die Stirn in Falten. »Hast du ihn gefragt, warum er sich so für Stewart Scoular interessiert?«

»Er lässt sich nicht in die Karten schauen.«

»Da ist er nicht der Einzige. Es gibt etwas, das du mir nicht erzählst, und ich kann nicht wirklich behaupten, dass mir das gefällt.«

»Ich hab dir von der Special Branch erzählt«, sagte Fox und senkte die Stimme.

»Aber das ist es nicht.« Sie schüttelte den Kopf. »Ich merke ganz eindeutig, dass du denkst, du hast die hohen Tiere auf deiner Seite – deshalb auch dieser ganze Blödsinn mit deinem Schutzpanzer.«

»Lass es gut sein, Siobhan.«

»Da kennst du mich aber schlecht. Was hat dir Cafferty im Gegenzug zu bieten? Etwas so Pikantes, dass deine Vorgesetzten bereit sind, ihm seinen Willen zu lassen?«

»Ich hab gesagt, lass es gut sein.« Fox' Stimme wurde strenger. Er holte tief Luft und stieß sie wieder aus. »Muss Brillo heute Abend nicht noch mal Gassi gehen?«

»Ich war heute Mittag mit ihm draußen, schon vergessen?«

»Das ist sechs Stunden her.«

»Was meinst du denn, wie viele Spaziergänge er braucht?«

»Frag mal John.«

»Ach, ja? Frag du lieber bei deiner Special Branch nach, wie es denen gefällt, dass du einen bekannten Gangster in deine Ermittlungen einbeziehst.«

Die Stille zwischen ihnen zog sich in die Länge, Fox spannte die Kiefernmuskeln an, biss fest die Zähne aufeinander. »Hast du was von Rebus gehört?«, fragte er schließlich.

Clarke seufzte. »Anscheinend herrscht wieder Funkstille.«

»Und der schwer fassbare Lord Strathy?«

»Stell mir so viele Fragen, wie du willst – ich werde nicht vergessen, dass du mir etwas vorenthältst, und ich werde mich darüber ärgern, bis du's mir sagst.«

»Verstanden. Aber um noch mal auf Lord Strathy zurückzukommen?«

»Immer noch nichts. Ich hab die von der Met verdonnert, sich mal an seinen diversen Londoner Anlaufstellen umzusehen.«

»Die lieben uns bestimmt da unten.« Fox gelang ein müdes Lächeln.

Clarke nahm eines der Blätter mit Telefonnummern. Die Liste war jetzt vollständig. Die ursprünglichen Rechnungen hatten nur Anrufe und Nachrichten gezeigt, die das Opfer getätigt hatte, aber jetzt waren auch die empfangenen Anrufe verzeichnet.

»Gio, Issy, Gio, Issy, Gio«, ratterte sie herunter. »Beinahe zwei Dutzend Gespräche an seinem letzten Tag.«

»Ich glaube, junge Leute telefonieren lieber, als dass sie sich tatsächlich mit jemandem im selben Raum aufhalten.«

»Und dann ist da noch Stewart Scoular, wenn auch nicht mit derselben Häufigkeit.« Clarke schaute auf das, was sie sich notiert hatte. »Achtzehn Verbindungen in sechs Monaten – neun ein- und neun ausgehend.«

»Und nichts weist darauf hin, dass ein Treffen in Craigentinny verabredet wurde«, stellte Fox fest, »es sei denn, es wurde mit Meiklejohn oder Morelli vereinbart.«

Clarke nickte. »Aber wir haben die hier«, sagte sie und tippte auf ein anderes Blatt. »Ein Dutzend Anrufe auf das Festnetz in Strathy Castle. Mehr oder weniger einmal alle zwei Wochen.«

»Gibt's da oben keinen Handyempfang?«

»Würde ich denken.«

»Wollen wir mit Issy reden?«

Clarke zuckte mit den Schultern. »Wir fragen sie. Entweder war sie zu Hause zu Besuch und hat mit ihm telefoniert oder ihr Vater.« Sie rieb sich die Augen. Fox und sie waren jetzt die einzigen im MIT-Raum. Von der Treppe her hörte man Schritte, als die anderen Mitarbeiter ihren Arbeitstag beendeten. »Wie läuft es übrigens mit den Nachforschungen über Issy?«

»Das Internet ist wie immer ein herrlicher Sumpf. Wilde Jugendgeschichten. Anscheinend wurden mithilfe der Redaktionen einiger Hochglanzzeitschriften Reparaturarbeiten an ihrem Image vorgenommen. Inzwischen hat sie wohl den größten Teil ihres Lebens für Wohltätigkeitsorganisationen gearbeitet.«

»Zwischen ihren Vorlesungen an der Uni und gesellschaftlichen Anlässen? Als ich an der Uni war, gab's dort einige wie sie – eine ganze Ladung voller reicher Gören, die wir nur einmal im Jahr bei den Prüfungen gesehen haben.«

»Während du im Kohlenkeller schlafen musstest?«

»Das war die harte Schule des Lebens, Malcolm.«

»Ich dachte, deine Eltern waren Dozenten?«

»Nimm mir nicht den klassenkämpferischen Wind aus den Segeln.« Clarke schüttelte sich, um einen klaren Kopf zu bekommen.

»Machen wir Schluss?«, schlug Fox vor.

»Wenn du gehst, geh ich auch.«

»Ich dachte, ich mach noch ein bisschen weiter.« Er tippte auf den Bildschirm. »Hier gibt's jede Menge über das Partygirl Issy, aber eigentlich interessieren wir uns ja für die Geschäftsfrau.«

»Du meinst, du willst mit deinen Wirtschaftsjournalisten reden?«

»Ich hoffe, dir ist aufgefallen, dass keiner bislang irgendwas an die Öffentlichkeit hat dringen lassen.«

»Was nicht heißt, dass sie's nicht noch tun.«

»Wahrscheinlich sollte ich Lyon anrufen, sie auf den aktuellen Stand der Dinge bringen.«

»Ich vermute, sie weiß das mit Cafferty.«

»Vermute, was du willst.«

»Vielleicht ziehe ich dir auch einfach so lange einen Schlagstock über den Schädel, bis du den Mund aufmachst.«

»Das wäre nicht sehr professionell. Aber lass mich dir einen anderen Vorschlag machen. Ich arbeite hier noch ein bisschen weiter, während du mit Brillo Gassi gehst und was isst …«

»Und dann?«

»Dann treffen wir uns und sehen nach, ob Lady Isabella Meiklejohn zu Hause ist und Besucher empfängt – wir haben auch noch nicht gesehen, wo sie wohnt.«

»Das Haus des Verstorbenen auch nicht«, setzte Clarke hinzu. »Ich weiß, dass ein Team da war, aber ich hätte nichts dagegen, mich mal umzusehen.«

»Und irgendwo hier liegen auch noch die Schlüssel.« Fox' Handbewegung zeigte, dass er das gesamte Büro meinte.

»Treffen wir uns um acht?«

Fox rechnete schnell im Kopf zusammen. »Acht Uhr ist gut.«

20

Isabella Meiklejohn wohnte im wahrsten Sinne des Wortes nur einen Steinwurf von Gio Morelli entfernt, aber anders als ihre Freunde begnügte sie sich mit einer Wohnung im zweiten Stock in der St. Stephen Street, praktisch direkt gegenüber des Antiquary Pub. Über die Sprechanlage hatte sie misstrauisch geklungen, was sofort in Gereiztheit umschlug, als sich die beiden Detectives zu erkennen gaben.

»Nicht noch mehr Fragen«, beschwerte sie sich, betätigte den Summer und ließ sie ein.

Das Treppenhaus des Wohnhauses wirkte ein bisschen heruntergekommen. Ein Fahrrad war an das Geländer neben der Tür gekettet, und Clarke fragte sich, ob es Meiklejohn gehörte.

»Ich stecke voller Überraschungen, nicht wahr?«, sagte sie kalt lächelnd und ließ sie herein. Der Flur war eng und vollgestellt. Eine Schaufensterpuppe fungierte als Garderobenständer, während ein ausgestopfter Marder in einer Glasvitrine als eine Art Tischchen diente, auf der Abdeckung lagen ungeöffnete Post, Schlüssel und Kopfhörer. Clarke gelang es, einen Blick in die schmale Küche zu werfen – anscheinend hatte das Dienstmädchen heute frei. Die beiden Zimmertüren waren geschlossen. Das Wohnzimmer war quaderförmig, verfügte über nur ein einziges Fenster. Eine geöffnete Tür bot Einblick in eine Abstellkammer, die gewissermaßen zum Arbeitszimmer umgebaut worden war – ein Schreibtisch, ein Computer, ein Drucker. Tanzmusik lief über ein tragbares Gerät, Meiklejohn ließ sie mit einem gesprochenen Befehl verstummen.

Neben dem Kamin stapelten sich ein paar Bücher, aber nicht viele, und ganz offenbar gab es keine Bücherregale. An den Wänden hingen eine Menge auffällige Kunstwerke, möglicherweise von Freunden oder Kommilitonen. Meiklejohn ließ sich aufs Sofa fallen, zog die Beine unter sich an. Ein Glas Rotwein stand auf dem Boden, neben einer halb vollen Flasche und einem vollen Aschenbecher. In der Luft lag der Geruch von Tabak.

»Ganz schön anstrengend, den Berg hoch in die Stadt zu radeln«, meinte Clarke, »besonders für eine Raucherin.«

»Mit meinen Lungen ist alles in Ordnung.« Meiklejohn schaute auf ihre Brust, schenkte Fox anschließend einen Blick, der vermutlich kokett sein sollte.

»Haben Sie etwas von Ihrem Vater gehört?«

»Nein.«

»Und Sie machen sich nicht allmählich Sorgen?«

»Sollte ich?«

Fox räusperte sich. »Die Telefonate zwischen Ihnen und Mr bin Mahmoud an dem Tag, an dem er starb: Würden Sie uns noch einmal erläutern, worum es dabei ging?«

»Wahrscheinlich das Übliche – ein bisschen Tratsch, vielleicht haben wir Pläne fürs Wochenende geschmiedet.«

»Also ging es nicht um Geschäfte?«

»Wieso sollte es?«

»Als wir Sie zufällig vorhin getroffen haben, saßen Sie mit einigen von Stewart Scoulars Investoren bei einem Geschäftsessen zusammen.«

»War das so?«

»Das war meine Frage.«

Meiklejohn hob ihr Glas und wandte sich an Clarke. »Was denken Sie denn, Inspector?«

»Zuerst dachte ich, Sie würden sich mit einer kostenlosen Mahlzeit dafür entlohnen lassen, dass Sie in einer Runde alter Säcke, von denen jeder einzelne Ihr Vater sein könnte, Ihre Titten zeigen.«

Meiklejohn prostete ihnen mit ihrem Glas zu, bevor sie trank. »Aber dann?«, fragte sie.

»Scoular gehört einer Unternehmensgruppe an, die einen Golfplatz in Edinburgh kaufen wollte. Einige davon gehörten vermutlich auch zu einer Gruppe, die ein neues Luxusresort zwischen Tongue und Naver bauen will – auf Grund und Boden, der sich im Besitz Ihres Vaters befindet.«

»Im Besitz des Strathy Estate«, korrigierte Meiklejohn.

»Was mehr oder weniger auf dasselbe hinausläuft. Wir fragen uns daher, ob Sie bei dem Mittagessen nicht vielleicht doch eine sehr viel wesentlichere Rolle gespielt haben? Treten Sie bei solchen Treffen stellvertretend für Ihren Vater auf?«

Meiklejohn ließ sich Zeit damit, das Weinglas wieder auf den Boden zu stellen.

»Inwiefern«, erwiderte sie gedehnt, »bringt Sie das der Frage näher, wer Sal ermordet hat?«

»Wir arbeiten mit den Puzzleteilen, die wir bekommen«, sagte Fox. »Wir schauen, ob und wie sie ins Gesamtbild passen.«

»Meinen Sie nicht, KerPlunk wäre der bessere Vergleich? Wenn ich Sie mir nämlich so anschaue, sehe ich zwei Menschen, die außer den Strohhalmen, an die sie sich klammern, nichts in der Hand haben.«

»Möchten Sie, dass der Mörder von Mr bin Mahmoud gefasst wird, Lady Isabella?«, schaltete Clarke sich ein.

»Natürlich.«

»Trotzdem behaupten Sie, dass er keine Feinde hatte?«

»Abgesehen von neidischen Rassisten, nein.«

»Niemand, der ihm Geld geschuldet hat oder dem er Geld schuldete? Keine geschäftlichen Zwistigkeiten? Keine verschmähten Freundinnen oder Geliebten?« Sie legte ein bisschen zusätzliches Gewicht auf das letzte Wort.

»Wir haben nie gefickt, Inspector.«

»Warum nicht?«

Meiklejohn begegnete Clarkes unverrücktem Blick. »Ich glaube nicht, dass Sie das etwas angeht.«

»Sind Sie und Gio Morelli kein Paar?«

»Nein.«

»Was ist mit Stewart Scoular?« Dieses Mal kam die Frage von Fox.

»Was zum Teufel hat mein Liebesleben mit all dem zu tun?«

»Heißt das Ja?«

»Das heißt, Sie können mich mal.«

»Wie gut kannte Ihr Vater das Opfer? Gut genug, dass Salman ihn auf Strathy Castle anrufen würde?«

»Woher soll ich das wissen?«

»Oder hat er Sie dort angerufen?«

»Ich verbringe so wenig Zeit dort wie irgend möglich.«

»Aber Sie sind mit Salman hingefahren.«

»Anlässlich der ein oder anderen Party.«

»Partys, die auch Ihr Vater besucht hat?«

»Ich hab nicht gesagt, dass sie sich nicht bei gesellschaftlichen Anlässen begegnet sind, aber mein Vater verbringt mehr Zeit in London als irgendwo nördlich der Grenze.«

»Und zufällig«, warf Fox ein, »hat Mr bin Mahmoud in London studiert.«

Meiklejohn nickte langsam, als würde sie sich an etwas erinnern. »Mein Vater hat tatsächlich einen Besuchstermin für ihn im House of Lords arrangiert – Sal hat das geliebt. Aber dann ist was dazwischengekommen, Pops konnte nicht und ein Freund hat Sal stattdessen herumgeführt.«

»Ich vermute VIP-Besuche im House of Lords würden Stewart Scoulars potenzielle Investoren beeindrucken.«

»Ich verstehe immer noch nicht, was das alles mit Sals Tod zu tun hat. Wenn Sie jetzt nichts dagegen haben, ich muss mich auf ein Seminar vorbereiten.«

»Morgen Vormittag?«, fragte Clarke. »Um wie viel Uhr?«

Meiklejohn musste erst mal darüber nachdenken. »Um elf.«

»Und zu welchem Thema?«

»Die Poesie von …« Sie sah sich im Raum nach einer Antwort um.

»Viele Lehrbücher haben Sie hier aber nicht«, fuhr Clarke fort. »Ich weiß nicht, ob Sie viele Ihrer Seminare besuchen. Für Sie ist das doch alles nur ein großer Spaß – oder war es zumindest, bis Ihnen andere Dinge noch größeres Vergnügen bereitet haben. Zum Beispiel Salman, Gio und vielleicht sogar Stewart Scoular.« Sie wandte sich vom Sofa ab. »Wir finden selbst den Weg.«

»*Das verlorene Paradies!*«, rief Meiklejohn den beiden hinterher.

»Das ist doch das mit der Schlange«, sagte Fox zu Clarke.

»Und dem Baum der Erkenntnis.«

»So einen könnten wir auch gebrauchen«, nuschelte er anschließend, als er die Tür hinter sich zuzog. Er war schon ein paar Stufen die Treppe hinuntergegangen, als er merkte, dass Clarke das Fahrrad betrachtete.

»Haben wir die Überwachungskameras auf Fahrräder hin überprüft?«, fragte sie. »Ich meine, in der Nähe des Tatorts? Befindet sich neben dem Lagerhaus nicht ein Fahrradweg?«

»Du glaubst doch nicht …?«

»Ich will nur nichts übersehen, Malcolm. Vielleicht sollten wir uns auch ein bisschen näher mit Lady Issy und Stewart Scoular befassen.«

»Falls sie doch ein Paar sind?«

»In der Gegenwart, der Vergangenheit oder der Zukunft.«

»Was meinst du?«

»Schwer zu sagen«, sagte sie schulterzuckend. »Aber eins steht fest – Lady Issys Bleibe lässt auf den ersten Blick keinen überdurchschnittlichen Reichtum erkennen.« Sie zog einen Schlüsselbund aus der Tasche und ließ ihn ein kleines bisschen klappern. »Hier dürfen wir wohl andere Verhältnisse erwarten.«

Das Haus in der Heriot Row wirkte verlassen. Clarke tippte den Code in den Einbruchsmelder, um anzukündigen, dass sie in friedlicher Absicht kamen. Fox hatte die Lichtschalter gefunden. Die Diele war groß und offenbar vor nicht allzu langer Zeit modernisiert worden: weißer Marmorboden und Goldkanten, wo es nur ging, Statuen von höchstwahrscheinlich orientalischer Herkunft. Clarke hob die Post vom Boden auf. Nichts davon sah interessant aus, weshalb sie die Sendungen auf den Stapel auf dem Tisch neben der Tür legte.

»Wer hat sonst noch Schlüssel?«, fragte sie. »Der Anwalt des Verstorbenen«, sagte Fox.

»Keiner seiner Freunde?«

»Nicht, dass wir wissen. Dieses Stockwerk und die beiden darüber gehören der Familie bin Mahmoud. Unten gibt es noch eine Gartenwohnung, die einem Software-Unternehmer gehört. Er wurde befragt, und er sagt, sein Nachbar war größtenteils ruhig – hin und wieder wurde mal eine Autotüre geknallt, und nach einer Party heulten ein paar Motoren auf, aber das war's auch schon.«

»Mr Software selbst hat aber nie eine Einladung erhalten?«

»Nein. Anscheinend hatten sie nur ein einziges ausführlicheres Gespräch, und zwar als der Verstorbene überlegt hat, die Nachbarwohnung dazuzukaufen, aber der Besitzer wollte nicht.« Clarke sah Fox an. »Nicht direkt ein Motiv für einen Mord.«

»Andererseits war Salman es wahrscheinlich nicht gewohnt, etwas abgeschlagen zu bekommen.«

»Sollen wir den Nachbarn vorladen?«

Clarke schüttelte den Kopf, während sie die Tür zum Wohnzimmer aufstieß.

»Opulent« war der Begriff, der einem bei dessen Anblick unwillkürlich in den Sinn kam: zwei riesige Plüschsofas, ein großer, an der Wand befestigter Flachbildfernseher mit Soundsystem, weitere Statuen und Ornamente. Ein riesiger antiker Teppich bedeckte den Holzfußboden. Die Regale waren mit einer Auswahl an großformatigen Hardcovern bestückt, die meisten über Kunst- und Antiquitäten-Geschichte. Ein ganzes Regal war Büchern über James Bond und Sean Connery vorbehalten. Vor diesem standen zwei gerahmte Fotos des Schauspielers, aufgenommen in seiner Bond-Zeit, beide signiert.

Neben der Tür befand sich eine moderne Küche, der doppelte Kühlschrank war leer bis auf ein paar vegetarische Fertiggerichte, Weißwein und Champagner. Der separate Tiefkühler enthielt einige Eiswürfelbehälter. Fox schaute hinter eine weitere Tür, die von der Diele abging.

»WC und Dusche«, sagte er.

Er folgte Clarke die gewundene Steintreppe hinauf. Das Hauptschlafzimmer enthielt ein großes Bett und einen verspiegelten Einbaukleiderschrank. Salman bin Mahmouds diverse Anzüge, Jacketts und Hemden hingen ordentlich arrangiert darin, einige davon noch in der Plastikhülle von der letzten Reinigung. Mehrere Schubladen im Schrank enthielten Unterwäsche, Gürtel, Krawatten und Schmuck.

»Er stand wohl auf Manschettenknöpfe«, meinte Fox.

Kondome und eine Auswahl nicht verschreibungspflichtiger Tabletten befanden sich in einer Nachttischschublade. Kein Lesestoff am Bett. Clarke nahm eine Fernbedienung und drückte auf den Einschaltknopf. Am Fuß des Bettes hob sich ein Flachbildfernseher aus der Versenkung. Als sie diesen einschaltete, erschien ein arabischer Nachrichtensender.

Fox blickte in das direkt angeschlossene Badezimmer. »Ich bin kein Experte«, sagte er, »aber ich sehe nichts, was man so unter Frauenkosmetik versteht.«

»Dann hatte er also eher One-Night-Stands als feste Freundinnen.« Clarke schaltete den Fernseher aus und kehrte in die Diele zurück. Die nächste Tür führte in ein Büro. Schubladen standen sperrangelweit offen, und die Ermittler hatten den Computer mitgenommen. An den Wänden hingen gerahmte

Poster von Sean Connery als James Bond. Außerdem Dutzende Aston-Martin-DB5-Modelle in unterschiedlichen Größen.

»Ich glaube, den da hatte ich auch«, sagte Fox und hob das Modell auf, um es zu betrachten. Er drückte auf einen Knopf, und das Dach sprang ab, die Figur landete mitsamt Schleudersitz auf dem Boden.

Clarke betrachtete eine Karte Vorderasiens, die sich auf Augenhöhe vor ihr befand, nachdem sie sich auf dem Schreibtischstuhl niedergelassen hatte.

»Hat er sich als Exilant betrachtet?«, überlegte sie laut. »Unter dem ganzen oberflächlichen Getue, meine ich?«

»Du fragst dich, ob er glücklich war oder nur so getan hat?« Fox konnte lediglich mit den Schultern zucken. »Bei den ganzen Gesprächen, die wir geführt haben, hat sich niemand dazu geäußert.«

»Ich weiß nicht, ob seine Freunde und Bekannten in der Hinsicht besonders aufgeschlossen waren.«

»Was willst du damit sagen?«

»Haben Sie sich für ihn interessiert oder nur für den, den er dargestellt hat – für den wohlhabenden Exoten? Vielleicht war er ja in Wirklichkeit krank vor Sorge um seine Familie zu Hause?«

Fox grübelte noch darüber nach, als er Clarke in den nächsten Raum folgte. Es handelte sich um ein weiteres großes Wohnzimmer, gemütlicher als das eher förmliche unten. Ein Sofa und zwei Sessel, ein Heimkino, das Bücherregal voller gerahmter Fotos. Die meisten zeigten Salmans Angehörige – nicht nur seine Mutter und seinen Vater, sondern dem Aussehen nach auch Onkel, Tanten, Cousins und Cousinen. Auf einem verknitterten und verblichenen Schwarz-Weiß-Foto sah man seine Großeltern oder vielleicht sogar Urgroßeltern. Aber es gab auch Fotos jüngeren Datums aus der Zeit in Großbritannien. Einige davon hatte Clarke bereits gesehen – es waren Abzüge der Bilder, die in Klatschzeitschriften erschienen waren und die Fox auf seinem Computer gespeichert hatte. Andere zeigten Salman mit Freunden und Bewunderern auf Partys, unter anderem im VIP-Bereich des Jenever Club. Isabella Meiklejohn und Giovanni Morelli waren auf den meisten ebenfalls zu sehen. Normalerweise umarmte Salman Isabella, aber auf einem hatte er die Arme von hinten um Gio gelegt, beide Männer lachten und zeigten ihre perfekten Zähne.

»Was wissen wir über Morelli?«, fragte Clarke.

»Er studiert Englische Literaturwissenschaft, stammt aus einer wohlhabenden römischen Familie, der Vater ist Industrieller und die Mutter Gräfin oder so was Ähnliches.«

»Gab es Kontakte zwischen den dreien, bevor es sie nach Edinburgh verschlagen hat?«

»Haben Morelli und Meiklejohn uns nicht erzählt, sie hätten sich auf einer Party kennengelernt?«

Clarke nickte, tief in Gedanken. »Da sind sich diese drei zum ersten Mal begegnet, das ist aber nicht ganz dasselbe. Vielleicht ist das wieder nur eins meiner Vorurteile, aber Reiche sind doch herkömmlicherweise Networker, oder? Verbringen den Sommer an denselben karibischen Stränden und den Winter in denselben Skigebieten. Wenn die Familien dort residieren, treffen die Jüngeren aufeinander. Schließlich ist die Zahl der Partys ja begrenzt ...« Ihr Blick begegnete dem von Fox. »Wurde ihnen diese Frage im Zuge der Vernehmungen gestellt?«

»Ich habe mir die Mitschnitte nicht angehört, nur die bearbeiteten Zusammenfassungen gelesen. Willst du sagen, wir fahren zu Lady Isabella zurück?«

»Ich bezweifle, dass sie uns noch mal reinlässt.«

»Wir könnten drauf bestehen.«

Clarke schüttelte den Kopf. »Das kann warten«, sagte sie.

In dem Stockwerk befand sich ein weiterer Raum, ein großes Badezimmer mit Whirlpool und einer Dusche, die groß genug für zwei war. Dann ging es eine weitere Treppe hinauf zu zwei Gästezimmern, beide mit angeschlossenem Bad, gemachten Betten, bereitgelegten Handtüchern und Bademänteln, die niemals benutzt werden würden.

»Hatte Salman jemanden, der für ihn geputzt hat?«

»Ein Unternehmen hier aus der Gegend. Sie haben gesagt, er sei ein toller Arbeitgeber gewesen, sehr charmant und so.« Fox folgte Clarke, die wieder nach unten ins Wohnzimmer ging. »Wir schließen aber nicht aus, dass es sich um ein rassistisch motiviertes Verbrechen handelt – und er einfach zur falschen Zeit, am falschen Ort war – oder die Tat irgendwie in Zusammenhang mit anderen Übergriffen gegen ausländische Studenten steht?«

»Ach komm, Malcolm, der Fall hier ist anders. Er wurde nicht verprügelt und beschimpft – er wurde in einem Teil der Stadt erstochen, in dem er eigentlich gar nichts verloren hatte.« Clarkes Blick wanderte ein letztes Mal durch den Raum.

»Und der Überfall auf Morelli – besteht da ein Zusammenhang zu den Übergriffen oder zum Mord?«

Clarke nahm eines der Fotos. »Ist das da Stewart Scoular im Hintergrund, der mit der Frau in dem rückenfreien Kleid redet, wobei vorne ja auch kaum was dran zu sein scheint.«

Fox betrachtete den Abzug. »Sieht so aus«, räumte er ein.

Sie stieß Luft aus und stellte das Foto wieder hin. »Wir sollten noch mal mit ihm sprechen.«

»Scoular?«

»Morelli«, korrigierte sie ihn. »Du hast recht – wir müssen herausfinden, ob es was mit seiner Freundschaft zu Salman zu tun hatte, dass auch er angegriffen wurde. Wir lassen ihn morgen zu uns auf die Wache kommen.«

»Lieber dort als bei ihm zu Hause?«

»Ich glaube, wir waren bislang zu zaghaft, Malcolm. Wir müssen dafür sorgen, dass die sich alle ein gutes Stück unwohler fühlen – das funktioniert auf der Wache bestimmt besser, meinst du nicht?«

Fox dachte einen Augenblick darüber nach, dann nickte er zustimmend.

21

»Du«, sagte Cole Burnett durch blutverkrustete, aufgesprungene Lippen zu Benny, »du bist verdammt noch mal tot, Mann.«

Burnett war an einen klapprigen Metallstuhl gefesselt, wie man sie auf den Müllhaufen vor frisch sanierten Bürogebäuden findet. Ein Auge schwoll zu, Benny hatte ihn bis auf die Unterhose entkleidet, und jetzt tauchten allmählich Blutergüsse an seinen Rippen und auf Nierenhöhe auf. Sein Gesicht war voller Aknenarben, die Haare hatte er kurz geschoren und gegelt. Ihn aufzuspüren hatte länger gedauert als gedacht, und anstatt, wie befohlen in den Wagen zu steigen, hatte er sich umgedreht und abhauen wollen. Der Teenager war schneller als Benny und kannte sich in Moredun und Ferniehill besser aus, war über Fußwege und Parkflächen gelaufen, über die Benny ihm nicht mit dem Wagen folgen konnte. Danach war er abgetaucht. Benny hatte einige Gefälligkeiten einfordern und für seinen Geschmack zu viel Kohle lockermachen müssen, bevor ihm Leute aus dem Viertel endlich die entscheidenden Informationen zugesteckt hatten. Nachrichten kamen und gingen, Gerüchte entpuppten sich als haltlos. Aber zum Schluss hatte Benny ihn doch erwischt.

Trotzdem war der Chef nicht ganz zufrieden. Der Club war an diesem Abend geöffnet, was bedeutete, dass Benny Burnett in eine Werkstatt in einer Seitenstraße in der Nähe von Tollcross hatte bringen müssen, eine Werkstatt, deren Rolltor nur selten geöffnet war, es sei denn mitten in der Nacht, wenn ein Wagen eintraf, der neue Kennzeichen und vielleicht auch eine neue Lackschicht brauchte. Schallgeschützt war sie nicht, aber die Nachbarn hüteten sich davor, ihre Nase in fremde Angelegenheiten zu stecken oder sich zu beschweren.

Burnetts Klamotten lagen auf einem Haufen neben dem Stuhl. Benny hatte sie durchsucht, aber nicht viel gefunden. Ein bisschen Gras und ein paar Pillen – die er sicher in den eigenen Hosentaschen verstaut hatte. Außerdem ein paar Hundert in bar. Die Bankkarten ließ er ihm wie das Kondom. Man durfte einem Mann nicht sein letztes Kondom nehmen – vielleicht konnte Burnett ja später noch punkten, auch wenn Benny das stark bezweifelte. Er rauchte seine Zigarette fertig und drückte sie auf dem von Ölflecken übersäten Betonfußboden aus. Die Werkstatt war heute Abend leer, die Inspektionsgrube abgedeckt. Die meisten Werkzeuge wurden in einer Reihe von Metallspinden aufbewahrt, die mit Vorhängeschlössern gesichert waren, weshalb Benny sich seine eigene Tasche aus dem Kofferraum des Mercedes mitgebracht und sie direkt in Burnetts Sichtachse auf die Werkbank gestellt hatte.

»Gib mir 'ne Kippe«, sagte Burnett nicht zum ersten Mal. Zu seinen Greatest Hits zählten außerdem »arschkalt hier, Mann« und »weißt du überhaupt, wer ich bin?«. Den letzten Spruch knallte er Benny gerade wieder entgegen, als Big Ger Cafferty eintraf, Benny im Vorübergehen einen kurzen, aber vernichtenden Blick zuwarf. Der Chef trug eine schwarze Daunenjacke, geschlossen bis zum Hals. Dazu Stahlkappenschuhe, wie man sie auf einer Baustelle trägt. Schwarze Lederhandschuhe zum Fahren. Eine schwarze Baseballcap. Er ging ein Stück in die Hocke, ohne die Cap abzunehmen, sodass sich sein Gesicht auf der gleichen Höhe mit dem des Sitzenden befand.

»Und weißt du, wer *ich* bin?«, fragte er.

»Du bist das Arschloch, das früher mal was zu sagen hatte.«

Cafferty drehte sich halb um, lächelte Benny an. »Ganz schön dicke Eier in der Hose, der Kleine hier, hm?« Dann schlug er Burnett fest mit der Rückhand ins Gesicht. Die Wucht war so groß, dass der Stuhl seitlich umkippte und Burnett mit dem Kopf auf den Boden schlug.

»Wichser«, fauchte der Teenager.

Cafferty hockte sich neben ihn. »Wichser kann stimmen, du Blödmann. Aber ich bin ein Wichser, der alles über dich weiß. Ich weiß, dass du denkst, du hast den Allerlängsten. Dabei könnte ich ihn dir jetzt ganz einfach abschneiden und dich den Mond anheulen lassen. Cockless Cole würden dich deine alten Kameraden nennen. Wie gefällt dir das?«

»Besser als ›schwitzender, alter Fettsack‹.«

»Ich schwitze nur, wenn ich mich aufrege. Und ehrlich gesagt, hatte ich schon fast vergessen, wie aufregend ich die Aussicht auf schwere Körperverletzung finde.« Er legte Burnett eine Hand an die Kehle und begann zuzudrücken. Burnett versuchte sich loszumachen, aber ohne jeden Erfolg, seine Augen quollen hervor, und er rang nach Luft. Cafferty drückte noch gute zwanzig Sekunden länger zu, dann ließ er los.

»Hörst du mir jetzt aufmerksam zu, Cockless?«

»Bind mich los und versuch's noch mal.« In Burnetts Augen loderte Zorn.

Cafferty drehte sich erneut zu Benny um.

»Er erinnert mich daran, wie ich drauf war, bevor ich dazugelernt hab.« Dann an Burnett gerichtet: »Wut ist schön und gut, aber es wird Zeit, dass du auf deinen Überlebensinstinkt hörst.«

»Verdammte Scheiße, was willst du überhaupt von mir?«

»Ein Handy.«

»Ein Handy? Mehr nicht?«

»Das Handy, das du der kleinen Chinesin abgenommen hast.«

Burnett dachte kurz nach. »Das ist längst weg.«

»Dann holst du's wieder.«

»Wozu brauchst du das denn?«

»Ich brauch's nicht – aber sie. Und du wirst ihr sagen, dass es dir leidtut.«

»Einen Scheiß werde ich.«

Langsam richtete Cafferty sich zu seiner gesamten Größe auf. Er stellte den rechten Fuß auf Burnetts linke Wange und trat fest zu. »Ein zersplitterter Kiefer braucht eine Weile, bis er heilt. Wenn du Glück hast, kannst du Milchshakes mit dem Strohhalm trinken.«

Burnetts Lippen waren so zusammengepresst, dass Cafferty nicht verstehen konnte, was er sagte. Benny war bereits ein paar Schritte mit der Tasche in der Hand auf ihn zugegangen, nur für alle Fälle. »Ich mag dich, Cole«, fuhr Cafferty fort. »Mir gefällt, was ich über dich gehört habe. Ich denke, vielleicht können wir eine Verabredung treffen.« Er hielt inne. »Weißt du, wie das in Dundee läuft? Cuckooing nennt man das. Such dir ein Opfer, richte bei ihm im Haus ein Labor ein, stell den Mist schnell und billig her und bring ihn auf die Straße. Dein Viertel eignet sich gut dafür – und ich denke, dir werden noch ein paar andere geeignete Orte einfallen. Wenn du das Handy zurückgibst, bring ich dich ins Geschäft. Dann bist du Spieler und kein Balljunge mehr. Wie klingt das?«

Er nahm den Fuß nicht runter, nicht sofort. Aber irgendwann doch. Burnett lief eine Mischung aus Rotz und Blut aus der Nase, sein unterernährter Brustkasten hob und senkte sich, er atmete schwer und stoßweise. Cafferty zeigte auf Benny, der den Stuhl wieder aufgerichtet hatte, nicht besonders sanft. Burnett funkelte seinen Entführer böse an, dann Cafferty.

»Was sind die Alternativen?«

»Die hat mein Mitarbeiter in seiner Tasche da.« Cafferty nickte und gab Benny damit zu verstehen, dass er die Reisetasche öffnen und Cole Burnett ihren Inhalt zeigen durfte.

Kaum mehr als eine Stunde später saß Burnett bei der Tante seines Freundes Les zu Hause, trank billigen Alkohol und spülte ein paar Pillen damit runter. Gingen ganz gut ab, fast hätten sie ihn von der Erinnerung an die Werkstatt ablenken können. Les wohnte bei seiner Tante. Burnett hatte sich schon gefragt, ob er sie auch fickte. Sie waren verwandt, und sie musste bestimmt zwanzig Jahre älter sein als er, war aber trotzdem ganz schön scharf. Les hatte es abgestritten, aber immer, wenn Burnett sie angraben wollte, fuhr sie ihn an, er solle sich benehmen. Heute Abend war sie irgendwo unterwegs, und die üblichen Verdächtigen hockten bei ihr im Wohnzimmer. Die Pizza war geliefert worden. Sie hatten alles, was sie brauchten – nur keine Antworten auf die Fragen, mit denen sie Burnett beschossen.

»Krass, Mann, Cafferty, wie ist er denn?«

»Hat der dich so fertiggemacht?«

»Wieso hast du dich nicht gewehrt?«

Burnett hatte sich nicht mal das Blut abgewischt. Er hatte es drangelassen, um allen zu zeigen, wer er war, was er überlebt hatte.

»Das ist ein alter Sack«, hatte er ihnen durch dicke Lippen erzählt. »Der ist längst über die Zeit.«

»Aber was wollte er von dir?«

»Hat er's auf uns abgesehen?«

»Dann muss er schon eine Armee mitbringen, oder?«

Die Dose, die Burnett in der rechten Hand hielt, war extrastarkes Lager. Sie war zu lange schon nicht mehr im Kühlschrank und wurde allmählich wärmer, als ihm lieb war, also kippte er den Inhalt hinunter. Das Gerede der anderen um ihn herum wurde zum Insektenzirpen. In seinem Kopf wurde eine andere Stimme laut, die ihm riet, erst mal mitzuspielen. Hol das Handy aus dem Lager unter dem Bett seiner Mutter. Bring es seiner Besitzerin zurück. Zeig dich willig. Sei nett. Ein paar Häuser, in denen er sich einrichten könnte, würden ihm schon einfallen – in einem davon saß er gerade. Spiel mit. Zeig dich willig. Sei nett.

Erst einmal.

Erst einmal.

Aber nicht für immer und ewig …

22

Ron Travis hielt ihnen die Tür des Cafés auf. Rebus hatte sich bedankt und ihn gebeten, sich zu ihnen zu setzen. Zu zweit trugen sie Tabletts an den Tisch, an dem Joyce McKechnie und Edward Taylor warteten. Tee und Kuchen wurde verteilt, dann nahm auch Rebus Platz.

»Ich bin alles durchgegangen in Keiths Garage«, sagte er, »und habe auch ein bisschen was im Internet nachgelesen, weshalb ich inzwischen weiß, dass Keith glaubte, Camp 1033 würde für alle Lager dieser Art stehen und uns damit vorführen, wer wir sind, mit allen guten und schlechten Seiten. Das Gute ist, dass die Gemeinde Leute wie Stefan, Joe und Frank herzlich aufgenommen und ihnen geholfen hat, sich hier heimisch zu fühlen. Aber andererseits …«

»Das vergiftete Brot?«, fragte McKechnie.

»Ich dachte eher an die Erschießung.«

»Ah, ja«, sagte Taylor, »der arme Sergeant Davies. Er hatte was mit einer Frau aus dem Ort.«

»Mit Helen Carters Schwester.«

»Allerdings.« Taylor wandte sich an McKechnie. »Wie hieß sie noch mal?«

»Chrissy. Ist um 1950 in den Süden gezogen.«

»Lebt sie noch?«

»Da musst du Helen fragen.«

»Ein Gefangener hatte gewisse Gefühle für Chrissy«, fuhr Taylor fort. »Er war eifersüchtig auf Sergeant Davies, schnappte sich dessen Waffe und schoss ihm in den Kopf. Dafür kam er vor ein Erschießungskommando.« Er betrachtete Rebus. »Steht davon nichts in Keiths Aufzeichnungen?« Rebus schüttelte den Kopf. »Aber Sie haben recht – das war auf jeden Fall eine Geschichte, die ihn fasziniert hat.«

»Gibt es keinen Zusammenhang zu der Waffe hinter dem Tresen im Glen?«, fragte Rebus.

»Die hat Joe Collins erst viel später gefunden – angespült am Strand, oder?« Taylor schaute McKechnie an, die zustimmend nickte.

»Können Sie sich an den Namen des Mannes erinnern, der hingerichtet wurde?«

»Hoffman? So was in der Richtung«, meinte Taylor.

Rebus merkte, dass er den Namen kannte. »Ich habe einen Hoffman auf einer von Keiths Listen entdeckt – er hatte einen ziemlich hervorgehobenen Posten im Lager, oder? Er war dafür verantwortlich, dass alles glattlief?«

Taylor nickte. »Die Deutschen haben das Lager organisiert. Getrennte Quartiere für Offiziere und die niedrigeren Ränge.«

Rebus fiel auf, dass Joyce McKechnie mit dem Band ihrer Armbanduhr spielte, was darauf schließen ließ, dass sie noch woanders hinmusste.

»Nur noch ein paar Fragen«, sagte er. »Ich habe die Berechnungen gesehen, die Keith angestellt hat. Ich weiß, dass Sie das Lager als Besucherzentrum für Touristen herrichten wollten.«

»Keith hat sich an die schottische Regierung gewandt, an Historic Scotland …«

»Und wurde immer wieder abgewiesen.«

»Das war sehr entmutigend«, pflichtete Taylor ihm bei.

»Und alleine würde es sehr viel Arbeit und private Finanzierung erfordern. Das Land, auf dem sich das Lager befindet, gehört Lord Strathy.«

»Dem Strathy Land Trust, um genau zu sein«, sagte McKechnie, »aber letzten Endes gehört es den Meiklejohns.«

»Und hat Keith denn auch direkt mit der Familie zu tun?«

»Er hat es versucht, mindestens einmal. Die haben weder auf seine Anrufe noch auf seine Briefe reagiert, also ist er irgendwann hingefahren. Erinnerst du dich, dass er uns das erzählt hat, Edward? Er ist in irgendeinen Empfang oder so geplatzt – sie hatten ein Gartenzelt auf dem Rasen aufgebaut. Wenn man zwischen den Zeilen liest, hat er wohl ziemlich für Aufsehen gesorgt. In einer von den Klatschzeitschriften waren Fotos von der Party abgebildet. Die hab ich Keith gezeigt, und da hat er mir erzählt, dass er unsanft vom Grundstück entfernt wurde.«

»Unsanft? Doch wohl nicht zufällig von dem Gärtner?«

»Keine Ahnung.«

»Haben Sie die Zeitschrift vielleicht noch?«

»Irgendwo in einem Stapel.«

»Ich wäre Ihnen sehr dankbar, wenn Sie …«

»Archäologisch tätig werden könnten?«, meinte McKechnie, nickte und grinste.

»Wissen Sie das mit dem Golfresort?«, fragte Taylor Rebus.

»So ungefähr.«

»Meiklejohn hatte nie die Absicht zu verkaufen. Wenn es nach ihm ginge, würde alles eingeebnet und bebaut.«

»Wovon auch das Gehöft betroffen wäre, in dem derzeit Jess Hawkins mit seinen Freunden wohnt?«

»Ah, was wissen Sie denn darüber?«

»Nur dass eine der früheren Ehefrauen Seiner Lordschaft inzwischen dort lebt, was ihm einen weiteren Grund liefert, die Kommune zu hassen.«

»Hawkins scheint die ein oder andere Ehe auf dem Gewissen zu haben …«

»Ich hab mir immer schon gedacht«, fiel Travis ein und stützte die Ellbogen auf den Tisch, »dass Keith in den Nächten, die er im Lager verbracht hat, vielleicht auch ein bisschen auf Erkundung gehen wollte.«

Rebus starrte ihn an. »Zu welchem Zweck?«

»Rache«, sagte Travis schlicht. Dann nach einer Pause: »Noch was – in der Nacht, in der er gestorben ist, ist ein Motorrad hier vorbeigerauscht.«

»Das ist nicht ungewöhnlich«, meinte Taylor. »Viele Einheimische fahren Motorrad.«

»Touristen auch«, ergänzte McKechnie.

»Aber das war schon ganz schön spät – ich lag im Bett und bin von dem Lärm aufgewacht.«

»War's ein großes Rad?«, erkundigte sich Rebus. »Wie die Kawasaki, die im Stalag Hawkins steht? Haben Sie das den Ermittlern gesagt?«

»Ich bin nicht sicher, ob die's für relevant gehalten haben – wahrscheinlich ist es das auch nicht.«

»Und wie gesagt«, setzte Edward Taylor hinzu, »hier fahren viele solche Maschinen – ich hab sogar Ihre Tochter schon mal auf einer gesehen.«

Rebus starrte ihn an. »Samantha?«

»Hawkins hat gelenkt, sie saß hinten drauf. Ich bin selber Motorrad gefahren, als ich noch jünger war.«

»Aber«, meinte Ron Travis, »bei den riesigen Schlaglöchern hier, da kann man schnell ein Rad verlieren, wenn man nicht aufpasst.«

Das Gespräch setzte sich noch eine kleine Weile fort, bis sie merkten, dass Rebus längst nicht mehr zuhörte – er war mit den Gedanken ganz woanders.

Samantha öffnete ihm schließlich mit gequältem Gesichtsausdruck die Tür.

»Was willst du, Dad?«

»Alles in Ordnung?«

»Was glaubst du wohl?«

»Und Carrie?«

»Die ist noch bei Jenny.«

»Hast du's ihr gesagt?«

»Ja.« Sie versuchte, eine Träne zu unterdrücken. »Ich bin nur hier, um ein paar Sachen zu holen. Wir bleiben bei Jenny und ihrer Mutter.«

»Julie Harris – ich hab sie kennengelernt. Darf ich euch dort besuchen?«

»Heute Abend nicht.« Sie neigte den Kopf, fest entschlossen, keine Tränen zu vergießen. »Die haben mich zu ihm gebracht. Damit ich ihn identifiziere, meine ich. Und die haben Fingerabdrücke von mir genommen. Und die ganze Zeit hab ich dabei gedacht: Das hat mein Vater auch gemacht, damit hat er sein Arbeitsleben verbracht. Keine Emotionen, keine Herzlichkeit, immer nur der Job, der erledigt werden muss.«

»Samantha …«

»Was?«

»Ich hab eine Frage, die beantwortet werden muss.« Sie starrte ihn nur an, also redete er weiter. »Bist du sicher, dass du keine Ahnung hast, wer Keith die Nachricht über dich und Hawkins geschickt hat?«

»Ich hab keine Ahnung.«

»Kannst du dich an die Formulierung erinnern?«

Sie schüttelte den Kopf.

»Ich hab in den vergangenen Tagen eine Menge über Keith erfahren. Er hatte ein gutes Herz, Menschen waren ihm wichtig. Deshalb hat ihn das Lager so fasziniert – er hat dort einiges wiedererkannt von dem, was vielleicht wieder passieren könnte.« Er sah, wie sie langsam ihre Fassung wiedergewann und seine Worte aufnahm.

»Du hast recht«, sagte sie leise.

»Aber so leidenschaftlich, wie er war, denke ich, dass er möglicherweise eine Aussprache mit Hawkins gesucht hat, vielleicht nach eurem Streit?«

Samanthas Gesicht verdüsterte sich. »Wie oft muss ich das noch sagen? Jess hat nichts damit zu tun!«

»Aber stimmt es, dass du manchmal mit ihm auf seinem Motorrad gefahren bist?«

»Das ist ewig her – und was zum Teufel hat das überhaupt damit zu tun?«

»Wir müssen ihnen etwas geben, Samantha – der Polizei, meine ich. Wenn nicht, bleibst nur du übrig. Creasey weiß, dass du an dem Tag mit Carrie bei der Kommune warst. Ich vermute, jemand dort hat es ihm verraten.«

Sie blickte finster drein und drehte sich um, verschwand im Flur. Er wusste nicht, was er machen sollte, aber plötzlich war sie wieder da, hielt ihm einen Zettel entgegen. Er nahm ihn ihr ab. Darauf stand mit dickem schwarzem Filzstift ein einziges Wort in Großbuchstaben geschrieben: VERSCHWINDE.

Er sah sie eine Erklärung suchend an.

»Wurde heute durch den Briefschlitz gesteckt – von jemandem, der nicht den Mumm hat, mir das ins Gesicht zu sagen.« Sie zeigte auf den Zettel. »Die denken, ich hab's getan, und das sind nicht die Einzigen, oder?«

»Ich denke nicht, dass du's getan hast, Samantha.«

»Wieso willst du's dann so unbedingt jemandem anhängen – egal wem?«

Rebus streckte die Hand aus und fasste sie am Handgelenk, während er versuchte, die richtigen Worte zu finden, aber sie schüttelte ihn ab und trat einen Schritt zurück ins Haus.

»Ich mach jetzt die Tür zu«, sagte sie fast flüsternd.

»Ist das dieselbe Handschrift wie auf dem anderen Brief?«, fragte Rebus.

Statt zu antworten, schloss sie die Tür.

Er schaute nach unten und merkte, dass er den Zettel immer noch in der Hand hielt.

Rebus saß erneut nach Kneipenschluss im Glen auf einem Hocker vor einem großzügig mit Wasser gemischten Whisky. Er hatte May Collins gefragt, ob Helens Schwester Chrissy noch lebte.

»Sie ist vor ein paar Jahren gestorben – ich weiß noch, wie Helen zur Beerdigung runtergefahren ist.«

Sie befand sich jetzt im Büro, verstaute die Tageseinnahmen im Safe. Cameron war draußen, rauchte eine Selbstgedrehte. Rebus nahm den Zettel und faltete ihn auseinander. Er kam sich hilflos vor und musste sich zusammenreißen, damit dieses Gefühl nicht in Wut umschlug.

Ich glaube nicht, dass du's warst …

Trotz allem.

Er rieb sich die brennenden Augen, als Cameron ins Pub platzte.

»Da hat gerade jemand Ihren Wagen beschädigt«, rief er.

»Was?« Rebus glitt vom Hocker und ging eilig zur Tür. Er folgte Cameron nach draußen. Der Saab parkte ungefähr zehn Meter weiter am Bordstein, näher am Pub hatte er ihn nicht abstellen können. Als sie hingingen, trat Cameron auf die Straße, zeigte auf die Karosserie. Er schaltete die Taschenlampe seines Handys ein, damit Rebus den Schaden begutachten konnte. Ein langer, hässlicher Streifen zog sich von der hinteren über die vordere Tür.

»Haben Sie denjenigen gesehen?«, fragte Rebus, fuhr mit dem Finger über den Kratzer.

»Ein Wagen ist vorgefahren, der Fahrer ist ausgestiegen. Ich wusste nicht, was der da macht. Dann ist er weitergefahren. Ich fand's eigenartig, also bin ich hin und hab nachgeschaut.«

»Wie hat er ausgesehen?«

»Ich hab Nachrichten auf dem Handy gecheckt«, sagte Cameron schulterzuckend.

»Dann eben der Wagen?«

Erneutes Schulterzucken. »Mittelgroß. Dunkel.«

»Sie sind mir vielleicht ein Augenzeuge …« Rebus blickte sich um. »Sonst hatte er's auf keine anderen Fahrzeuge abgesehen?« Er hielt inne. »Ich nehme mal an, es war ein Er, oder?«

»Denke schon.«

Er schaute auf seinem Handy nach, ob er Empfang hatte.

»Geh rein und nimm dir was zu trinken«, sagte er zu Cameron. »Ich bin auch gleich da.«

»Tut mir leid, dass ich nicht …«

»Mach dir keine Gedanken«, Rebus hatte bereits Creaseys Nummer gewählt. Er ging die Straße ab, überprüfte andere parkende Fahrzeuge. Keines war beschädigt.

»Ich bin nicht mehr im Dienst«, meldete Creasey sich schließlich.

»Muss sich seit meiner Zeit einiges bei der Mordkommission geändert haben.« Rebus hörte Musik im Hintergrund – seichter Jazz, so wie es klang.

»Sind Sie zu Hause?«

»Ich genieße meinen wohlverdienten Feierabend und gehe gleich ins Bett.«

»Haben Sie Colin Belkin überprüft?«

»Da hatten Sie wohl recht.«

»Ist er vorbestraft?«

»Wir mussten ein paar Jahre zurückgehen, aber ja – einige Fälle von minder schwerer Körperverletzung und Ähnlichem.«

»Haben Sie mit ihm gesprochen?«

»Ich hab ein paar Streifenbeamte hingeschickt.«

»Vielleicht hat ihn das ja in Rage versetzt.«

»Inwiefern?«

»Jemand hat mir gerade meinen Wagen verkratzt. Als er entdeckt wurde, ist er davongefahren.«

»Und da kommen Sie auf Colin Belkin? Wie glauben Sie denn, dass er Sie gefunden hat?«

»Erinnern Sie sich an seinen Freund bei der Polizei in Thurso, an den Kollegen, der Malcolm Fox für ihn überprüft hat? Könnte nicht schaden, den zu fragen.«

»Sie meinen wohl, in meiner unbegrenzten freien Zeit? Ich setze es auf die Liste. Meinen Sie, dieser Belkin wird Ihnen noch mehr Ärger machen?«

»Ich hab erlebt, wie er ausflippen kann. Anscheinend ist er fest entschlossen, seinen Arbeitgeber zu beschützen.«

»Keine überstürzten Schlussfolgerungen, John.«

»Wo denken Sie hin, DS Creasey?«

»Geht es Samantha und Carrie gut?«

»Ich überlasse Sie jetzt wieder Ihrem Jazz. Wir sprechen uns morgen.«

Rebus beendete das Gespräch und ging rein. May Collins hatte sich auf den Hocker neben seinen gesetzt, ein Glas mit einem Whisky in der Hand. Er sah, dass in sein eigenes Glas nachgeschenkt worden war. Cameron stand auf der anderen Seite des Tresens, hatte seinen Cider schon halb getrunken.

»Ich war so frei«, sagte Collins. »Aber wenn Sie ihn nicht wollen …«

»Nachdem Sie sich die Mühe gemacht haben, ihn einzuschenken?« Rebus hob den Whisky an die Lippen und nahm einen Mund voll.

»Cameron sagt, die haben Ihnen das Auto verkratzt.«

»Allerdings.«

»Haben Sie eine Ahnung, warum?«

»Geschieht mir ganz recht, wenn ich in einer so zwielichtigen Gegend parke.« Er hielt inne. »Ich gehe davon aus, dass so was hier nicht an der Tagesordnung ist?« Sie schüttelte den Kopf. »Na ja, egal …« Er hob sein Glas, um mit ihr anzustoßen, dann stieß er mit Cameron an.

»Here's tae us«, sagte Cameron.

»Wha's like us?«, ergänzte Collins.

»Belassen wir's lieber dabei«, sagte Rebus, der den Trinkspruch nicht zu Ende sprechen wollte. Trotzdem hallten ihm die Worte durch den Kopf.

Damn few, and they're all dead …

Tag vier

23

Clarke und Fox warteten im Vernehmungszimmer der Polizeistation Leith, als Giovanni Morelli eintraf. Er trug wieder denselben Schal um den Hals und auch wieder auf dieselbe Art gebunden. Ein dunkler Blazer, hellgrüne Stoffhose und ein dazu passender V-Ausschnittpullover (höchstwahrscheinlich Kaschmir), Lederslipper ohne Socken. Eine Sonnenbrille hatte er sich auf den Kopf geschoben.

»Wollen Sie nachher noch zum Strand?«, fragte Fox Morelli, als dieser hereingeführt wurde. »Oder besuchen Sie so Ihre Seminare?«

»Ich wurde dazu erzogen, auf gute Kleidung zu achten«, meinte Morelli schulterzuckend.

Clarke bedeutete ihm, Fox und ihr gegenüber Platz zu nehmen. Vor ihr lag ein dickes Dossier, das sie aber zugeklappt ließ. Sie hatte die Mappe mit leeren Blättern aus dem Fotokopierer aufgepolstert, um sie gewichtiger wirken zu lassen, und vorne Morellis Namen in Großbuchstaben darauf geschrieben. Daneben befand sich eine Auswahl an Fotos von verschiedenen Partys, die Morelli und das Opfer besucht hatten. Er streckte die Hand aus und drehte eines davon zu sich um, damit er es besser betrachten konnte.

»Hat der Umgang mit ihm Spaß gemacht?«, erkundigte sich Clarke.

»Auf jeden Fall.« Morelli lehnte sich zurück, legte sein rechtes Bein quer über sein linkes Knie und öffnete den einzigen Knopf seines Blazers.

»Uns ist bewusst geworden«, sagte Clarke, »dass wir zwar eine ganze Menge über Sie wissen, wir uns aber noch gar nicht richtig mit Ihnen unterhalten haben.« Sie klopfte mit der flachen Hand auf die Mappe.

Morelli schaute von einem Detective zum anderen. Er hatte sich einige Tage lang nicht rasiert, aber Clarke vermutete keine Faulheit dahinter. Sein Fünf-Uhr-Schatten passte zu seiner Gesichtsfarbe und Kinnpartie, und er wusste es.

»Okay«, sagte er und zog das Wort in die Länge.

»Sie sind als Sohn einer wohlhabenden Familie in Rom aufgewachsen, ist das richtig?«

»Das ist richtig.«

»An dem Abend in der Circus Lane haben Sie uns gesagt, Sie hätten Issy und Sal auf der Party eines gemeinsamen Freundes in St Andrews kennengelernt …«

»Nicht so ganz – Issy und ich waren auf der Party und sind Sal dort zum ersten Mal begegnet.«

»Heißt das, Sie kannten Issy bereits?«

Der Italiener nickte. »Wir waren sechzehn oder siebzehn, noch auf der Schule. Unsere Familien sind immer zur selben Zeit nach Klosters gefahren, und wir lernten uns dort auf einer Party kennen.«

»Klosters, der Ski-Ort, nicht Cloisters, das Pub in Tollcross?«, fragte Clarke nach und warf Fox einen Blick zu. *Alle Vorurteile gerechtfertigt* – beschied sie ihm damit.

»Wir stellten fest, dass wir ähnliche Bücher, Musik und Filme mögen …«

»Dann ist es kein Zufall, dass Sie sich beide an der Universität in Edinburgh beworben haben?«

Erneut Schulterzucken. »Sie hat einen guten Ruf. Und man muss natürlich auch kein Schulgeld bezahlen.« Letzteres sagte er mit selbstironischem Lächeln.

»Aufgrund von EU-Vorgaben«, pflichtete Fox ihm bei. »Womit es ja nun bald vorbei sein dürfte.«

»Scheiß Brexit«, meinte Morelli.

»Sind Ihnen Veränderungen während Ihrer Zeit in Schottland aufgefallen?«, fuhr Fox fort.

»Was für Veränderungen?«

»Eine Verhärtung der Positionen.«

»Rassismus meinen Sie? Nicht besonders – in England ist das wohl ein größeres Thema.«

»Dennoch wurden Sie angegriffen …« Clarke sah Morelli erneut mit den Schultern zucken. »Wenn das kein rassistischer Übergriff war, was dann? Sie werden mir zustimmen, dass Sie Mr bin Mahmoud nicht unähnlich sehen – dem ungeschulten Auge meine ich, in einer dunklen Nacht, in einer schlecht beleuchteten Straße …«

»Mit einer Kapuze über dem Kopf«, ergänzte Fox.

»Sie meinen, der hat mich mit Sal verwechselt?«

»Das Problem an der Hypothese ist nur«, fuhr Clarke fort, »dass Sie vergleichsweise glimpflich davongekommen sind – sehr viel glimpflicher als Ihr Freund. Das kann eine Warnung gewesen sein, und als Mr bin Mahmoud sich die Warnung nicht zu Herzen nahm, wie es schien, wurde der Einsatz erhöht.«

Morelli beugte sich ein kleines Stück vor. »Aber wer soll das gewesen sein? Was hat er ihm getan?«

»Genau das wollen wir herausfinden, Mr Morelli.«

»Er hatte keine Feinde.«

»Das hören wir immer wieder. Aber den Lebensstil, den er führte, hätte er seinem Bankkonto zufolge kaum aufrechterhalten können. Hat er vielleicht Kredite aufgenommen?«

»Hatte er Drogenprobleme? Wir verstehen, dass Sie mit ihm befreundet waren – wohl einer seiner engsten Freunde – und Sie seinen guten Ruf schützen wollen, aber falls es noch etwas gibt, das uns weiterhelfen könnte, dann müssen wir es schnellstmöglich erfahren.«

Clarke sichtete die Fotos, während sie wartete. Fox hatte die Hände vor der Brust verschränkt und eine gutmütige Miene aufgesetzt. Morelli fuhr sich mit der Hand über das Kinn, als würde es ihm beim Denken helfen.

»Stewart Scoular«, setzte er an, verstummte dann aber.

»Ja?«, half Clarke ihm auf die Sprünge.

»Er wollte einen Spielplatz für Millionäre in den Highlands bauen, aber für das Vorhaben brauchte er Investoren. Stewart hat Sal hofiert.« Sein Blick traf den von Clarke. »Sagt man das so?« Er wartete, bis sie nickte, dann fuhr er fort. »Und natürlich haben Sie recht, auf Partys gab es immer auch Stimulanzien.«

»Wo kamen die her?«

»Auch von Stewart, denke ich.«

»Nicht von einem gewissen Cafferty?«

»Dem der Jenever Club gehört? Ich bin ihm ein paarmal begegnet – das ist ein Gangster, oder?«

»Könnte man so sagen.«

»Er hat sich von mir Geschichten über die Mafia, die Camorra, die ’Ndrangheta erzählen lassen. Meine Eltern leben in einem schönen Stadtteil von Rom, aber sie haben Sicherheitskräfte angestellt – wenn man in Italien Geld hat, darf man sich nie ganz sicher fühlen.«

»Wir haben Nachforschungen über Ihre Familie angestellt«, sagte Fox. »Insbesondere über Ihren Vater. Er ist nicht nur ein erfolgreicher Geschäftsmann, sondern anscheinend auch ein sehr hartgesottener. Hat er einmal nicht sogar eine komplette Belegschaft ohne Vorwarnung entlassen? Es gibt sogar Berichte von Verbindungen zu gewissen Gestalten der Mafia …«

»Wenn man in Italien Erfolg haben möchte, muss man hartgesotten sein. Und wo auch immer Geld verdient wird, ist die Unterwelt nicht weit. Mein Vater geht seinen Geschäften mit viel Bedacht nach, das kann ich Ihnen versichern.«

»Hatte Cafferty auch mit Mr bin Mahmoud zu tun?«, erkundigte sich Clarke.

Morelli dachte einen Augenblick darüber nach. »Eigentlich nicht. Wir haben ihn immer nur im Club gesehen. Manchmal ist er aus dem Nichts aufgetaucht, hat uns die Hände geschüttelt, Getränke aufs Haus angeboten. Ich glaube nicht, dass Stewart von ihm angetan war.«

»Erklären Sie das bitte.« Clarke legte die Unterarme auf den Tisch.

»Stewart hat potenzielle Investoren bewirtet. Er wollte sie beeindrucken. Am besten funktioniert so was in einem privaten Club. Aber Cafferty wusste anscheinend immer genau, wer wann da war, und ist dann ebenfalls aufgetaucht, hat Fragen gestellt, wollte Informationen bekommen – und das sehr unverblümt.«

»Was steckte Ihrer Meinung nach dahinter?«

»Ich denke, Cafferty hortet einfach Informationen – und Kontakte. Das meiste davon wird er niemals verwenden können, aber er sammelt trotzdem alles. Außerdem glaube ich, wollte er einfach an Stewart herankommen.«

»Und warum besucht Mr Scoular dann weiterhin den Club?«

Morelli lächelte dünn. »Cafferty hat einen gewissen Ruf. Manche Leute finden so was attraktiv. Sie geben sich gerne mit gefährlichen Personen ab, weil sie dadurch das Gefühl bekommen, selbst auch ein bisschen gefährlich und mächtig zu sein. Verstehen Sie?«

Beide Detectives nickten.

»Es gibt noch eine weitere Möglichkeit, die man in Erwägung ziehen sollte«, fuhr Morelli fort. »Sie sagen, ich wurde Opfer eines rassistischen Übergriffs oder ich wurde mit Sal verwechselt. Aber ich könnte doch auch Opfer eines Übergriffs geworden sein, weil ich seinem engeren Kreis angehört habe – könnte es nicht eine an ihn gerichtete Botschaft gewesen sein?«

»Wenn er keine Feinde hatte …«

»Keine mir bekannten«, präzisierte Morelli. »Keine, von denen jemand von uns gewusst hätte. Trotzdem wurde er ja ermordet, und ich wurde überfallen.« Er zuckte mit den Schultern.

Kurz herrschte Stille im Raum, bis Fox sie brach.

»Was wollen Sie eigentlich nach der Uni machen, Gio?«

»Vielleicht studiere ich weiter.«

»Hier oder in Rom?«

»Wer weiß?«

»Sie sind bereits relativ lange mit Isabella befreundet«, sagte Clarke. »Haben Sie ihren Vater kennengelernt?«

»Ja.«

»Hier oder in Strathy Castle?«

»Hier, in London und oben im Norden ...«

»Auf Partys?«

»Natürlich.«

»Ihm gehört ja das Land, auf dem Mr Scoular seinen Millionärsspielplatz bauen wollte.«

»Das war Unsinn – da oben ist es viel zu windig, viel zu kalt.« Morelli tat, als würde er bibbern. »Das Einzige, was hier in Schottland nicht so richtig gut funktioniert, ist das Wetter.«

»War Salman auch auf diesen Partys?«, fragte Fox.

»Auf einigen.«

»Dienten sie der Mobilisierung von Finanzmitteln?«

»In gewisser Weise wahrscheinlich schon.«

»Ihre Familie hat Geld – Ihr Vater ist Industrieller ...«

»Sie fragen sich, ob ich gebeten wurde, mich auch zu beteiligen – die Antwort lautet Ja. Aber ich habe es immer abgelehnt. Ich kenne die Wirtschaft, den Handel und die daran beteiligten Menschen von Kindesbeinen an. Nichts davon spricht mich an. Bücher und Kunst – das ist wichtig.«

»Schön, wenn man sich dafür entscheiden kann«, meinte Clarke.

»Ich weiß, dass ich verwöhnt bin, privilegiert, ein Dilettant – mein eigener Vater hat mir das oft genug gesagt.« Morellis Miene verdüsterte sich bei der Erinnerung daran.

Clarke und Fox wechselten einen Blick. Ein Zucken um seine Mundwinkel verriet ihr, dass er der Ansicht war, das Gespräch sei zu Ende. Sie schob ihren Stuhl zurück und erhob sich. Fox tat es ihr gleich. Morelli sah zu ihnen auf.

»Sind wir fertig?«, fragte er.

»Danke, dass Sie gekommen sind«, sagte Clarke.

Die beiden Detectives begleiteten ihn aus dem Raum hinaus, sahen ihm nach, als er die Treppe ins Erdgeschoss hinunterging.

»Unser Vernehmungsraum hat ja wohl nicht besonders einschüchternd auf ihn gewirkt«, meinte Fox halblaut.

»Vielleicht müssen wir ihn demnächst ein bisschen bedrohlicher umgestalten«, pflichtete Clarke ihm bei. »Entweder es lag am Raum, oder wir beide verweichlichen auf unsere alten Tage.«

»Apropos alte Tage – hast du was von ihm gehört?«

»Keinen Mucks.«

»Gassi in der Mittagspause?« Clarke nickte resigniert und schaute auf ihr Handy. Keine verpassten Anrufe, keine Nachrichten.

»Vielleicht drückt er sich auch nur vor den ganzen Veränderungen hier«, mutmaßte Fox. »Vor der neuen Wohnung und so.«

»Das ist es nicht«, sagte Clarke. »Er arbeitet an einem Fall und wird einen Teufel tun, dass ihm dabei irgendwas in die Quere kommt.«

»Was die Frage nach sich zieht – wieso haben ihn die Kollegen vor Ort noch nicht aus der Stadt gejagt?«

»Gib ihnen noch ein bisschen Zeit«, sagte Clarke, machte kehrt und ging ins MIT-Büro.

24

Rebus saß in der Küche, aß ein Speckbrötchen und unterhielt sich mit Cameron und May. Cameron hatte vermutet, dass sich die Lackschäden am Saab möglicherweise mit Wachspolitur beheben ließen.

»Vielleicht wäre eine Anzeige gegen unbekannt gut«, setzte May hinzu. »Schließlich und endlich ist das eine Straftat.«

»Ich hab Creasey schon angerufen und es ihm erzählt«, erwiderte Rebus. »Zweifellos wird er seine besten Mitarbeiter darauf ansetzen.« Er kramte den Zettel aus seiner Tasche und hielt ihn hoch, damit beide ihn lesen konnten. »Übrigens, das hier wurde bei Samantha unter der Tür durchgeschoben.«

»Du lieber Himmel, also manche Leute …« May Collins schüttelte den Kopf, erhob sich und ging zur Spüle.

»Aber warum?«, fragte Cameron kauend.

»Weil jemand will, dass sie verschwindet«, sagte Rebus.

»Erklärt das auch das mit deinem Wagen? Ist das eine Warnung?«

»Kann sein.« Rebus faltete den Zettel wieder zusammen und steckte ihn ein. In der Ferne wurde ein dumpfer Schlag vernehmbar. Jemand stand vor dem Pub an der Tür. Collins ging mit dem Geschirrhandtuch in der Hand nachsehen, kam wenig später dicht gefolgt von Julie Harris zurück.

»Was ist los?«, fragte Rebus und stand auf.

»Die haben Sam verhaftet – sind mit ihr nach Inverness.«

May Collins sah Rebus an. »Ist es ernst?«

»Gibt nur eine Möglichkeit, das herauszufinden«, sagte er.

Fünf Minuten später saß er im Saab auf dem Weg Richtung Süden. Die Wolken hingen tief, es drohte zu regnen, und ein paar Wohnmobile mit niederländischen Kennzeichen hinderten ihn am zügigeren Vorankommen. In Gedanken ging er noch einmal alles durch, wusste aber, dass die Maßnahme aus der Perspektive der Ermittler durchaus nachvollziehbar war. Keith wurde offensichtlich in derselben Nacht getötet, in der sein Wagen in der Haltebucht abgestellt worden war. Daher war einleuchtend, dass der Täter ihn dort hingefahren hatte, was wiederum bedeutete, dass er vermutlich mit seinem Mörder im Wagen zum Tatort gefahren war – wie hätte Letzterer sonst dorthin kommen sollen? Es musste jemand gewesen sein, den er kannte, dem er vertraute.

Auch wenn sie sich kurz zuvor gestritten hatten.

Aber warum wurde der Wagen an einer so auffälligen Stelle abgestellt? Weil der Mörder in Panik geraten war, als der erste Schock nachließ. Er hatte den Wagen abgestellt und war geflohen. Das von der Haltebucht aus nächste Haus war das von Samantha. Und wo war Carrie, als das alles passierte?

Creasey und seine Leute würden sie zweifellos für alt genug halten, um eine Stunde alleine zu bleiben – eine Stunde, mehr wäre nicht nötig gewesen, vielleicht sogar nur vierzig Minuten. Hatte der Täter vorsätzlich gehandelt? Auf diese Frage konnten sie bislang keine Antwort haben. Für sie kam es jetzt darauf an, einen überzeugenden Verdächtigen vorzuladen, den sie zu einem Geständnis drängen konnten. Rebus wusste nicht, was die Autopsie ergeben hatte oder welche Spuren am Tatort gesichert wurden. Ob sie Samanthas Kleidung und Schuhe zur Analyse einschicken würden? Der Volvo war bereits untersucht worden, und er bezweifelte, dass man darin etwas Belastendes gefunden hatte – wenn, dann stünde Samantha längst unter Anklage.

Warum hatte der Täter Keiths Laptop und seine Notizbücher mitgenommen? Er vermutete, beim CID würde man sich darüber keine Sorgen machen – das waren Details, die man später ausbügeln oder unter den Tisch kehren würde.

Kaum war er an den Wohnmobilen vorbei, trat er aufs Gas, nur um eine Viertelstunde später von einer Reihe von Motorrädern mit deutschen Kennzeichen überholt zu werden. Danach waren die Straßenverhältnisse allerdings relativ günstig, Ausweichbuchten tauchten regelmäßig auf, sodass er kaum durch entgegenkommende Fahrzeuge aufgehalten wurde. In Lairg fuhr er von der A836 ab, hatte es eilig, auf die schnellere A9 zu gelangen.

Als er sich Inverness näherte, wurde der Verkehr zäher, Regen prasselte jetzt herunter, die Scheibenwischer des Saab waren ihm gerade so noch gewachsen. Er fragte sich, ob ihn der alte Wagen heil nach Naver zurückbringen würde. Er wusste, wo das Polizeipräsidium war, und ging davon aus, dass sie Samantha dorthin gebracht hatten. Er umfuhr das Stadtzentrum, blieb auf der A9 bis zur Abfahrt, die zum Krankenhaus führte. Diesem direkt gegenüber befand sich das Präsidium, was vermutlich hin und wieder ganz praktisch war. Mit Entsetzen dachte er daran, wie viele Stunden er mit Fahrten zum Royal Infirmary in Edinburgh verschwendet hatte, nachdem dieses aus dem Zentrum an den Stadtrand verlegt worden war. Und das nur, um eine Zeugenaussage aufzunehmen oder einen Verdächtigen festzunehmen.

Natürlich gilt sie als verdächtig, dachte er bei sich, als er auf den Parkplatz einbog. Als er den Wagen ausmachte, beschwerte sich der Motor so laut hustend, dass eine kleine Gruppe von Rauchern darauf aufmerksam wurde, die sich an einer Ecke des Gebäudes scharten. Sie schienen ans Ende ihrer Pause gelangt zu sein und kurz davor wieder reinzugehen. Einer von ihnen blieb stehen und setzte sich in Rebus' Richtung in Bewegung.

»Hab mir schon gedacht, dass wir Sie hier sehen«, sagte Creasey und starrte in den Himmel, um einzuschätzen, wann wohl der nächste schwere Regenschauer eintreffen würde. »Aber Sie wissen ja, wie das ist. Es muss sein.« Er zeigte auf das Präsidium.

»Kann ich sie sehen?«

»Wohl kaum.«

»Hat sie einen Rechtsbeistand?«

»Es läuft alles nach Vorschrift, John«, versuchte Creasey ihn zu beruhigen. »Und sie hält sich ganz wacker.«

»Sie hat eine kleine Tochter zu Hause ...«

»Wir werden sie nicht hierbehalten – und auch vorläufig nicht Anklage erheben.«

»Gut, Sie würden sich nämlich ganz schön lächerlich machen, wenn der wahre Mörder auftaucht.«

Creasey seufzte theatralisch.

Rebus beschloss, den Kurs zu ändern.

»Hätte Sie nicht für einen Raucher gehalten.«

»Bin ich auch nicht, aber einige im Team rauchen und ich fühle mich ungern ausgeschlossen. Die Leute kommen auf die besten Ideen, wenn man ihnen erlaubt, zwischendurch auch mal ein paar Minuten abzuschalten.«

Rebus nickte zustimmend, griff in seine Tasche und übergab den anonymen Brief. »Der wurde ihr irgendwann gestern unter der Tür durchgeschoben. Es sind nicht alle auf ihrer Seite.« Er hielt inne. »Und natürlich könnte auch noch mehr dahinterstecken.«

»Wie meinen Sie das?«

»Vielleicht will jemand, dass sie die Flucht ergreift, wodurch Sie noch mehr Anlass hätten, Samantha ganz oben auf die Liste zu setzen.«

»Der Mörder?« Creasey betrachtete die Botschaft erneut. Hielt sie ins trübe Tageslicht.

»Ich bezweifele, dass Sie Fingerabdrücke darauf finden werden, aber Sie können es ja versuchen.«

»Dann behalte ich den Zettel.«

»Vergessen Sie nicht«, sagte Rebus, »Keith hat durch einen solchen Brief überhaupt erst von Samantha und Hawkins erfahren.«

»Von derselben Person?«

Er zuckte mit den Schultern. »Ich nehme nicht an, dass Sie schon was über Colin Belkin in Erfahrung gebracht haben?«

»Noch nicht, nein.« Creasey schaute zum Saab. »Sie sind ja eigentlich schon halb zu Hause.«

Rebus schüttelte den Kopf. »Edinburgh kann warten. Ich bleibe hier, bis mich meine Tochter nicht mehr braucht.«

»Ich dachte, die Entscheidung hätte sie Ihnen abgenommen, als sie Sie aus dem Haus geworfen hat.« Creaseys Blick hatte sich verhärtet.

Rebus hielt ihm stand, seine Stimme wurde tiefer. »Sie haben durch die Autopsie nichts Verwendbares erfahren. Es gibt keine Spur von einer Waffe oder den Gegenständen, die aus

Keiths Tasche entwendet wurden – auch auf der Tasche finden sich keine Fingerabdrücke, vermute ich. Sie rennen mit dem Kopf gegen die Wand, lassen Sie sich bloß nicht verleiten, etwas Unüberlegtes zu tun.«

»Zum Beispiel Anklage gegen Ihre Tochter zu erheben? Deren Fingerabdrücke wir im Wagen *und* auf der Tasche gefunden haben?«

»Sie hat es nicht getan!«, fauchte Rebus durch aufeinandergepresste Zähne.

»Dann müssen Sie sich ja keine Sorgen machen«, sagte Creasey mit einem schmalen Lächeln, wandte sich ab und ging zurück zur Arbeit.

Rebus überlegte, ob er zur Anmeldung marschieren und Theater machen sollte, aber er wusste, dass es nichts bringen würde. Er hörte, wie sich eine Wagentür öffnete, und sah eine ihm bekannte Person aussteigen. Es war einer der Journalisten, die im Glen gesessen hatten.

»Haben Sie was davon mitbekommen?«, fragte er, als der Mann näher kam.

»Bruchstücke.«

»Kenn ich Ihren Namen?«

»Lawrie Blake. Schon vergessen? Ich hab Ihnen doch erzählt, dass ich mit Laura Smith beim *Scotsman* befreundet bin. Was bedeutet, dass ich eine ganze Menge über Sie weiß, Mr Rebus.«

»Ich bin begeistert, Lawrie.«

Der junge Mann nickte Richtung Saab. »Ich erinnere mich, dass Sie den in Naver reparieren lassen wollten. Klingt aber immer noch nicht ganz gesund. Mein Bruder hat nicht weit von hier eine Werkstatt – er ist ein verdammt guter Mechaniker, und ich weiß, dass er schon einige Saabs repariert hat. Ich könnte ihn anrufen.«

»Das ist nett von Ihnen, aber ich muss zurückfahren.«

»Außerdem kenne ich eine Autovermietung, gar nicht weit von der Werkstatt, und ein Café auf halber Strecke dazwischen.«

Rebus dachte kurz nach. »Ich bin ja in meinem Leben schon einigen wortgewandten Journalisten begegnet«, lenkte er schließlich ein, »aber nur wenige haben mir so gut gefallen wie Sie, lieber Lawrie.«

»Ich lade Sie sogar zum Kaffee ein«, sagte Blake, »während wir über Samantha und diesen rätselhaften Zettel sprechen.«

Rebus brauchte nur wenige Sekunden, um sich zu entscheiden.

»Fahren Sie voraus«, sagte er.

Blakes Bruder würde sich den Saab anschauen und Rebus dann mitteilen, wie er die Lage einschätzte, allerdings würde es ungefähr ein bis zwei Tage dauern. Der Kratzer müsste überlackiert werden, vorausgesetzt natürlich, die passende Farbe ließe sich überhaupt auftreiben. Rebus hatte ihn gebeten, sich auf den Motor zu konzentrieren, und dem Saab freundschaftlich auf die Haube geklopft, ihm versprochen, bald wiederzukommen. Bei der Autovermietung bot man ihm einen Kombi an, den er sofort zu einem besonders günstigen Fünf-Tages-Tarif haben konnte. Er hatte noch nachgefragt, ob der Wagen einen CD-Player hatte, denn er hatte Siobhans CD aus dem Saab mitgenommen. Als der Mitarbeiter der Autovermietung genickt hatte, war der Deal perfekt gewesen.

Das Café war ein Costa, und Lawrie Blake setzte noch Sandwiches auf die Bestellung drauf. Rebus bot an, sich die Kosten zu teilen, aber der Reporter ließ sich nicht umstimmen.

»Versprochen ist versprochen.«

Sie fanden einen Tisch am Fenster und ließen es sich schmecken.

»Es gibt schönere Ecken in Inverness«, versicherte Blake Rebus.

»Ich bin nicht zum ersten Mal hier«, erwiderte Rebus.

»Die Morde an der A9?« Blake grinste. »Ich bin ganz gut in meinem Job.«

»Allmählich habe ich auch das Gefühl. Werden Sie etwas über den Brief schreiben?«

»Was stand denn drin?«

»Nur ein Wort – ›Verschwinde‹.«

»Schade, dass wir ihn nicht haben.«

Rebus hob eine Papierserviette. »Ich könnte ihn für Sie nachbauen.«

»Das fiele unter Fake News.«

»Meinen Sie, Ihre Leser würde das stören?«

»Heutzutage vermutlich nicht.« Blake biss in sein Sandwich und kaute.

»Wenn Sie gut sind in Ihrem Job, dann ist Ihnen auf Ihren Reisen bestimmt auch schon mal Lord Strathy begegnet.«

»Natürlich.«

»Und die Pläne für eine Raketenabschussrampe und ein Golfresort?« Rebus sah Blake nicken. »Und dass ihn seine Frau verlassen und sich einer Kommune angeschlossen hat?«

»Derselben Kommune, mit der sich Ihre Tochter angefreundet hat.«

»Was wissen Sie über die Leute dort?«

»Ich weiß, dass der Verpächter sie loswerden will – das geht seit Jahren durch verschiedene Gerichte und Anwaltskanzleien. Dass seine Frau ihn wegen Jess Hawkins hat sitzen lassen, hat Lord Strathy der Kommune nicht direkt gewogener gemacht.«

»Ihm gehört auch das Land, auf dem sich Camp 1033 befindet«, sagte Rebus weiter im Plauderton.

»Und deshalb hätte er niemals an Ihren Schwiegersohn verkauft.«

»Sie waren nicht verheiratet.«

»Dann hab ich heute wenigstens schon mal was Neues erfahren.« Blake hielt inne, kaute immer noch und tippte eine Notiz in sein Handy. »Was dagegen, wenn ich Ihnen ein paar Fragen über Samantha stelle?«

»Absolut.« Blake sah aus, als wollte er protestieren, aber Rebus hob abwehrend eine Hand. »Vielleicht können wir später darüber sprechen. Wissen Sie, dass der Inhalt von Keiths Tasche verschwunden ist, vermutlich vom Täter mitgenommen wurde?«

Blake nickte. »Creasey hat das erwähnt.«

»Warum, glauben Sie, hat der Täter die Sachen mitgenommen?«

Der Journalist verengte die Augen. »Wie meinen Sie das?«

»Liegt das nicht auf der Hand?«

»Nicht so richtig.«

»Als Sie in der Bar waren, ist Ihnen da eine leere Stelle an der Wand unter den Flaschen aufgefallen? Die drei eingeschlagenen Nägel, an denen nichts hing?«

»Nein.«

»Vielleicht ist das der Unterschied zwischen einem Reporter und einem Detective. Da hing mal eine alte Schusswaffe. Längst unbrauchbar …«

»Aber ziemlich gut geeignet, um jemanden damit zu erschlagen?« Blake nickte zum Zeichen, dass er verstanden hatte.

»Sie wurde vor ungefähr einem Monat geklaut – das ist ein weiteres fehlendes Puzzleteil.« Rebus legte eine bedeutsame Kunstpause ein. »Aber es kommt noch besser. Lord Strathy scheint auch spurlos verschwunden zu sein.«

Jetzt bekam der Reporter große Augen. »Sind Sie sicher?«

»Ehrlich gesagt, ich kann kaum glauben, dass die Presse das noch nicht spitzbekommen hat.« Rebus tat, als würde er sich sehr dafür interessieren, was sich draußen vor dem Fenster abspielte. »Wenn Sie's bis heute Abend veröffentlichen, wär's ein Exklusivbericht.«

Blake taxierte ihn. »Meinen Sie nicht, dass ich merke, was Sie vorhaben. Sie kämpfen mit allen Mitteln für Ihre Tochter.«

»Aber ich erzähle keinen Mist, Lawrie. Sie können alles überprüfen, was ich Ihnen verraten habe. In all den Jahren, die ich Polizist war, habe ich gelernt, dass Zufälle ebenso selten sind wie Einhörner.«

»Glauben Sie etwa nicht an Einhörner?«

»Ich glaube an Samantha. Stellen Sie, was ich Ihnen gesagt habe, ins Netz, oder lassen Sie's bleiben, es liegt ganz bei Ihnen.«

»Soll ich meine Quelle nennen?«

»Wenn Sie's tun, werde ich Sie mit einem zum Sondertarif gemieteten Kombi überfahren.«

Rebus trank seinen Kaffee aus, dann merkte er, dass sein Handy gepiept hatte. Eine Nachricht von Creasey.

Sie braucht eine Mitfahrgelegenheit. Wenn Sie sie nicht chauffieren, wird's eine Weile dauern.

»Ich muss los«, sagte er zu Blake. Nahm einen Stift, schrieb seine Nummer auf die dünne Papierserviette und schob sie über den Tisch. »War mir ein Vergnügen, mit Ihnen Geschäfte zu machen.«

Als Samantha aus dem Gebäude trat, wirkte sie nicht gerade angetan, ihn zu sehen.

»Die haben mir nur gesagt, draußen wartet jemand, der mich mitnimmt.«

»Ich war zufällig in der Gegend«, sagte Rebus. »Aber wenn du lieber warten willst, bis dich ein Streifenbeamter fährt …«

Sie trat vor und umarmte ihn blitzartig, presste kurz den Kopf an seine Schulter, dann folgte sie ihm wortlos zum Wagen.

»Hast du den Saab verschrottet?«, fragte sie, als sie sich anschnallte.

»Der macht nur mal ein bisschen Urlaub.« Rebus nahm den Blick nicht von der Windschutzscheibe. »Wie lief es denn da drin?«

»Was glaubst du wohl?«

»Die müssen ihr Spiel spielen, Samantha, mehr nicht.«

»Für mich ist das kein Spiel, Dad«, sagte sie kalt.

»Hast du ihnen von dem Streit erzählt, den du mit Keith gehabt hast, kurz bevor er starb?«

»Ja.«

»Gut.« Er spürte, dass sie ihn ansah. »Das heißt, sie werden Hawkins und seinen Leuten ein paar Fragen stellen.« Er drehte sich zu ihr um. »Überleg mal – wohin hätte Keith sonst fahren sollen, nachdem er rausgestürmt war?«

»Ins Lager natürlich, da hat er sich sicher gefühlt. Er hat gesagt, für ihn war es wie ein zweites Zuhause.« Sie holte tief Luft. »Können wir jetzt bitte los?«

Danach fuhren sie schweigend, Rebus gewöhnte sich an die Eigenheiten und Bedienelemente des Mietwagens, Samantha suchte einen Radiosender mit einigermaßen konstantem Empfang. Als nach einer Weile nur noch Rauschen zu hören war, schob sie die einzige CD ein, betrachtete die Trackliste. »Wer hat dir die gebrannt?«

»Eine ehemalige Kollegin, Siobhan.«

»Ganz schön breit gefächert – Mogwai *und* Orange Juice?« Sie dachte einen Augenblick nach. »Keith war großer Mogwai-Fan.«

»Er stand auf Musik? Davon hab ich bei euch zu Hause aber nicht viel gesehen.«

»Heutzutage braucht niemand mehr Schallplatten, Dad.«

»Ich schon.«

»Wir haben uns auf einem Konzert in Glasgow kennengelernt, Keith und ich. Das heißt, hinterher in der Bar. Es hat sofort gefunkt.«

»Hat er sich immer schon für Geschichte interessiert?«

Samantha nickte. »Eine Zeit lang vor allem für die Clearances. In der Gegend um Strathnaver wurden Häuser angezündet, das Land sollte für die Schafzucht entvölkert werden. Der Mittelsmann kam wegen Mordes vor Gericht, wurde aber freigesprochen.«

»Heutzutage sind die Landbesitzer ein bisschen freundlicher. Bist du mal Lord Strathy begegnet?«

»Nur seiner ehemaligen Frau.«

»Verstehst du dich gut mit ihr?«

Samantha zuckte einseitig mit der Schulter.

»Ron Travis hat ein Motorrad gehört in der Nacht, in der Keith gestorben ist.«

»Der Typ, der die Pension für Rucksackreisende betreibt? Hast du mich deshalb gefragt, ob ich schon mal mit Jess Motorrad gefahren bin?«

»Ich hab nur gesagt, dass Travis gehört hat …«

»Ach ja? Sonst nichts, oder wie?« Sie schüttelte den Kopf und drehte die Musik auf, verschränkte die Arme, um zu signalisieren, dass sie nicht in Stimmung war, sich weiter zu unterhalten. Nördlich von Lairg und in einer Gegend ohne nennenswerten Verkehr kündigte sie an, dass sie mal musste. Rebus fuhr seitlich ran, und Samantha öffnete die Tür. Er machte sich an seinem empfangslosen Handy zu schaffen, bis sie wieder im Auto saß.

»Danke«, sagte sie. Er nickte und wollte weiterfahren, aber sie packte ihn am linken Arm, woraufhin er sich umdrehte und ihr in die Augen sah.

»Ich weiß, dass du denkst, ich war's. Das hält dich nicht davon ab, mich decken zu wollen oder es jemandem anzuhängen, aber ich weiß, dass du das denkst.«

»Samantha …«

Sie schlug sich fest mit der Faust an die Brust. »Das ist, als hättest du auf mich geschossen, und die Kugel hat mich genau hier getroffen.«

»Apropos Waffen, im Glen ist ein alter Revolver abhandengekommen …« Er wollte noch mehr sagen, aber sie riss bereits die Tür auf.

»Es reicht!«, brüllte sie, lief vor dem Wagen die Straße entlang. Rebus ließ den Motor an und folgte ihr. Er wusste, wie wütend und entschlossen sie sein konnte. Er ließ das Fenster auf der Beifahrerseite herunter und holte sie ein. Kurz dachte er, sie würde die Straße verlassen und durchs Farndickicht laufen.

»Du musst nach Hause zu Carrie«, sagte er. »Weißt du, wie lange das zu Fuß dauert?«

»Ich fahr per Anhalter.«

»Steig einfach ein. Wir müssen nicht reden. Du musst mich nicht ansehen. Ich fahr einfach nur.« Er fuhr vor sie und bremste, sah sie im Seitenspiegel näher kommen. Sie ging an dem Wagen vorbei und noch ungefähr zwanzig Meter weiter, machte dann aber Halt. Rebus blieb, wo er war, wartete. Schließlich ließ sie die Schultern hängen, machte auf dem Absatz kehrt, stieg wieder ein und kämpfte mit dem Sicherheitsgurt.

»Ich hab ihn geliebt«, sagte sie – ebenso sehr zu sich selbst wie zu ihrem Vater.

»Das weiß ich«, erwiderte er leise, gab vorsichtig Gas.

»Und ich hab's nicht getan.«

Rebus nickte, sagte aber nichts. Glaubte er ihr? Er wollte es. Er *musste*. Er hatte die CD ausgemacht, das einzige Geräusch war das des Motors. Samantha ließ ihre Scheibe runter, der Wind zerzauste ihr die Haare. Schließlich fand Rebus doch ein paar Worte.

»Ich weiß, ich war kein toller Vater. Auch kein toller Ehemann. Manchmal rede ich mir ein, dass ich mein Bestes gegeben habe, aber ich weiß, das stimmt nicht.«

»Du warst ganz okay«, nuschelte Samantha. »Weißt du noch, der Spiegel in meinem Zimmer, als ich klein war?«

»Der auf der Kommode – wie soll ich das vergessen? Ich musste jede Nacht kommen und ein Handtuch drüberlegen.«

»Weil ich sicher war, dass er an einen dunklen und unheimlichen Ort führt.«

Rebus lächelte bei der Erinnerung. »Ich frage mich, warum ich ihn nicht einfach weggeräumt habe.«

Samantha sah ihm in die Augen. »Weil ich ihn zum Reingucken gebraucht habe, wenn's draußen hell war.«

Er nickte langsam, richtete den Blick wieder auf die Straße vor sich.

»Du warst ganz okay«, hörte er sie sagen. Dann griff sie zum Radio und schaltete die CD wieder ein.

Average White Band: *Pick Up the Pieces*.

Er hoffte wirklich, dass es ihnen gelingen würde.

25

Endlich wurde Siobhan Clarkes Anruf erwidert.

»Ich hab gerade genug Empfang, um mir einen Anschiss von dir abzuholen«, hörte sie Rebus statt einer Begrüßung sagen.

»Gut, ich habe nämlich vor, dir einen zu verpassen.«

»Ist es schon online?«

»Weshalb ich Laura Smith am Telefon hatte, die laut schreiend wissen wollte, wieso wir mit der Geschichte nicht zu ihr gekommen sind.«

»Und du hast zwei und zwei zusammengezählt …«

»Bei allen Ermittlungen gibt es irgendwann eine undichte Stelle, aber ich kenne dich und weiß, wie du bist.«

»Wie bin ich denn?«

»Du wirbelst einfach nur so zum Spaß Staub auf.«

»Das stimmt nicht ganz – meistens mache ich das nur, wenn ich anders nicht weiterkomme. Wie geht's Brillo?«

Clarke schaute auf den Fußboden ihres Wohnzimmers. »Liegt zusammengerollt neben mir.«

»Du gehst aber auch regelmäßig mit ihm spazieren, oder?«

»Sind gerade wieder zurück. Also erzähl mal der Reihe nach – vielleicht kann ich Laura dann irgendwas bieten, wenn ich ihr den ersten von mehreren großen Entschuldigungs-Gins spendiere.«

»Sie ist von der Presse – du musst nicht katzbuckeln.«

»Du vergisst, dass sie uns in der Vergangenheit oft geholfen hat.« Clarke ließ sich so schwer auf dem Sessel nieder, dass Brillo den Kopf hob. Beruhigend tätschelte sie ihn.

»Ein junger Reporter hier oben hat mir den ein oder anderen Gefallen getan, also fand ich, dass ich ihm was schuldig bin.«

»Du hättest nicht einfach ein Bier mit ihm trinken gehen können?«

»Ich bin nicht sicher, ob er schon alt genug ist, um Alkohol ausgeschenkt zu bekommen. Außerdem, was schadet es?«

»Ramsay Meiklejohn sitzt im House of Lords. Damit ist sein Verschwinden – sofern es eins ist – eine überregionale Nachricht, vielleicht sogar eine internationale. Die Londoner Skandalblätter wittern Blut.«

»Ich sehe immer noch nicht die Kehrseite.«

»Das wirst du vielleicht, wenn sie in Naver einfallen. Bislang hattest du's nur mit der schottischen Presse zu tun – im Vergleich sind das Schmusekätzchen. ›Hat jemand Lord Strathy gesehen?‹, ›Nein, aber wenn ihr schon mal da seid, wir haben hier einen Mord, der euch interessieren könnte – die Freundin des Opfers lebt übrigens da hinten‹.«

»Und?«

»Du lieber Himmel, John, du wirfst deine eigene Tochter den …«

Clarke verstummte, erhob sich wieder und ging auf und ab.

»Du denkst, sie war's?« Die Frage wurde mit Schweigen beantwortet.

»Es gibt jede Menge Verdächtige«, antwortete Rebus schließlich.

»Du setzt aber nicht im Ernst Lord Strathy mit auf die Liste?«

»Keith ist nach Strathy Castle gefahren, um Stunk zu machen.«

»Warum?«

»Er wollte, dass Strathy ihm das Camp verkauft. Strathy war aber nicht geneigt einzulenken.«

»Darin sehe ich noch keine Begründung für einen Mord.«

»Ich hätte trotzdem nichts dagegen, Seiner Lordschaft ein paar Fragen zu stellen – und seinem Gärtner, wenn wir schon mal dabei sind.«

»Bin noch nicht dazu gekommen, ihn für dich zu überprüfen – tut mir leid.«

»Egal. Ich weiß bereits, dass er vorbestraft ist und einige Delikte mit Körperverletzung auf dem Buckel hat. Er hat Keith hochkant aus dem Castle geworfen.« Einen Augenblick herrschte Schweigen in der Leitung. Dann: »Hast du mit der Tochter gesprochen?«

»Sie wirkte sehr entspannt.«

»Warum wohl?«

»Könnte vorgetäuscht gewesen sein.« Clarke seufzte und schaute zu Brillo. »John, wenn du noch lange fortbleibst, muss ich eine Hundepension suchen.«

»Blödsinn – du verbringst sowieso zu viel Zeit im Büro.«

»Nicht so viel wie Malcolm.«

»Du meinst, du kannst ihn nicht so lückenlos überwachen, wie dir lieb wäre?«

»Er hat sich mit deinem alten Sparringspartner angefreundet.«

Wieder Schweigen.

»Ach, wirklich?«, fragte Rebus gedehnt. »Warum wohl?«

»Irgendwas hat es mit Stewart Scoular zu tun.«

»Dem Kerl von der SNP? Den hast du schon mal erwähnt.«

»Er wurde aus seiner Partei ausgeschlossen und hat sich jetzt als Bauunternehmer neu erfunden. Anscheinend spielt er eine Rolle bei dem, was Strathy mit deinem Kriegsgefangenenlager vorhat.«

»Meinst du, da gibt's eine Verbindung?«

»Nur falls Keith ermordet wurde, weil er dagegen war, was ich ehrlich gesagt, immer noch nicht für wahrscheinlich halte.« Clarke hielt inne. »Kann es sein, dass du Sachen siehst, die gar nicht da sind, John? Früher hast du mir eingeschärft, dass die einfachste Erklärung meistens die richtige ist.«

»Aber mit der einfachen Erklärung kommt Samantha wieder ins Spiel.«

»Genau.« Clarke blieb am Fenster stehen, spähte nach unten auf die nächtliche Straße. Alles sah so friedlich aus, so geordnet. »Du hast meine Frage von vorhin nicht beantwortet.«

»Welche?«

»Du weißt genau, welche.«

Sie lauschte, wie Rebus lang und geräuschvoll ausatmete. »Sie ist meine Tochter, Shiv, und sie hat selbst eine Tochter. Sie kann nicht ins Gefängnis gehen, schuldig oder nicht.«

»Du lieber Himmel, John …«

»Ich hab schon Unschuldige hinter Gitter gebracht.«

Clarke presste die Stirn an die Scheibe. »Das will ich alles gar nicht hören.«

»Dann frag mich nicht. Du hast genug an der Backe, vor allem mit Malcolm Fox. Du darfst nicht zulassen, dass Cafferty ihn sich krallt – dieses Arschloch lässt niemals wieder locker.«

»Was meinst du, was da los ist?«

»Cafferty würde alles dafür geben, jemanden in Gartcosh zu haben, je höher gestellt, desto besser.«

»Malcolm ist bestimmt kein …«

»Aber er ist auf dem besten Wege, einer zu werden, und anscheinend ist er bei Lyon sogar auf offene Ohren gestoßen. Und wenn sie den Job an der Spitze bekommt …«

»Wird Malcolm befördert?«

»Auch ohne Beförderung wird Cafferty ihn für einen Hauptgewinn halten. Ich weiß, das klingt bescheuert, und ich kann kaum glauben, dass ich es sage, aber unser behäbiger, bedächtiger DI Fox gelangt an Orte, die Leuten wie dir und mir verschlossen bleiben.«

»Ins Herz jeder und sämtlicher Major-Crime-Ermittlungen?«

»Terrorbekämpfung, Geldwäsche, alle möglichen geheimen Angelegenheiten, von denen wir nicht das Geringste mitbekommen. Und ja, ich weiß, eigentlich wärst du dran gewesen – wundert mich sowieso, dass Fox den Zuschlag bekommen hat.«

»Wir wissen beide, warum …«

»Ist das jetzt die Stelle, an der du mit dem Finger auf mich zeigst? Die Nähe zu mir hat dich in den Köpfen der Wichser im Big House irgendwie befleckt?«

»Der Gedanke scheint dir jedenfalls schon mal gekommen zu sein«, sagte Clarke.

»Aber überleg mal, wie deine prägenden ersten Berufsjahre ausgefallen wären, wäre ich nicht hin und wieder als Elefant in den Porzellanladen gestürmt.«

Sie musste beinahe unwillkürlich lächeln.

»Also, was jetzt?«, fragte Rebus in die Stille.

»Wie lange wirst du noch da oben bleiben, was meinst du?«

»Du weißt genauso gut wie ich, dass so was zäh sein kann.«

»Soll ich dir Klamotten schicken?«

»Ich hätte in Inverness dran denken und mir was kaufen sollen.«

»Wie kommst du denn klar?«

»Die Wirtin vom Pub hat mir ein paar abgelegte Sachen von ihrem verstorbenen Mann zum Wechseln gegeben.«

»Die Wirtin, hm? Du fällst doch immer auf die Füße.«

»Kann sein, kann auch nicht sein.«

»Was soll das jetzt wieder heißen?«

»Sie steht auf meiner Liste der Verdächtigen.«

»Machst du Witze?«

»Sie und ihr Vater …«

»Ihr Vater?«

»Der ist schon über neunzig, daher steht er nicht unbedingt weit oben.« Clarke musste lachen. »Aber er hat einen alten Revolver hinter dem Tresen aufbewahrt, und der ist ihm abhandengekommen, könnte sein, dass an der Stelle auch Barmann Cameron ins Spiel kommt. Außerdem ist da noch Samanthas Flamme aus der Kommune … und möglicherweise auch seine Freundin, Angharad Oates – die Ex von Lord Strathy –, wenn wir berücksichtigen, dass sie höchstwahrscheinlich angesichts Samanthas Affäre mit Hawkins grün war vor Eifersucht …«

»Du bist unverbesserlich.«

»Wirklich? Wieso bin ich dann so müde? Ich könnte was von Malcolms Ausdauer gebrauchen.« Clarke sagte nichts. »Gehst du noch mal nachsehen, ob er noch im Büro ist?«

»Ich leg die Füße hoch und nehm ein gutes Buch zur Hand«, widersprach ihm Clarke, wobei sie genau wusste, dass es gelogen war. »Ich hab das neue von Karin Slaughter hier.«

»Und nicht zu vergessen, einen treuen Hund.«

»Er kommt in die Pension, John. Ich mach keine Witze.«

»Versuch mal, ihm das ins Gesicht zu sagen.«

Als Clarke sich vom Fenster abwandte, schien Brillo jedes Wort gehört zu haben. Er hatte den Kopf schief gelegt, seine Augen waren feucht.

»Ich höre bis hierher, dass deine Entschlossenheit bröckelt«, sagte Rebus und beendete das Gespräch.

»Dachte ich's mir doch, dass ich dich hier finde«, sagte Clarke beim Betreten des MIT-Büros.

»Hat ja nicht jeder einen Brillo zu Hause, den er füttern und ausführen muss«, erwiderte Fox.

»Apropos, wann hast du das letzte Mal was gegessen?« Clarke griff in die Tüte, die sie mitgebracht hatte, und übergab Fox eingepackte Fish and Chips. Er wickelte sie aus, während Clarke zum Wasserkocher ging und ihn einschaltete.

»Gibt's kein Salz und keine Sauce?«, fragte er.

»Nur Salz – ich wusste nicht, wie du sie magst. Aber ich hab so was hier mitgebracht.«

Sie kramte Tütchen mit Ketchup und HP-Sauce aus ihrer Tasche und warf sie ihm hin.

»Du denkst an alles«, sagte Fox. Sein Schreibtisch war mit Unterlagen übersät, weshalb er sich mit seiner Mahlzeit an Essons obsessiv aufgeräumten Schreibtisch verzog. Während der Kocher langsam heiß lief, schaute Clarke auf den Bildschirm von Fox' Computer.

»Überwachungskameras«, sagte sie. Fox nickte, biss in ein dickes Stück panierten Schellfisch.

»Gott, ist der gut«, sagte er.

»Hast du interessante Fahrräder gesichtet?«

Er schüttelte den Kopf. »Aber vielleicht was anderes. Erzähl ich dir gleich.«

Clarke schenkte Tee ein, roch an der Milch, bevor sie jeweils einen Schuss davon in die zwei fleckigen Becher kippte. Anschließend ging sie mit beiden zu Essons Schreibtisch. Als sie wieder eine Hand frei hatte, klaute sie sich einen Chip von dem Haufen unter dem Filet.

»Was Neues von John?«, fragte Fox.

»Er lässt schön grüßen.«

»Das kann ich mir vorstellen. Ich hab seine Tochter in den Nachrichten gesehen – sie wurde offiziell vernommen, aber noch nicht unter Anklage gestellt. Das muss ihm wahnsinnig zusetzen.«

»Du kennst doch John.«

Fox schaute zu ihr auf. »Hat er dem Reporter den Tipp mit Lord Strathy gegeben?«

»Wer sonst?«

»Typisch.«

Clarke starrte in den Take-Away-Behälter. »Isst du die Panade nicht?«

»Ist die gesündere Alternative.«

Sie nahm ein Stück und steckte es sich in den Mund. »Nur weil es keine Aufnahmen gibt, heißt das nicht, dass Issy nicht mit ihrem Fahrrad dort war. Ich vermute, in Craigentinny gibt's jede Menge Radwege, da werden nicht so viele Kameras gebraucht.«

Fox nickte, um ihr zu signalisieren, dass er dies bereits bedacht hatte.

»Aber die Frage ist doch, was sie für ein Motiv hat?«

»Um das Motiv kümmern wir uns später, Siobhan. Im Moment wären wir froh, wenn wir überhaupt einen Verdächtigen hätten. Willst du die Chips aufessen?«

»Bist du schon satt?« Sie sah, wie Fox sich auf den nicht vorhandenen Bauch klopfte. »Wenn das so ist, esse ich, und du zeigst mir, was du hast.«

Sie nahm den Behälter mit an seinen Schreibtisch. Sie saßen nebeneinander, während Fox das Filmmaterial durchscrollte.

»Es ist nämlich so«, fing er an, »wir hatten uns zuerst auf die Seafield Road konzentriert und die Route, die Salman aus der New Town genommen hatte. Aber wenn er zum Parkplatz am Golfclub wollte, dann machte es Sinn, sich auch die Straßen in und um Craigentinny anzusehen. Leider gibt es dort keine lückenlose Kameraüberwachung, aber dieser Wagen hier ist mir aufgefallen.« Er klickte auf eine Einstellung, hielt den Film an. Scheinwerfer, Reihenhäuser, eine unauffällige Limousine, der Fahrer kaum mehr als ein verschwommener Umriss. »Kein Beifahrer zu sehen. Und er fährt aus der Stadt heraus Richtung Golfplatz.«

»Okay.« Clarke wusste, dass Fox noch mehr auf Lager hatte. Sie aß die letzten Chips, während er die entscheidende Stelle suchte.

»Das ist wieder die Seafield Road, kurz vor dreiundzwanzig Uhr. Siehst du den parkenden Wagen?« Er presste eine Fingerspitze an den Bildschirm. Der Wagen war von hinten zu sehen, die Rücklichter leuchteten auf.

»Willst du sagen, das ist derselbe?«

»Dieselbe Form, eine ähnliche Farbe.«

»Wo auf der Seafield Road ist das denn?«

»Vom Parkplatz aus, auf dem Salman starb, ungefähr fünfzig Meter weiter Richtung Innenstadt. Auf den nächsten Bildern, die wir haben, kein Wagen mehr.«

»Der Fahrer hat gehalten, um einen Anruf entgegenzunehmen, und ist danach weitergefahren?« Fox zuckte mit den Schultern. »Das ist nicht viel, Malcolm.«

»Ich weiß. Ich frage mich, ob es sich lohnt, die Leute von der Technik damit rumspielen zu lassen, mal sehen, ob sie uns ein Kennzeichen beschaffen können?«

»Was ist deine Theorie?«

»Verabredet war ein Treffen im Golfclub, aber der Fahrer hier kommt früher und stellt fest, dass der Parkplatz abgesperrt ist. Er fährt auf die Seafield Road und parkt. Er oder sie weiß, wie ein Aston aussieht, wenn sie einen vor sich haben, also macht er sich bemerkbar, als Salman in Sichtweite kommt, vielleicht mit aufleuchtendem Scheinwerferlicht. Salman fährt an der nächsten Möglichkeit von der Straße ab – in eine Bucht, die sich fünfzig Meter hinter dem parkenden Wagen befindet. Der andere fährt zu ihm.« Er merkte, dass Clarke ihn anstarrte. »Was?«

»Das ist echt beeindruckend. Du bist in Gartcosh verschwendet.«

»Wir sind dort auch ermittelnd tätig, das weißt du.«

»Aber nicht oft.«

»Soll ich das also morgen den Kollegen von der Technik geben?«

Clarke nickte. »Bis dahin, was meinst du, was das für ein Wagen ist? Sieht eigentlich ganz gewöhnlich aus.«

»Mir würden ein halbes Dutzend Modelle einfallen«, stimmte Fox ihr zu. Sein Handy vibrierte. Er nahm es vom Schreibtisch, sah nach dem Namen des Anrufers und ging dran.

»Ja?«, mehr sagte er nicht. Nachdem er kurz zugehört hatte: »Okay, in zwei Minuten.«

»Cafferty?«, riet Clarke, als der Anruf endete. »Wartet er wieder unten?«

»Ich muss das alleine machen«, sagte Fox und zog seine Jacke über.

»Musst du nicht.«

Er sah sie beinahe flehentlich an. »Siobhan, bitte ...« Als er zur Tür ging, drehte er sich noch einmal um, vergewisserte sich, dass sie an Ort und Stelle blieb.

Clarke ging zum Fenster. Ein großer schwarzer Wagen, wie beim ersten Mal, der Fahrer auf dem Gehweg, sein Handy beleuchtete sein Gesicht. Sie hielt ihr eigenes Handy hoch, wählte die Kamera und zoomte ihn so nah wie möglich heran. Sie machte ein Foto vom Fahrer, betrachtete es. Zu körnig, um ihn anhand der Aufnahme zu identifizieren.

»Schade«, sagte sie sich.

Es war immer ganz hilfreich, seine Feinde zu kennen.

Fox setzte sich neben Cafferty nach hinten, die Armlehne zwischen ihnen war heruntergelassen.

»Ich versuche, Geduld zu haben, Malcolm«, sagte Cafferty gedehnt. »Aber das widerstrebt meiner Natur.«

Fox öffnete den Mund, um etwas zu sagen, aber dann fiel ihm auf, dass Cafferty an ihm vorbeischaute. Offenbar beobachtete er etwas durchs Fenster. Als Fox sich umdrehte, überquerte Clarke die Straße.

»Sie weiß nichts von den Aufnahmen oder Assistant Chief Constable Lyon«, konnte er Cafferty gerade noch zuraunen. »Ich kümmere mich um sie ...«

Die Beifahrertür vorne ging auf, und Clarke schob sich auf den Sitz. Der Fahrer näherte sich dem Wagen, aber Cafferty ließ sein Fenster runter.

»Schon gut, Benny«, sagte er.

»Hat Benny auch einen Nachnamen?«, fragte Clarke.

»Ich denke doch. Wie schön, dass Sie sich zu uns gesellen, Siobhan.«

»Sollten Sie nicht eigentlich Hof halten in Ihrem Club?«

»Ich wollte mir nur einen kurzen Zwischenbericht abholen, mehr nicht. Sie wissen ja, dass Malcolm ein bisschen für mich arbeitet?«

»Ich weiß, dass er sich Stewart Scoular angesehen hat, ja.«

»Ich habe sozusagen das Gefühl, dass ich nicht genug bekomme für mein Geld – wobei ja gar keins geflossen ist.«

»Ich bin hier, um Ihnen zu versichern, dass er nicht lockerlässt.«

»Es würde mir vielleicht helfen«, ergänzte Fox mit Blick auf Cafferty, »wenn ich wüsste, was genau Sie von mir zu finden erwarten.«

Statt einer Antwort behielt Cafferty Clarke im Auge und beugte sich sogar ein kleines Stück zwischen den beiden Sitzen nach vorne.

»Dann hat Malcolm also hinter dem Berg gehalten, Siobhan? Hat er Ihnen nichts erzählt von unseren Aufnahmen, auf denen Jenni Lyons Ehemann bei seinen Auswärtsspielen brilliert – ich hoffe übrigens, dass er sich wieder abgeregt hat. Fast wäre er in sein eigenes Schwert gefallen, aber anscheinend doch nicht. Ich vermute, Malky hat mit Jenni geredet und Jenni hat ein ernstes Wort mit dem Abtrünnigen gesprochen.«

»Aufnahmen, die in Ihrem Club entstanden sind?«

»Und andernorts.« Cafferty schaute Fox an und grinste. »Das wussten Sie nicht, Malky, hm? Ich lege alle meine Karten auf den Tisch. Und ich möchte, dass Siobhan ebenfalls im Bilde ist, denn mir scheint, Sie wollten ihr nicht vertrauen.«

»Sie wollten, dass ich im Bild bin«, korrigierte Clarke ihn, »weil Sie einen Keil zwischen Malcolm und mich treiben wollen – aber das wird Ihnen nicht gelingen.«

Dieses Mal zielte das Grinsen auf den Sitz vorne. »Die ist ganz schön schlau, oder, Malky?«

»Er heißt Fox – für Sie *Detective Inspector* Fox.«

»Genau diese Arroganz ist es, die besorgte Bürger gegen die Hüter von Recht und Ordnung aufbringen und mitsamt ihrer kleinen explosiven Filmaufnahmen dem Internet oder den Medien in die Arme treiben.«

»Wenn Sie Scoular so dringend drankriegen wollen«, entgegnete Clarke, »dann kümmern Sie sich doch selbst darum.«

»Tatsächlich«, sagte Fox und zog die Schultern zurück, »vielleicht sollten wir uns mal mit Mr Scoular unterhalten. Ich bin sicher, er würde sich über Ihr Interesse freuen.«

»Und noch was«, setzte Clarke hinzu. »Diese Aufnahmen – ich vermute, Sie haben Malcolm erklärt, dass die Veröffentlichung das sichere Karriere-Aus für ACC Lyon bedeuten würde. Dabei kann das doch gar kein Ausgang in Ihrem Sinne sein. Es wäre doch viel besser, sie in der Hinterhand zu behalten, in der Erwartung, dass sie schon bald Chief Constable wird. Denken Sie nur mal, was für ein Druckmittel Sie dann gegen sie in der Hand hätten.« Clarke schüttelte langsam den Kopf. »Sie haben doch gar nicht vor, die Aufnahmen zu veröffentlichen. Das ist alles nur Gerede – *Sie* können gar nichts anderes als reden.«

»Würden Sie drauf wetten?« Caffertys Blick ruhte jetzt auf Fox. »Ja oder nein, DI Fox? Oder müssen Sie erst Rücksprache mit Ihrer Chefin halten? Sie fragen, was Sie tun sollen?«

Fox' Mund öffnete sich ein kleines Stück, aber es kamen keine Worte heraus. Clarke hatte die Wagentür geöffnet und schwang die Beine auf die Straße. Cafferty packte Fox am Unterarm.

»Denken Sie gut nach, DI Fox.« Er nickte Richtung Clarkes Rücken.

»Das ist Ihre Zukunft – Gartcosh, Jennifer Lyon, ein Platz am Tisch mit den Großen.«

Fox machte sich los und öffnete die Tür. »*Meine* Zukunft, *meine* Entscheidung«, sagte er und stieg aus.

»Absolut.« Cafferty lachte leise, als Fox die Tür zuschlug. Clarke, die es aufgegeben hatte, Benny nach seinem Nachnamen zu fragen, befand sich bereits wieder auf dem Rückweg zum Haupteingang der Wache. Fox holte sie ein.

»Und Lyon weiß von all dem?«, fragte sie leise.

»Ja.«

»Dann ist das der Panzer, von dem du gesprochen hast?« Fox nickte. »Wenn das so ist, wird er denken, dass er schon gewonnen hat.«

»Woher willst du das wissen?«

»Selbst wenn du ihm nichts lieferst, kann er sagen, du hast auf seine Anweisung gehandelt. Lyon wusste davon und hat es gebilligt.«

»Na und?«

»Ihr könntet beide aufgefordert werden, dazu auszusagen, dann müsstet ihr es abstreiten – mit anderen Worten, ihr müsstet lügen.«

»Und?«

Kurz vor der Tür blieb sie abrupt stehen, drehte sich um, sodass sie ihm direkt ins Gesicht sah. »Er nimmt alles auf, was in seinem Club passiert. Malcolm, wie kommst du darauf, dass er sich darauf beschränkt?«

»Der Wagen?«

»Er muss nur das Diktiergerät seines Handys einschalten. Außerdem bist du in seinem Penthouse gewesen. Gut möglich, dass er alles aufgenommen hat, was du dort gesagt hast.«

Fox blickte unwillkürlich über die Schulter zum Wagen. Er setzte sich in Bewegung, aber Cafferty hatte das hintere Fenster offen gelassen, sah die beiden Detectives im Vorbeifahren an.

»Er hat gewonnen«, sagte Fox leise, was eher eine Feststellung, als eine Frage war. »Mir ist schlecht.«

»Ich hoffe, es lag nicht am Fisch«, meinte Clarke und presste sich demonstrativ eine Hand auf den Bauch.

»Wie kannst du über so was Witze reißen?«

Sie überlegte einen Augenblick und zuckte mit den Schultern. »Nur weil er denkt, dass er gewonnen hat, heißt das nicht, dass es auch so ist. Es ist noch nicht vorbei, Malcolm.« Sie sah den Wagen in die Nacht davonfahren. »Noch *lange* nicht.«

Während Benny in den Jenever Club fuhr, rief Cafferty Cole Burnett an.

»Cole, hier ist dein Uncle Morris. Wie geht's denn so?«

Die Stimme des Teenagers klang nasal und ein kleines bisschen undeutlich. »Ganz gut.«

»Hast du ein oder zwei Adressen für mich?«

»Hab ich.«

»Gut, alles Weitere dann, wenn wir uns gegenüberstehen. Kennst du meinen Laden in der Cowgate? In einer Stunde dort.«

»Okay.«

»Kopf hoch, Junge – die Zukunft hält lauter gute Dinge für dich bereit. Vertrau deinem Uncle Morris.« Er beendete den Anruf und legte das Telefon auf den Sitz neben sich.

»Meinst du wirklich, er hat das Zeug dazu?«, fragte Benny vom Fahrersitz aus, sein Blick begegnete dem von Cafferty im Rückspiegel.

»Wenn nicht, kannst du ihn haben.« Cafferty wendete den Kopf ab und sah die Stadt vorüberziehen. Leith hatte sich verändert – edle Restaurants mit Craftbeer neben Biobäckereien –, aber es war immer noch Leith. Wie eine alte Band, die man überredet hatte, noch mal auf Tour zu gehen, feierte das Heroin hier ein Comeback. Koks war nicht mehr nur für die Reichen. Crack, Methadon und Bezos waren allgegenwärtig.

Und es wurde Geld damit verdient.

Die Leute an der Spitze wollten ein immer noch größeres Stück vom Kuchen. Wenn Cafferty sein Gebiet nicht absicherte, würden ihn die anderen für angreifbar halten. Er hatte Treffen in Glasgow und Aberdeen gehabt, nur um sicherzugehen, dass alle über die Lage Bescheid wussten. Allerdings nicht in Dundee – weil die Leute, die Drogen aus Manchester dorthin verschoben, nicht dazu bereit gewesen waren. Und Cafferty hatte die Botschaft verstanden: Er wusste, dass sie es schon bald auf ihn abgesehen haben würden. Wenn sie kamen, würden sie sich zuerst die Straßendealer vornehmen, um ihm zu zeigen, was Sache war. Deshalb hatte er in den vergangenen Monaten vorsorglich schon mal Loser wie Cole Burnett ins

Boot geholt. Sollen diese Verbrecher ruhig denken, sie würden seine besten Leute ausschalten, seine gesamte Armee. Sie würden nicht lockerlassen und glauben, einen leichten Sieg errungen zu haben.

Und irgendwann würden sie unvorsichtig werden …

»Willst du Musik, Chef?«, fragte Benny.

»Nein danke, Benjamin, danke. Bei Big Ger Cafferty ist alles in schönster Ordnung.«

Tag 5

26

Die Medienvertreter und die Schaulustigen waren nach Naver zurückgekehrt.

Lawrie Blake schien zufrieden mit seinem Werk, als Rebus ihm zufällig auf der Straße vor dem Glen begegnete. Im Netz war sein ursprünglicher Bericht noch ausgesponnen worden, hatte Verschwörungstheorien angestoßen, außerdem wurden die pikanteren Geschichten aus Ramsay Meiklejohns Vergangenheit wieder hervorgekramt, und es kursierten die wildesten Gerüchte über anonyme Drohungen gegen Samantha. Blake hatte den Kragen aufgestellt und trug eine Tweedkappe, sein Handy hatte er fest in der Hand, war jederzeit bereit, O-Töne und Bilder einzufangen. Die Einheimischen allerdings hatten sich rargemacht und in die relative Sicherheit ihrer Häuser zurückgezogen. Einige wenige Eltern wurden allerdings zum Spießrutenlauf gezwungen, als sie mit ihren staunenden Kindern zur Schule eilten. Rebus hatte zum Laden gewollt, um eine Zeitung zu kaufen, aber Blake zog eine aus der Tasche und reichte sie ihm. Rebus schlug sie auf.

»Gleich auf dem Titel«, meinte er.

»Fortsetzung auf den Seiten drei, vier und fünf. Und ich hatte einen Anruf von einer Presseagentur in London, die mir eine Stelle angeboten hat. Wie geht's dem Saab?«

»Hab noch nichts gehört. Die Mietkutsche läuft aber wie

eine Eins.« Er sah einen Wagen vorbeifahren, der Fahrer suchte vergeblich nach einer Parklücke. Hinten drauf war Sendeausrüstung zu sehen. »Werden Sie mit denen sprechen?«, fragte er, nickte Richtung Fahrzeug.

»Wenn sie mich nett darum bitten. Ich hätte nichts dagegen, zum Fernsehen zu gehen.« Blakes Handy piepte alle paar Sekunden wegen eingehender Nachrichten. »Hat Ihre Tochter weitere Briefe erhalten?«

»Nicht, dass ich wüsste.«

Der Reporter schaute zum Pub. »Sie übernachten lieber dort als bei ihr – darf ich fragen, warum?«

»Wir sprechen nicht über Samantha, schon vergessen?«

Blake lächelte gequält. »Man kann's ja mal versuchen. Laura hat mich gestern noch spät aus Edinburgh angerufen. Sie wollte wissen, von wem ich die Story hatte.«

»Ist mein Name gefallen?«

»Ich schütze meine Quellen, Mr Rebus.«

»Sie weiß es trotzdem, da bin ich sicher. Ist ein kleiner Teich, in dem wir uns alle tummeln.« Rebus schaute sich um. »Keine Spur von Ihrer Journalistenkollegin, mit der Sie im Pub waren.«

»Ich glaube, die ist in Strathy Castle. Ich werde auch bald hinfahren.«

»Rechnen Sie nicht mit besonders gesprächigen Bewohnern – und hüten Sie sich vor dem Gärtner.«

»Ach ja?«

»Viele Vorstrafen und ein explosives Temperament.« Rebus legte einen Finger an die Lippen und schloss den Mietwagen auf.

»Wo soll's denn Schönes hingehen?«

»Haben Sie vor, mir zu folgen?«

»Nein.«

Er bedachte den jungen Mann mit einem durchdringenden Blick. »Gut.«

Wenig später fuhr er über die Küstenstraße Richtung Tongue. Als er an dem Café für Rucksackreisende vorbeikam, schaute er nach links. Ein paar Bikes und ein altmodischer Camper parkten davor. Ron Travis hatte vermutlich mit seinen Gästen zu tun. An Camp 1033 stand immer noch der Container, auch das flatternde Absperrband und derselbe Streifenpolizist mit demselben gelangweilten Blick befanden sich unverändert dort. Rebus hupte, machte den Kollegen auf sich aufmerksam und zeigte ihm im Vorbeifahren zwei Finger. Im Rückspiegel sah er, wie der Beamte ein Notizbuch aus seiner Hochsichtbarkeitsweste fischte. Zweifelsohne würde er sich das Kennzeichen des Wagens notieren.

»Viel Glück«, nuschelte Rebus schief lächelnd.

Er fuhr über den zerfurchten Weg zu dem Gehöft, parkte an derselben Stelle wie zuvor. Die Scheite waren inzwischen ordentlich aufgestapelt, die oberste Schicht mit einer Plane bedeckt, daneben stand ein Motorrad. Als die Tür des Farmhauses aufging, trat Mick Sanderson heraus. Er kam Rebus entgegen, wobei sein Blick auf den Mietwagen fiel.

»Dank Ihrer Reparaturkünste bin ich bis Inverness in die Werkstatt gekommen«, erklärte Rebus. Dann zeigte er auf das Motorrad. »Ist das auch eines Ihrer Projekte?«

»Die Maschine läuft eigentlich rund.«

»Gehört sie Ihnen?«

»Die kann jeder benutzen. Sind Sie auch mal Motorrad gefahren?« Sanderson setzte sich drauf und legte beide Hände an den Lenker.

»Waren Sie kürzlich mal damit unterwegs?«

»Als ich Ihren Wagen repariert habe.«

»Und davor?«

»Keine Ahnung.«

»Wer benutzt es sonst noch? Jess? Oder Angharad Oates?«

Sandersons Lächeln wirkte jetzt unterkühlt. »Woher kommt Ihr Interesse?«

Rebus zuckte mit den Schultern, seine Hände glitten in die Taschen. »Haben Sie Samantha in den letzten Tagen gesehen?«

»Sie hat mal reingeschaut.«

»Sie wissen, dass sie einen Drohbrief bekommen hat?«

Sandersons Miene wirkte wieder etwas milder. Er stieg von dem Motorrad ab.

»Das ist mir neu.«

Rebus sah jetzt zur Scheune hin. Musik drang heraus.

»Yoga-Unterricht«, erklärte Sanderson. »Wollen Sie einen Tee?«

»Wenn das ein Angebot ist?«

Sanderson musterte ihn. »Ich glaube nicht, dass Sie unser Freund sind – unwahrscheinlich, dass sich das noch mal ändert –, aber Sie sind der Vater einer Freundin, und als solcher bekommen Sie einen Tee.« Er hielt inne. »Nur keine weiteren Fragen, okay?«

»Na gut, mein Lieber. Gehen Sie voran.«

Sie gingen den kurzen Weg bis zur Tür des Farmhauses, Sanderson stieß sie auf und ließ Rebus den Vortritt. Der Kessel stand auf dem holzbefeuerten Herd, kleine Dampfwölkchen stiegen aus dem Ausguss auf. Oates saß wie neulich wieder am Esstisch, hatte das Kind auf dem Schoß. Sie half ihm, eine Burg mit bunter Wachskreide zu malen.

»Ah, das ist wohl Ihr früheres Zuhause«, tat Rebus, als würde er raten. »Sie müssen es vermissen.«

»Was will der denn hier?«, verlangte Oates von Sanderson zu erfahren.

»Einen Tee trinken, dann geht er.«

»Das ist keine Antwort auf meine Frage.« Ihre Augen bohrten sich in die von Rebus. Rebus nickte in Richtung des Kindes.

»Ich hab seinen Namen beim letzten Mal nicht richtig verstanden.«

Sie überlegte, ob sie gar nicht antworten sollte, lenkte dann aber doch ein. »Bram – ist eine Abkürzung für Abraham.«

»Wie Bram Stoker? Vampire und so?«

»Jess gefiel der Name.«

»Und Jess bekommt ja meistens seinen Willen, oder? Wie ein altmodischer Herr und Gebieter. Sitzen Sie eigentlich dauerhaft hier fest, oder bekommen Sie hin und wieder auch mal Ausgang?«

»Mr Rebus interessiert sich sehr für unsere Kawasaki«, erklärte Sanderson.

»Das ist eine schwere Maschine«, sagte Rebus. »Hab mich gefragt, ob Sie damit klarkommen würden.«

»Wir leben im einundzwanzigsten Jahrhundert, falls Sie's nicht bemerkt haben.«

»Dann fahren Sie also manchmal damit?«

»Wir fahren alle damit.«

»Zumindest diejenigen unter Ihnen, die einen Führerschein besitzen …«

»Wir sind hier alle sehr gesetzestreu, Mr Rebus«, sagte Sanderson und reichte ihm einen Becher. »Milch ist im Kännchen, Zucker in der Schale.«

Rebus stellte den Becher auf den Tisch und gab einen Schuss Milch dazu. Ein zweiter Becher wurde vor Oates abgestellt, die ihn entgegennahm, ohne sich zu bedanken. Rebus nahm einen Schluck, schaute über den Rand zu der Plastikschachtel mit der Wachsmalkreide.

»Sind da auch Filzstifte drin?«, fragte er jetzt wieder an Oates gewandt. »Schöne dicke schwarze?«

Sie sprang auf, hob den erschrockenen Bram auf die Schulter.

»Raus!«, bellte sie.

»Sie erschrecken ja den Kleinen«, schalt Rebus.

»Und *Sie* erschrecken uns alle! Jetzt machen Sie, dass Sie rauskommen.«

Rebus stellte den Becher auf den Tisch. »Die Milch ist kurz vorm Kippen«, sagte er. Er war schon fast zur Tür hinaus, als er noch einmal stehen blieb. »Haben Sie in letzter Zeit Ihren Ex-Mann mal wiedergesehen? Allmählich machen sich die Leute Sorgen.«

Oates drehte den Kopf zu Sanderson um. »Mick, ich schwöre, wenn du ihn jetzt nicht rauswirfst, mache ich das!«

Rebus hob beschwichtigend die Hände. »Ein friedlicher, einladender Ort – Sie lassen hier wirklich alle einen Traum wahr werden.« Er schloss die Tür hinter sich und ging zum Wagen.

Wenige Minuten später, als er erneut am Lager vorbeikam, wollte er gerade hupen, als er merkte, dass der Streifenbeamte gar nicht in Sicht war. Er war noch nicht sehr viel weiter gefahren, als sein Handy klingelte. Da es Samantha war, fuhr er auf den Parkplatz des Cafés und ging dran.

»Ich bin's«, fing Rebus' Tochter an.

»Ich weiß – was machst du?«

»Die Reporter sind alle total scharf auf den Brief, den ich bekommen habe. Sie wollten ein Foto davon machen, aber ich konnte ihn nicht finden. Hab ich ihn nicht dir gegeben?«

»Und ich hab ihn Creasey gegeben. Die gute Nachricht ist, dass derjenige, der ihn geschrieben hat, durch die Publicity vielleicht davon abgehalten wird, weitere zu verfassen.«

»Du warst das, der die Presse informiert hat, oder?«

»Wird Zeit, dass wir sie auf unsere Seite ziehen, Samantha. Ist nicht viel, aber es ist ein Anfang.«

»Ich weiß nicht, ob ich dir dafür danken soll oder nicht.« Er hörte sie seufzen. »Übernachtest du immer noch im Pub? Hier ist ein Sofa frei ...«

»Ich weiß das zu schätzen, aber ein Bett ist erst mal bequemer, und ein bisschen Abstand tut uns beiden ja vielleicht ganz gut. Wie geht es Carrie?«

»Sie ist am Boden zerstört. Sie wird Therapiestunden bekommen, auch wenn das bedeutet, dass wir regelmäßig nach Thurso fahren müssen. Der Leichnam kann noch nicht freigegeben werden, also hat es keinen Sinn, jetzt schon die Beerdigung zu planen.« Ihre Stimme brach. »Wenn die mich festnehmen, musst du dich drum kümmern.«

»Das wird nicht passieren, vertrau mir.«

»Im Moment fällt es mir schwer, irgendjemandem zu vertrauen.« Sie stieß einen langen Atemzug aus und schien sich ein bisschen aufzurappeln. Rebus sah, dass Ron Travis an die Tür gekommen war. Er ließ die Scheibe auf der Fahrerseite herunter und winkte ihm. Als Travis ihn erkannte, winkte er zurück, dann formte er ein Gefäß aus seiner Hand und führte sie zum Mund, deutete damit ein Getränk an. Rebus lehnte die Einladung kopfschüttelnd ab und konzentrierte sich wieder auf das Gespräch, ließ Samantha wiederholen, was sie gerade gesagt hatte.

»Creasey hat heute Morgen alles in einem Sack hier abgeliefert – nicht die Kleidung, ich nehme an, die gilt als Beweisstück, aber ein paar Sachen aus Keiths Taschen. Geld und Kreditkarten. Sein Handy fehlt immer noch, aber an seinem Hausschlüssel hängt ein USB-Stick. Ich hab ganz vergessen, dass er den hatte.«

»Was ist da drauf?«, fragte Rebus leise.

»Hab nicht nachgesehen. Kann aber nichts Wichtiges sein, sonst hätte Creasey ihn ja behalten.«

»Stimmt.« Rebus sah Travis wieder im Haus verschwinden. »Bist du in ungefähr zehn Minuten noch zu Hause?«

»Ich treff mich gleich mit Julie auf einen Kaffee. Sie holt mich ab, damit mir erspart bleibt, was auch immer mich im Ort erwartet.«

»Bin schon unterwegs«, sagte Rebus, drehte mit einer Hand am Lenkrad.

27

Samantha und Julie saßen schon im Wagen, als Rebus eintraf. Julie winkte lächelnd, während Samantha ausstieg, ihn kurz umarmte und ihm den kleinen USB-Stick in die Hand drückte.

»Tut mir leid wegen gestern«, sagte sie.

»Mir auch.« Sie zog den Kopf ein und stieg in den Wagen, hielt sich nicht lange auf. Er hoffte, es lag an dem kalten Wind und dem plötzlich einsetzenden Regen. Er kehrte in seinen Mietwagen zurück und folgte den beiden Frauen nach Naver. Das Kamerateam vom Fernsehen hatte gerade eingepackt und manövrierte aus einer Parklücke heraus, Rebus schnappte sie sich. Der Mietwagen war kleiner als sein Saab und leichter zu lenken. Er betrat den Glen. May servierte gerade Kaffee und Tee an einem Tisch mit Stammgästen.

»Sehe ich Sie heute Abend in den Nachrichten?«, fragte er.

»Die unverschämte Bande wollte hier drin filmen, aber ich hab ihnen gesagt, wohin sie sich verziehen sollen.«

Rebus wartete am Tresen, als sie mit dem leeren Tablett zurückkam. Er hielt den USB-Stick hoch. »Darf ich noch mal Ihren Computer benutzen?«

»Wenn Sie versprechen, dass ich mir keinen Virus einfange.«

Er versprach es, ging hinter die Bar und durch die Tür in das beengte Büro. Auf dem großen Schreibtisch lag unerledigter Papierkram. An einer Wand hing ein gerahmtes Foto von May in jüngeren Jahren, auf dem sie ihren Vater draußen vor dem Pub umarmte. Rebus schaute auf das Passwort, das auf einen Zettel notiert am unteren Rand des Computerbildschirms klebte. Die Festplatte stand unter dem Schreibtisch, und es kostete ihn einige Anstrengung, sich weit genug hinunterzubeugen und den USB-Stick anzuschließen. Als das erledigt war, ließ er sich auf dem Drehstuhl nieder. May tauchte im Eingang auf.

»Wollen Sie was trinken?«

»Nein, danke.«

»Hunger?«

»Noch nicht.« Sie schaute auf den Bildschirm, konnte ihre Neugier nur schlecht verbergen. »Was auch immer hier drauf ist, Sie sind die Erste, die's erfährt«, versicherte ihr Rebus.

»Dann lass ich Sie lieber allein.« Sie summte eine Melodie, als sie in den Schankraum zurückkehrte.

Rebus machte sich an die Arbeit.

Ein Dutzend Dateien. Bei den meisten schien es sich um einzelne Fotos zu handeln. Er klickte sich durch alle. Das Lager, die Ausgrabungsstätte, der Local History Workshop. Dann ein paar von Joe Collins, gefolgt von Helen Carter, Stefan Novack und einem Mann, von dem Rebus vermutete, dass es Jimmy Hess' Großvater Frank sein musste. Alle vier saßen offenbar in ihren jeweiligen Wohnzimmern im Sessel. Keith hatte sie zu Hause interviewt.

Außerdem waren da vier Audiodateien. Rebus gelang es, die Lautstärke hochzudrehen. Trotzdem musste er mit dem Ohr ganz dicht an den kleinen Lautsprecher vor der Konsole. Novack war der Erste. Die Aufnahme dauerte knapp unter fünfzig Minuten. Rebus lauschte Keiths Stimme mit gemischten

Gefühlen. Erneut wünschte er, er hätte ihn besser gekannt, hätte sich die Mühe gemacht, ihn kennenzulernen. Bei den wenigen Gelegenheiten, wenn er im Haus angerufen hatte und Keith drangegangen war, hatte er immer nur darum gebeten, Samantha sprechen zu dürfen – kein: »Wie geht's denn so?«, »Was macht die Arbeit?« oder »Alles in Ordnung bei euch?«.

Keith war ein guter Fragesteller. Er fing mit allgemeinem Geplauder an, machte Novack gesprächig. Und als er mit den Fragen begann, wurden sie zunehmend kriminalistisch, bis er sich schließlich auf das mutmaßlich vergiftete Brot und den Mord an Sergeant Davies konzentrierte. Novack hatte zu beiden Themen allerdings nur wenig zu sagen. Dabei klang er nicht ausweichend; er wusste schlicht nicht viel darüber.

»Sie dürfen bitte nicht vergessen, dass ich damals schon aus dem Lager entlassen worden war.«

»Aber Sie sind mit Ihren Freunden dort in Kontakt geblieben – haben Ihnen Briefe geschrieben. Ich vermute, sie haben zurückgeschrieben, Neuigkeiten und Tratsch berichtet. Und dann später, als Sie wiedergekommen sind und Ihr neues Leben begonnen haben …«

»Ich würd's ihnen sagen, wenn ich könnte, Keith, glauben Sie mir.«

Dasselbe galt für den Revolver, der im Glen gehangen hatte – Novack hatte keinen Grund, an Joe Collins' Geschichte zu zweifeln.

»Ich glaube, Sie wissen jetzt schon mehr darüber als ich«, sagte er irgendwann zu Keith.

Langsam verebbten die Fragen, und die beiden Gesprächsteilnehmer kehrten zu einer allgemeinen Unterhaltung zurück.

Helen Carter war die Nächste, Keith schaffte nur ungefähr zwanzig Minuten mit ihr, dann war sie offenbar eingenickt. Er musste gewusst haben, dass er gegen die Uhr arbeitete, denn jetzt stellte er seine Fragen zügiger, kam prompter zur Sache – und sprach mit erhobener Stimme, um gegen ihre Hörprobleme anzugehen. Er interessierte sich für ihre Arbeit auf der Krankenstation des Lagers, ihre Beziehung (und spätere Ehe) mit einem Insassen namens Friedrich. Aber schon bald schwenkte er auf ihre Schwester Chrissy und deren Verhältnis zu Sergeant Gareth Davies um.

»Das hat mich zutiefst erschüttert«, sagte Helen Carter mit krächzender Stimme. »Es hat Jahre gedauert, bis sie darüber hinweg war. Dichter besingen ja den Liebeswahn – aber einen Menschen umbringen? Daran ist doch nichts romantisch, das kann ich Ihnen sagen.«

»Hatte Chrissy sich hinter Davies' Rücken mit seinem späteren Mörder getroffen?«

»Hoffman? Sie hat ihn ja kaum gekannt – vielleicht hat sie ihm ein- oder zweimal im Vorübergehen zugelächelt. War freundlich gewesen. Man nahm an, dass er sie wohl aus der Ferne bewundert, aber nie den Mut aufgebracht hat, etwas zu unternehmen.«

Keith: »Außer Sergeant Davies zu ermorden.«

»Das war schrecklich. Die Militärpolizei hat hier alles auf den Kopf gestellt, aber es hat trotzdem ein oder zwei Tage gedauert, bis sie Gareths Revolver versteckt unter Hoffmans Matratze gefunden haben. Er hatte ein eigenes Zimmer, hat sich nicht den Schlafsaal mit den anderen geteilt. Das gehörte zu den Vergünstigungen, die man bekam, wenn man die Leitung eines Lagerteils übernahm. Aber er war nicht wohlgelitten, und als das Erschießungskommando seiner Pflicht nachkam, wurden nicht viele Tränen vergossen.«

»Was ist mit dem Revolver im Glen? Konnte das die Waffe gewesen sein, mit der Sergeant Davies erschossen wurde?«

»Das fragen Sie uns immer wieder. Ich kann nur sagen, dass er irgendwann aufgetaucht ist, als das Lager längst geschlossen war, und Joe hat erklärt, er hat ihn angespült am Strand gefunden.«

»Warum hat er ihn aufgehängt?«

»Na, weil's ein Thema war. Aus keinem anderen Grund. Ihr Tee wird kalt, Keith, und ich werde müde. Ich weiß, Sie meinen es gut, aber die Vergangenheit ist nun mal vergangen …«

In der nächsten Datei kam Joe Collins zu Wort. Keith hatte kaum angefangen, als Collins ihm ins Wort fiel.

»Eigentlich geht's Ihnen doch um den Mord, oder? Den Mord und das vergiftete Brot – dafür interessieren Sie sich mehr als für das Lager.«

»So würde ich das nicht sagen …«

»Ach, aber so ist es, und das wissen Sie. Die Mordwaffe wurde in Hoffmans Quartier gefunden.«

»Trotzdem hat er bis zum Schluss seine Unschuld beteuert, das geht aus den Protokollen hervor.«

»Was nichts dran geändert hat, dass er vors Erschießungskommando kam.«

»Er wurde im Lager hingerichtet, ist das richtig?«

»Im Morgengrauen. Wir mussten in unseren Stockbetten bleiben, die Türen waren verschlossen. Aber wir waren alle wach. Ich glaube kaum, dass einer von uns geschlafen hat. Er hat ordentlich Krach geschlagen, als er rausgeführt wurde.«

»Krach?«

»Um Gnade gefleht, denke ich. Dann haben wir die Schüsse gehört und danach eine entsetzliche Stille. Die haben ihn irgendwo außerhalb des Lagers verscharrt. Ich glaube nicht, dass die Stelle kenntlich gemacht wurde. Bei euren Ausgrabungen werden seine Knochen aber nicht zum Vorschein kommen.«

»Wir graben ja auch gar nicht danach.«

»Das Geld, das ihr für das Lager ausgeben wolltet, könnte das nicht der Gemeinde auf andere Weise zugutekommen?«

Statt einer Antwort hatte Keith eine andere Frage parat. »Der Revolver, den Sie, wie Sie sagen, gefunden haben …«

»Das sage ich nicht nur, ich habe ihn gefunden. Diese Verbissenheit tut Ihnen nicht gut, Keith. Sie denken, dass ich was mit dem Verbrechen zu tun habe? Die Behörden haben den Revolver von Sergeant Davies als Beweismittel mitgenommen. Was später daraus wurde, weiß kein Mensch.«

»Vielleicht wurde er ins Meer geworfen?«

»Und wenn, was spielt das für eine Rolle?«

»Laut der Berichte gab es keine Zeugen. Der Täter hatte Davies irgendwo zwischen dem Ort und dem Lager aufgelauert, ihm die eigene Waffe abgenommen und ihn mit einem Kopfschuss getötet.«

»Und?«

»Ich verstehe nicht, wieso Hoffman die Waffe hätte behalten sollen.«

»Vielleicht wollte er sie ja noch einmal benutzen.«

»Und gut versteckt hat er sie auch nicht. Er hätte sie überall lassen können, aber er hat sie mit in sein Zimmer genommen.«

»Und das macht Ihnen Sorge?«

»Außerdem schien er Chrissy Carter auch gar nicht den Hof zu machen. Die beiden kannten sich kaum.«

»Wie auch immer, ich kann nur sagen, dass jemand diesen Revolver weggeworfen hat – vermutlich gegen Kriegsende –, er wurde von der Zeit und den Fluten verschlungen. Aber beide haben so eine Eigenart, Dinge wieder zurückzubringen, erwünschte und unerwünschte.«

»Und Sie haben ihn in der Bar aufgehangen, weil ...«

»Nicht als Trophäe, falls Sie das denken. Hab ich Gareth Davies erschossen? Den Vorwurf weise ich mit aller Entschiedenheit zurück.« Collins hielt inne. »Ich kann nicht verstehen, warum Sie Ihre Abende und Wochenenden mit diesem Hobby verbringen, obwohl Samantha und Carrie zu Hause auf Sie warten.«

»Die beiden haben viel Geduld mit mir.«

»Glauben Sie? Ich hoffe, dass Sie recht behalten.«

»Wie meinen Sie das?«

»Nur so – ich bin nur ein alter Mann, der manchmal Unsinn erzählt ...«

Als die Aufnahme zu Ende war, stand Rebus auf, streckte Arme, Beine und Wirbelsäule. Er spazierte in den Schankraum, entdeckte dort Lawrie Blake, der sich anscheinend mit anderen Journalisten unterhielt, und verzog sich in die Küche. Auf dem Tisch lag ein Zettel – *Suppe im Topf* –, er wärmte sie auf und setzte sich zum Essen hin, hatte plötzlich einen Bärenhunger. Dazu schnitt er sich einen Kanten Brot ab und schenkte sich ein Glas Wasser aus der Leitung ein.

»Ein echtes Sträflingsmahl«, meinte May Collins, als er gerade aufgegessen hatte und sie in die Küche kam.

»Ich hatte keine Lust, mich in die Bar zu setzen.«

Sie nickte verständnisvoll. »Jetzt sind sie aber alle wieder weg – ich glaube, wir füttern die nicht mit ausreichend Informationen. Wie läuft es denn?«

»Hab mir gerade das Gespräch angehört, das Keith mit Ihrem Vater geführt hat.«

»Hab ich vom Gang aus mitbekommen. Sie haben sehr vertieft ausgesehen.«

»Ich frage mich, was Keith von der Sache mit Samantha und Hawkins hielt – er muss sich gefragt haben, wie viele Leute davon wussten oder es geahnt haben, ohne ihm was davon zu sagen.«

Sie stellte sich hinter ihn, drückte kurz seine Schulter.

»Haben Sie was von Samantha gehört?«

»Sie ist bei ihrer Freundin Julie.«

»Nein, sie ist bei der Polizei – oder war es zumindest. Die sind bei Julie vorgefahren und haben sie wieder mitgenommen. Hab ich jedenfalls gehört.«

Rebus kramte sein Handy heraus. Kein Empfang.

»Versuchen Sie's draußen am Wohnwagen«, riet Collins.

Rebus entriegelte die Hintertür und ging nach draußen. Es hatte aufgehört zu regnen, der Himmel war strahlend blau. Der Wohnwagen war klein, vielleicht nur für zwei Kojen gedacht, das einzige Fenster hätte mal geputzt werden müssen. Rebus telefonierte. Creasey meldete sich praktisch sofort. »Lassen Sie's«, sagte der Detective. »Wir wollen nur eine genauere Vorstellung davon bekommen, in welchem Verhältnis der Verstorbene zu Lord Strathy stand. Wir wissen, dass Sie sich wegen der Übernahme des Lagers gestritten haben, und wir wissen, dass die Auseinandersetzung hitzig wurde, als Keith mitten in ein geselliges Treffen im Castle geplatzt ist.«

»Und?«

»Und wir fragen Samantha, was sie darüber weiß.«

»Und?«

»Und ich bin sicher, sie wird es Ihnen beizeiten erzählen.«

»Wollen Sie sie wieder in Inverness festsetzen?«

»Beruhigen Sie sich, sie ist nicht weit weg von zu Hause.«

»Haben Sie etwa die Tür der Wache in Tongue aufbekommen?«

»Ich wünschte, Sie würden uns unsere Arbeit machen lassen, John.«

»Warum haben Sie nichts von dem USB-Stick erzählt?«

»Darf ich Sie zum zigsten Mal daran erinnern – Sie sind kein Detective. Tatsächlich sind Sie der Vater unserer Hauptverdächtigen. In der Regel vertrauen wir unsere Befunde Außenstehenden nur an, wenn es gute Gründe dafür gibt.« Er hielt inne, um tief Luft zu holen. »Haben Sie sich die Audiodateien angehört?«

»Größtenteils.«

»Dann werden Sie mir zustimmen, dass sich darauf nichts Aufregendes findet. Auch wenn die Geschichtsfreaks das vielleicht anders sehen.«

»Der Täter hat Keiths Laptop, seine Notizen und sein Handy mitgenommen. Das hat etwas zu bedeuten. Außerdem ist da noch die Waffe …«

»Was ist damit?«

»Angenommen, Keith hat sie mitgenommen. Vielleicht dachte er, dass dank jüngerer Fortschritte in der Kriminaltechnik inzwischen Spuren daran festgestellt werden könnten.«

»Und?«

»Und wo ist sie jetzt? War sie in der Tasche?«

»John, der Mörder von Sergeant Davies wurde vor ein Erschießungskommando gestellt.«

»Jemand wurde vor das Erschießungskommando gestellt, das schon.«

Einen Augenblick lang herrschte Stille in der Leitung. »Also, wovon reden wir hier – ein gesunder junger Mann wird von einem über Neunzigjährigen überwältigt und ermordet? Oder vielleicht war es ja auch ein Geist – in den sozialen Medien werden Sie einige finden, die diese Ansicht teilen. Wir mussten diese Woche ein halbes Dutzend dieser Leute vom Tatort verscheuchen.«

Rebus stützte sich mit einer Hand seitlich am Wohnwagen ab. Auf dem Boden unter ihm lagen Zigarettenkippen. Er ging in die Hocke, um eine aufzuheben. Der Filter war ein Streifen zusammengerollte Pappe. Joints. Anscheinend war Cider nicht das einzige Laster, dem Cameron frönte.

»Wie lange werden Sie sie behalten?«, fragte Rebus Creasey.

»Wir sind schon fertig. Deshalb habe ich auch keine Zeit mit Ihnen zu verschwenden. Ihre Freundin holt sie ab. Ach, und übrigens – die undichte Stelle? Strathy und der anonyme Brief? Glauben Sie bloß nicht, dass ich nicht weiß, wer dahintersteckt. Also schönen Dank auch dafür, John. Kooperation funktioniert immer nur in beide Richtungen.«

»Also ich kooperiere doch, wie ein braver Bürger. In der Nacht, in der Keith ermordet wurde, hat Ron Travis ein Motorrad gehört.«

»Das hat er erwähnt.«

»Auf Hawkins' Anwesen steht ein Motorrad. Damit kann jeder fahren, der will. Fragen Sie doch mal, ob jemand an dem Abend damit unterwegs war. Ach, und die Party auf Strathy

Castle, von der Keith unsanft entfernt wurde? Ich vermute, Ihr Freund Colin Belkin hat an seinem Rauswurf mitgewirkt. Vielleicht könnten Sie mal von einer unschuldigen Frau ablassen und diesen Hinweisen folgen …«

Rebus verstummte, offenbar redete er mit sich selbst. Ein Blick aufs Display ergab, dass er noch Empfang hatte, aber keinen Gesprächspartner mehr. Creasey hatte aufgelegt.

»Arschgeige«, brummte er. Nach einem weiteren Blick auf die Überreste von Camerons Joints drückte er die Klinke der Wohnwagentür. Sie war unverschlossen. Er duckte sich unter dem Türsturz durch und trat ein. Es war eng und muffig, neben der Spüle standen unzählige Becher und Gläser. Dem Aussehen nach wurde die kleine Kochplatte nicht häufig benutzt. Cornflakes und die Milch dafür, sie wurde in einer Schüssel mit Wasser gekühlt. Das Bett war eingeklappt und zum Tisch geworden. Über den Boden verteilten sich amerikanische Comics. Die Toilette war eine winzige Kabine, die aussah, als würde sie gleichzeitig als Dusche fungieren, ein schwacher Abwassergeruch drang heraus.

»Kann ich Ihnen helfen?«

Cameron stand draußen vor dem Wohnwagen, Tabak und Papers in der Hand. Rebus versuchte, möglichst nicht schuldbewusst zu wirken, als er rückwärts wieder in den Hof trat.

»Hab mich nur gefragt, ob zufällig ein Revolver bei Ihnen herumliegt«, erklärte Rebus.

»Was sollte ich damit anfangen?«

»Vielleicht gibt's ja einen Markt für Sammler.«

»Und ich würde May dafür beklauen?« Der Barmann konzentrierte sich auf die Zigarette, die er rollte. »Meinen Sie wirklich, dass ich das fertigbringen würde, nachdem sie mir so viel

Gutes getan hat?« Als er schließlich den Rand des Papiers anleckte, begegnete sein Blick dem von Rebus.

»Okay, sagen wir mal, Sie sind der edle Ritter, der den Revolver mitnimmt, um jemanden zu schützen.«

Cameron griff in die Gesäßtasche seiner Jeans und zog ein Feuerzeug heraus. Er zündete sich die Zigarette an und atmete tief ein, machte sich einen Spaß daraus, Rebus eine Riesenrauchwolke entgegenzublasen.

»Schauen Sie sich um, so viel Sie wollen, da drin werden Sie keinen verrosteten alten Revolver finden.«

»Sie kannten Keith doch ein bisschen – hat er ihn mitgenommen?«

»Im Pub war immer viel los, wenn er da war.«

Rebus nickte langsam. »So was ist einfacher, wenn nicht viel los ist, dann steht nicht immer jemand hinter dem Tresen. Oder so was verschwindet nach Kneipenschluss.«

Cameron blinzelte durch den Rauch. »Auf die Art könnte man ein paar Leute ausschließen.«

»Hatten Sie mal Ärger mit der Polizei?«

»Weil ich tätowiert und gepierct bin, meinen Sie wohl?« Er zeigte auf die Jointkippen am Boden. »Wenn er kifft, kann er nicht astrein sein.« Seine Lippen formten ein bitteres Lächeln. »Sam hat immer gesagt, Sie sind ein Dinosaurier. Allmählich wird mir klar, wie sie das gemeint hat.« Ein letzter Zug an der dünnen Zigarette, und sie war aufgeraucht. Er schnippte sie zu Boden. »Ich bin eigentlich rausgekommen, um Ihnen zu sagen, dass Joyce McKechnie eine Tüte für Sie abgegeben hat. Steht auf dem Küchentisch.«

»Danke.« Erneut begegneten sich die Blicke der beiden Männer, woraufhin beide kurz nickten.

Rebus sah Cameron hineingehen, er wartete ein paar Augenblicke und folgte ihm.

Die Küche war leer, aber dort, wo sein Suppenteller gestanden hatte, wartete jetzt ein Becher Tee. Er nahm einen Schluck, dann öffnete er die Tüte. Zeitschriften. McKechnie hatte die Ecken der fraglichen Seiten umgeknickt. Empfänge auf Strathy Castle, Veranstaltungen andernorts, bei denen Lord Strathy zu Gast gewesen war. Auf einem Foto durchschnitt er ein rotes Band anlässlich der Einweihung eines modernisierten Schulhofs. Auf einem anderen eröffnete er eine Vogelbeobachtungsstation »Im Herzen von Flow Country«. Rebus' ungeschultem Auge schien Flow Country aus unzähligen Meilen Ödnis zu bestehen: flach, baumlos, farblos. Aber Strathy wirkte zufrieden, oder zumindest wohlgenährt und guter Dinge. Nach den gesellschaftlichen Anlässen zu schließen, trank er wohl ganz gerne Wein. Auf fast allen Aufnahmen hielt er ein Glas Roten hoch erhoben, den Mund geöffnet, wie um laut zu jubeln. Sein Gesicht war rosig, der Bauch dick, das Haar schütter, und er hatte ein schelmisches Funkeln in den Augen.

Anhand der Veröffentlichungsdaten glaubte Rebus erkennen zu können, auf welcher Party Keith ungebeten aufgetaucht war. Die Namen der fotografierten Gäste sagten ihm wenig, aber er erkannte Lady Isabella Meiklejohn und Salman bin Mahmoud unter ihnen. Stewart Scoular war ebenfalls dort, auf einer Aufnahme ganz rechts, auf einer anderen hinter jemandes Schulter. Siobhan hatte einen mit bin Mahmoud befreundeten Italiener erwähnt, und es gab nur einen Namen, der auf die Beschreibung passte – Giovanni Morelli. Hübsches Gesicht, den Arm um Lady Isabellas Taille gelegt. Moment, aber … da war noch jemand, den Rebus kannte. Martin Chappell stand neben seiner Frau Mona. Beide hielten Champagnergläser in den Händen und lächelten in die Kamera. Rebus hatte Chappell nie kennengelernt, wusste aber ganz genau, wer er war.

Der Chief Constable von Police Scotland.

Auf dem Foto stand Mona Chappell zwischen ihrem Mann und Stewart Scoular, als wären die drei alte Freunde.

Rebus nahm sein Handy und fotografierte die Seite ein paarmal aus unterschiedlichen Perspektiven. Als er draußen eine Stelle fand, an der er Empfang hatte, schickte er sie Siobhan Clarke. Er wartete ein paar Minuten, wünschte, er würde noch rauchen, er hatte immer noch den Geruch von Camerons Selbstgedrehter in der Nase, der Geschmack hing ihm im Rachen. Zur Beruhigung berührte er den Inhalierer in seiner Tasche. Bislang hatte er ihn auf der gesamten Reise nicht gebraucht. Er fragte sich, ob das an der Luftqualität lag.

»Oder daran, dass ich keine Stufen mehr steigen muss«, sagte er zu sich selbst, ging wieder nach drinnen, holte seinen Becher Tee in der Küche ab und verzog sich ins Büro.

Er wusste, die letzte Aufnahme war die von dem Gespräch mit Frank Hess. Aber als er draufklickte, fragte er sich, ob etwas schiefgelaufen war – sie war nicht mal halb so lang wie die anderen. Als er anfing, sie zu hören, begriff er, warum. In den ersten Minuten war alles in Ordnung. Keith fragte Hess, wie er die Jahre nach dem Krieg verbracht hatte, und erkundigte sich nach seinen verschiedenen Jobs – hauptsächlich als Arbeiter und Handwerker –, aber auch nach seiner Familie. Als sie auf Camp 1033 zu sprechen kamen, reagierte Hess zunehmend aufgewühlt.

»Ich habe das aus meinem Kopf gelöscht – alles.« Seine Stimme klang plötzlich sehr hoch, er sprach mit deutschem Akzent, aber einem Anflug von schottischer Satzmelodie. »Wenn die anderen sich daran erinnern wollen, von mir aus. Ich möchte vergessen dürfen – das ist doch mein gutes Recht, oder?«

Keith: »Natürlich, aber Sie müssen doch auch glückliche Erinnerungen an die Zeit haben. An den meisten Tagen durften Sie das Lager verlassen. Soweit ich weiß, haben Sie auf verschiedenen Farmen gearbeitet und einige der Trockenmauern repariert, die heute noch stehen. Sie haben sich mühelos in die einheimische Gemeinde eingegliedert.«

»Na und? Ich frage Sie, Keith, na und? Das ist lange her, und alle, die ich damals gekannt habe, sind inzwischen tot. Warum sollte ich mich daran erinnern wollen?«

»Helen ist nicht tot. Stefan und Joe auch nicht.«

»Aber so gut wie – wir werden alle bald die Würmer füttern. Diese Welt befindet sich auf dem besten Weg ins Chaos. Haben Sie's noch nicht gemerkt? Ich habe Vergleiche mit den Dreißigerjahren gehört. Alle sind verbittert und zeigen mit dem Finger auf die anderen, geben ihnen die Schuld an ihrem eigenen Elend. Das war eine schreckliche Zeit damals, und jetzt wieder, wir leben wieder in einer schrecklichen Zeit. Bitte verlangen Sie nicht von mir, das alles noch mal auszugraben.«

»Ich will ja nur …«

»Nein, Keith, nein – es reicht. Ich habe Ihnen schon oft versucht zu erklären, dass das nichts für mich ist. Schalten Sie's aus. Wir sind fertig.«

»Es gibt so wenige, die sich noch erinnern. Nur noch eine letzte Frage zu dem Revolver, dann …«

»Es reicht, habe ich gesagt!«

Eine dritte Stimme schaltete sich ein. Rebus erkannte sie: Jimmy Hess.

»Du lieber Himmel, Keith, willst du, dass er einen Herzinfarkt bekommt?«

»Wir unterhalten uns doch nur, Jimmy.«

»Kann sein, aber jetzt ist das Gespräch zu Ende. Alles in Ordnung, Grandpa?«

»Mir geht's nicht gut.«

»Ich hab dir ja gesagt, dass er nicht scharf drauf ist«, sagte Jimmy Hess. »Pack deine Sachen ein – wir sehen uns später noch auf einen Drink.«

»Ich wollte Sie nicht verärgern, Frank«, entschuldigte sich Keith.

»Wenn das wahr wäre, wären Sie überhaupt gar nicht erst hergekommen«, bellte der alte Mann.

»Schauen Sie, ich schalte aus«, sagte Keith, und damit endete die Aufnahme.

Rebus wusste jetzt, warum Frank Hess an dem Abend nicht im Pub erschienen war. Vielleicht war es ihm tatsächlich nicht gut gegangen, aber das war nicht der einzige Grund gewesen. Wie lautete noch mal das Zitat, das besagt, die Vergangenheit sei ein fremdes Land? Es gab Dinge in seiner eigenen Vergangenheit, an die er auch lieber nicht erinnert werden wollte. Da waren zu viele Leichen für nur einen einzigen Keller.

»Wie läuft es denn?«, fragte May Collins vom Eingang aus.

»Wie lange stehen Sie schon da?«

»Nicht lange.« Sie zeigte auf seinen leeren Becher. »Brauchen Sie Nachschub?«

Rebus schüttelte den Kopf. »Frank Hess ist wohl keiner von der gesprächigen Sorte, wie?«

»Frank ist ein mürrischer alter Sack. Was man so hört, war er aber auch als junger Mann schon so. Seine einzige Tochter kam vor ungefähr zehn Jahren bei einem Autounfall ums Leben. Ihr Mann war mit ihr im Wagen und ist ebenfalls gestorben. Sie waren auf einer Party gewesen, hatten was getrunken und gedacht, es macht nichts – auf den Straßen hier in der Gegend ist ja nicht viel los. Dann sind sie von der Straße abgekommen und gegen einen Baum gerast.« Collins seufzte. »Hat nicht gerade zur Besserung seiner Sicht aufs Leben beigetragen.«

»Dann sind jetzt nur noch er und Jimmy übrig?«

Collins nickte. »Jimmy hat zwei Schwestern, aber die leben im Süden. Jede wäre bereit, Frank bei sich aufzunehmen, aber er gibt nicht nach. Ab und zu kommen sie mal vorbei, damit Jimmy Pause hat.«

»Familie, hm?«, meinte Rebus, weil ihm nichts Besseres einfiel.

»Ich denke, wahrscheinlich leben wir heutzutage alle viel zu lange, das ist das Problem. Wie heißt der Film, wo man nur ein bestimmtes Alter erreichen kann? Dieser Science-Fiction.«

»Mit Michael York«, sagte Rebus. »Hab den Titel vergessen, aber ich glaube, die wurden rausgepickt, bevor sie vierzig wurden.«

»Schlechte Nachrichten für uns beide«, sagte May lächelnd. »Irgendwelche Neuigkeiten zu Sam?«

»Die sind fertig mit ihr. Ging nur um ein paar Fragen über Keith und Lord Strathy.«

»Wegen des Grundstücksverkaufs?« Sie sah ihn nicken. »Joyce hat mir von den Zeitschriften erzählt. Meinst du, Strathys Verschwinden hat damit zu tun?«

»Weiß der Himmel, May«, Rebus fuhr sich mit der Hand über die Stirn. »Vielleicht unterscheide ich mich gar nicht so sehr von den Geisterjägern, die ins Lager wollten.«

Collins lachte. »Davon hab ich gehört. Die hatten ihre volle Ausrüstung dabei – an Maschinen befestigte Zauberstäbe, mit denen sie rumgefuchtelt haben, dann haben sie gewartet, dass was passiert.«

»Das ist mehr oder weniger genau das, was ich hier mache.« Rebus nickte in Richtung Computer.

»Mehr als das.« Er spürte, dass sie erneut eine Hand nach seiner Schulter ausstreckte. Er stand auf, und sie ließ die Hand sinken, dann bückte er sich nach dem USB-Stick. Als er sich wieder aufrichtete, war sie weg.

28

Siobhan Clarke war einige Male in Gartcosh gewesen, aber nicht besonders häufig und inzwischen auch schon seit einer ganzen Weile nicht mehr. Es lag ungefähr eine Autostunde von Edinburgh entfernt, von Glasgow aus vermutlich weniger als eine halbe Stunde. Die Landschaft drumherum verströmte noch immer eine trostlose postindustrielle Atmosphäre. Weit und breit keine Häuser, Hotels oder Geschäfte. Das Präsidium stand völlig isoliert, in weiter Ferne zu der Welt, in der man ermittelte. Der Scottish Crime Campus ähnelte vom Aussehen her einer modernen Fachhochschule, wenn auch durch einen hohen Zaun und ein Wärterhäuschen von der Außenwelt abgeschottet – jeder Besucher musste daran vorbei. Clarkes Dienstausweis war überprüft worden; man hatte ihn fotografiert und ihr einen Besucherausweis ausgestellt.

»Achten Sie darauf, ihn jederzeit sichtbar zu tragen«, hatte man sie ermahnt.

Nachdem sie mehre automatische Glastüren mit Luftschleuse passiert hatte, wartete sie, bis Fox dies auch getan hatte. Bis zum Haupteingang des Gebäudekomplexes war es nur ein kurzer Weg, trotzdem geschah unterwegs etwas mit Fox. Er bewegte sich selbstbewusster, und seine Schultern lockerten sich, sein Gesichtsausdruck entspannte. Hier wurden seine Fähigkeiten anerkannt und geschätzt. Clarke fragte sich, ob es ihr genauso gehen würde, wären ihre Rollen vertauscht. Als sie die Vorhalle durchquerten, konnte er es sich nicht verkneifen, den Fremdenführer zu spielen, er zeigte vage in die Richtung des HMRC und der Staatsanwaltschaft. Nachdem sie eine Treppe hinaufgestiegen waren, war die Abteilung für Terrorbekämpfung dran. Aber sie wollten auf die andere Seite der Vorhalle und in Fox eigenen Herrschaftsbereich, zu Major Crime.

Fox' Mitarbeiterausweis baumelte an einem Band um seinen Hals, unterschied sich deutlich von dem instabilen Besucherausweis und ermöglichte auch das Öffnen einiger Sicherheitstüren. Fox führte Clarke jetzt durch eine dieser Türen und einen schmalen Gang entlang. Die Büros auf beiden Seiten waren identische Glaskästen. Seine Kollegen saßen größtenteils an Computern, stierten auf Bildschirme, manchmal sprachen sie leise in Headset-Mikros. Andere telefonierten oder saßen bei Besprechungen zusammen. Das alles sah so aufregend aus wie ein Steuerbüro, die Männer trugen Hemden und Krawatten, die Frauen unauffällige Blusen in gedeckten Farben. Hier und da wurde Fox mit einem Nicken begrüßt, Clarke bekam neugierige Blicke ab. Sie hatte häufig mit Mitarbeitern von Major Crime telefoniert, kannte einige aus ihrer E-Mail-Korrespondenz mit Namen. Aber sie erkannte kein einziges Gesicht.

Fox betrat einen der Räume. Zwei Schreibtische, von denen nur einer besetzt war.

»Wo ist Robbie?«, fragte er.

»Der holt Kaffee«, sagte die bebrillte junge Frau. »Dir auch einen schönen guten Morgen, Malcolm.«

»Verzeihung, Sheena«, entschuldigte er sich. »Das ist DI Clarke.«

»Siobhan«, setzte Clarke lächelnd hinzu.

»Auf deinem Schreibtisch hängt ein Post-it«, teilte Sheena Fox mit.

Er pflückte es von seinem Computerbildschirm und las, was darauf stand.

»Betrugsdezernat«, erklärte er Clarke. »Soweit die feststellen können, ist Scoular sauber. Er hat Geschäfte mit Offshore-Banken und Unternehmen gemacht, aber das ist in seiner Branche nicht unüblich.« Fox zerknüllte den Zettel und warf ihn in den Papierkorb.

»Schön, Sie kennengelernt zu haben, Sheena«, sagte Clarke und folgte Fox, der zielstrebig wieder hinausging.

Auf der anderen Seite der Halle befand sich ein Kaffeestand, eine kurze Schlange lebhaft Plaudernder wartete davor. Nicht weit davon gab es Sitzgelegenheiten, und Fox näherte sich einem Mann, der dort Platz genommen hatte.

»Hallo, Robbie.«

Der Mann blickte auf. Er war in seinen Dreißigern, sein Schädel war vollständig rasiert. Als er aufstand, sah Clarke, dass er ein gutes Stück über eins achtzig war und dürr wie ein abgenagter Knochen.

»Warst du weg, Malcolm?«, erkundigte er sich.

»Dienstlich – und du?« Fox merkte, dass Robbie Clarke ansah, weshalb er die beiden einander vorstellte.

»Wollt ihr Kaffee?«, fragte Robbie und schüttelte Clarke die Hand.

»Kaffee wäre schön«, sagte sie, bevor Fox ablehnen konnte. Sie stellten sich in die Schlange. Robbie hatte seinen ausgetrunkenen Becher schon in den Müll geworfen.

»Wo wohnen Sie, Siobhan?«, fragte er.

»Edinburgh. Und Sie?«

»Motherwell.«

»Da fahre ich manchmal zum Fußball hin. Sind Sie Fan?«

»Allerdings. Welche Mannschaft?«

»Hibs.«

»Tut mir sehr leid für Sie.«

Fox schaute allmählich ungeduldig, da sich die Schlange nur sehr langsam vorwärtsbewegte.

»Malcolm hat nicht viel für Fußball übrig – oder für sonst irgendwas.«

»Das stimmt nicht«, behauptete Fox defensiv.

»Was war der letzte Film, den du gesehen hast?«, fragte ihn Robbie. »Das letzte Buch, das du zu Ende gelesen hast?«

»So ist er immer«, beschwerte sich Fox gegenüber Clarke. »Nichts macht ihm mehr Spaß, als andere aufzuziehen.«

Robbie grinste, den Blick immer noch auf Clarke gerichtet. »Wissen Sie, wieso mir das niemand übel nimmt?«

»Weil man es sich mit Ihnen lieber nicht verscherzt?«

»Und warum ist das so, was meinen Sie?«

»Weil alle auf Gefälligkeiten aus sind.«

»Weil sie auf Gefälligkeiten aus sind«, wiederholte Robbie bekräftigend, schaute jetzt zu Fox. »Und es muss immer alles sofort geschehen, besonders wenn Major Crime anklopft, das bringt es doch so ziemlich auf den Punkt, oder, Malcolm?«

Fox war jetzt am Anfang der Schlange. Ohne Clarke zu fragen, bestellte er zwei Cappuccino. »Robbie?«, fragte er.

»Für mich auch.«

Nachdem er bezahlt hatte, dauerte es noch eine ganze Weile, bis sich der Barista an die Arbeit machte.

»Der Kaffee ist es wert, glauben Sie mir«, sagte Robbie zu Clarke. »Dann schauen Sie sich also hin und wieder ein Spiel an?«

»Leider nicht so häufig, wie ich möchte.«

Er reichte ihr eine Visitenkarte. »Wenn Sie das nächste Mal, bevor oder nachdem sich unsere Mannschaften gegenseitig zerfleischen, was trinken gehen wollen …«

»Siobhan ist mit einem DCI zusammen«, sagte Fox warnend.

»Man kann's ja mal versuchen.«

»Einem DCI mit null Interesse an Fußball«, präzisierte Clarke und steckte die Visitenkarte ein.

Sie gingen mit ihren Kaffees zurück zu den Sitzgelegenheiten, suchten sich eine ruhige Ecke.

»Das ist hier als Breakout-Bereich gedacht«, sagte Fox, nahm den Deckel von seinem Kaffee, damit er schnell abkühlte. »Theoretisch sollen sich hier die verschiedenen Disziplinen treffen und Informationen austauschen.«

»Wobei aber niemand den Mund aufmacht, wenn er nicht unbedingt muss – alle haben Schiss, dass ihnen hinterher die Lorbeeren durch die Lappen gehen«, sagte Robbie.

»Das ist nicht wahr«, brummte Fox in seinen Becher.

»Aber Sie haben natürlich vollkommen recht«, sagte Clarke zu Robbie, »wir gehören tatsächlich zu den vielen Leuten, die eine Gefälligkeit wollen. Malcolm hat gesagt, was Überwachungskameras angeht, kommt in ganz Gartcosh niemand an Sie heran.« Sie hoffte, das war nicht zu dick aufgetragen, aber er kam ihr vor wie einer, der sich gerne den Bauch kraulen ließ. »Sie können Bilder herausarbeiten, aus verschwommenen Schatten identifizierbare Gesichter hervorzaubern und so weiter.«

Robbies Schulterzucken war bestenfalls gespielt bescheiden. »Ich bilde mir ein, dass ich ziemlich gut bin«, gestand er schließlich.

»Deshalb sind wir ja auch den ganzen Weg von Edinburgh hergefahren, um mit Ihnen zu sprechen.«

»Der saudische Student?«, vermutete er. Clarke nickte langsam. »Der muss es sein, ansonsten ist es in Edinburgh zurzeit ja recht ruhig, oder?«

»Drogen, Banden, Überfälle – aber insgesamt relativ ruhig, ja.«

»Malcolm kann euch ja jetzt helfen. Er wird die Fälle in null Komma nichts aufklären.«

»Es sei denn, du hältst uns den ganzen Tag hier auf«, sagte Fox.

»Ich nehme an, es handelt sich um Nahaufnahmen? Keine tollen Lichtquellen? Vielleicht auch mit Scheinwerferabblendlicht, das alles noch komplizierter macht?«

»Mehr oder weniger genau das«, sagte Clarke. Sie hatte den Blick nicht von Robbie abgewendet, hoffte, ihre Miene würde eher einnehmend als verzweifelt wirken.

»Es geht um einen Wagen in der Nähe des Tatorts«, ergänzte Fox. »Erst fährt er eine Straße entlang, dann parkt er – wir *denken*, es handelt sich um denselben Wagen.«

»Stammt das Material aus den Kameras der Stadtverwaltung?«

»Macht das einen Unterschied?«, fragte Clarke.

»Radarkameras sind dafür gebaut, Kennzeichen lesbar zu machen. Reine Überwachungskameras sollen eher allgemein abschreckend wirken.«

»Mit anderen Worten, sie sind nicht so gut.«

»Wenn derjenige nachts durch die Stadt gefahren ist, kann es sein, dass eine Radarkamera ausgelöst wurde – auf leeren Straßen treten die meisten Fahrer ohne nachzudenken aufs Gas. Rote Ampeln sind eine andere Möglichkeit – wenn die Straße frei ist, rasen einige drüber, und manchmal werden sie von der Kamera erwischt.« Robbie schaute beide Detectives an. »Ihr habt das noch nicht überprüft, oder?«

»Nein«, gestand Fox.

»Dann mach ich das gleich«, Robbie trank von seinem Kaffee.

»Wir wären Ihnen sehr dankbar«, erklärte Clarke.

»Sie können sich bei mir revanchieren, indem Sie dafür sorgen, dass meine Mannschaft Ihrer Mannschaft in der nächsten Saison möglichst viele Punkte abnimmt.«

»Sie sind ein harter Verhandlungspartner«, sagte Clarke lächelnd, streckte die Hand aus, um den Deal zu besiegeln.

Sie waren fast schon wieder im Erdgeschoss, als Fox stehen blieb, da er die Person erkannte, die ihnen auf der Treppe entgegenkam. Auch Clarke wusste, wen sie vor sich hatte: ACC Jennifer Lyon. Sie las etwas vom obersten Blatt eines Papierstapels ab, während sie gleichzeitig telefonierte, eine Schulter- und eine Aktentasche machten ihr das Leben dabei nicht leichter. Als sie Fox sah, beendete sie das Gespräch. Das Handy verschwand mit den Unterlagen in ihrer Tasche.

»Malcolm«, sagte sie, wobei es ihr gelang, aus seinem Namen gleichzeitig eine Feststellung und eine Frage zu machen.

»Mögliche Fortschritte im Fall bin Mahmoud«, erklärte er. »Robbie darf jetzt nur nicht zu lange darauf sitzen bleiben.«

»Ich werde darauf achten, dass es nicht liegen bleibt«, versicherte ihm Lyon.

»Das ist DI Siobhan Clarke. Sie hilft mir heute.«

»Ihrem Blick nach zu urteilen, würde ich sagen, DI Clarke hält das für ein Understatement.« Clarke bekam ein schmales Lächeln geschenkt, aber keine freie Hand zur Begrüßung gereicht. Dann an Fox gerichtet: »Ich muss sowieso mit Ihnen sprechen, Malcolm.« Und zu Clarke: »Unter vier Augen, DI Clarke. Vielleicht wollen Sie sich einen Kaffee oder so etwas holen.«

Clarke sah sie die Stufen hinaufsteigen, Fox bedeutete ihr, sie möge in der Vorhalle auf ihn warten. Statt sich einen Kaffee zu holen, suchte sie die Toiletten auf, setzte sich und zog ihre Hände aus der Tasche. Rebus hatte ihr einige Zeitschriftenfotos geschickt. Sie betrachtete diese kurz, dann rief sie ihn an.

»Das ist der Chief Constable«, sagte sie.

»Ich weiß.«

»Ich habe auch einige Fotos von der Party gesehen, aber das nicht.«

»Meinst du, er ist mit Stewart Scoular befreundet?«

»Das höre ich zum ersten Mal.«

»Das Bild ist auf der Party entstanden, auf der Keith uneingeladen erschienen ist und sich keine Freunde, aber ein Riesentheater wegen der Übernahme von Camp 1033 durch die Gemeinde gemacht hat.«

»Langsam, das ist mir alles neu.«

»Keith wollte, dass die Meiklejohns der Gemeinde Land verkaufen, um Camp 1033 zum Besucherzentrum auszubauen. Da er mit seinem Anliegen nicht weiterkam, ist er auf die Party geplatzt. Weißt du noch, der Gärtner?«

»Colin Belkin?«

»Ich nehme an, dass er derjenige war, der Keith rausbefördert hat. Ich bin übrigens Angharad Oates begegnet, draußen bei der Kommune, sie kümmert sich um Jess Hawkins' kleinen Sohn. Da steht auch eine Kawasaki, möglicherweise wurde sie in der Nacht, in der Keith ermordet wurde, von jemandem auf der Straße gehört.«

»Das sind eine Menge Spuren, John. Ich vermute, allmählich zeichnet sich ein Muster ab.«

»Kann sein. Deine Freunde Lady Isabella, bin Mahmoud und Morelli waren übrigens auch auf besagter Party.«

»Du denkst nicht, dass Keith mit ihnen zu tun gehabt haben könnte?«

»Wenn ich nur in der Position wäre, sie das zu fragen – oder besser gesagt, diejenigen unter ihnen, die nicht ermordet wurden.«

»Da kann es keinen Zusammenhang geben …«

»Zwei Morde, Siobhan.«

»Hunderte von Meilen weit auseinander, John.«

»Aber kannst du trotzdem fragen?«

»Ich hab ganz schön zu tun.«

»So klingst du aber nicht. Dem Hall nach zu urteilen, würde ich sagen, du sitzt auf dem Klo.«

»Muss an deinem Handy liegen.«

»Wenn du meinst. Aber sprichst du mit Meiklejohn und Morelli?«

»So häufig, wie ich die beiden sehe, wollte ich ihnen schon die Gründung einer Wohngemeinschaft vorschlagen.«

»Meinst du, die haben was damit zu tun?«

»Wir lassen gerade Material aus Überwachungskameras überprüfen.«

»Für so was ist Robbie Stenhouse der richtige Mann.« Rebus redete weiter, als sie nicht sofort antwortete. »Wart ihr schon bei ihm?«

»Woher zum Teufel kennst du Robbie Stenhouse?«

»Der Mann ist eine Legende. Hast du vielleicht noch andere Gesichter auf den Bildern erkannt, die mich interessieren könnten.«

»Nicht wirklich. Stewart Scoular kennst du ja.«

»Mir gefällt, wie er sich auf jedes zweite Foto schleicht. Wenn sein Konsortium hinter dem Golfresort steckt und die Party dazu diente, potenziellen Investoren Honig ums Maul zu schmieren, kann ihm Keiths Auftritt kaum Freude bereitet haben. Denk dran, was aus Donald Trumps Bauvorhaben in Aberdeen geworden ist?«

»Ich hab die Reportage im Fernsehen gesehen.«

»Leute wie Scoular brauchen das Gefühl, die Kontrolle zu haben. Keith hat sicher nicht dazu beigetragen.«

»Aber trotz Dutzender Zeitungsartikel und Erwähnungen im Wirtschaftsteil, kein einziges Wort über Keith und seinen Workshop. Sie hatten praktisch keine Medienpräsenz.«

»Er stellte keine Gefahr dar. Willst du das damit sagen?«

»Ich will sagen, man konnte ihn getrost ignorieren.«

»Vielleicht hat jemand die Nachricht nicht verstanden, Siobhan.« Rebus stieß einen langen und geräuschvollen Atemzug aus.

»Gibt's sonst noch was zu berichten?«, fragte sie. »Wie geht's Samantha?«

»Immer noch nicht unter Anklage. Außerdem, denke ich, taut das Eis allmählich zwischen uns.«

»Das ist gut.«

»Bist du in Gartcosh?«

»Ich warte auf Malcolm – Jennifer Lyon wollte ihn sprechen.«

»Worüber?«

»Ich weiß es nicht.«

»Mauerst du jetzt?«

»Nur ein bisschen.«

»Wie geht's meinem Hund?«

»Er bekommt nicht die Aufmerksamkeit, die er braucht.«

»Das Gefühl kennen wir alle, hm? Seid ihr der Aufklärung denn ein bisschen näher gekommen?«

»Die Frage kann ich dir erst beantworten, wenn Robbie seinen Zauber hat walten lassen.«

»Na dann viel Glück – wir sprechen später.«

Clarke beendete den Anruf. Sie hatte eine Nachricht von Graham Sutherland erhalten, er wollte von ihr wissen, wie es lief.

Fahren bald los, schrieb sie zurück.

Als sie die Toiletten verließ, war noch immer keine Spur von Fox. Und alle freien Sitzplätze waren weg. Ein vorbeikommender Beamter mit weißem Hemd und Schulterklappen erkundigte sich, ob sie Hilfe bräuchte.

»Ich warte nur«, entgegnete sie gereizt. In zwei Minuten würde sie zum Wagen gehen, in fünf losfahren, Fox könnte dann ja sehen, wie er nach Edinburgh zurückkam. Aber sie wusste, dass sie das nicht übers Herz bringen würde.

Außerdem musste sie Fox ja die Neuigkeiten über den Chief Constable erzählen.

Jennifer Lyon hatte Fox in ihrem Vorraum warten lassen, wo er nun ihrer Sekretärin gegenübersaß, die an ihrem Computer arbeitete. Endlich öffnete sie die Tür und beorderte ihn mit einem gekrümmten Finger heran. Als er eintrat und die Tür hinter sich schloss, saß sie schon wieder am Tisch.

»Gibt es etwas zu berichten?«, fragte sie knapp.

»Wir machen Fortschritte bei den Ermittlungen im Fall bin Mahmoud.«

Sie überging die Mitteilung mit einem denkbar kurzen Nicken. »Und Mr Scoular?«

Fox dachte über seine Antwort nach. »Wenn es Schmutziges bei ihm gibt – ich meine richtig Schmutziges –, dann hat er's gut versteckt. Das Betrugsdezernat hat nichts gefunden. Ich kann Cafferty zeigen, dass wir unsere Arbeit gemacht haben – einschließlich Überwachung –, aber das ist es auch, es sei denn, wir entscheiden uns, ins Detail zu gehen: das Telefon anzuzapfen, den Computer …«

»Wer hat ihn überwacht?«

»Nur ich in meiner Freizeit.«

»Das erklärt, warum Sie so übernächtigt wirken.« Sie hielt inne. »Aber ich weiß es zu schätzen.«

»Macht mir nichts aus.«

»Vom Team hat sonst niemand mitbekommen, was Sie da treiben?«

Fox schluckte. »Nicht, soweit mir bewusst ist.«

»Nicht einmal DI Clarke?«

»Nein, Ma'am.« Ihm fiel auf, dass Lyon ihn mit beinahe übernatürlicher Ruhe anstarrte.

»Malcolm«, sagte sie gedehnt und presste die Handflächen aneinander, »wir, Sie und ich, müssen über Morris Gerald Cafferty sprechen …«

29

Die Mienen der Mitarbeiter des Teams in Leith reichten von erwartungsvoll, über hoffnungsvoll bis skeptisch. Clarke reagierte schulterzuckend, während Fox verkündete, die Überprüfung der Überwachungskameras werde »vorrangig behandelt«.

»Dann dürfen wir also damit rechnen, bereits in einigen Wochen und nicht erst in mehreren Monaten Ergebnisse vorgelegt zu bekommen?«, vermutete Ronnie Ogilvie.

»Sei nicht so negativ, Junge«, sagte George Gamble und unterdrückte ein Rülpsen nach der Mittagspause. »Das war bislang immer *mein* Spezialgebiet.«

Die Bemerkung führte zu gequältem Grinsen ringsum. Clarke ging zwischen den Schreibtischen durch – Schreibtische, auf denen sich (mit Ausnahme von Christine Essons) unzählige Unterlagen verteilten – und bahnte sich einen Weg um weitere Papierstapel auf dem Boden herum, bis sie die Mord-Wand erreichte. Es war entmutigend, wie wenig Bemerkenswertes sie jüngst hatten ergänzen können. Anscheinend war nicht ausreichend Sauerstoff im Raum. Sie liefen Gefahr, in einen Trott zu verfallen. Als Graham Sutherland schließlich aus seiner Kammer auftauchte, verriet sein Gesichtsausdruck, dass er kurz davor war, sie alle anzuweisen, noch einmal von vorne anzufangen und alles, was sie bereits überprüft hatten, ein zweites Mal zu überprüfen.

»Gartcosh?«, fragte er.

»Läuft«, erwiderte Clarke.

»Im ersten oder im fünften Gang?«

Der Scherz war müde, erzeugte aber ein kleines bisschen Heiterkeit. Ihr gelang immerhin ein Mundwinkelzucken. Sutherland stellte sich neben sie.

»Plötzlich einsetzende Gewissensbisse wären schön«, meinte er. »Beim Täter oder jemandem, der ihn kennt. Es gibt *immer* jemanden, der etwas weiß. Früher hätten wir uns auf der Straße nach Tratsch umgehört.«

»Wir könnten eine Belohnung ausschreiben.«

»Der Gedanke ist mir auch schon gekommen.«

»Eine weitere Pressekonferenz abhalten? Ein bisschen Begeisterung bei der Presse entfachen?«

»Die haben sich inzwischen alle auf den verschwundenen Lord Strathy verlagert.«

»Einer Quelle zufolge vergnügt er sich mit Lord Lucan in einem Casino in Monte Carlo«, meldete sich Tess Leighton hinter ihrem Computer zu Wort.

»Ich kann dem nachgehen, wenn ihr wollt.« Christine hatte sich gemeldet wie ein Kind im Klassenzimmer.

Clarke senkte die Stimme, bevor sie Sutherland fragte, ob er Druck von oben bekommen hatte.

»Nicht mehr als sonst auch«, brummte er. »Aber die Saudis haben inzwischen eine andere Platte aufgelegt. Es finden Geschäftsverhandlungen statt, und unsere offenkundige Inkompetenz wird bereits als Druckmittel eingesetzt. Salman ist in ziemlich kurzer Zeit von einer Persona non grata zum verehrten Märtyrer avanciert.«

»Pragmatismus siegt.«

»Wobei wir in diesem Fall die Prügelknaben sind.« Sutherland starrte an die Wand.

»Was uns aber nicht von unseren Aufgaben ablenken darf. Glaubt ihr nicht, dass wir gleich am Anfang etwas übersehen haben? Könnte es sich lohnen, noch mal einen Blick auf den Autopsiebericht zu werfen, auf den Bericht der Spurensicherung …?«

»Alle kriminaltechnischen Berichte?«, fiel Clarke ihm ins Wort. »Dann können wir alle noch mal zur Vernehmung vorladen und die Met bitten, ihre Datenbanken zum zehnten Mal zu durchforsten.«

»An dem Punkt bin ich schon wieder angelangt, oder?«, fragte Sutherland kleinlaut.

»Nur ein bisschen früher als erwartet.« Dieses Mal lächelten sie beide.

»Leute«, rief Christine Esson, »schaut euch das mal an.«

Sie scharten sich um ihren Schreibtisch, Clarke etwas später, weil sie noch durch eine Nachricht auf ihrem Handy aufgehalten wurde. Sie kam von Laura Smith.

Überraschung!

»Na so was«, sagte George Gamble, der beim Durchqueren des Raums vor lauter Anstrengung schwer atmete.

»Das scheint vor Issy Meiklejohns Haus zu sein«, sagte Fox, den Blick auf die Nachrichten auf Essons Bildschirm geheftet. »Kannst du den Ton einschalten?«

Esson war gerade dabei, als Clarke dazustieß. Issy Meiklejohn, die ihren Vater augenscheinlich erleichtert stützte, wurden mehrere Kameras und Mikros entgegengehalten.

»Hätte nicht gedacht, dass es so ein Aufsehen gibt«, sagte Ramsay Meiklejohn, sein Gesicht war röter denn je, der Blick sprang von einer Kamera zur nächsten, von einem Reporter zum nächsten.

»Wer hat das angezettelt?«, fragte Sutherland. »Wieso erfahren wir es als Letzte?«

»Pst!«, sagte Christine Esson. Und als sie merkte, was sie getan hatte: »Bei allem Respekt, Sir.«

»Nur ein paar Tage dringend benötigte Ruhe und Erholung«, erklärte Meiklejohn. »Ein bisschen Schlaf nachholen, frische Luft und Bewegung.«

»Wo waren Sie denn, Lord Strathy?«, schrie ein Reporter von hinten aus dem Gedränge.

»Wir werden keine kostenlose Werbung machen«, fiel Issy Meiklejohn ein. »Ich bin einfach nur froh, dass mein Vater unversehrt zurück ist, wobei ich daran keine Zweifel hatte. Meiner Ansicht nach wurde das ganze Affentheater von der Polizei inszeniert, um vom eigenen Versagen bei der Aufklärung des Mordes an Salman bin Mahmoud abzulenken. Jetzt sollte endlich die unfähige Handhabung des Falls ins Zentrum Ihrer Aufmerksamkeit rücken.«

Meiklejohns Vater nickte, schob die Unterlippe vor, um seine vollste Zustimmung zu bekunden.

Sutherland tippte mit dem Zeigefinger auf den Bildschirm. Das Video wurde auf einer lokalen Nachrichtenwebsite live gesendet. »Sie sagen, Sie wissen, wo das ist?«, fragte er Fox.

»Siobhan und ich waren vor ein paar Tagen dort.«

»Warum in Gottes Namen sind Sie dann noch hier? Los geht's!«

»Und wenn er nicht bereit ist mitzuspielen?«

»Wir ermitteln in einem Mordfall und haben Fragen an ihn. Wenn er nicht kooperieren will, nehmen Sie ihn fest.«

Clarkes Blick war noch immer auf den Bildschirm geheftet, vor allem auf Meiklejohns Tochter. »Könnte auf ein Angebot im Doppelpack hinauslaufen«, warnte sie.

»Dann ist das eben so«, sagte Sutherland. »Jetzt setzt euch in Bewegung, alle beide!«

Es war keine lange Fahrt von der Polizeiwache bis in die St. Stephen Street, trotz der Unwägbarkeiten durch Straßenarbeiten und Umleitungen.

»Gab es je eine Zeit, in der Edinburgh keine Baustelle war?«, fragte Fox durch zusammengebissene Zähne. Zur Abwechslung saßen sie in seinem Wagen. Damit frische Luft hereinkam, hatte Clarke ihr Fenster ein paar Zentimeter weit heruntergelassen. »Willst du mir wirklich nicht verraten, was Lyon wollte?«

»Wirklich nicht.«

»Aber es hatte mit Cafferty und den Videos zu tun?«

»Wie die Pet Shop Boys gesungen haben, *My Lips Are Sealed.*«

»Das waren Fun Boy Three.«

Fox runzelte die Stirn. »Bist du sicher?«

»Wenn du nicht nett zu mir bist, behalte ich meine Neuigkeiten für mich.«

»Was sollen das für Neuigkeiten sein?«

»John hat mir Bilder aus einer Zeitschrift gezeigt, aufgenommen in Strathy Castle.«

»Die hab ich gesehen.«

»Du hast ein paar auf deinem Computer, aber diese hast du nicht – auf einem ist unser lieber Chief Constable mit seiner Frau zu sehen, beide scheinen Stewart Scoular durchaus freundschaftlich verbunden zu sein.«

Er starrte sie an.

»Schau auf die Straße, Malcolm.«

»Wann war das?«

»Als du bei Lyon warst.«

»Und das hast du für dich behalten, weil …«

»Ich hab drüber nachgedacht. Willst du meine Theorie hören?«

»Na los.«

»Angenommen, der Chief Constable ist einer von Scoulars Investoren …«

»Ich würde meinen, das liegt über seiner Gehaltsklasse, oder?«

»Ein paar Tausend könnte er schon aufbringen – und Scoular würde ihn definitiv an Bord haben wollen.«

»Andere Investoren könnten sich dadurch bestätigt sehen«, stimmte Fox ihr zu.

»Ich vermute, dass Cafferty dahintergekommen ist.«

»Wie?«

»Vermutlich, weil Martin Chappell ein Name ist, den Scoular im Gespräch gerne beiläufig erwähnt.« Fox nickte langsam. »Und wenn wir feststellen, dass Scoular Dreck am Stecken hat …«

»Würde Chappell vorzeitig in den Ruhestand treten, um Police Scotland potenzielle Peinlichkeiten zu ersparen.«

»Und Jennifer Lyon würde auf den Thron nachrücken.«

»Leuchtet mir ein«, sagte Fox.

»Jetzt, da ich dir das gesagt habe, gehst du damit zu ihr?«

»Darüber muss ich nachdenken.«

»Wenn ja, dann will ich dabei sein.«

»Ich nehm's zur Kenntnis. Du hattest noch keine Gelegenheit, es Graham zu sagen?«

»Nein, und ich denke, dabei sollte ich es auch belassen, es sei denn, wir sehen einen Zusammenhang zu dem Mord.« Clarkes Handy brummte. Sie kannte die Nummer nicht, ging aber trotzdem dran.

»DI Clarke?«, sagte die Stimme. »Hier spricht DS Creasey. Ich gehöre dem Ermittlerteam im Fall Keith Grant an.«

»Ja?«

»Sie haben davon gehört?«

»Ich bin mit John Rebus befreundet. Hat er Ihnen nicht diese Nummer gegeben?«

»Doch, hat er – er hat sie mir gerade aufs Handy geschickt und meinte, Sie könnten ein nützlicher Kontakt sein. Dass Sie befreundet sind, hat er nicht erwähnt.«

»Was kann ich für Sie tun?«

»Ich mach's kurz – auf der A9 hat man immer nur phasenweise Empfang. Sie haben von Lord Strathys Wiederauftauchen gehört?«

»Ja.«

Fox schenkte Clarke einen fragenden Blick, aber sie ignorierte ihn.

»Ich würde gerne mit ihm sprechen, bevor er Edinburgh verlässt. Haben Sie die Möglichkeit, das in die Wege zu leiten?«

»Wir sind Ihnen weit voraus, DS Creasey. Wir haben nämlich selbst ein paar Fragen an ihn.«

»Könnten Sie ihn bis zu meiner Ankunft bei der Stange halten? Allerdings brauche ich noch ein paar Stunden.«

»Nur ein paar? Da werden die Radarfallen ja einiges zu tun bekommen. Wir behalten Strathy so lange auf der Polizeiwache in Leith wie möglich. Schreiben Sie mir, wenn Sie da sind, dann hole ich Sie ab.«

»Ich bin Ihnen sehr dankbar.«

Auf Clarkes Handy wartete ein weiterer Anruf. Sie beendete die Verbindung und tippte auf Annehmen.

»Klingt, als würdest du Auto fahren«, hörte sie Rebus.

»Malcolm fährt. Wir sind auf dem Weg, Seine Lordschaft einzusammeln.«

»Fragt ihn nach der Party, auf der Keith aufgetaucht ist – wir müssen wissen, was da wirklich passiert ist.«

»DS Creasey ist schon unterwegs. Er wird ihm die Fragen stellen.«

»Aber du hast ihn zuerst.«

»Und ich weiß nicht mehr über den Fall als das, was du mir erzählt hast. Klär mich mal über Creasey auf.«

»Er ist fähig, aber nicht unbedingt erbaulich. Und er folgt einer Spur, von der er glaubt, dass sie zu Samantha führt.«

»Aber ein Vollidiot ist er nicht?«

»Nein, das nicht.«

»Und bereit, hundertfünfzig Meilen weit zu fahren, um eine Nebenfigur zu vernehmen.«

»Lord Strathy könnte eine sehr viel größere Rolle spielen, Siobhan. Soweit ich sehe, schlägt er Profit aus seinem Namen und dem Umstand, dass ihm ein Schloss gehört. Er will größere Teile seines Grundbesitzes erschließen, aber dem stehen Bürgerproteste entgegen. Vielleicht hat er Keith und Jess Hawkins als bewegliche Hindernisse betrachtet. Für Strathy wäre es ein großer Gewinn, wenn Hawkins wegen Mordes an Keith belangt werden könnte.«

»Du meinst, wenn er den Mord untergeschoben bekäme.«

»Das musst du im Hinterkopf behalten, wenn du deine Fragen stellst. Nur weil einer aussieht wie Billy Bunter, heißt das nicht, dass er nicht total ausgefuchst sein kann.« Rebus hielt inne. »Ist dir noch eingefallen, welche Rolle unser Chief in dieser Sache spielen könnte?«

»Die Parteilinie lautet: keine.«

»Kehren die ihn unter den Teppich?«

»Warte mal«, sagte sie und wandte sich an Fox. »Geht schneller, wenn du hier abbiegst.«

Er folgte ihrem Vorschlag, musste aber feststellen, dass ein Stück weiter vorne ein Müllllaster die Straße blockierte. Knurrend trat er auf die Bremse und setzte zurück. »Wir reden später weiter, John«, sagte Clarke in ihr Handy. »Jetzt muss ich mich erst mal wegen meiner Abkürzungstipps im Staub wälzen …«

In der St. Stephen Street packten die Medienleute bereits ein. Während Fox noch einen Parkplatz suchte, ging Clarke an die Haustür und klingelte bei Issy Meiklejohn.

»Was ist?«, knisterte es in der Sprechanlage.

»Detective Inspector Clarke«, kündigte sie an.

»Hat ja nicht lange gedauert.«

Clarke lauschte dem Summer, der ihr signalisierte, dass die Tür entriegelt worden war. Sie stieg hinauf bis zu Issys Treppenabsatz. Die Wohnungstür stand bereits offen, Issy hatte sich wie ein Wachposten davor platziert.

»Ich muss mit ihm sprechen«, sagte Clarke.

»Er ist müde.«

»Hübscher Trick mit der kleinen PK vor der Haustür – freundlich gesinnte Medienvertreter, allesamt handverlesen, vermute ich?« Sie schaute der größeren Frau über die Schulter.

»Kommen Sie später wieder«, verlangte Issy Meiklejohn.

Clarke schüttelte den Kopf. »Mein Chef möchte Lord Strathy auf der Wache sehen. Ihr Vater wird mich dorthin begleiten müssen. Draußen steht ein komfortabler Wagen, nicht als Polizeifahrzeug zu erkennen, kein Aufsehen.«

»Das ist absurd.«

Clarke zuckte mit der Schulter. »Dennoch«, sagte sie und verstummte.

»Warten Sie hier«, sagte Meiklejohn nach kurzer Überlegung. Sie schloss die Tür, ließ Clarke auf dem Treppenabsatz stehen. Clarke testete heimlich die Klinke, aber die Tür war verschlossen.

Es dauerte über zwei Minuten, bis sie wieder aufging. Lord Strathy trug einen olivgrünen Tweedanzug, dazu ein weißes Hemd mit offenem Kragen. Er hatte sich nicht rasiert, silbrige Bartstoppeln zeigten sich auf seinen dicken Backen, sein Blick wirkte amüsiert und sein Atem roch nach Whisky. Seine Tochter hatte sich ihren dreiviertellangen dunkelroten Mantel übergezogen, trug dazu ihren schwarzen Rollkragenpullover und eine enge, in kniehohen Stiefeln steckende Hose. Sie vergewisserte sich, dass sie ihre Schlüssel und ihr Handy eingesteckt hatte, dann führte sie ihren Vater nach draußen und schloss die Tür. Clarke verfasste eine kurze Nachricht an Fox.

Wir kommen.

»Die Anwältin meines Vaters möchte wissen, auf welcher Wache sie zu uns stoßen kann«, fragte Issy Meiklejohn. »Sie heißt Patricia Coleridge und ist sehr, *sehr* gut …«

»Ich kenne sie«, erwiderte Clarke und richtete ihre Aufmerksamkeit auf Lord Strathy. »Patricia Coleridge hat sich auf Strafrecht spezialisiert – interessant, was für Anwälte Sie kennen.«

»Patsys Vater war mit meinem auf der Schule«, erklärte Issy Meiklejohn. »Seither sind die beiden Familien befreundet.«

»Warum wundert mich das nicht?«, fragte Clarke halblaut, als sie die Treppe hinunterstiegen.

Issy Meiklejohn blieb kochend vor Wut auf einem Stuhl im Gang sitzen, während ihr Vater in das Vernehmungszimmer B auf der Polizeistation Leith geleitet wurde. Sutherland hatte Clarke und Fox grünes Licht gegeben. Er hatte bereits mit Patricia Coleridge gesprochen, ihr versichert, dass man keine Vorwürfe erheben wolle und ihr Klient nicht verwarnt werden würde, allerdings unter dem Vorbehalt, dass sich dies auch sehr schnell ändern könnte, sollte er nicht kooperieren.

Clarke wusste, dass Coleridge juristisch ebenso auf Zack war wie modisch. Die Anwältin hatte ihre große ledergebundene Schreibmappe bereits geöffnet und die Kappe ihres teuer wirkenden Kugelschreibers abgeschraubt, das strohblonde Haar trug sie als lange Mähne, ihre Wangenknochen waren hoch und ihr Blick aus grauen Augen durchdringend. Ein Brillenetui lag unberührt neben ihr bereit. Das Gespräch sollte nicht aufgezeichnet werden, man wollte sich zunächst informell unterhalten.

Strathy sah sich augenscheinlich verwirrt in dem engen Raum um.

»Sie müssen nicht alle Fragen beantworten«, riet Coleridge ihm. Nach einem Küsschen auf die Wange nahm er neben ihr Platz. »Ein schlichtes ›kein Kommentar‹ genügt.«

Fox hatte einige Ermittlungsunterlagen mitgebracht und betrachtete nun die chronologische Abfolge der Ereignisse.

»Ich bezweifle, dass ich Ihnen weiterhelfen kann«, erklärte Lord Strathy und streckte ihnen seine geöffneten Handinnenflächen entgegen.

»Wo waren Sie in den vergangenen Tagen?«, fragte Clarke, kam direkt zur Sache.

»Kein Kommentar.«

»Während Sie verschwunden waren, wurden zwei Morde verübt. Einer hier und ein weiterer oben im Norden. Ist es nicht ein eigenartiger Zufall, dass Sie zur selben Zeit abtauchen.«

»Da besteht kein Zusammenhang, das kann ich Ihnen versichern.«

»Sie wussten, dass wir Fragen an Sie haben würden – haben Sie befürchtet, Ihnen könnte etwas rausrutschen?«

Coleridge seufzte theatralisch, spielte mit ihrem Stift. »Haben Sie nicht mehr zu bieten als hanebüchene Spekulationen, DI Clarke?«

Clarke ignorierte sie, hielt den Blickkontakt zu Ramsay Meiklejohn. »Wann haben Sie Salman bin Mahmoud zum letzten Mal gesehen?«

Er blies die Wangen auf. »Das ist Wochen her.«

»Wie viele?«

»Ungefähr vier oder fünf.«

»Hier oder oben im Norden?«

»In London. Bei einer kleineren Gesellschaft bei ihm zu Hause.«

»Ging es ums Geschäft oder ums Vergnügen?«

»Wahrscheinlich beides – heutzutage bekommt man nichts mehr umsonst, oder?« Er drehte sich lächelnd zu seiner Anwältin um, die keine Miene verzog.

»Denken Sie dran«, ermahnte sie ihn, »›kein Kommentar‹ genügt völlig.«

»Ich habe nichts verbrochen, Patsy«, erklärte ihr Meiklejohn.

»Trotzdem können Sie nicht angeben, wo Sie sich in den vergangenen Tagen aufgehalten haben«, stellte Fox fest.

Meiklejohn wandte sich wieder an die beiden Detectives. »Ich kann schon, aber ich möchte nicht.«

»Und Sie behaupten dennoch, Sie haben sich nicht versteckt?«

»Habe ich nicht, nein.«

»Und hatten Sie auch keine Angst?«, setzte Clarke hinzu. »Ich meine nicht Angst vor unseren Fragen – sondern Angst vor etwas oder jemandem?«

»Absolut nicht.« Keinem der beiden Detectives blieb verborgen, dass er dabei ein bisschen auf seinem Sitz herumrutschte.

Seine Anwältin versuchte, mit einer eigenen Nachfrage davon abzulenken. »Es würde uns schon weiterbringen, wenn wir wüssten, warum genau Sie denken, Lord Strathy könnte Ihnen in dieser Angelegenheit helfen. Salman bin Mahmoud war ein Geschäftspartner, mehr nicht.«

»Geschäftsbeziehungen verschlechtern sich bisweilen, besonders wenn es um hohe Summen geht. Das Golfresort in der Nähe von Naver war auf mehrere Millionen veranschlagt, von denen einige in Ihre Tasche geflossen sind, Lord Strathy. Salman bin Mahmoud war einer Ihrer Investoren, oder?«

»Ein eher kleiner.«

»War er Ihnen Geld schuldig?«

»Im Gegenteil – eigentlich hatte er angekündigt, seine ursprüngliche Investition erhöhen zu wollen. Sein Tod war ein Schock und ein schwerer Schlag für uns.«

»Ein schwerer finanzieller Schlag, meinen Sie?«

Strathy nickte.

»Was war mit dem Kauf des Golfplatzes in Craigentinny – waren Sie daran auch beteiligt?«

»Nicht finanziell. Stewart Scoular hat natürlich davon gesprochen.«

»Wie gut kennen Sie Mr Scoular?«

»Wir haben hin und wieder geschäftlich miteinander zu tun.«

»Aber Sie laden ihn zu sich ein, zu Ihren Partys auf Strathy Castle.« Clarke gab Fox ein Zeichen, woraufhin dieser die Zeitschriftenfotos aus der Mappe zog und auf dem Tisch ausbreitete. Ein sonniger, windiger Tag, lächelnde Gesichter vor einem großen weißen Partyzelt, hocherhobene Champagnerflöten.

»Da ist Salman bin Mahmoud«, sagte Clarke und zeigte mit dem Finger auf ihn. »Und das ist Stewart Scoular.«

»Ihr Chief Constable war auch da«, entgegnete Meiklejohn. »Übrigens ein guter Bekannter von mir.«

»Das heißt, ein Investor?«

»Worauf wollen Sie hinaus?«, fiel Coleridge ihnen ins Wort, sah auf ihre schmale goldene Armbanduhr.

»Das war doch auch der Tag, an dem es einen Vorfall gab, oder?«, fragte Clarke. »Ein Mann namens Keith Grant ist hereingeplatzt …«

»War das an dem Tag?« Meiklejohn klang, als wäre er tatsächlich unsicher.

»Derselbe Keith Grant, der in einer der Baracken von Camp 1033 erschlagen wurde, auf Ihrem Grund und Boden, nur wenige Tage nach dem Mord an Salman bin Mahmoud.«

»Ich bin sicher, das ist alles sehr interessant«, schaltete sich Coleridge erneut ein. »Aber ich denke, Sie haben jetzt genug Zeit meines Klienten beansprucht.« Schwungvoll klappte sie ihre Notizmappe zu und schraubte die Kappe ihres Stiftes wieder auf, nachdem sie sich absolut nichts notiert hatte.

»Zwei Projekte«, drängte Clarke. »Zwei Männer sind tot, die damit in Verbindung standen, und plötzlich sind Sie, Lord Strathy, nirgendwo aufzufinden.«

»Wir gehen«, sagte Patricia Coleridge und stupste ihren Klienten an, wobei sie sich bereits erhob.

»Ein Beamter aus Inverness ist mit weiteren Fragen an Lord Strathy hierher unterwegs«, teilte Clarke ihr mit.

»Sofern Sie meinen Klienten nicht festnehmen wollen, Inspector, gehen wir jetzt.«

»Wenn Sie Angst haben, wir können Sie schützen«, versicherte Fox, beugte sich über den Tisch, um Meiklejohns ungeteilte Aufmerksamkeit zu bekommen. »Ist es Stewart Scoular – ist er es, vor dem Sie Angst haben?«

»Kein Kommentar«, stammelte Meiklejohn und machte Anstalten aufzustehen.

»Ihre Tochter teilt sich das Geschäftliche mit Ihnen, ist das so?«, fragte Clarke, ihr Ton wurde strenger. »Komisch, dass Sie nichts von Ihrem Besuch bei dem Opfer zu Hause in London erzählt hat.«

»Warum sollte sie das überhaupt wissen?« Meiklejohn hustete jetzt, stand auf, musste sich kurz abstützen, seine Hände griffen nach der Stuhllehne. Aber als er sich in Bewegung setzen wollte, knickten seine Knie ein, er wurde röter denn je, zuckte vor Schmerz zusammen. Coleridge stieß die Tür auf.

»Issy!«, rief sie.

Issy Meiklejohn eilte bereits herein, den Mund beim Anblick ihres Vaters erschrocken aufgerissen. Clarke telefonierte nach einem Arzt.

»Wir haben einen Defibrillator im Haus«, sagte Fox.

Lord Strathy beugte sich vor, presste sich flankiert von den beiden jungen Frauen eine Hand an die Brust.

»Wir brauchen einen Krankenwagen!«, schrie Issy.

»Es geht schon«, sagte er, tätschelte ihren Handrücken mit seiner freien Rechten. »Ich brauche nur ein bisschen Luft.«

»Du fährst ins Krankenhaus«, erwiderte sie mit Bestimmtheit. Dann an Patricia Coleridge gewandt: »Wie konntest du zulassen, dass die ihm das antun, Patsy? Wie konntest du nur?«

Der Blick, den Coleridge Clarke und Fox zuwarf, ließ keinen Zweifel daran, dass sie eine Möglichkeit finden würde, die Schuld irgendwie auf sie abzuwälzen.

Graham Sutherland war jetzt im Eingang aufgetaucht, ebenso andere Beamte und Mitarbeiter, die eine bessere Sicht auf die dramatischen Ereignisse haben wollten. Als sich sein Blick mit dem von Clarke traf, brachte sie nicht mehr als eine hochgezogene Augenbraue zustande. Vor einer Weile hatte er ihr gestanden, dass er dies sehr charmant fand, allerdings ging sie in diesem Moment nicht davon aus, ihn damit verzaubern zu können.

30

Als Creaseys Nachricht sie erreichte, ging sie rasch nach unten, um ihn zu begrüßen. Er hatte irgendwo an Leith Links geparkt und kam jetzt von der Queen Charlotte Street auf sie zu.

»DI Clarke«, vermutete er und winkte.

»Wie war die Fahrt?«

»Wie man sich's vorstellt.« Er wollte an ihr vorbei und die Polizeistation betreten, erstarrte aber, als er ihren Gesichtsausdruck sah. »Sie mussten ihn gehen lassen?«

»Er wurde wegen eines Herzanfalls ins Krankenhaus gebracht.«

»Einem vorgetäuschten?«

»Ich glaube nicht.«

»Scheiße.« Er legte den Kopf in den Nacken, schaute gen Himmel. »Hat er Ihnen irgendetwas mitgeteilt, das Ihnen weiterhilft?«

»Nicht so richtig.«

»Aber das Gespräch wurde aufgezeichnet.«

»Ich fürchte nicht.«

Er senkte den Kopf wieder, um sie genau anzusehen. »Wirklich nicht?«

»Wir wollten es zwanglos halten.«

»Wie weit ist es bis zum Krankenhaus?«

»Man wird Sie nicht zu ihm lassen.«

»Ich muss es versuchen.«

»Wollen Sie nicht erst mal einen Kaffee trinken?« Clarke sah, wie er den Kopf schüttelte. »Dann fahren wir mit meinem Wagen. Wahrscheinlich können Sie eine Pause gebrauchen.«

»Auf jeden Fall, aber ich hatte gehofft, sie mit Lord Strathy zu verbringen …«

Clarke schrieb Fox, was sie vorhatte, ging dabei mit Creasey zu ihrem Vauxhall Astra. Einige Minuten lang fuhren sie schweigend, Creasey lehnte sich an die Kopfstütze.

»Dann ist die A9 wohl nicht besser geworden?«, fragte sie. »Trotzdem muss es ganz schön sein, mal Abstand zu John zu gewinnen.«

Creasey schnaubte. »Das ist ein harter Brocken, wie man so sagt.«

»Gibt nicht vieles, als das er noch nicht beschimpft wurde. Aber er ist ein guter Detective, verliert niemals einen Fall aus dem Blick.« Sie hielt inne. »Denken Sie, dass Samantha es getan hat?«

»Sie oder ihr Liebhaber – das wäre das Standardszenario.«

»Dann sind die beiden Ihre Hauptverdächtigen?«

»Außer John Rebus sind jedenfalls alle dieser Ansicht. Er hat allerdings ein halbes Dutzend Verschwörungstheorien parat.« Creasey drehte sich auf seinem Platz halb um, sodass er sie direkt ansah. »Höchstwahrscheinlich sind das Ablenkungsmanöver.«

»Trotzdem sind Sie hier, DS Creasey.«

»Wie meinen Sie das?«

»Sie haben die weite Fahrt nach Edinburgh aufgrund einer von Johns Theorien unternommen. Er denkt, es fehlt Ihnen vielleicht an Fantasie – dass Sie die Reise auf sich genommen haben, verrät mir, dass er sich irrt.«

»Haben Sie lange mit ihm zusammengearbeitet?«

»Mir kam es jedenfalls lange vor.«

»Er scheint seinem Rentnerdasein nicht viel abgewinnen zu können. Ich weiß, dass es um die Freiheit und den guten Ruf seiner Tochter geht, deshalb ist er natürlich wild entschlossen – aber ich merke, dass es ihm Spaß macht, auch wenn er es selbst vielleicht gar nicht so betrachten würde.«

Clarke dachte an die Akten, die sich in Rebus' neuer Wohnung stapelten. Sie wusste, dass er ungelöste alte Fälle aufklären wollte. *Die hab ich mir fürs hohe Alter beiseitegelegt …*

»Ich denke, er glaubt, Samantha im Stich gelassen zu haben«, vertraute sie ihm an. »Nicht nur einmal, sondern immer wieder.«

»Und jetzt sieht er seine Chance, es wiedergutzumachen?« Creasey brütete eine Weile darüber, stierte die vorüberziehenden Geschäfte an. »Ich hätte längst fragen sollen – wie sieht es denn mit Ihrem Fall aus?«

»Wir könnten auch einen Durchbruch gebrauchen.«

»Aber es handelt sich doch um zwei verschiedene Fälle, oder?«

Clarke nickte. »Wobei es natürlich Verbindungen zwischen einzelnen Akteuren gab. Ihr Opfer hat sich bei Lord Strathy nicht gerade beliebt gemacht, Lord Strathy hatte geschäftlich mit der Familie bin Mahmoud zu tun, und mein Opfer war der beste Freund von Lord Strathys Tochter. Bislang zeichnet sich in keinem der beiden Fälle ein klares Motiv ab.«

»Doch, wir haben eins, hab ich ja schon gesagt.«

»Eifersucht? Eine Dreiecksbeziehung? Ich glaube nicht, dass Sie das wirklich denken.«

»Samantha hat ihren angeblich ehemaligen Liebhaber an dem Tag besucht, an dem ihr Freund getötet wurde. Er hat es mitbekommen, und es gab Streit.«

»Also ließen Keith und Samantha ihre kleine Tochter alleine zu Hause und fuhren gemeinsam in das alte Internierungslager? Finden Sie das einleuchtend?«

Statt einer Antwort lehnte Creasey sich wieder zurück an die Kopfstütze und schloss die Augen.

»Ist nicht mehr weit«, versicherte ihm Clarke. Dann: »Wir finden Lady Isabella durchaus interessant. Ich glaube, sie hat ein Händchen fürs Geschäft, auch wenn sie es ganz gut zu verbergen versteht. Was ich von ihrem Vater bislang mitbekommen habe, scheint er sich weniger als Firmenchef zu eignen.«

»Sie meinen, er ist nur das Aushängeschild? Und hinter dem Vorhang zieht seine Tochter die Fäden?«

»Sie steht Stewart Scoular nahe – er ist der Bauunternehmer, der die Verträge mit den Investoren schließt.«

»Und er war ebenfalls in Strathy Castle zu Gast.«

Clarke schaute ihn an. »Das war er tatsächlich.«

»Ich kann genauso gut wie jeder andere eine Google-Bildersuche starten«, erklärte Creasey.

Clarkes Aufmerksamkeit sprang hin und her zwischen der Windschutzscheibe und einer neuen Nachricht auf ihrem Handy.

»Soll ich's Ihnen vorlesen?«, fragte Creasey.

»Nur ein Kollege vom MIT, der wissen will, wie lange ich wegbleibe.«

»Werden Sie jetzt schon vermisst?«

Clarke schüttelte langsam den Kopf. »Es wurmt ihn nur, dass ich unseren Anschiss verpasse.«

»Gibt man Ihnen die Schuld an Strathys Zusammenbruch?«

»In meiner Abwesenheit? So gut wie sicher.«

»Aber Sie waren doch nicht alleine mit ihm im Raum?«

»Ein anderer DI namens Fox war mit dabei.«

»Der, dessen Identität Rebus sich geborgt hat?«

»Genau der.«

»Dann wird dieser Fox Sie also decken?«

Ein schiefes Lächeln machte sich auf Clarkes Gesicht breit, während sie blinkte und auf das Gelände der Royal Infirmary abbog.

Nachdem man ihnen gesagt hatte, sie sollten an der Rezeption der Notaufnahme warten, holte Clarke zwei Tassen heiße Schokolade.

»Ist das Nahrhafteste, was die Maschine hergibt«, entschuldigte sie sich.

Creasey nahm einen Probeschluck und zuckte zusammen. »Du lieber Himmel, ist das süß!«

Clarke ließ sich neben ihm auf einem der aufgereihten Plastikstühle nieder. »Und wie gefällt Ihnen die Hauptstadt bislang?«

Er rang sich ein müdes Lächeln ab, sagte aber nichts. Mehrere Minuten später war er schon wieder auf den Beinen und ging im Wartebereich auf und ab. Keiner der Patienten beachtete ihn, sie waren zu sehr mit ihren eigenen Sorgen beschäftigt. Er wirkte nicht krank, weshalb man ihn vermutlich für einen besorgten Freund oder Angehörigen hielt. Clarke war häufig hier gewesen, kannte sogar einige der grün gekleideten Sanitäter mit Namen. Es war nicht besonders viel los an dem Abend; oberflächlich schien alles ruhig. Aber sie wusste, dass hinter den Kulissen Menschen auf Rolltragen lagen und auf frei werdende Betten warteten, Menschen, die man vorübergehend vergessen hatte, weil andere Probleme schon wieder Vorrang hatten. Creasey hatte sein Handy aus der Tasche gezogen und las beim Auf- und Abgehen vom Display. Als es schließlich nichts mehr nachzusehen gab, setzte er sich wieder und nahm den Becher mit der heißen Schokolade, stierte auf die Haut, die sich auf deren Oberfläche gebildet hatte.

»Sie werden spät nach Hause kommen«, meinte Clarke. »Das ist so eine Sache an dem Job – er bringt alles andere durcheinander. Leben Sie in Inverness?«

»Culloden.«

»Verheiratet?«

»Noch nicht. Sie?« Er sah, wie sie den Kopf schüttelte. »Mein Freund sagt, vielleicht nächstes Jahr.«

»Was macht er beruflich?«, fragte Clarke.

»Er ist Internist.«

»Das heißt, Sie müssen beide mit schwierigen Arbeitszeiten jonglieren.« Sie wurde mit einem weiteren flüchtigen Lächeln belohnt. »Ich bin seit Kurzem mit einem Kollegen zusammen und weiß nicht, ob's wirklich funktioniert.«

»Meistens tut es das dann aber doch irgendwie, oder nicht?«

»Wahrscheinlich schon …« Sie unterbrach sich, als Issy Meiklejohn aus den Tiefen der Notaufnahme auf sie zumarschiert kam. Clarke und Creasey erhoben sich.

»Ich bin Detective Sergeant Creasey«, sagte Letzterer, um sich vorzustellen.

Issy Meiklejohn richtete ihren geballten Zorn gegen Clarke. »Was zum Teufel haben Sie hier verloren?«

»War nicht meine Idee«, meinte Clarke. »Wie geht es Ihrem Vater?«

»Er wird zurzeit noch untersucht.«

»Ich hatte gehofft, kurz mit ihm sprechen zu dürfen«, erklärte Creasey. Wenigstens hörte Meiklejohn ihn jetzt an.

»Warum?«

»Ich leite das Team, das im Mordfall Keith Grant ermittelt.«

»Was um Himmels willen hat mein Vater damit zu tun?«

»Wir sprechen mit allen Personen, die den Verstorbenen kannten.«

»Wenn das so ist, verschwenden Sie Ihre Zeit.«

»Mr Grant wollte, dass Ihr Vater das Grundstück verkauft, auf dem sich Camp 1033 befindet. Ich glaube, die Verhandlungen verliefen recht hitzig.«

»Mein Vater hat unzweideutig klargestellt, dass es keinen Verkauf geben wird. Außerdem war die vorgeschlagene Summe lachhaft. Schluss, Ende, aus.«

»Nichtsdestotrotz ...«

Meiklejohn trat einen Schritt näher heran, ihre Stirn befand sich nur wenige Zentimeter von Creaseys entfernt.

»Schluss. Ende. Aus.« Dann an Clarke gewandt: »Unsere Anwältin bereitet eine Beschwerde bezüglich Ihres Verhaltens vor.«

»Ich nehm's zur Kenntnis. Und ich hoffe aufrichtig, dass es Ihrem Vater bald besser geht.«

Meiklejohns Miene wirkte ein kleines bisschen milder. »Danke. Es gibt keinen unmittelbaren Anlass zur Beunruhigung.« Ihr Blick blieb noch einen Augenblick länger auf Clarke gerichtet, dann drehte sie sich um und ging davon. Sie kam bis zur Anmeldung, hielt inne, scheinbar in Gedanken verloren. Dann machte sie erneut kehrt und kam noch einmal zurück.

»Ein Wort unter vier Augen«, sagte sie zu Clarke, »bitte, wenn es möglich wäre.« Sie verwarf sowohl den Wartebereich wie auch den Platz draußen vor dem Eingang und steuerte stattdessen die Damentoilette an. Clarke folgte ihr mit einem an Creasey gerichteten Schulterzucken.

Hinter der Tür befanden sich zwei schmale Kabinen und ein Waschbecken. Meiklejohn vergewisserte sich, dass keine der Kabinen besetzt war. Sie lehnte sich an den Türrahmen, versperrte damit wem auch immer den Eintritt.

»Kann ich Ihnen vertrauen?«, fragte sie.

»Kommt drauf an.«

»Keiner dieser beiden Fälle betrifft meinen Vater. Wenn ich Ihnen etwas verraten würde, dürften Sie es niemandem weitererzählen.«

»Den Grund, weshalb er sich versteckt hat?«

»Er ist außer sich, wissen Sie? Er glaubt, sein guter Name wird durch den Dreck gezogen, sollte er in Zusammenhang mit einem Kriminalfall genannt werden. Darüber hinaus könnten auch künftige Geschäftsbeziehungen darunter leiden. Er hat sich nicht versteckt, nicht vor Ihren Ermittlungen und auch nicht, weil er vor jemandem Angst hatte.«

»Ich höre …«

Meiklejohn blickte Rat suchend gen Himmel – oder zumindest zu der fleckigen Raumdecke. »Das bleibt unter uns?«

»Es sei denn, ich halte es für sachdienlich.«

»Ich möchte nur, dass Sie aufhören, meinen Vater zu bedrängen.«

»Bei allem Respekt, ich denke nicht, dass wir …«

»Er hat eine Affäre, okay?«, platzte es aus Meiklejohn heraus. »Mit einer Frau in London. Er ist verheiratet. Sie ist verheiratet. Ihr Mann weiß nichts davon. Es ist alles sehr geheim.«

»Trotzdem hat er sich Ihnen anvertraut?«

»Das hat er immer schon getan.« So, wie sie es sagte, klang es nach einer Bürde. »Der Mann dieser Frau hat sich in den letzten Tagen im Ausland aufgehalten. Sie hatten die Chance, etwas länger Zeit miteinander zu verbringen, und das haben sie getan, ein Apartment gemietet, sich Essen liefern lassen, den Barschrank bestückt. Erst gegen Ende hat er die Fernsehnachrichten gesehen und einen Bericht über sich selbst. Danach ist er direkt zu mir gekommen.«

»Weil Sie ein Händchen dafür haben, solche Dinge in Ordnung zu bringen.« Es war eher eine Feststellung als eine Frage. »Wird die betreffende Frau dies bestätigen können?«

»Ich werde ihren Namen nicht verraten.« Meiklejohn verschränkte die Arme.

»Es fällt mir schwer, das ohne Überprüfung hinzunehmen, Issy.«

»Und wenn ich sie bitte, Kontakt zu Ihnen aufzunehmen? Geben Sie mir Ihre Nummer.«

Clarke diktierte sie ihr, Meiklejohn tippte sie in ihr Handy.

»Ich vertraue Ihnen, Inspector. Bitte enttäuschen Sie mich nicht.« Sie drehte sich um, zog die Tür auf.

»Da ich Sie schon mal hier habe …«, sagte Clarke.

»Ja?«

»Keith Grant.«

»Was ist mit ihm?«

»An dem Tag, an dem er ungebeten auf der Party Ihres Vaters …«

»Das war wahnsinnig peinlich.«

»Ging es um Gespräche mit potenziellen Investoren?« Meiklejohn nickte.

»War es das einzige Mal, dass Sie ihm begegnet sind?«

»Ich bin ihm in dem Sinne auch dort nicht begegnet. Er kam über den Rasen auf uns zu getobt, hat herumgeschrien, nur wegen dieses verfluchten Lagers.«

»Bis er von Colin Belkin vor die Tür gesetzt wurde?«

Meiklejohn schaute sie an. »Sie sind ja schrecklich gut informiert.«

»Bin ich gerne.«

»Mein Vater hat mir hinterher erzählt, wer das war – von dem Lager wusste ich natürlich und auch von den absurden Plänen, die diese Leute dafür hatten.« Sie zuckte mit den Schultern.

»Jess Hawkins ist Ihrem Vater aber ein größerer Dorn im Auge.«

»Das ist nur eine Frage der Zeit. Nächstes Jahr gibt es eine Nachbewertung – der Pachtbetrag wird heraufgesetzt, und die verzottelten Herumtreiber werden weiterziehen müssen.«

»Und mit ihnen auch Ihre ehemalige Stiefmutter.«

»Das ist kein großer Verlust, weder für meinen Vater noch für mich.«

»Zumal es ihm an weiblicher Gesellschaft nicht zu mangeln scheint.«

»Die Bemerkung war unter Ihrer Würde, Ms Clarke.«

»Detective Inspector Clarke, um genau zu sein.«

»Kann ich gehen?«

»Sagen Sie mir erst noch eins – Lord Strathy hat erklärt, er habe Mr bin Mahmoud wenige Wochen vor seinem Tod in London besucht.«

»Und?«

»Warum haben Sie gelogen?«

»Habe ich nicht«, fauchte Meiklejohn.

»Hat weder er noch Salman etwas davon Ihnen gegenüber erwähnt?«

»Offensichtlich nicht.«

»Dann haben die beiden ohne Ihr Wissen etwas ausgeheckt?«

Kurz sah es aus, als wollte Meiklejohn antworten, aber sie zog die Tür mit einem kalten Lächeln auf und ging.

Clarke stellte sich vor den Spiegel, starrte hinein, ohne sich wirklich zu sehen. Dann brummte ihr Handy: John Rebus.

»Gibt nicht viel zu berichten«, erklärte sie ihm, presste sich das Handy ans Ohr. »Strathy ist mit Anwältin erschienen, hat nicht viel gesagt und ist anschließend zusammengebrochen, derzeit befindet er sich noch in der Notaufnahme.«

»Ein ganz gewöhnlicher Tag im Büro, hm? Hat Creasey es noch rechtzeitig geschafft?«

»Nein. Er ist hier mit mir im Krankenhaus.«

»Strathy hat euch keine plausible Erklärung für sein Verschwinden geliefert?«

»Er mag seine Gründe gehabt haben – die mit keinem der beiden Fälle etwas zu tun hatten. Ich lasse die Geschichte überprüfen.«

»Und wie lautet die Geschichte?«

»Das fällt vorläufig noch in die Kategorie ›geheim‹.«

»Deshalb frage ich ja.«

»Später vielleicht, hm?« Sie hielt inne. »Creasey scheint seinen Job ganz gut zu machen.«

»Sagte sie, um das Gespräch auf ein anderes Thema zu lenken.«

»Ich kann im Moment wirklich nicht darüber reden.«

»Wird Creasey Gelegenheit bekommen, mit Strathy zu sprechen?«

»Heute Abend wahrscheinlich nicht. Strathy wird untersucht, und seine Tochter bewacht ihn.« Clarke fiel plötzlich etwas ein, sie riss die Toilettentür auf. Keine Spur von Creasey im Wartebereich der Anmeldung. Kaum hatte er seine Chance gesehen, hatte er sie auch schon ergriffen. »Ich muss los«, sagte sie zu Rebus, beendete das Gespräch.

Hinter der Trennwand wurden Stimmen laut. Clarke hatte sie gerade erreicht, als Creasey von zwei Ordnungskräften hinausgeführt wurde, dicht gefolgt von der laut schimpfenden Issy Meiklejohn.

»Das gibt eine weitere Beschwerde!«, bellte sie Clarke an, dann verschwand sie wieder hinter der Trennwand. Creasey hob beide Hände zum Zeichen seiner Kapitulation, woraufhin die Ordnungskräfte ihn ein letztes Mal finster ansahen und dann Meiklejohn folgten. Creasey zog sich aufwendig Jackett und Krawatte zurecht.

»Das war nicht unbedingt schlau«, beschied ihm Clarke.

»Ich wette, Sie hätten es genauso gemacht.«

Dem konnte sie nicht widersprechen. »Und?«

»Er hatte eine Sauerstoffmaske auf. Ich bezweifle, dass ich was verstanden hätte, selbst wenn er hätte antworten wollen.«

»Sie wird wirklich Beschwerde einreichen, das wissen Sie.«

»Vielleicht können Sie das Schreiben ja abfangen, da Sie beide nun ja beste Freundinnen sind.« Creasey zeigte zur Toilette, dann klingelte sein Handy. »Ich geh besser dran«, sagte er und trottete zum Ausgang.

»Wird nie langweilig, was?«, meldete sich eine Stimme.

Clarke schaute herunter zu demjenigen, der gesprochen hatte. Ein junger Mann saß jetzt neben ihr, rieb sich die verletzte Schulter.

»Wissen Sie, was ein ehemaliger Kollege von mir darauf geantwortet hätte?«

»Was denn?«, fragte er.

»Eins der besten Alben von Rod Stewart …«

Sie wollte Creasey nach draußen folgen – es brachte nichts, weiter in der Notaufnahme zu sitzen –, als er wieder hereinplatzte.

»Ich muss los.« Er wirkte abgelenkt, schaute überallhin, nur nicht zu ihr.

»Was ist denn los?«

»Kann ich nicht sagen.«

»Danke für das Vertrauen.« Jetzt sah er sie an, wenn auch nur kurz, führte sie am Oberarm nach draußen, hielt links und rechts Ausschau nach potenziellen Lauschern.

»Könnte sein, dass wir die Tatwaffe gefunden haben.«

»Den Revolver?«

»Hat Rebus Ihnen das erzählt?«

Sie nickte.

»Sieht aus, als würden sich getrocknetes Blut und menschliche Haare am Griff befinden.«

»Wo wurde er gefunden?«

»An der Straße, am Rand eines Feldes. Ich muss sofort zurück.«

»Der Wagen steht da hinten«, sagte sie und führte ihn zum Astra.

Auf der Fahrt telefonierte Creasey. Der Revolver würde forensisch untersucht werden. Die Suche um die Fundstelle herum musste wieder aufgenommen und intensiviert werden, falls der Täter noch etwas anderes weggeworfen hatte: blutverschmierte Kleidung vielleicht oder die aus Keiths Tasche entwendeten Gegenstände. Die Medien würden ebenfalls bald davon erfahren, sodass eine Pressekonferenz vielleicht gar keine schlechte Idee wäre. Einer von Creaseys Vorgesetzten bereitete sich darauf vor, ein Statement zu verlesen.

»Wir wollen bitte versuchen, es vorläufig noch geheim zu halten, ja?«, schloss Creasey. »Und gut gemacht – seht zu, dass das Team die Botschaft vernimmt. Aber jetzt nicht nachlassen. Wenn überhaupt, müssen wir uns jetzt noch mehr anstrengen als vorher.«

»Wie groß ist das Team?«, fragte Clarke, als er fertig war.

»Längst nicht groß genug«, gestand er.

»Pendeln Sie aus Inverness?«

»Wir haben uns einen Stützpunkt in Tongue eingerichtet. Ein paar Beamte sind aus Thurso, Wick, Ullapool, Dingwall dazugekommen … von überall her eigentlich. Ihr habt es leicht hier unten, habt alle Ressourcen, die ihr braucht.«

»Ein Leben im Luxus«, meinte Clarke. »Weshalb ich Ihnen auch ein Sandwich vor Ihrer Abreise anbieten kann.«

Creasey schüttelte den Kopf. »Ich muss unterwegs sowieso tanken, dann hol ich mir was.« In seinen Augen blitzte das Feuer eines Detectives, der das Gefühl hatte, einen Durchbruch in einem schwierigen Fall geschafft zu haben.

»Übrigens war es Ihr ehemaliger Kollege John, dem der Revolver aufgefallen ist, wissen Sie? Er hat gemerkt, dass er nicht mehr hinter dem Tresen im Glen hing.«

»Finden Sie heraus, wer ihn eingesteckt hat, dann haben Sie Ihren Mörder.«

Aber Creasey schüttelte den Kopf. »Wahrscheinlich hat ihn das Opfer selbst mitgenommen. Er war wie besessen von allem, das mit dem Lager zu tun hatte. Möglicherweise hatte er ihn selbst in der Tasche.«

»Wie kommt es dann, dass der Mörder ihn benutzt hat? Ich meine, wenn er in der Tasche gesteckt hat?«

»Vielleicht hat Keith ihn herausgeholt, weil er den Täter verjagen wollte, aber dieser hat ihn ihm abgenommen. Oder der Killer wusste, dass er da war, und wollte ihn sich holen.«

»Einen verrosteten alten Revolver aus dem Zweiten Weltkrieg?«

Die ursprüngliche Begeisterung wich aus Creaseys Gesicht. »Liegt noch viel Arbeit vor uns«, stimmte er ihr zu.

»Umso besser, dass Sie morgen früh frisch und munter zum Dienst erscheinen.«

»Das krieg ich schon hin«, versprach er.

Clarke zweifelte keinen Augenblick daran.

An Leith Links schüttelten sie sich kurz die Hände, dann fuhr er davon. Als sein Wagen in der Ferne verschwand, zog Clarke ihr Handy aus der Tasche und rief Rebus an.

Anruf fehlgeschlagen.

Sie versuchte es erneut, wieder mit demselben Ergebnis und verfasste stattdessen eine Nachricht.

Revolver gefunden. Creasey auf dem Rückweg.

Dann drückte sie auf Senden.

Fox musste sie vom Bürofenster aus gesehen haben, denn er war nach unten gekommen und stand jetzt an der Tür.

»Ich hoffe, du hast Neuigkeiten«, sagte er.

Sie sah ihn direkt an und hielt den Blick. »Kann ich dir vertrauen?«, fragte sie.

»Das weißt du doch.«

»Im Ernst, meine ich?«

Andererseits, was war sie Issy Meiklejohn überhaupt schuldig? Konnte sie *ihr* denn umgekehrt vertrauen?

»Okay«, sagte Clarke, »aber lass uns erst mal was essen – ich bin am Verhungern.«

31

Rebus saß im Wagen, fuhr raus zum Lager. Siobhans Nachricht hatte eine Weile gebraucht, bis sie bei ihm angekommen war, und Creasey ging nicht an sein Handy. Das Lager und der gelbe Container lagen an der Strecke zur Polizeiwache in Tongue. Entweder hier oder dort hoffte er auf Antworten. Aber bevor er ankam, sah er schon Lichter – nicht auf der Straße, sondern hinter einem niedrigen Mäuerchen. Ein paar Beamte standen in Hochsichtbarkeitswesten am Straßenrand, ihre Scheinwerferkegel schwenkten über den Boden, obwohl es noch gar nicht richtig dunkel war. Als Rebus abbremste, signalisierten sie ihm winkend, er möge weiterfahren. Er hielt ein Stück weiter und legte den Rückwärtsgang ein. Einer der Beamten kam rasch zu ihm heran und stellte sich hinter den Wagen, sodass Rebus bremsen musste. Dann kam er ans Seitenfenster, das Rebus bereits herunterließ.

»Fahren Sie weiter, Sir«, befahl ihm der Beamte.

Anstatt der Aufforderung zu folgen, schnallte Rebus sich ab und stieg aus. »Ich wollte Ihnen nur gratulieren«, sagte er. Aber der Beamte war fest entschlossen zu verhindern, dass Rebus sich dem Suchtrupp näherte. »Ich meine, zum Fund der Tatwaffe«, fuhr er fort. »Ich wollte DS Creasey sagen, dass er das super gemacht hat. Er ist nicht zufällig da, oder?«

»Steigen Sie bitte wieder in Ihr Fahrzeug, Sir.«

»Ist eine lange Fahrt für ihn aus Edinburgh, hin und zurück an einem Tag. Aber er wird wissen wollen, ob ihr noch was anderes aufgetrieben habt – vielleicht das Handy oder den Laptop …«

Der Beamte ließ sich nicht beeindrucken. Er hielt jetzt beide Arme ausgestreckt, bildete ein Ein-Mann-Abwehrschild. Über seine Schulter hinweg erkannte Rebus ein kleines weißes Zelt, in dem eine Laterne leuchtete.

»Sind die Kriminaltechniker noch da?«, spezifizierte er. »Ganz schön spät für deren Verhältnisse.«

»Sir …«

»Der Revolver wurde vermutlich schon zur Analyse losgeschickt – ich vermute mal, die Tatwaffe hat Priorität. Ist sonst noch was aufgetaucht?«

»Ich werde Sie festnehmen und dafür sorgen, dass Sie auf eine möglichst weit entlegene Wache gebracht werden, Mr Rebus.«

Endlich nahm Rebus Blickkontakt auf. Es war der Beamte von Camp 1033 – dem er den Stinkefinger gezeigt hatte.

»Ich bin nur von Natur aus neugierig«, erklärte er.

»Das heißt ja nicht, dass Sie nicht eine Nacht in einer Zelle verbringen können. Ist allerdings nicht so gemütlich wie ein Bett im Glen, also warum drehen Sie nicht einfach um und fahren dorthin zurück?«

»Richten Sie Creasey aus, dass ich nach ihm gefragt habe?«

»Worauf Sie sich verlassen können.«

Bezwungen setzte Rebus sich wieder ans Steuer. Aber bevor er losfuhr, schrieb er noch eine Nachricht an Creasey: *Sehen wir uns später im Pub?* Es dauerte eine Weile, bis sie gesendet wurde – nur ein einziger Balken. Mithilfe einer Ausweichbucht wendete er in drei Zügen und fuhr langsam nach Naver zurück. Als er an ihm vorbeifuhr, zeigte ihm der Beamte einen Stinkefinger.

»Okay, die Runde geht an dich«, sagte Rebus und erwiderte die Geste durch das geöffnete Fenster der Fahrerseite.

Er saß über eine Stunde an einem Tisch in der Ecke, überflog eine Zeitung nach der nächsten, las sogar Monate alte Angelzeitschriften. Das Medieninteresse war verflogen, jetzt da Lord Strathy wieder aus der Versenkung aufgetaucht war. May hatte Einspruch gegen das Einschalten des Fernsehers erhoben und Rebus beauftragt, Musik auszuwählen, weshalb jetzt Siobhan Clarkes CD lief.

»Das bringt Schwung in die Kneipe«, hatte sie gestichelt und ihm Cola nachgeschenkt.

Er hatte ihr nichts von dem Revolver erzählt. Creaseys Team würde sie oder ihren Vater bitten, ihn zu identifizieren, und dann würde der Spaß erst richtig anfangen. Aber das konnte alles bis morgen warten – May wirkte erschöpft, die hektischen Tage forderten allmählich ihren Tribut. Selbst Cameron schien in den Seilen zu hängen. Rebus schaute zu der einzigen Sicherheitskamera, die in einer Ecke an der hohen Decke hing. Wie May zugegeben hatte, diente sie nur der Abschreckung, war nie eingeschaltet.

»Aber sag das nicht der Versicherung«, hatte sie ergänzt.

Als sein Handy klingelte, ging Rebus sofort dran. Creaseys Stimme hallte, fast als würde er aus dem All anrufen. Rebus war nach draußen gegangen und auf dem menschenleeren Gehweg stehen geblieben.

»War's Glück oder gute Polizeiarbeit?«, fragte er.

»Ich vermute, Siobhan Clarke hat geplaudert – unmittelbar nachdem sie mir versichert hat, ich könne ihr vertrauen.«

»Vertrauen muss man sich verdienen – deshalb vertraut sie *mir*. Also erzählen Sie mal.«

»Ziemlich eindeutig eigentlich. Die Tatwaffe wurde nicht am Tatort gefunden, also müssen wir davon ausgehen, dass der Mörder selbst sie mitgenommen hat. Höchstwahrscheinlich ist er im Wagen des Opfers zurück nach Naver gefahren. Unterwegs hat er gemerkt, was da neben ihm liegt, hat die Scheibe runtergelassen und die Waffe rausgeworfen.«

»Und das Fenster offen gelassen – was auch erklärt, warum der Beifahrersitz feucht war.«

»Vielleicht wollte der Täter einen klaren Kopf bekommen«, sagte Creasey. »In der Nacht hat es geregnet, aber erst ab zwei Uhr. Da stand der Wagen höchstwahrscheinlich schon in der Haltebucht.«

»Er muss sich ziemlich sicher gewesen sein, dass keine Abdrücke an der Waffe sind.«

»Wenn der Täter noch klar denken konnte, schon.«

»Aber auf dem Sitz war kein Blut …«

»Vielleicht lag der Revolver ja auf den Notizen oder dem Computer. Und um noch mal auf die erste Frage zurückzukommen, ich habe meine Hypothese überprüfen lassen, indem ich ein paar Kollegen die Strecke vom Camp bis zu der Stelle ablaufen ließ, wo der Volvo abgestellt wurde. Ein paar haben auf der Straße gesucht, in den Gräben auch, andere auf den Feldern.«

»Das ist echte Polizeiarbeit«, gestand Rebus. »Ich wette, die Kollegen, die Sie dazu verdonnert haben, haben Sie dafür geliebt.«

»Die lieben mich jetzt umso mehr – allerdings graut mir vor meinem nächsten Kontoauszug.«

»Eine Runde Bier für alle? Na ja, Sie werden sich freuen zu hören, dass einige immer noch suchen. Was glauben Sie, wann Sie wieder da sein werden?«

»Ich bin gerade auf dem Weg nach Inverness.«

»Viel Glück, falls Sie um die Uhrzeit noch jemanden im Labor antreffen wollen.«

»Überstunden wurden bewilligt, und der ein oder andere Freiwillige hat sich gemeldet.«

Creasey hielt inne. »Ich muss es nur mit eigenen Augen sehen, John.«

»Ob Sie mir vielleicht ein Foto schicken würden?«

»Und Sie machen dann damit die Runde, halten es allen Verdächtigen auf Ihrer Liste vor die Nase? Wohl kaum.«

»Glauben Sie, Sie werden Fingerabdrücke finden? Gott weiß, wie viele Kneipenbesucher den Revolver im Lauf der Jahre in den Fingern hatten.«

»Darum kümmern wir uns später. Ich melde mich morgen noch mal. Stellen Sie nichts an bis dahin.«

»Haben Sie mit Siobhan über mich gesprochen?«

»Ein bisschen.«

»Dann wissen Sie ja, dass friedlich bleiben nicht zu meinen besten Eigenschaften gehört. Viel Spaß im Labor.«

»John …«

Für Rebus klang es, als sollte noch eine weitere Ermahnung folgen, aber er hatte bereits aufgelegt.

Cole Burnett lag auf seinem Bett, hatte Stöpsel in den Ohren und hörte dröhnend laut Musik und versuchte seine Gedanken damit zu übertönen. Was allerdings nicht funktionierte, nicht heute Abend. Seine Eltern waren nicht da, weiß Gott, wo die sich wieder herumtrieben, im Pub, auf einer Party. In letzter Zeit wechselte er kaum noch ein Wort mit ihnen. Er blieb in seinem Zimmer, rauchte Gras und warf ein paar Pillen ein. Manchmal steckte einer von beiden den Kopf zur Tür herein, brummte irgendwas von wegen Essen. Cole hatte nie Hunger; er würde später essen. Vielleicht würde er mitten in der Nacht den Kühlschrank plündern oder sich einen Marmeladentoast holen, vorausgesetzt einer von beiden hatte daran gedacht, Brot zu kaufen.

Heute hatte er eine Riesentüte Chips und ein Glas Erdnussbutter da. Die Erdnussbutter löffelte er mit dem Finger aus dem Glas, leckte ihn ab. Geiles Zeug. Zum Herunterspülen hatte er einen Viererträger Energy Drinks, eine halbe Flasche Wodka und einen Liter Limonade. Er war der König in seinem Reich, die Rollläden waren hochgezogen, das Fenster stand offen. Die Poster an der Wand erinnerten noch an seine Kindheit – Marvel-Superhelden und Zeichentrickfiguren. Außerdem eins von einer *Walking-Dead*-Folge aus dem Fernsehen und eins von *Narcos*. Er liebte *Narcos*. Die Abreibung, die er von Cafferty und seinem Handlanger eingesteckt hatte, wäre ganz anders verlaufen – *ganz* anders –, wenn er eine Waffe aus dem Hosenbund hätte ziehen können. Er wusste schon, wo er sich eine besorgen würde. Schließlich kannte er Leute, die Leute kannten. War aber teuer, und bis jetzt hatte er immer nur davon fantasiert, wie viel Macht ihm eine Pistole verleihen würde, aber nie wirklich eine gebraucht.

Das war jetzt anders. Und er hatte gehört, wenn man sich eine lieh und unbenutzt zurückbrachte, bekam man einen guten Teil der Anzahlung wieder zurück. Abgefeuert würde es teurer werden, aber nicht viel. Wegen der Rückverfolgbarkeit, hatte man ihm erklärt. Kugeln konnten den Waffen zugeordnet werden, mit denen sie abgefeuert wurden.

»Ich hab einen Tipp für dich, Cole – wenn du das Ding benutzt, dann hol die Kugel raus, wo auch immer sie drinsteckt. Lass sie nicht zurück.«

Er ging das Gespräch noch mal im Kopf durch, starrte an die Decke, verschränkte die Hände im Nacken. Er dachte an Les' Tante und dass das Haus, in dem sie seit neun Jahren wohnten, zur Fabrik werden sollte. Wenn es aufflog, würde sie ins Gefängnis wandern. Cafferty würde sich schön fernhalten. Der hatte eine schicke Wohnung irgendwo im obersten Stock eines Hauses im schöneren Teil der Stadt. Er besaß einen Club und einen großen Wagen und war umgeben von Leuten, die machten, was er von ihnen verlangte. Er hatte viele Dinge, die Cole gerne hätte. Aber wer war er schon? Was war er? Nur ein blöder Pisser, der Glück gehabt hatte. Er hatte keinen Umhang, der unsichtbar machte, und auch keine Superkräfte. Sein einziges Schutzschild war sein Ruf; er war einer der Typen, von denen die Besoffenen in den Altmännerkneipen schwadronierten.

Cole setzte sich auf, schwang die Füße vom Bett und auf den Teppichboden. Stellte die Musik aus. Er ging zum Fenster, stieß es so weit auf wie möglich. Er wollte den Kopf hinausstrecken und den Himmel anheulen, einen Himmel, der sich gerade erst verdunkelt hatte.

Stattdessen aber kehrte er zum Bett zurück. Setzte sich drauf. Schaute sein Handy an. Kaute auf seiner Unterlippe. Und wählte schließlich die Nummer.

»Scheiße, wer ist da?«, verlangte die Stimme am anderen Ende zu erfahren.

»Ich kann die Kohle auftreiben«, sagte Cole. »Wie schnell kann ich sie bekommen?«

»Bestimmte Wünsche in Bezug auf Marke und Modell?«

»Hauptsache, sie funktioniert.«

»Morgen. Alles Weitere später.«

Damit war das Gespräch beendet. Cole nahm die offene Dose Energy Drink und nahm einen Schluck, dann schrieb er ein paar Freunden. Zeit, ein paar Gefälligkeiten einzufordern …

Tag sechs

32

Rebus, May und Cameron saßen in der Küche beim Frühstück, als jemand an die verriegelte Eingangstür des Pubs hämmerte. May ging nachsehen, wobei Rebus ganz genau wusste, wer ihr dort begegnen würde.

Tatsächlich kehrte sie einigermaßen verdattert zurück, versuchte aber, es sich nicht anmerken zu lassen.

»Cameron«, verkündete sie. »Unsere Fingerabdrücke werden gebraucht. Die Polizei wartet im Schankraum.«

»Was ist denn los?«, fragte Cameron.

»Die haben eine Schusswaffe gefunden. Sie glauben, es könnte der alte Revolver von hier sein.« Sie holte ihre Jacke vom Garderobenständer. »Ich muss mitkommen – und von meinem Vater brauchen sie auch Fingerabdrücke.«

Cameron schob sich eine letzte Ecke Brot in den Mund und stand auf. Auch Rebus war schon auf den Beinen. Er folgte May in den Schankraum. Das Zubehör für die Abdrücke lag bereits auf einem der Tische ausgebreitet. Robin Creasey betrachtete die Fotos von John Lennon.

»Hatten Sie Zeit zu schlafen?«, fragte Rebus.

»Nicht viel.« Er wandte sich an May. »Sie und Ihr Vater werden leider nach Inverness mitkommen müssen. Dort ist die sichergestellte Schusswaffe, und wir brauchen eine Identifizierung.«

»Werden unsere Fingerabdrücke denn nicht Beweis genug sein?«, erkundigte sich May.

»Würde es nicht genügen, May ein Foto zu zeigen?«, ergänzte Rebus.

»Das glaube ich kaum.« Aber Creasey holte trotzdem sein Handy aus der Tasche, öffnete die Fotos und hielt May das Display vor die Nase, während er die Aufnahmen mit einem Finger durchblätterte. Rebus schob sich ein Stück weiter, sodass er May über die Schulter schauen konnte. Ein verrosteter Revolver, dessen Griff mit weißem Musselin bedeckt war. Er wusste, wozu der Stoff dort lag: Darunter verbargen sich Blut und Haare, die man Zivilisten nicht unbedingt zeigen wollte. Creasey ging die Bilder durch, ließ May dabei nicht aus den Augen, beobachtete genau ihre Reaktion. Sie hatte eine Handfläche an die Wange gelegt, als würde ihr dies helfen, sich zu konzentrieren.

»Sieht ganz ähnlich aus«, räumte sie schließlich ein.

»Wir denken, dass sich Kratzer daran befinden, die zu den Nägeln an der Wand passen.« Creasey nickte zu der Stelle unter den aufgehängten Flaschen, von der ein Fotograf bereits Nahaufnahmen machte, während ein Assistent ein schlichtes Holzlineal zum Vergleich daran hielt.

»Es wäre einfacher, wenn Sie die Waffe herbringen würden«, schlug Rebus vor. »Inverness ist eine verdammt lange Fahrt für einen gebrechlichen alten Mann.«

»Das geht schon, John«, versicherte May ihm. Dann an Cameron gewandt: »Kommst du alleine klar?«

Der junge Barmann saß am Tisch, während Fingerabdrücke von ihm genommen wurden. »Aber danach werden die doch vernichtet? Und nicht in irgendeine Big-Brother-Datenbank gesteckt?«

»Keine Angst«, erwiderte Creasey, was Cameron keinesfalls zu beruhigen schien.

Als May an der Reihe war und am Tisch Platz nahm, zog Rebus Creasey beiseite. »Also, was denken Sie jetzt?«, fragte er halblaut.

Creasey zog die Schultern hoch. »Ich versuche nach wie vor, in alle Richtungen offen zu bleiben.«

»Der Revolver wurde aus gutem Grund gestohlen. Vielleicht aus demselben, weshalb er gegen Keith zum Einsatz kam.«

»Oder er war im Eifer des Gefechts zufällig zur Hand. Wie gesagt, ich schließe nichts aus.« Creasey lockerte seine Schultern, dehnte und streckte den Hals.

»Sie haben ganz schön viele Meilen auf dem Buckel«, meinte Rebus. »Wie lange wird es dauern, bis die im Labor mit der Waffe fertig sind?«

»Ich bekomme den Bericht noch heute. Blut und Haare wurden zur Analyse eingeschickt. Außerdem werden Spuren von Fasern und Fingerabdrücke gesucht. Der Revolver stammt aus den Vierzigerjahren, wurde nie unbrauchbar gemacht, ist aber wahnsinnig verrostet, Abzug und Zylinder blockieren. Der Lauf ist voller Dreck, und es befinden sich keine Kugeln in den Kammern.«

»Und die Seriennummer?«

»Ist gerade so noch lesbar. Zum Glück gibt es jemanden im Labor, der sich selbst für einen Experten hält. Wenn sich die Waffe zurückverfolgen lässt, dann schaffen wir das.« Creasey schlug sein Notizbuch auf und schaute es an. »Offenbar handelt es sich um einen Webley-Revolver .38, Mark 4. Während des Krieges wurden die fließbandmäßig hergestellt.«

»Lässt sich anhand des Zustands feststellen, ob er tatsächlich eine Zeit lang im Wasser gelegen hat?«

Creasey fixierte Rebus mit einem Blick. »Zweifeln Sie an Mr Collins' Geschichte?«

»Ich schließe nur genau wie Sie nichts aus.«

»Die Abnutzungsspuren lassen seine Version plausibel erscheinen. Wenn nötig, könnten wir den Sand im Zylinder vermutlich mit der Radiokarbonmethode genauer datieren.«

Als Stuhlbeine über den Boden scharrten, drehten sich beide um. May Collins war aufgestanden.

»Wenn Sie so weit sind, bin ich's auch«, sagte sie in nüchternem Tonfall zu Creasey. Dann an Rebus gewandt: »Die Bezahlung ist nicht toll, aber wenn Sie wollen, können Sie hier einspringen.«

»Ich komm schon klar«, widersprach Cameron.

»Wenn nötig, bin ich da«, sagte Rebus.

May nickte, ohne ihm in die Augen zu sehen. Sie machte ihre Jacke zu, dann vergewisserte sie sich, dass sie ihr Handy eingesteckt hatte.

»Und benehmt euch, solange ich weg bin«, sagte sie, blieb an der Tür stehen, bis Creasey sie ihr öffnete und aufhielt. Rebus und Cameron sahen ihnen nach, während die anderen des Teams folgten. Kaum war die Tür zugefallen, verriegelte Cameron sie wieder.

»Ist noch lange keine Öffnungszeit«, erklärte er. »Was nicht heißt, dass ich nach dem Ganzen keinen Drink vertragen könnte.« Er stand jetzt hinter der Bar, berührte die drei dünnen Nägel mit den Fingern. Dann zuckte er zurück, fluchte, zog sich den Ärmel seines Pullovers über eine Hand und wischte die Nägel und das Spiegelglas dahinter sauber.

»So was nennt man Manipulation von Beweisen«, rief Rebus ihm zu.

»Ich nenne das Schutz Unschuldiger«, entgegnete Cameron. »Brauchen wir noch mehr Tee?«

»Wäre nicht verkehrt. Und wenn das okay für Sie ist, ich will noch mal an den Computer, ich muss ein paar Sachen nachsehen.«

»Was für Sachen?«

»Vor allem Lokalgeschichte.«

»Sie können doch jederzeit Keiths Workshop-Leute fragen.«

»Darauf könnte es hinauslaufen, aber erst mal …«

Cameron nickte, ob er verstand oder nicht. »Ich setze Wasser auf«, sagte er und ging in die Küche.

Nachdem er geklingelt hatte, spürte Rebus, dass Samantha auf der anderen Seite der Tür zögerte, erst mal durch den Spion schaute. Dann hörte er, wie die Kette zurückgezogen und der Riegel im Schloss umgelegt wurde.

»Man kann wohl nicht vorsichtig genug sein, hm?«, meinte er, als die Tür aufging. »Anders als früher.«

Sie ließ ihn ein, legte anschließend die Kette wieder vor.

»Gestern kam ein Reporter einfach so reinspaziert«, brummte sie.

»Welcher?«

Sie zuckte mit den Schultern, schlurfte bereits wieder zurück in die Küche. Es war unaufgeräumter denn je. Samantha war blasser im Gesicht als zuvor, ihre Wangen waren eingefallen, die Haare ungewaschen.

»Wie geht's Carrie?«, fragte er und sah, wie sich seine Tochter auf einen der Stühle am Frühstückstisch sacken ließ.

»Sie hat viele Fragen, die ich nicht beantworten kann oder will. Ständig schaut sie sich Fotos auf ihrem iPad an – aus dem Urlaub, von Geburtstagen und Weihnachten …« Sie stand auf, ging zum Wasserkocher und schaltete ihn ein. »So macht man das doch, oder? Man kocht Tee und tut eine Weile lang so, als wäre das alles irgendwie zu ertragen.«

»Wäre es okay, wenn ich dir eine Frage stelle?«

Sie warf ihm einen kurzen Blick zu. »Hörst du niemals auf?«

»Ist anscheinend das Einzige, was ich gut kann.«

Sie konzentrierte sich darauf, zwei Teebeutel aus der Packung zu nehmen, sie in zwei Becher neben dem Wasserkocher zu stecken. Sie musste einen Augenblick überlegen, um darauf zu kommen, was als Nächstes gebraucht wurde. Dann ging sie zum Kühlschrank, schaute auf das Haltbarkeitsdatum der Milch.

»Ich weiß nicht mal, welchen Tag wir haben«, sagte sie zu sich selbst. Dann zu ihrem Vater: »Na los, mach schon.«

»Die Tatwaffe wurde gefunden. Es ist der Revolver, der im Glen hinter dem Tresen hing.«

»Und damit wurde er erschlagen? Wieso nicht erschossen?« Sie dachte einen Augenblick nach. »Ich glaube, ich erinnere mich. Den hat Mays Vater am Strand gefunden.«

Rebus nickte. »Ich gehe nicht davon aus, dass du ihn jemals hier gesehen hast? In Keiths Tasche vielleicht?«

Sie schüttelte den Kopf und reichte ihm seinen Tee, vergaß dabei aber, den Beutel herauszunehmen.

»Und er hat auch nie erwähnt, dass er ihn aus dem Pub mitgenommen hat?«

»Nein.« Sie setzte sich wieder, hatte ihren eigenen Tee vergessen, der Becher stand noch neben dem Wasserkocher. Ihre Blicke trafen sich. »Weißt du noch, als mich der Mann entführt hat, als ich klein war? Das hat er nur gemacht, um dir eins auszuwischen. Und hinterher ist Mum mit mir nach London gezogen. Wir konnten nicht mehr in Edinburgh wohnen. Muss ich das jetzt auch mit Carrie machen? Müssen wir uns woanders ein neues Leben aufbauen? Auf jeden Fall muss ich mir einen Job suchen.«

»Ich hab Geld. Und am besten bekommst du's jetzt, nicht erst, wenn ich nicht mehr bin.«

»Du lieber Gott, Dad.« Sie vergrub den Kopf in den Händen. »Ist dir ein Toter nicht genug?«

»Tut mir leid.«

Wenig später hob sie den Kopf wieder. »Wieso hat der Täter den Revolver benutzt?«

»Vielleicht wollte er etwas damit sagen«, schlug Rebus vor.

»Wie meinst du das?«

»Das Lager, der Revolver, die verschwundenen Sachen ...«

»Dann hat es doch was mit dem Lager zu tun? Nicht mit mir oder Jess?«

»Creasey und sein Team müssen vielleicht noch davon überzeugt werden«, wiegelte Rebus ab.

Samantha fiel ihr Tee ein, sie stand auf, um ihn zu holen. »Ich hab gesehen, dass Strathy wieder aufgetaucht ist. Ich weiß noch, wie aufgeregt Keith war, an dem Tag, als er aus dem Castle zurückkam. Auf dem Weg zur Arbeit hatte er Lieferwagen gesehen – von den Leuten, die das Partyzelt aufgestellt haben und vom Caterer. Er wusste, was der da macht – wollte Seine Lordschaft möglichst in Verlegenheit bringen. Hinterher war er wie ein kleiner Junge, völlig überdreht, als hätte er zu viel Zucker gegessen, dabei hatte er nicht mehr erreicht als eine aufgeplatzte Lippe.«

»Mit schönen Grüßen vom Gärtner?«

»Ich hab gesagt, dass er ihn anzeigen soll, aber er hat es lachend abgetan.«

Sie schaute auf ihrem Handy nach der Zeit.

»Ich bin gleich mit Julie verabredet«, erklärte sie. »Das heißt Spießrutenlauf.« Sie stieß hörbar Luft aus. »Ich will einfach nur wieder ich selbst sein können – kannst du das verstehen?«

Rebus nickte. »Was dagegen, wenn ich noch bleibe?«, fragte er. »Nicht hier, aber in der Garage?«

»Du musst sie aufschließen. Der Schlüssel liegt im Flur auf dem Tisch. Wenn du fertig bist, steckst du ihn durch den Briefschlitz.«

»Schließt du die Haustür ab?«

Sie nickte langsam und traurig. »Plötzlich ist nichts mehr so, wie's mal war«, sagte sie.

33

Nach ein paar Stunden in der Garage hatte Rebus das Bedürfnis, den Kopf freizubekommen. Er ging um den Bungalow herum nach hinten. Der Garten war im Prinzip einfach nur ein Rasen, ein Werkzeugschuppen, eine Schaukel und eine zusammengeklappte Wäschespinne. Nachdem er sich keine ganze Minute den Wind hatte um die Ohren pfeifen lassen, überlegte er es sich anders und stieg in seinen Mietwagen. Ein Balken auf dem Handy, also rief er Creasey an.

»Sie sind schlimmer als die Bluthunde von der Presse«, meldete sich Creasey. »Und es gibt nichts zu berichten.«

»Deshalb rufe ich nicht an.«

»In dem Fall hab ich genau zwei Minuten für Sie.«

»Ich hab eine Idee, wer die anonymen Briefe geschrieben hat«, fing Rebus an.

»Hat sie noch einen bekommen?«

»Ich meine vor allem den, durch den Keith von Samanthas Affäre mit Hawkins erfahren hat.«

»Okay, ich höre.«

»Angharad Oates.«

»Das ist wohl plausibel, aber ob es was ändert …«

»Haben Sie das Motorrad vergessen? Alle benutzen es. Ron Travis hat es in der Nacht, in der Keith ermordet wurde, gehört.«

»Ihrer Ansicht nach hat Oates also anonyme Briefe geschrieben und Keith ermordet, obwohl damit die Wahrscheinlichkeit steigt, dass die Einsamkeit Ihre Tochter ihrem Liebhaber Jess Hawkins wieder in die Arme treibt?«

»Sie wusste, auf wen der Verdacht der Polizei höchstwahrscheinlich fallen würde. Die Chancen stehen nicht schlecht, dass man Samantha aus Dodge verjagt.«

»John ...«

»Okay, wie wär's damit – am Tag, an dem Keith die Party auf Strathy Castle gestört hat, wurde er von Colin Belkin rausgeworfen. Zum Abschied hat er ihm noch eine reingehauen.«

»Und?«

»Und das sind die Spuren, denen Sie folgen sollten.«

»Die Spur, die ich brauche, habe ich hier im Labor.«

»Fingerabdrücke auf dem Revolver?«

»Sie werden es früh genug erfahren.« Jetzt war die Leitung tot. Rebus hatte gute Lust, auf irgendetwas einzuschlagen. Stattdessen ließ er den Motor an.

Der Friedhof befand sich eine Meile landeinwärts von Tongue entfernt, oberhalb der Ortschaft und direkt an der Straße nach Altnaharra. Ein niedriges Steinmäuerchen umgab ihn, wurde unterbrochen von einem Eisentor, durch das Leichenwagen eingelassen werden konnten. Rebus vermutete, dass es früher Prozessionen mit Pferdekutschen aus den nahe gelegenen Gemeinden gegeben hatte. Vielleicht nicht mal mit Pferden – gut möglich, dass Angehörige oder Freunde die Särge getragen hatten. Nur einige wenige Grabsteine wirkten neu; die meisten waren verwittert, die Inschriften kaum noch lesbar. Das Gras war offenbar kürzlich gemäht worden, und auf mehreren Gräbern waren frische Blumen gepflanzt. Nicht leicht, sich hier zu verstecken. Rebus entdeckte Helen Carter sofort. Sie stützte sich auf ihre Gehhilfe, war tief in Gedanken versunken – oder eher Erinnerungen? Rebus ging auf sie zu, räusperte sich, um sein Kommen anzukündigen.

»Ich hab den Wagen gehört«, sagte sie.

»Und ich dachte, Sie sind stocktaub.«

»Jetzt hab ich aber mein Hörgerät eingeschaltet.« Sie zeigte auf eines ihrer Ohren.

Rebus stellte sich neben sie und betrachtete den Namen auf dem Grabstein.

»Sein Todestag«, erklärte sie.

»Ich weiß – ich hab im Netz nachgesehen. Ich dachte, er liegt auf einem der Soldatenfriedhöfe.«

»Wir dachten, er würde lieben hier liegen«, erwiderte Carter leise. »Chrissy dachte das.«

Rebus betrachtete die Landschaft. Es kam ihm vor, als wären sie das einzig Lebendige hier – Tiere ließen sich keine blicken, auch Vogelgezwitscher war nicht zu hören. Dann drehte er sich wieder zu Sergeant Gareth Davies' Grab um.

»Neunundzwanzig Jahre«, las er ab. »Wie alt war Chrissy damals?«

»Neunzehn. Zwei Jahre jünger als ich.«

»Ich hab gehört, sie ist vor ein paar Jahren gestorben.«

»Sie hatte ein gutes, langes Leben im Süden.«

»Sind Sie in Kontakt geblieben, nachdem sie weggezogen war, meine ich?«

»Sie kam nicht oft zu Besuch – zu viele Erinnerungen.«

»Das muss schrecklich gewesen sein.«

»Und so dumm.«

»Der Mörder von Sergeant Davies muss starke Gefühle für sie gehabt haben«, pflichtete Rebus ihr bei. »Das war's doch, oder? Mord aus Leidenschaft?«

»So wurde es bei der Verhandlung dargestellt.«

»Das klingt nicht, als wären Sie davon überzeugt gewesen.«

Helen Carter holte tief Luft. »Chrissy war nicht das hübscheste Mädchen – das hätte sie sogar selbst gesagt. Aber sie bekam gerne Aufmerksamkeit von den Männern, und sie wusste auch genau, wie sie welche bekam.«

»War sie ein Flittchen?«

»Wahrscheinlich ging es sogar ein bisschen weiter als das.« Carter hatte beinahe ein Funkeln in den Augen. »Auch das war mit ein Grund, warum sie weggezogen ist – unsere Eltern wollten es nicht mehr dulden. Sie waren sehr gläubig, so wie ich auch. Sie wussten, dass ich ihnen keine Scherereien machen würde.«

»Aber bei Chrissy wussten sie's nicht?«

»Nein.«

»Waren Sie damals schon mit Ihrem späteren Ehemann zusammen?«

Carter überlegte kurz. Der Wind hatte sich in ihren Haaren verfangen. Sie strich sich ein paar Strähnen hinter das Ohr.

»Sollen wir uns in den Wagen setzen?«

»Ich werde gleich von einem Freund abgeholt.«

»Von Stefan Novack?«

Sie lächelte. »Sie sind tatsächlich Detective, wie?«

»Sie beide wirkten recht vertraut miteinander, als Sie sich neulich vor der Bar verabschiedet haben.«

»Na ja, vielleicht haben Sie recht.« Sie zitterte leicht. »Mir geht der Wind bis auf die Knochen.«

Rebus streckte ihr einen Arm entgegen, aber sie winkte ab, umklammerte die Griffe ihrer Gehhilfe und schob sie langsam auf das Tor zu.

»Kommen Sie wegen Chrissy her?«, fragte er.

»Wahrscheinlich schon.«

»Sie haben meine Frage über Ihren Freund nicht beantwortet …«

»Fred«, sagte sie. »Eigentlich Friedrich. Wir waren eine Zeit lang befreundet und irgendwann auch ein Liebespaar.«

»Waren Ihre Eltern damit einverstanden?«

»Begeistert waren sie nicht. In ihren Augen steckte ich ›mit dem Feind unter einer Decke‹.«

»Ist er ihnen denn später ans Herz gewachsen?«

»Sie haben ihn *akzeptiert.«* Der Blick aus ihren wässrigen Augen bohrte sich in Rebus.

»Warum fragen Sie mich das alles?«

»Ich habe mir die Aufnahme von dem Gespräch zwischen Keith und Ihnen angehört. Sie haben gesagt, dass Chrissy Hoffman kaum kannte. Gehörte er nicht zu ihrem Freundeskreis?«

»Sie waren sich ein paarmal begegnet. Aber die Beweise deuteten darauf hin, dass er Gareth umgebracht hatte.« Sie zuckte mit den Schultern.

»Kann es jemand aus einem anderen Grund auf Sergeant Davies abgesehen haben?«

»Mir würde keiner einfallen.«

»Und hätte ein anderer ihrer Bewunderer eifersüchtig auf ihn sein können?«

»Die waren *alle* eifersüchtig auf ihn.«

»Britische Aufseher oder Internierte?«

»Sowohl als auch. Wie gesagt, Chrissy hatte einen gewissen Ruf, und sie setzte alles daran, ihm gerecht zu werden.«

»Klingt, als wäre sie nicht ohne gewesen. Waren *Sie* denn eifersüchtig auf Chrissy, Helen?« Sie gelangten an Rebus' Wagen. Er machte ihr die Beifahrertür auf.

»Vielleicht war ich das – ein kleines bisschen.«

»Aber Sie hatten ja Friedrich …«

Die Wagentür stand offen, aber sie zögerte.

»Als Freund, ja«, sagte sie. »Aber wenn ich ehrlich bin, hatte ich auch ein Auge auf Franz geworfen. Was ein bisschen ungezogen von mir war, aber ich glaube, ich wollte Friedrich aufrütteln, wenn Sie verstehen, was ich meine.«

»Franz? Sie meinen Frank Hess?« Rebus sah sie nicken. »War er auch einer von Chrissys Bewunderern?«

»O ja – bis Gareth kam und es sie total erwischt hat.«

»Gehörte Joe Collins zu der Gruppe?«

Carter legte gedankenversunken die Stirn in Falten. »Daran erinnere ich mich nicht. Josef war ein bisschen mürrisch, ein echter Miesepeter. Wir haben uns immer gefragt …«

Sie brach ab.

»Was?«, fragte Rebus.

»Wir haben uns immer gefragt, wenn er eine Waffe hätte, ob er uns dann nicht allesamt erschießen würde. Ich meine, wir haben uns das oft gefragt – Chrissy, ich und die anderen Mädchen. Alle waren so höflich und charmant, aber bevor sie sich ergeben mussten, haben sie ja unverdrossen unsere Männer abgeschlachtet. In Camp 1033 gab es einige aufrechte Nazis, und ein oder zwei wurden auch in Nürnberg vor Gericht gestellt.«

»Wollen wir einsteigen?« Rebus zeigte in das Wageninnere, aber sie schüttelte den Kopf. »Und wenn ich Ihnen sage«, fuhr er fort und senkte dabei die Stimme, »dass Keith Grant mit Joe Collins' Revolver ermordet wurde?«

Ihr Gesichtsausdruck veränderte sich nicht. »War das denn so?«

»Das war so.«

»Dann weiß ich wirklich nicht, was ich dazu sagen soll.«

»Keith hat die Vergangenheit wiederaufleben lassen, er hat ein paar hässliche Wahrheiten aus der Versenkung gehoben, die einige lieber dort gelassen hätten.«

»Sie glauben doch wohl nicht ernsthaft, dass einer von uns …? Wir stehen doch selbst schon mit einem Bein im Grab!«

»Vielleicht gab es ja mehr als einen Täter«, meinte Rebus. Er sah, dass sie sich allmählich aufregte. »Andererseits kann das auch alles ein Trick gewesen sein – vielleicht sollten die Ermittlungen in eine bestimmte Richtung gelenkt werden, damit eine andere Spur übersehen wird.« Er hörte einen Wagen herannahen und drehte sich zu ihm um. »Sieht aus, als wäre Ihr Wagen da. Ganz praktisch, dass Mr Novack noch in der Lage ist, selbst zu fahren.«

»Versuchen Sie mal, es ihm zu verbieten«, erwiderte Carter müde lächelnd.

Der Land Rover hielt neben ihnen. Novack winkte durchs Fenster.

»Die Gehhilfe kommt in den Kofferraum«, sagte Carter zu Rebus. Er öffnete ihr die Beifahrertür, verstaute anschließend das Gestell hinten, während sie sich auf den Sitz schob. Rebus ging zur Fahrerseite herum.

»Was führt Sie denn hierher?«, fragte Novack und ließ das Fenster herunter.

»Wollte meine Ehre erweisen.«

Novacks Blick ließ erkennen, dass er daran zweifelte. »Haben Sie von dem Revolver gehört?«

»Ich wusste nicht, dass es sich schon herumgesprochen hat.«

»Na und ob. Außerdem wurden Joe und May festgenommen.«

»Was?« Helen Carter erstarrte, den Sicherheitsgurt halb angelegt.

»Sie müssen nur auf der Wache bestätigen, dass es sich um den alten Revolver aus dem Schankraum handelt, mehr nicht«, widersprach Rebus. Er ging wieder um den Wagen herum und schloss Carters Tür. Novack ließ das Fenster auf der Beifahrerseite herunter.

»Joes Waffe«, fuhr er fort. »Ein Mensch wurde damit ermordet.«

Rebus beugte sich ins Fenster hinein. »Halten Sie Ihren alten Freund Joe für einen Mörder, Stefan?«

»Natürlich nicht!«, fuhr Carter Rebus an.

»Dann vielleicht seine Tochter, hm?« Rebus schüttelte den Kopf. »Besser, man setzt erst gar keine Gerüchte in die Welt. Man weiß nie, wohin das führt.« Das Fenster fuhr wieder hoch, Novack betätigte den Heber, während er Rebus böse ansah und seine Beifahrerin den Blick ganz abgewendet hatte.

Ihr seid verunsichert, dachte Rebus. *Ihr seid beide verunsichert.*

Anstatt dem Land Rover nachzusehen, marschierte er zurück auf den Friedhof, blieb noch einmal an Gareth Davies' letzter Ruhestätte stehen.

»Sie hatte gar nichts dabei zur Feier des Tages«, bemerkte er laut. Keine Blumen, keine Karte, kein Brief.

Nur Helen Carter selbst.

34

Punkt zwölf Uhr mittags klingelte Siobhan Clarkes Handy. Sie erkannte die Nummer nicht.

»Hallo?«, meldete sie sich.

»Ich rufe an, weil Issy Meiklejohn es praktisch von mir verlangt hat. Ich habe nicht die Absicht, Ihnen meinen Namen zu nennen, also fragen Sie mich bitte auch nicht danach.«

Die Stimme klang nach Oberschicht, English Home Counties.

»Was heißt ›verlangt‹?«

»Die junge Dame hat einen durchaus bösartigen Zug an sich, finden Sie nicht?«

»Zu mir war sie immer sehr charmant.«

»Soll das witzig sein? Egal, Sie wissen, warum ich anrufe?«

»Sie sind Lord Strathys Alibi, was ich einfach so auf Vertrauensbasis hinnehmen soll – ohne Ihr Gesicht zu sehen oder einen Namen zu bekommen. Sie werden verstehen, dass wir normalerweise anders vorgehen, wenn wir in einem Mordfall ermitteln. Trotzdem, ich höre.«

Ebenso wie die anderen im MIT-Büro. Clarke ignorierte sie und ging in den Gang, schloss die Tür hinter sich. Fox befand sich in einem der Verwaltung zugeteilten Büros nebenan, sprach mit einer Mitarbeiterin dort. Clarke ging die Treppe hinunter und verschwand.

»Er war fünf Tage lang größtenteils bei mir. Ich möchte bezweifeln, dass wir uns in der Zeit länger als eine halbe Stunde aus dem Blickfeld des anderen entfernt haben.«

»Und das war in London?«

»Genau.«

Clarke rechnete nach. Fünf Tage, bis gestern Vormittag. Strathys Techtelmechtel hatte also mehr oder weniger am Tag nach Keith Grants Ermordung begonnen, drei Tage nach dem Mord an Salman bin Mahmoud.

»Haben Sie während Ihrer gemeinsamen Zeit Nachrichten gesehen? Oder Zeitung gelesen?«

»So gut wie gar nicht.«

»Einer von Lord Strathys Geschäftspartnern wurde ermordet aufgefunden. Der Mann war ein Freund seiner Tochter. Hat er das erwähnt?«

»Hat er nicht.«

»Hat er sich zwischendurch mal entschuldigt, um ungestört zu telefonieren? Jemanden anzurufen oder einen Anruf entgegenzunehmen?«

»Wir hatten uns gegenseitig versprochen, die Handys auszuschalten.«

»War das nicht heikel, falls Ihr Mann Sie hätte kontaktieren wollen?«

»Hören Sie, ich habe Ihnen gesagt, was ich weiß. Ramsay war mit mir zusammen. Wir hatten Spaß.«

»Er wirkte entspannt, nicht beunruhigt?«

»Er war ganz und gar der gute alte Ramsay.«

»Der Mordfall, in dem ich ermittle, wurde in Schottland begangen, und wir sind gesetzlich verpflichtet, solche Aussagen zu überprüfen.«

»Dann finden Sie's wohl schade, dass wir keine *ménage à trois* hatten, wie?«

Schmunzeln am anderen Ende der Leitung, anschließend nichts mehr.

Clarke starrte das Display an. »Hab dich«, sagte sie leise.

Zurück im MIT-Raum ging sie zu Christine Esson an den Schreibtisch und schrieb die Telefonnummer auf einen bereits verkritzelten Block.

»Ein Analytiker hätte seine wahre Freude da dran«, sagte sie und bewunderte die Spiralen, Wirbel, Blitze und Zickzacklinien, die Esson fabrizierte, wenn sie telefonierte.

»Was soll ich damit?«, fragte Esson und tippte mit dem Stift auf die Zahlen.

»Such mir den dazugehörigen Namen, die Adresse und alles, was du finden kannst. Ich würde es selbst machen, wenn ich auch nur halb so geschickt darin wäre wie du.«

»Und damit sind wir schon am Ende von Siobhans Motivationsvortrag angelangt. Vielen Dank, dass Sie alle so zahlreich erschienen sind …«

Clarke grinste und ging an ihren eigenen Schreibtisch. Fox hatte gerade Platz genommen und unterdrückte ein Gähnen.

»Immer noch nicht geschlafen?«, riet Clarke, als ihr seine roten Augen auffielen.

»Schlaf wird überschätzt.«

»Ich hatte gerade einen Anruf von Strathys Geliebter. Christine wird ihr einen Namen und ein Gesicht verschaffen.«

»Hat sie mit ihrem eigenen Handy telefoniert?«

»Wenn wir Glück haben. Was wollten die denn von der Verwaltung?«

»Ich verschwende zu viel Papier.« Sie starrte ihn an. »Im Ernst. Mit dem Ausdrucken und Fotokopieren von Hintergrundinformationen.«

»Ich dachte, wir hätten dieses Mal ein ordentliches Budget – was hast du denn alles kopiert?«

»Eine ganze Menge.«

Sie schaute die Stapel auf seinem Schreibtisch an. Weitere befanden sich auf dem Boden.

»Zwei Kopien von allem«, gestand er.

»Eine für zu Hause, eine für hier?«, vermutete Clarke. »Damit du weitermachen kannst, auch wenn du nicht im Büro bist?« Aber dann gluckste sie. »Nein, das trifft es nicht ganz – du gibst einen Satz entweder an Lyon oder Cafferty weiter, und meine Antennen sagen mir, dass es höchstwahrscheinlich Letzterer ist.«

»Damit er das Gefühl hat, auf dem Laufenden zu bleiben«, behauptete Fox leise.

»Aber doch nur Material, das sich auf Stewart Scoular bezieht. Nichts über den Fall bin Mahmoud an sich? Sag mir, dass er uns nicht dabei zusieht, wie wir unseren Job machen …«

»Ich bin vorsichtig.«

»Wie vorsichtig?«

»So vorsichtig, wie ich nur sein kann. Aber natürlich gibt's hier und da auch Überschneidungen.«

»Das ist ja ganz großartig, Malcolm. Das heißt, falls wir Cafferty jemals drankriegen, kann er damit prahlen, dass er dich in seine Brusttasche gesteckt hat wie ein kleines Seidentuch. Ich dachte, das hätten wir geklärt, als wir aus seinem dicken Gangsterschlitten gestiegen sind?« Sie sah den Blick, den Fox ihr zuwarf. »Was verheimlichst du mir?«

Er schüttelte den Kopf.

»Bitte sag, dass du jetzt nicht den einsamen Wolf markierst und glaubst, du kannst ohne Hilfe mit ihm verhandeln?«

Fox hatte aufgehört, den Kopf zu schütteln, und schloss pantomimisch einen Reißverschluss zwischen seinen Lippen zu.

»Können wir uns bitte wie Erwachsene unterhalten?«, beharrte Clarke.

»Noch nicht.«

Sie wollte ihm weitere Vorhaltungen machen, aber Christine Esson kam zu ihnen.

»Das ging aber schnell«, meinte Clarke.

»Geht um was anderes«, sagte Esson. »Interessant ist es trotzdem. Ich habe gerade eine Nachricht von der chinesischen Studentin bekommen, die beim Argyle Place überfallen wurde. Anscheinend hat sie ihr Handy wiederbekommen, zusammen mit einer Entschuldigung.«

»Einer Entschuldigung?«

»Offenbar auf Englisch und Mandarin, schriftlich. Die Freundin, die für sie gedolmetscht hat, hat sich gerade eben gemeldet. Sie sagt, das Chinesisch war sehr schlecht, und sie fragt sich, ob der Text nicht einfach online übersetzt wurde.«

»Und was genau steht drin?«

»Sie hat ein Foto des Schreibens mitgeschickt.« Esson reichte Clarke ihr Handy. Fox schob sich auf seinem Stuhl näher heran, sodass er es sehen konnte.

Tut mir echt leid, was ich dir angetan habe. Ich verspreche, ich mach's nie wieder. Und dann derselbe Text noch mal auf Chinesisch. Geschrieben mit demselben Kugelschreiber und dem Anschein nach in derselben Handschrift. Der chinesische Teil wirkte unbeholfen, Fehler waren durchgestrichen und korrigiert. Die englische Fassung war in Großbuchstaben verfasst, und auch die wirkten ein bisschen schief. Clarke hielt das Handydisplay hoch, sodass Esson es sehen konnte.

»Würdest du sagen, das ist eine zittrige Handschrift?«

»Parkinson?«, meinte Esson.

»Und im Ernst?«

»Unter Zwang oder emotional aufgewühlt verfasst«, antwortete Fox. Esson nahm ihr Handy wieder an sich. »Handy und Brief befanden sich in einer Tesco-Tüte, die durch den Briefschlitz der Haustür des Opfers geschoben wurde.«

»Woher wusste der Täter, wo sie wohnt?«

Esson zuckte mit den Schultern. »Ich vermute durch ihr Handy? Vermutlich hat es einen Tracker oder so – vielleicht steht's in einer Liefer-App. Die Leute gehen immer unbesorgter mit ihren persönlichen Daten um.«

»Ein Straßenräuber, der ein schlechtes Gewissen bekommen hat«, Clarke tat, als würde sie überlegen.

»Ich gehe mal davon aus, dass du nicht an die Version glaubst?«

»Mich interessiert im Moment eigentlich nur, dass wir sie von unserer Wand streichen können. Ich möchte stark bezweifeln, dass es einen Zusammenhang zwischen ihr und den Überfällen auf Salman und Gio gibt.«

»Willst du das dem Chef sagen, oder soll ich?«, fragte Esson.

»Mach du das mal, Christine. Wir haben nichts getan, um uns dieses Vorrecht zu verdienen.«

35

Clarke und Fox waren gerade erst von einem späten Mittagessen zurück – eine Suppe und ein Brötchen in einem Café in der Constitution Street – und hatten sich wieder an ihren gemeinsamen Schreibtisch begeben. Clarke konnte aus dem Augenwinkel sehen, dass Christine Esson Neuigkeiten hatte. Und tatsächlich, kaum hatten sie sich niedergelassen, sprang sie auf und kam zu ihnen.

»Hier kommt DCI Sutherlands Lieblingsschülerin«, stichelte Clarke.

»Die kurz davor ist, auch deine Favoritin zu werden«, entgegnete Esson und übergab ihr einen Zettel. »Der Name ist Violetta Pakenham. Sie lebt in Kensington. Ihr gehört dort eine Boutique. Sie ist verheiratet, hat zwei erwachsene Kinder.«

»Den Namen kenne ich«, sagte Fox, machte sich an seinem Computer zu schaffen. Einen Augenblick später hatte er gefunden, was er gesucht hatte. »Wahrscheinlich die Frau von George Pakenham. Das ist einer der Investoren von Stewart Scoular.«

»Ich kann verstehen, warum Lord Strathy die Affäre unter dem Deckel halten möchte«, meinte Clarke. »Wenn er Pakenham auf den Schlips tritt, tritt er automatisch auch Scoular gewaltig auf den seinen.«

»Und allen anderen Mitgliedern des Konsortiums«, ergänzte Fox. »Solche Unternehmen sind auf Sand gebaut, wobei der Sand das öffentliche Vertrauen ist. Wenn einer der großen Namen mit der Frau eines anderen ehebrüchig wird …«

»Damit haben wir ein Druckmittel in der Hand, sollten wir eins brauchen«, warf Esson ein. »Ich meine, wenn wir denken, dass Strathy uns im Zusammenhang mit dem Fall etwas verheimlicht …«

»Entweder er sagt es uns, oder wir plaudern alles aus?« Clarke nickte zustimmend und sah Fox in die Augen. »Denken wir denn, dass er uns etwas verheimlicht?«

»Ich weiß es nicht, aber ich bin ganz bestimmt nicht scharf drauf, dass er uns noch mal zusammenklappt.« Fox beschäftigte sich kurz mit seiner Tastatur, dann drehte er seinen Bildschirm zu Clarke und Esson um. Das Foto, das er gefunden hatte, zeigte ein Paar auf einem roten Teppich. Der Mann war in seinen Siebzigern, die Frau sehr viel jünger.

»Höchstens zwanzig Jahre Altersunterschied«, meinte Esson.

»Was ist mit Issy?«, fragte Fox Clarke. »Sie hat den Kontakt zu Mrs Pakenham ermöglicht. Sie muss wissen, dass ihr Vater mit dem Feuer spielt.«

»Meinst du, sie hat ihren Freunden was davon verraten?«

»Ich würde sagen, sie versteht es, sich nicht in die Karten schauen zu lassen.«

»Sonst wüsste Scoular vermutlich schon Bescheid.«

Fox nickte. »Wie Christine sagt, damit haben wir ein Druckmittel. Wir laden Issy vor, lassen uns *alles* erzählen, was sie weiß oder vermutet.«

»Okay«, sagte Clarke nach kurzer Überlegung, »so machen wir's.«

Eine Stunde später begleiteten die beiden Streifenbeamten, die in die St. Stephen Street geschickt worden waren, um Lady Isabella Meiklejohn abzuholen, diese die Treppe hinauf und in denselben Vernehmungsraum, vor dem sie am Vortag gewartet hatte, als ihr Vater dort vernommen worden war. Sie nahm sich Zeit, sich zu fassen, ignorierte Clarke und Fox, die ihr gegenübersaßen.

»Wie sich herausstellt, war es wohl ein Fehler, Ihnen zu vertrauen, Detective Inspector Clarke«, erklärte sie, während sie ihre Jacke zurechtzupfte. »Ich wäre schön blöd, wenn ich nicht wüsste, warum ich hier bin.« Schließlich blickte sie auf, ihre Augen schleuderten Pfeile in Clarkes Richtung.

»Wie geht es Lord Strathy?«, fragte Fox mit einer Stimme, die beinahe aufrichtig besorgt klang.

»Er schwebt nicht mehr in Gefahr. Man hat ihm nahegelegt, seinen Lebensstil zu ändern.«

»Die Ärzte oder Sie?«, erkundigte sich Clarke.

Meiklejohn bedachte sie mit einem weiteren vernichtenden Blick.

»Soll ich Patsy anrufen und einladen, zu uns zu stoßen?«

»Kommt drauf an, wie viele weitere Personen Sie darüber in Kenntnis setzen wollen, dass Ihr Vater mit der Ehefrau eines Mannes schläft, mit dem er Geschäfte macht.«

Meiklejohn lächelte säuerlich. »Ich habe sie gewarnt, ihr gesagt, sie soll darauf achten, dass der Anruf nicht zurückverfolgt werden kann. Nicht mal das bekommt die dämliche Kuh richtig hin.«

»George Pakenham steht seit einiger Zeit geschäftlich mit Stewart Scoular in Verbindung«, sagte Fox. »Die beiden wirken recht eng befreundet.« Er überflog die Details, die er gefunden hatte, darunter auch ungefähr ein Dutzend Fotos, die bei der Verleihung eines Wirtschaftspreises aufgenommen wurden.

»Und?«

»Ich kann mir vorstellen, Sie hätten gerne, dass das so bleibt.«

»Wozu ich mit Ihnen kooperieren muss?« Meiklejohn streckte die Arme aus. »Inwiefern habe ich denn *nicht* kooperiert?«

»Der Golfplatz in Craigentinny«, sagte Clarke, beugte sich ein kleines bisschen vor.

»Spätnachts, ein auf dem Parkplatz verabredetes Treffen – warum?«

»Verzeihung, wer trifft sich da?«

»Ihr Freund Salman. Hat das mit der geplanten Übernahme zu tun? Musste Salman etwas mit eigenen Augen sehen?«

»Ich weiß nichts davon.«

»Stewart Scoular stand dem Team vor. Erzählen Sie mir nicht, dass er nie mit Ihnen darüber gesprochen hat. Ihr Vater war ebenfalls dabei, Issy, und wir denken, dass Sie als seine Stellvertreterin fungieren.«

»Was bedeutet«, setzte Fox hinzu, »dass Sie mehr wissen, als Sie uns verraten.« Er hielt ihr ein Foto vor die Nase. »Haben Sie eine Ahnung, wessen Wagen das ist?«

»Meiner nicht.«

»Wessen denn dann?«

Meiklejohn kniff die Augen zusammen, um das Foto genauer zu betrachten. »Ist das Ihr Ernst? Das ist doch total verschwommen.«

»Ein verschwommenes Bild mit einem schon bald deutlich lesbaren Kennzeichen. Was für einen Wagen fährt denn Stewart Scoular?«

»Ich verstehe nicht, worauf Sie hinauswollen.« Sie merkte, dass eine ausführlichere Erklärung erforderlich war. »Wenn man in der Stadt lebt, gibt es jede Menge Taxis und auch öffentliche Verkehrsmittel.«

»Dann besitzt er keinen Wagen«, stellte Clarke fest. »Und wenn er zu einer Party eingeladen wird, sagen wir mal auf Strathy Castle?«

»Dann mietet er sich etwas Angemessenes, einen Mercedes oder einen Audi.«

»Lässt er sich nicht von Mr bin Mahmoud in dessen Aston mitnehmen?«

Meiklejohn schnaubte. »Würde wohl ein bisschen eng werden.«

»Die Straßen da oben sind gar nicht so leicht zu nehmen in einem Aston – würde nicht gut aussehen, wenn er ihn zurückgeben müsste«, pflichtete Clarke ihr bei.

»Wieso zurückgeben?« Meiklejohn klang verdattert.

»Der war geleast – wussten Sie das nicht? Genauso wie der DB5 in London. Das Haus hier gehört übrigens der Familie, aber das Londoner Penthouse ist ebenfalls nur gemietet. Was wir auf den Bankkonten gefunden haben, würde man auch nicht unbedingt als großes Vermögen bezeichnen.«

»Dazu unbezahlte Kreditkartenabrechnungen«, ergänzte Fox, »hart am Limit.«

Clarke musterte Meiklejohn. »Kommt das überraschend für Sie?«

»Sal war steinreich.«

»Vielleicht war er das früher mal, aber durch die Situation seines Vaters hat sich das geändert. Größtenteils kam er an das Geld gar nicht heran.«

»Das kann nicht sein«, Meiklejohn schüttelte den Kopf. Clarke beugte sich weiter über den Tisch zu ihr.

»Warum denn nicht?«

»Er war kurz davor, bei The Flow zu unterschreiben.«

»The Flow?«, wiederholte Fox.

»Das ist der Name, den Stewart sich dafür ausgedacht hat – eigentlich war's eine Idee meines Vaters. Diese oder nächste Woche wird das Unternehmen amtlich eingetragen.«

»The Flow ist das Bauprojekt in Naver, das Golfresort mit Country Club?« Clarke ließ sie nicht aus den Augen.

Meiklejohn nickte. »Es hat sich als recht schwer vermittelbar entpuppt, beim aktuellen finanziellen Klima – Brexit und so weiter. Stewart hatte ein paar mündliche Zusagen aus Amerika und Hongkong, trotzdem …«

»Wie viel wollte Salman denn beisteuern?«

»Zehn, ungefähr in dieser Größenordnung.«

»Zehn Millionen?« Fox wechselte einen Blick mit Clarke: *Wo zum Teufel hätte er so viel Geld auftreiben sollen?*

»Vater war überglücklich, als ich es ihm gesagt habe.«

»Lord Strathy hätte ordentlich Profit aus dem Projekt geschlagen«, fragte Clarke.

»Der Konzern, gewiss, ja.«

»Und der Konzern hält alles am Laufen?«

Meiklejohn nickte erneut.

»Durch Salmans Tod …«

Sie stieß Luft aus. »Mit Stewarts Worten: Wenn wir unsere Anstrengungen verdoppeln.«

»Was, meinen Sie, Ihren Vater dazu veranlasst hat, einige Tage zusammen mit seiner verheirateten Geliebten zu verschwinden?«

»Die fleischlichen Gelüste hatten für meinen Vater schon immer Vorrang vor dem Geschäftlichen.«

»Ein wichtiger Investor wurde ermordet, und Ihr Vater setzt keine Besprechung oder eine Konferenzschaltung an? Überlegt nicht einmal, sein Vorhaben abzusagen, um seine Tochter zu trösten, die einen guten Freund unter schrecklichen Umständen verloren hat?«

»Sie haben meinen Vater doch kennengelernt. Das habe ich mir nicht eingebildet, oder?«

»Was ist mit dem Mord an Keith Grant? Wann hat er davon erfahren?«

»Wahrscheinlich zur selben Zeit, als die Medien verbreitet haben, er würde angeblich vermisst.«

»Und was hat er dazu gesagt?«

»Kein verdammtes Sterbenswörtchen.«

Fox setzte sich leicht um, womit er signalisierte, dass er eine eigene Frage hatte.

»Das Bauvorhaben ist aber nicht mit Mr bin Mahmoud gestorben?«

Meiklejohn dachte darüber nach. »Ich verstehe, was Sie sagen wollen, ob jemand The Flow verhindern wollte?«

»Ziemlich drastisch, wenn es so gewesen wäre«, beschwichtigte Clarke.

»Oder«, ergänzte Fox, »Salman war an dem Abend mit jemandem verabredet, von dem er dachte, er könnte ihm das Geld beschaffen – vielleicht als Kredit.«

»Ich sage Ihnen doch, Salman hatte Geld.«

»Die Unterlagen sagen etwas anderes – es sei denn, Sie wissen, wo er es versteckt hat.«

Meiklejohn schüttelte den Kopf.

»Würde Stewart Scoular das wissen?«

»Ich kann mir nicht vorstellen, dass Sal sich ihm anvertraut hätte.«

»Dann vielleicht Mr Morelli?«

Meiklejohn zuckte mit den Schultern. »Aber Sie haben mich nachdenklich gemacht. Da draußen gibt es neben Geistesgestörten wie Keith Grant und Jess Hawkins auch noch jede Menge Konkurrenten.« Sie verschränkte entschieden die Arme und sah Clarke direkt an. »Ich bin sicher, dass Sie sich in Hinblick auf Sals Finanzen täuschen. Die zehn Millionen waren fest vereinbart. Er hat sie mir versprochen, und er hätte sein Versprechen auf jeden Fall gehalten.«

»Aber das hat er nicht«, sagte Clarke leise. Und dachte: *Dafür hat jemand gesorgt …*

Sie spazierten mit Brillo durch den Park Leith Links. Clarke warf einen Ball für ihn, während Fox in Gartcosh anrief, um zu hören, ob Robbie Stenhouse schon Fortschritte gemacht hatte. Als Clarke sich zu ihm umdrehte, schüttelte Fox den Kopf. Sie trat mit ihrem rechten Fuß in die Luft.

»Ich soll dich von Siobhan an das Fußballspiel erinnern«, sagte Fox in sein Handy, »sie zahlt die Tickets und die Getränke, wenn wir schnell Ergebnisse bekommen.« Er lauschte, dann nickte er. »Ich weiß, das wirst du, Robbie. Deshalb verehren wir dich ja auch alle wie einen Gott.« Er beendete das Gespräch und rümpfte die Nase. »Der Fairness halber muss man sagen«, erklärte er Clarke, »dass der Mann ebenso gründlich ist wie gewissenhaft – und es gibt einen Überfluss an Kameras in Edinburgh, die er überprüfen muss. Einen kleinen Befund gibt es bereits …«

Clarke warf den Ball noch einmal. »Ich bin bereit, wenn du's bist.«

»Ein Aufkleber an der Heckscheibe, er *denkt,* dass Avis draufsteht.«

»Ein Mietwagen?«

»In dem Fall haben wir es mit jemandem zu tun, der entweder nur zu Besuch ist oder keinen eigenen Wagen hat.«

»Oder einen hat, ihn aber nicht benutzen will«, ergänzte Clarke. »Issy schien so sicher zu sein, dass Salman Mittel zur Verfügung standen. Gibt es was, das wir nicht sehen?«

»Sein Ruf hätte ausreichen können, um sich einen Bankkredit zu verschaffen.«

»In dem Fall hätten wir aber doch Unterlagen in einer seiner Wohnungen oder Häuser finden müssen.«

»Cafferty war doch auch mal Kredithai, oder?«

»Für Shillinge und Pennies, Malcolm. Selbst Cafferty hätte Probleme, zehn Millionen Pfund auf den Tisch zu blättern.«

»Also ich ganz bestimmt, meistens jedenfalls.«

Clarke hatte ihr eigenes Handy genommen und las die neusten Meldungen. Da war eine kurze Notiz über den Fund der Tatwaffe im Mordfall Keith Grant sowie dass die Betreiberin eines Pubs und ihr Vater die Polizei bei ihren Ermittlungen unterstützten.

»Hoffentlich weißt du, was du da tust, John«, nuschelte sie.

»Wir könnten bei Avis nachfragen«, schlug Fox vor, »denen die Fotos zeigen, vielleicht können die den Wagen ja identifizieren. Wir haben eine grobe Vorstellung davon, wann er gemietet und zurückgebracht wurde.«

»Hat Robbie was über das Kennzeichen gesagt?«

»Er denkt, er kann es größtenteils so hinbekommen, dass man es lesen kann, vermutlich morgen um die Mittagszeit.«

»Dann üben wir uns bis dahin in Geduld.« Clarke schoss den Ball mit dem Fuß über das Gras, und Brillo rannte ihm mit heraushängender Zunge hinterher.

»Hast du überlegt, Brillo mit ins Büro zu nehmen?«, fragte Fox. »Ich glaube nicht, dass das Team was dagegen hätte.«

»Gamble ist anscheinend allergisch gegen Hunde.«

»Der ist auch gegen harte Arbeit allergisch, aber von uns wirst du keine Klagen hören.«

Clarke gelang ein Lächeln. »Ich komme immer wieder auf das Geld zurück, Malcolm. Wenn Salman kurz davor war, es zu übergeben, dann stand The Flow sehr viel kürzer vor der Realisierung als gedacht. Wer hat am meisten davon profitiert, dass es nicht dazu gekommen ist? Issy oder ihr Vater nicht, Stewart Scoular auch nicht.«

»Die Leute oben im Norden, die's nicht wollten«, erwiderte Fox. »Das Problem ist nur, dass nichts davon öffentlich bekannt war. Das ist ja der Grund, warum Wirtschaftsspionage ein Riesengeschäft geworden ist.«

»Hat dir das deine Quelle gesagt, oder wie?«

»Soll ich mal nachfragen, ob er etwas über The Flow weiß, das wir nicht wissen? Wer zum Beispiel die Konkurrenten sein könnten?«

Clarke nickte langsam, weshalb Fox sein Handy aus der Tasche zog und telefonierte. Brillo saß auf den Hinterbeinen zu Clarkes Füßen, der Ball war bereit und wartete. Aber sie hatte schon wieder mit ihrem eigenen Handy zu tun, las die Nachricht über die entdeckte Tatwaffe. Da war ein Foto von Camp 1033, und sie klickte es an, vergrößerte es mit den Fingern.

Keith Grant wurde als einer der Vorkämpfer bezeichnet, der Gelder für den Erwerb des Lagers gesammelt hatte, um dieses durch die Gemeinde als »touristische Einnahmequelle« zu nutzen.

»Da kann es keinen Zusammenhang geben«, nuschelte Clarke vor sich hin, kickte den Ball erneut mit aller Kraft.

Aber es sind definitiv auch schon eigenartigere Dinge passiert.

36

Rebus hatte eine Schicht hinter dem Tresen übernommen, damit Cameron Pause machen konnte. Es waren die Stammgäste da wie immer, bewaffnet mit Anekdoten über den Revolver, May und deren Vater. Rebus hatte versucht, Cameron zu beruhigen, dem einfach nicht aus dem Kopf gehen wollte, dass man Fingerabdrücke von ihm hatte haben wollen – ohne großen Erfolg. Als ein Fass gewechselt werden musste, ging Rebus in die Küche und sah Cameron draußen im Hof auf und ab gehen, einen Joint rauchen und auf sein Handy stieren. Er ließ ihn erst mal in Ruhe und sagte dem Gast, er müsse sich etwas anderes nehmen.

»Aber ich trinke immer Lager.«

»Abwechslung ist die Würze des Lebens, heißt es doch so schön«, beschwatzte Rebus ihn.

»Dann nehm ich eine Dose Lager«, entschied der Mann.

»Ich wusste, in Ihnen steckt ein wahrer Rebell«, sagte Rebus und griff in den Kühlschrank.

Cameron war im Keller und wechselte das Fass, als May Collins zurückkam. Die Blicke aller folgten ihr von der Tür bis hinter den Tresen. Dort verschwand sie in den Flur hinten, hängte ihre Jacke auf, dann kam sie wieder nach vorne.

»Du lieber Himmel«, sagte sie angesichts der erstarrten Mienen ihrer Stammgäste. »Wenn das ein Western wäre, hätte der Klavierspieler jetzt aufgehört.«

Hier und da rief die Bemerkung ein Lächeln hervor, und die Leute setzten ihre Gespräche und Zeitungslektüre fort.

»Und was zum Teufel ist das?«, fragte sie Rebus, zeigte auf den in einer Ecke an der Decke befestigten Lautsprecher.

»Leonard Cohen«, antwortete er.

Sie verdrehte die Augen, dann wandte sie sich zu den Flaschen um und schenkte sich einen Whisky ein. Rebus spürte, dass sie auf die Stelle starrte, wo der Revolver gehangen hatte. Schließlich drehte sie sich wieder um, füllte ihr Glas mit Wasser auf und nahm einen Schluck.

»Dann ist es wohl gut gelaufen«, meinte Rebus.

»Die haben meinen Vater eine Stunde lang ausgequetscht, John. In seinem Alter. Und dann haben sie mit mir weitergemacht. Wann genau die Waffe verschwunden war, wer sie meiner Meinung nach genommen hat?«

»Dann ist es also wirklich derselbe Revolver?«

»Unsere Fingerabdrücke sind drauf – von Dad und mir.« Sie sah Cameron aus dem Keller kommen. »Deine auch, Cameron. Creasey ist unterwegs, will sich mit dir unterhalten.«

»Ich hoffe, Joe hat das alles gut überstanden?«, fragte Rebus.

»Er ist völlig erledigt. Hat die ganze Fahrt über geschlafen.«

»Willst du nicht bei ihm übernachten?«

»Hab's ihm angeboten, aber er wollte nicht.« Sie ließ die Schultern ein bisschen hängen. »Wie war's hier?«

»Nicht viel los. Ich war auf dem Friedhof, hab dort zufällig Helen und Stefan getroffen.«

»Können wir einfach mal kurz im Hier und Jetzt bleiben?«

»Du solltest dich hinlegen. Ich sag's nicht gerne, aber wir kommen hier in der Bar auch ohne dich klar.«

Sie schüttelte den Kopf. »Ich will niemanden tuscheln hören, ich würde mich verstecken. Schlimm genug, dass ich anscheinend plötzlich eine Mordverdächtige bin.«

»Ich denke immer noch, dass Keith den Revolver geklaut hat. Der Mörder hat ihn aus seiner Tasche geholt.«

»Er hätte wenigstens den Anstand besitzen können, meine Fingerabdrücke abzuwischen.« Sie zuckte zusammen. »Tut mir leid, das war nicht taktvoll.«

»Machen Sie mal Pause, eine halbe Stunde oder eine Stunde.« Rebus schaute zu Cameron, der ihn entschieden nickend unterstützte.

»Vielleicht mach ich das wirklich …« Sie verstummte, als die Tür aufging und zwei Detectives hereinkamen – Creasey in Begleitung einer jüngeren Frau, die Rebus noch nicht gesehen hatte.

»Wir müssten uns mal mit Ihnen unterhalten«, teilte Creasey Cameron mit. »Wenn möglich, an einem ruhigen Ort.«

»In der Küche?«, schlug Cameron mit Blick auf seine Arbeitgeberin vor. Sie nickte.

»DC Larkin wird sich um Sie kümmern«, sagte Creasey. Larkin ging hinter den Tresen, folgte Cameron durch den Flur in die Küche. Creasey hatte sich bereits an Rebus gewandt. »Und den hier brauche ich.«

»Sieht so aus, als wäre meine Pause schon wieder vorbei«, sagte May Collins. Dann an die Allgemeinheit gerichtet: »Alle einverstanden damit, von einer Mordverdächtigen bedient zu werden? Entweder das, oder ihr müsst austrinken und abzischen …«

Bis Rebus Creasey eingeholt hatte, saß dieser schon auf dem Fahrersitz seines Mondeo. Rebus stieg auf der Beifahrerseite ein und schloss die Tür. »Ich hab ihr gesagt, dass sie eigentlich nicht verdächtigt wird«, sagte er.

»Die Abdrücke auf der Waffe sind größtenteils unvollständig, aber trotzdem gut genug.«

»Von May, ihrem Vater und Cameron?«

»Außerdem von dem Verstorbenen – auch wenn das vorläufig unter uns bleibt.«

»Dann hat also wirklich Keith die Waffe mitgehen lassen?«

»Er war wohl davon überzeugt, dass es diejenige war, mit der der Soldat erschossen wurde.«

Rebus nickte langsam. »Um Ihre Frage zu beantworten, ich glaube weder, dass Ms Collins noch ihr Vater Keith auf dem Gewissen haben – was aber nicht bedeutet, dass sie nicht doch in irgendeiner Form an der Tat beteiligt waren.«

»Was ist mit Cameron? Hat er ein Motiv?«

Creasey lächelte müde. »Alle, nur nicht Ihre Tochter, hm? Deshalb wollte ich mit Ihnen reden. Ich muss zu ihr, und ich dachte, es könnte helfen, wenn Sie dabei sind.«

»Sagen Sie bloß nicht, ihre Abdrücke sind drauf.«

Creasey schüttelte den Kopf. »Nein, aber es gibt Fragmente von Abdrücken, die sehr viel kleiner sind als die anderen. So gut wie sicher stammen sie von einem Kind.«

»Von Carrie?«

»Ich dachte, vielleicht könnte ein Gespräch mit dem Mädchen genügen, dann müssen wir keine Abdrücke von ihr nehmen.«

Rebus griff nach seinem Sicherheitsgurt und schnallte sich an. Creasey ließ den Wagen an und fuhr los. Auf der Fahrt rief Rebus Samantha an. Sie war mit Carrie bei Julie. Er ließ sich den Weg beschreiben und wiederholte die Angaben für Creasey.

»Was will er denn?«, fragte Samantha. »Ich hab ihm alles gesagt, was ich weiß.«

»Wir sind in ein paar Minuten da. Dann erkläre ich's dir.«

Das Haus war ein relativ neuer Bungalow an einem Hang mit Blick auf die Ortschaft. Zwei Autos parkten in der Auffahrt, weshalb Creasey am Straßenrand hielt. Julie Harris ließ sie herein.

»Ich hab schon Wasser aufgesetzt«, sagte sie.

Samantha war im Wohnzimmer, Carrie und Jenny spielten in Jennys Zimmer. Während Creasey sein Anliegen erklärte, ging Rebus in die Küche, um mit dem Tee zu helfen.

»Geht's ihr gut?«, fragte er.

»Sam oder Carrie?«

»Beiden.«

»Eine Zeit lang werden sie alle beide zu einer Therapeutin gehen, vielleicht für eine Stunde die Woche.«

Die Küche war aufgeräumt und nichtssagend, Fotos und eine To-do-Liste hingen an der Kühlschranktür.

»Ist das Ihr Freund?«, fragte Rebus. Die Familie posierte neben einem mannhohen Goofy und einem Donald Duck.

»Disneyland Paris, an Weihnachten vor zwei Jahren. Ich hätte es schon weggeworfen, aber Jenny wollte nicht.« Sie drehte sich kurz zu Rebus um. »Zwei Monate später hat er uns sitzen lassen. Aber er ist zuverlässig mit den Unterhaltszahlungen, das muss ich ihm lassen. Und alle zwei Wochen sieht er Jenny.«

»Lebt er noch in der Gegend?«

»In Aberdeen. Er hat einen neuen Job, ein neues Leben. Manche haben's gut, was?«

»Sind Sie hier aufgewachsen?« Sie nickte.

»Ich bin noch nicht vielen begegnet, die das von sich sagen können.«

»Woanders strahlen die Lichter nun mal heller.«

»Das sind dieselben Lichter, denen manche entkommen wollen, indem sie hierherziehen.«

Sie gab ihm zwei Becher. »Wie trinkt er seinen Tee?«

»So wie er ihn vorgesetzt bekommt«, sagte Rebus und ging zur Tür.

Schließlich wurde Carrie ins Wohnzimmer gerufen, dafür ging Julie Harris jetzt zu ihrer Tochter in deren Zimmer. Carrie setzte sich auf das Knie ihrer Mutter, schaute misstrauisch. Man hatte beschlossen, Samantha die Fragen stellen zu lassen. Die Geschichte war rasch erzählt, als Carrie erst mal gemerkt hatte, dass es ihr nichts bringen würde, es abzustreiten.

»Niemand schimpft«, versuchte Samantha, sie zu beruhigen. »Es geht nur um ein Puzzleteilchen, das eingesetzt werden muss. In Daddys Schultertasche war ein verrosteter alter Revolver, oder? Hat er ihn dir gezeigt?«

Carrie biss sich auf die Lippe und schüttelte den Kopf. »Ich hab ihn gefunden«, sagte sie mit einer Stimme, die kaum lauter war als ein Wispern.

»Und du hast ihn aus der Tasche genommen?«

»Der war voll schwer.«

»Das kann ich mir vorstellen. Hat Daddy das gesehen?«

Sie schüttelte wieder den Kopf.

»Dann hast du ihn einfach wieder in die Tasche gesteckt, so wie du ihn gefunden hast?«

Sie nickte.

»Und nichts zu Daddy gesagt?«

Carrie drehte sich zu dem einzigen Fremden im Raum um. »Mein Daddy ist jetzt im Himmel«, erklärte sie Creasey. »Der kommt lange nicht wieder.«

Samantha hatte große Mühe, die Fassung zu wahren.

»Wo war das, Carrie?«, fragte Rebus leise. »Den rostigen alten Revolver, meine ich; wo hast du ihn gefunden?«

»In der Garage.«

»Lag die Tasche auf Daddys Tisch?« Wieder ein Nicken. »War sie offen?«

»Ich wollte nur mal schauen. Ich wollte nichts nehmen.«

»Was war noch da drin? Vielleicht ein paar Notizbücher und ein Computer?«

»Die haben auf seinem Schreibtisch gelegen.«

»Hat er gearbeitet? Hast du gesehen, was er geschrieben hat?«

Sie schüttelte den Kopf. Samanthas Blick ruhte auf Creasey.

»Genügt das?«, fragte sie.

»Ich glaube schon«, erwiderte er. »Danke für deine Hilfe, Carrie.«

»Gern geschehen.« Sie rutschte vom Schoß ihrer Mutter und hüpfte aus dem Raum.

Samantha schloss die Augen. »Dann ist es also der Revolver aus dem Glen«, sagte sie, als müsste sie ihre Gedanken sortieren. »Keith hat ihn im Zuge seiner Recherchen eingesteckt und wurde damit erschlagen. Ich verstehe immer noch nicht, warum.«

»Wir arbeiten dran«, sagte Creasey zuversichtlich.

»Ich hab nicht gewusst, dass er ihn hatte, ich schwör's bei Gott. Wenn Carrie mir das erzählt hätte, hätte ich verlangt, dass er ihn zurückbringt.« Sie öffnete die Augen und starrte zur Wohnzimmertür. »Das hätte ich getan«, sagte sie.

»Carrie trifft keine Schuld«, beschwichtigte Rebus sie, aber Samantha hörte nicht zu.

»Hätte sie doch bloß was gesagt …«

»Ihr Vater hat recht, Ms Rebus. Sie dürfen nicht …«

Sie brachte ihn mit einem bösen Blick zum Verstummen. »Vielleicht können Sie jetzt einfach gehen. Und nehmen Sie meinen Vater gleich mit.« Sie sprang auf und verließ den Raum.

Rebus und Creasey blieben kurz schweigend sitzen, dann erhob Creasey sich.

»Trinken Sie eigentlich nie den Tee, den Sie vorgesetzt bekommen?«, fragte Rebus und zeigte auf Creaseys vollen Becher.

»Eigentlich mag ich gar keinen Tee«, gestand Creasey. »Aber offenbar kochen die meisten Leute gerne welchen.«

37

Siobhan Clarke lag ausgestreckt auf ihrem Sofa, Brillo eingekuschelt neben ihr, und im Fernseher lief eine alte Folge *Inside No. 9*, als ihr Handy klingelte.

»Hallo«, meldete sie sich.

»Hier ist Robbie Stenhouse.«

»Ich kann mich gar nicht erinnern, Ihnen meine Nummer gegeben zu haben, Robbie.«

»Ich hab da so meine Möglichkeiten – und ich wusste nicht, ob es warten kann.«

Clarke setzte sich auf, schwang die Füße auf den Boden. Brillo wachte erschrocken auf, woraufhin sie ihn beruhigend tätschelte.

»Haben Sie was für mich?«

»Es handelt sich tatsächlich um einen Mietwagen. Ich hab das Kennzeichen überprüft, und er steht draußen an der Avis-Filiale am Flughafen Edinburgh. Wenn Sie mir Ihre E-Mail geben, schicke ich Ihnen, was ich habe.«

Das tat sie, wobei sie merkte, dass sie Brillo inzwischen heftiger kraulte, als es dem Hund gefiel.

»Steht das Angebot noch mit dem Hibs-Motherwell-Spiel?«, fragte Stenhouse.

»Die Pies in der Halbzeit gehen auf mich. Sobald der Fall hier abgeschlossen ist, schau ich mir den Spielplan an.«

»Apropos, ich glaube, ich mache jetzt Feierabend. Es ist ein metallic-silberner VW Passat.« Er diktierte das Kennzeichen, Clarke notierte es sich auf der Titelseite der aktuellen *Evening News*.

»Noch mal danke, Robbie«, sagte sie und beendete das Gespräch. Sie kaute an dem Stift, verlor sich kurz in Gedanken, dann rief sie Malcolm Fox an. »Ist ein Mietwagen vom Flughafen«, teilte sie ihm mit. »Robbie mailt mir die Einzelheiten.«

»Hab dir ja gesagt, dass er gut ist.«

»Gut genug, um meine Telefonnummer rauszubekommen.« Sie brach ab.

»Er hat dich doch nicht etwa danach gefragt, oder?«

»Ungefähr eine Stunde, nachdem wir aus Gartcosh weg sind. Wobei er mir vermutlich nicht dafür danken würde, dass ich seine Geheimnisse jetzt ausplaudere.«

»So geheim sind die gar nicht – sogar längst pensionierte DIs kennen ihn.« Sie hielt erneut inne. »Bist du unterwegs?«

»Ich hol mir nur was vom Imbiss«, sagte Fox, womit er die Hintergrundgeräusche erklärte, die Clarke hörte. »Heißt Flughafen, dass es jemand war, der gerade erst in der Stadt angekommen ist? Sag nicht, es gibt eine Londoner Verbindung, über die uns die von der Met nicht aufgeklärt haben …«

»Weißt du noch, was Issy Meiklejohn erzählt hat: Stewart Scoular nimmt manchmal Mietwagen.«

»Dazu kommt, dass sie selbst keinen besitzt, sollte sie also einen brauchen …«

»Morgen Vormittag erfahren wir mehr. Treffen wir uns in Leith oder bei Avis?«

»Avis um neun?«

»Passt. Was gibt's denn heute Schönes?«

»Indisch. Wartet wahrscheinlich in diesem Moment schon auf mich. Hast du's Graham Sutherland gesagt?«

»Er ist drüben in Glasgow.«

»Willst du ihn auf dem Laufenden halten oder mit der frohen Botschaft überraschen?«

»Mal sehen, was wir bei Avis in Erfahrung bringen. Wenn sich herausstellt, dass es ein Tourist war, der sich auf dem Weg zum Hotel verfahren hat …«

»Du hast manchmal eine schrecklich ernüchternde Art an dir, Siobhan.«

»Lass dir dein Curry schmecken.« Clarke legte auf und warf das Handy dorthin, wo Brillo gesessen hatte – inzwischen war er vom Sofa gesprungen und sah sie vorwurfsvoll von der Mitte des Wohnzimmers aus an.

»Okay, tut mir leid«, entschuldigte sie sich. Curry? Nein, aber Fish & Chips wären nicht schlecht. Sie stand auf, sah Brillo erwartungsvoll mit dem Schwanz wedeln.

»Genau, du hast es erfasst«, sagte sie. »Fisch und ein paniertes Würstchen. Vielleicht sogar eine Spritztour zum Flughafen morgen früh, wenn du Glück hast.« Sie trat in den Flur hinaus, Brillo rannte an die Tür zur Außenwelt.

»Ein Gutes haben Mietwagenstationen an Flughäfen ja«, erklärte sie dem Hund, während sie ihren Mantel und seine Leine nahm, »da gibt es Überwachungskameras ohne Ende. Was bedeutet, egal, wer es war, wir haben ihn.«

»Ich wünschte, ich hätte nichts von Curry gesagt«, brummte Fox, rieb sich mit der Hand den knurrenden Magen. Seit er zuletzt etwas gegessen hatte, waren Stunden vergangen.

Die Blase müsste er auch mal entleeren, aber auf der Cowgate ging es viel zu öffentlich zu. Er hatte so ein Ding zum Reinpinkeln im Handschuhfach, aber jeder nächtliche Trinker, der hier vorbeispazierte und einen Blick in den Wagen warf, würde ihn in flagranti damit erwischen. Stattdessen rutschte er ein bisschen tiefer in den Sitz und hoffte, Scoular würde sich nicht mehr allzu lange Zeit lassen im Jenever Club. Issy oder Gio waren heute Abend nicht in Sicht – obwohl sie natürlich vor ihm eingetroffen sein konnten.

Fox nahm sein Notizbuch vom Beifahrersitz. Scoular war mit einem privaten Taxi von seinem Haus in Stockbridge hergekommen, hatte unterwegs nirgendwo Halt gemacht. Jetzt war er seit fünfundneunzig Minuten da drinnen, und in dieser Zeit hatte sich der Charakter der Straße sehr verändert. Die Passanten waren jetzt jünger und lauter. In der Nähe befanden sich Musikclubs, und teilweise begannen dort jetzt Konzerte. Eine Junggesellentruppe war an ihm vorbeigetorkelt, hatte ein geräuschvolles Trommelkonzert auf dem Dach von Fox' Wagen veranstaltet und sich dann grinsend zu ihm umgedreht. Wenig später war ein Junggesellinnenabschied im Jenever eingefallen, alle mit rosa Schärpen über identischen und mit einem Porträt der künftigen Braut bedruckten T-Shirts. Hinten stand: *Sue's Booze Crew.* Die Türsteher entschieden, dass sie reingehen durften, und sie wurden jeweils mit einem Küsschen auf die Wange oder einem Kniff in den Hintern belohnt. Wenig später kamen ein paar wieder heraus, rauchten und quatschten mit den Türstehern, die dabei ein bisschen munterer zu werden schienen.

Fox hatte das Radio laufen – Jazz FM. Kein toller Empfang, da die Cowgate im Prinzip einem Canyon glich, eine schmale

Straßenschlucht zwischen hohen Gebäuden. Aber besser als nichts. Und jetzt hatte er auch noch etwas zum Nachdenken: ein Mietwagen vom Flughafen. Sie hatten sich auf neun Uhr geeinigt, aber Fox schätzte, dass das Avis-Büro vermutlich früher aufmachte. Vielleicht würde er auch ein bisschen zeitiger hinfahren und Siobhan vor vollendete Tatsachen stellen. Was sie ihm sicher nicht danken würde – ganz im Gegenteil. Aber vielleicht würde er's trotzdem machen.

Die Frauen vom Junggesellinnenabschied waren jetzt wieder drinnen, die nächtliche Kälte erwies sich als allzu schneidend für ihre dürftige Bekleidung. Einer der Türsteher hatte seinen Mantel angeboten, dafür ein weiteres Küsschen erhalten, dieses Mal auf die Lippen, soweit Fox das aus der Ferne feststellen konnte. Als die Frauen weg waren, führten die beiden Türsteher ein kleines Tänzchen auf.

Ein kleiner Trost, überlegte Fox. Aber man musste nehmen, was man bekam.

Und jetzt gingen die Türen wieder auf, und Stewart Scoular tauchte mit einer Frau am Arm auf. Sie trug hohe Absätze und ein enges schwarzes Kleid mit einem cremefarbenen Jäckchen über den Schultern. Fox hatte erwartet, sie zu kennen, aber es war nicht Issy Meiklejohn. Er überlegte, ob er versuchen sollte, ein Foto mit seinem Handy zu machen, aber er war zu weit entfernt und konnte keinen Blitz riskieren. Außerdem, wenn er einen Namen brauchte, würde Cafferty ihn wahrscheinlich liefern können. Einer der Türsteher rief ein Taxi, Scoular steckte ihm einen Schein als Trinkgeld zu. Fox erinnerte sich an einen Polizisten, den er in Glasgow gekannt hatte und der immer allen ein Trinkgeld gegeben hatte, den Mitarbeitern im Café ebenso wie Barkeepern. Auch Bettlern und den Verkäufern von Obdachlosenzeitungen hatte er immer was zugesteckt.

»Ist netter, wenn man nett ist«, hatte er erklärt. »Und ab und zu revanchiert sich der ein oder andere.« Womit er ausgewählten Tratsch meinte oder Insiderinformationen. »Ich wünschte nur, ich könnte es auf meine Spesenrechnung setzen«, hatte er schmunzelnd ergänzt.

Fox hatte einige Monate lang mit ihm zusammengearbeitet, aber jetzt fiel ihm der Name nicht mehr ein. Zum letzten Mal hatte er ihn auf der Beerdigung eines Kollegen gesehen. Für mehr als ein kurzes Händeschütteln und ein Hallo war dort keine Zeit gewesen.

Jetzt sah er, wie sich die hintere Tür des schwarzen Taxis schloss, derselbe Türsteher erwies ihm die Ehre. Ein kurzes Winken und schon fuhr das Taxi mitsamt seinen Passagieren los. Fox folgte ihm, nachdem er sich die genaue Uhrzeit notiert hatte, zu der Scoular den Jenever verlassen hatte. Egal, ob es ein Ergebnis war oder nicht, wenn nötig, konnte er Cafferty damit beweisen, dass er sich Mühe gegeben hatte. Natürlich vorausgesetzt Lyons Plan ging nicht auf. Aber es hatte noch nie geschadet, etwas in der Hinterhand zu haben.

Schon nach wenigen Minuten wusste Fox, dass Scoular mit seiner Begleitung nach Hause fuhr. Er erinnerte sich daran, dass er bei ihrer ersten Begegnung damit geprahlt hatte, nicht ständig alleine dort zu leben. Soweit Fox erkennen konnte, blieb es auf dem Rücksitz aber ruhig – keine sich aufeinander zu bewegenden Köpfe. Er folgte dem Taxi nach Stockbridge, blieb auf Abstand, als die beiden abgesetzt wurden. Während Scoular und die Frau ins Haus gingen, fuhr er wieder an, holte das Taxi einige Hundert Meter weiter ein. Er ließ seine Scheinwerfer aufleuchten, bis der Fahrer blinkte und hielt. Fox fuhr hinter ihm heran, ging ans Fenster der Fahrerseite und zeigte seinen Dienstausweis.

»Ich dachte schon, ich hab einen Platten«, sagte der Fahrer.

»Nichts dergleichen. Ich möchte Ihnen ein paar Fragen über die beiden stellen, die Sie gerade abgesetzt haben.«

»Was ist mit denen?«

»Haben sie sich vielleicht über etwas Interessantes unterhalten?«

»Hab nicht zugehört.« Der Fahrer sah Fox an, dass er es ihm nicht abnahm. »Eigentlich haben sie überhaupt nicht viel gesagt«, lenkte er ein. »Haben an ihren Handys rumgespielt. Einmal hat er telefoniert, ich glaube ins Ausland.«

»Wie kommen Sie darauf?«

»Weil er gefragt hat, wie spät es am anderen Ende ist. Es wurde eine Art Konferenz bestätigt, zu einer Zeit, die allen passt«, erklärte der Fahrer schulterzuckend. »Das war's auch schon. Kann aber nicht behaupten, dass er direkt gute Laune hatte.«

»Nein?«

»Neben der Granate da eben hätte ich bestimmt nicht so eine Fresse gezogen.«

»Ist ihr Name gefallen? Denken Sie, dass sich die beiden gerade erst kennengelernt haben?«

»Keine Ahnung.«

»Sonst noch was?«

Der Mann zuckte erneut mit den Schultern. Fox bedankte sich bei ihm.

»Legen Sie ein gutes Wort für mich ein, wenn ich das nächste Mal einen Strafzettel bekomme?«

Fox lächelte müde. »Gute Weiterfahrt«, sagte er und kehrte zu seinem Wagen zurück.

Scoular machte sich anscheinend Sorgen, konnte nicht abschalten, nicht mal bei einem Date. Ausland – vielleicht Nahost oder die USA. Jetzt, da bin Mahmoud nicht mehr war, klaffte ein Finanzloch, und das bedeutete jede Menge Arbeit für Stewart Scoular. Auf keinen Fall steckte er hinter dem Mord – bin Mahmouds Tod war das Letzte, was er gebrauchen konnte. Was aber nicht bedeutete, dass es keinen Zusammenhang gab. Oder er keine Geheimnisse hatte.

Fox schrieb die Einzelheiten in sein kleines Notizbuch. Zeit, nach Hause zu fahren, dachte er, nach einem kurzen Boxenstopp beim Inder.

Schließlich musste er am nächsten Morgen wieder früh raus.

Tag sieben

38

Als Fox auf den Avis-Schalter zuging, wurde ihm plötzlich etwas hingehalten, und als er aufblickte, merkte er, dass er die betreffende Person kannte.

Siobhan Clarke reichte ihm einen Pappbecher Kaffee.

»Guten Morgen«, sagte sie.

»Bist ganz schön früh dran«, erwiderte Fox.

»Du auch.« Sie schaute demonstrativ auf die Uhr. »Ich hatte gleich so ein Gefühl.«

Fox blickte zum Schalter. Ein Geschäftsmann wurde bedient, sein Rollkoffer parkte neben ihm. »Hast du schon …?«

»Das wäre ja wohl nicht fair, oder? Gute Kollegen kaufen erst mal Kaffee und warten dann.«

»Na schön, du hast deinen Spaß gehabt.« Er nahm einen Schluck, machte den Deckel ab. Cappuccino, sofern er das feststellen konnte. Clarke öffnete ihre Schultertasche und holte ein Dutzend mit einer Büroklammer zusammengeheftete Blätter heraus.

»Das hat mir Robbie geschickt. Nahaufnahmen des bereinigten Kennzeichens, die Angaben von der Zulassungsstelle und ein paar weitere Aufnahmen, die den Wagen auf seiner Fahrt durch die Stadt zeigen.«

»Er muss dich wirklich mögen«, meinte Fox, als er die Unterlagen durchging.

Der Geschäftsmann zog seinen Koffer Richtung Ausgang.

»Wollen wir?«, fragte Clarke und ging zum Schalter, Fox folgte ihr.

Eine Vorgesetzte musste angerufen werden, die Mitarbeiterin reichte Clarke das Telefon, damit sie ihr Anliegen selbst erklären konnte. Dann sprach die Vorgesetzte wieder mit der Mitarbeiterin, woraufhin diese etwas über die Tastatur eingab. Fox hatte gebeten, mit einem für Sicherheit zuständigen Mitarbeiter sprechen zu dürfen, und ein Mann war erschienen, dem Fox erklärt hatte, dass sie die Aufnahmen der Überwachungskameras von dem Tag bräuchten, an dem der fragliche Wagen angemietet worden war.

»Vorhalle, Avis-Schalter und Parkplatz dürften vorläufig genügen.«

»Das ist ganz schön viel verlangt.«

»Um einen Mordfall aufzuklären, muss man ständig viel verlangen. Vielen Dank für Ihre Hilfe und Unterstützung.«

Der Mann blies die Wangen auf, zog aber trotzdem mit einer von Fox' Visitenkarten ab.

»Das System ist heute ein bisschen langsam«, erklärte die Mitarbeiterin Clarke.

»Kein Problem«, erwiderte Clarke. Was gelogen war. Sie umklammerte ihren Kaffeebecher, als wollte sie ihn erwürgen.

»Bist du sicher, dass dir das Koffein guttut?«, fragte Fox.

Sie hörte auf, mit den Fingern ihrer freien Hand auf den Tresen zu trommeln. Weitere Kunden waren inzwischen eingetroffen und standen nun hinter den beiden Detectives Schlange.

»Darf ich die beiden vielleicht zuerst bedienen?«, fragte die Mitarbeiterin.

»Die können warten«, lautete Clarkes knappe Antwort.

»Okay, los geht's«, sagte die junge Frau eine halbe Minute später. Irgendwo unterhalb des Tresens summte ein Drucker. Sie rutschte von ihrem Hocker und bückte sich nach einigen Blättern. »Die ausgefüllten Unterlagen sind sicher abgeheftet, ebenso wie die Kreditkartenquittung. Aber in der Zwischenzeit …« Sie übergab den Ausdruck. Clarke suchte die Angaben zum Mieter. Fox kam ihr zuvor, tippte mit dem Finger auf den Namen.

»Giovanni Morelli«, sagte er, wiederholte den Namen leise, als wollte er versuchen, allein daraus schlau zu werden, während Clarke das Formular überflog.

Ein VW Passat mit tausendzweihundert Meilen auf dem Zähler, angemietet am Tag des Mordes an Gios gutem Freund Salman, abgegeben gleich morgens am darauffolgenden Tag und mit nur knapp dreißig zusätzlichen Meilen.

»Zehn in die Stadt rein«, sagte Clarke, »und genauso viel zurück.«

»Ungefähr fünf von der New Town bis zum Tatort«, ergänzte Fox und signalisierte nickend, dass die Rechnung stimmte. Dann richtete er sich an die Mitarbeiterin. »Wo befindet sich der Wagen jetzt?«

Die Mitarbeiterin gab etwas in den Computer ein. »Auf dem Platz.«

»Hat ihn nach Mr Morelli noch jemand gemietet?«

Sie sah über Fox' Schulter hinweg zu der immer längeren und ungeduldigeren Warteschlange hinter ihnen.

»Machen Sie sich keine Gedanken«, sagte Clarke. Dann drehte sie sich zu den Wartenden um. »Polizei. Vielen Dank für Ihre Geduld.«

Die Mitarbeiterin machte sich erneut an ihrer Tastatur zu schaffen. »Eigentlich war er heute für einen neuen Kunden vorgesehen.«

»Daraus wird nichts«, sagte Clarke. Sie fixierte Fox mit einem Blick. »Wir brauchen die Spurensicherung hier draußen.«

»Ich nehme an, er wurde inzwischen gereinigt?«, erkundigte er sich bei der Mitarbeiterin, die zustimmend nickte.

»Blut verschwindet nicht, nur weil man ein bisschen darüber saugt und wischt«, erklärte ihm Clarke. Sie hielt ihr Handy bereits in der Hand, gab die Nummer ein, die sie brauchte. Fox drehte sich zu der Mitarbeiterin um.

»Schlüssel, bitte. Und wie lautet die Nummer der Parkbucht?« Es fiel ihm schwer, sich zu konzentrieren, und er wusste, dass es Siobhan ähnlich ging. Sie mussten bestimmte Abläufe einhalten, aber er konnte an nichts anderes denken als an Giovanni Morelli.

»Hey«, sagte Clarke in ihr Handy. »Ich brauche ein Team hier am Flughafen. Parkplatz von Avis. Ein Wagen dort könnte im Fall von bin Mahmoud benutzt worden sein. DI Fox und ich sind bereits hier.« Sie lauschte dem, was am anderen Ende gesagt wurde, und sah, wie die Mitarbeiterin Fox einen Zettel und einen Schlüssel gab. »Natürlich«, versicherte sie dem Chef der Spurensicherung, »wir sperren die unmittelbare Umgebung ab. Aber wann könnt ihr hier sein?«

»Wir lassen Sie jetzt weiterarbeiten«, teilte Fox der Mitarbeiterin mit. »Aber wir *werden* sämtliche Unterlagen brauchen, von denen Sie gesprochen haben, sobald Sie also eine freie Sekunde haben …« Er sah, dass Clarke bereits auf den Ausgang zusteuerte, ihren Kaffee auf dem Tresen stehen gelassen hatte. Er stellte seinen eigenen Becher daneben und setzte sich in Bewegung.

»Warum?«, fragte sie, als sie die Straße überquerten. Sie rannten nicht, bewegten sich aber deutlich schneller, als man üblicherweise ging. Fox hatte seine Jacke zugeknöpft, um zu verhindern, dass ihm die Krawatte um die Ohren flatterte. »Ich kapier's nicht, Malcolm. Echt nicht.«

»Wir wollen nichts überstürzen«, ermahnte Fox sie. »Vielleicht beweist das ja nur, dass er in der Nacht dort war.«

»Du hast die Fotos gesehen – da war keine Spur von einem Beifahrer in dem Passat. Es sei denn, Salman hat seinen Mörder selbst in seinem Aston zum Tatort mitgenommen …«

»Könnte ja noch einen dritten Wagen geben, den wir bislang nicht gesehen haben.«

»Oder Issy auf ihrem Fahrrad?« Clarke schüttelte den Kopf. »Es passt, ergibt nur noch keinen Sinn.«

»Morelli ist derjenige, den wir danach fragen müssen.«

Sie sah ihn an. »Meinst du, es besteht Fluchtgefahr? Eltern mit Geld und mächtigen Freunden …«

»Mal sehen, ob uns der Wagen weitere Aufschlüsse gibt.«

Sie näherten sich dem Avis-Parkplatz. »Welche Nummer?«, fragte Clarke.

»Zweiundvierzig, ein bisschen wie bei *Per Anhalter durch die Galaxis.*« Er sah Clarkes Blick. »Ich versuch nur, ein bisschen Heiterkeit in die Sache zu bringen.«

Den Rest des Weges legten sie schweigend zurück. Es gab ein Wachhäuschen, und der Mann dort war offensichtlich von der Mitarbeiterin im Terminal vorgewarnt worden. Er führte Fox und Clarke zu besagtem Stellplatz und ließ sie dort alleine.

»Willst du einen Blick reinwerfen?«, fragte Fox und hielt den Schlüssel hoch.

»Besser nicht«, warnte Clarke ihn. Sie ging um den Wagen herum, presste ihr Gesicht so dicht wie möglich an die diversen Scheiben. Er war definitiv in der Waschanlage gewesen, und auch das Innere wirkte tipptopp. Als ihr Handy piepte, schaute sie aufs Display.

»Die Spurensicherung?«, riet Fox.

»Der DCI«, korrigierte sie ihn. »Er will wissen, wo wir sind.«

Sie rief ihn an, hob das Handy ans Ohr. Fox wünschte jetzt, er hätte den Kaffee nicht stehen lassen. Die Außentemperaturen befanden sich noch nicht im zweistelligen Bereich, und es gab nirgendwo einen Unterstand. Wobei Siobhan Clarke dies nichts auszumachen schien. Ihre Wangen hatten Farbe bekommen, ihre Augen strahlten. Als sie Fox wieder direkt ansah, war ihre Zuversicht unverkennbar, und vorausgesetzt letztere war nicht unangebracht, bedeutete dies, dass er schon bald wieder an seinen Schreibtisch in Gartcosh zurückkehren würde.

Er wusste, dass er darüber eigentlich nicht traurig sein sollte, aber er war es trotzdem.

39

Josef Collins ließ sich Zeit, bis er endlich die Tür seines Cottage öffnete, seine Gehhilfe erwies sich dabei durchaus als hinderlich. Rebus grüßte ihn vom Weg aus, wo er den Garten bewunderte.

»Das kann doch nicht alles allein Ihr Werk sein?«, spekulierte er.

»Inzwischen macht May das meiste. Was zum Teufel wollen Sie hier?«

»Wollte mal sehen, wie's Ihnen geht – kann ja nicht ganz leicht gewesen sein gestern. May hat's noch nicht verkraftet. Die ganzen Gerüchte, alle starren sie an, sobald sie sich umdreht.«

Collins machte seine Schultern breit. »Wir sind stark, alle beide.«

Rebus trat auf die Haustür zu. »Darf ich vielleicht reinkommen?«

»Warum?« Collins betrachtete ihn durch Brillengläser, die voller Streifen und Flecken waren und dringend hätten geputzt werden müssen. Im Schankraum des Pubs hatte er gebeugt und zittrig gewirkt, aber seine Augen wirkten jetzt wach, es waren dieselben, die Krieg und Blutvergießen gesehen hatten. Rebus erkannte den jungen Josef Kolln in ihm, gefangen in einem gealterten Körper.

»Ein unschuldiger Mensch wurde mit Ihrer Waffe ermordet, und das heißt, es wird Zeit, dass Sie auspacken. May zuliebe und auch sich selbst.«

»Fahren Sie zur Hölle.«

»Ich war über dreißig Jahre lang Polizist, Mr Collins – in der Hölle bin ich längst gewesen. Was ich in Camp 1033 gesehen habe, war bei Weitem nicht das Schlimmste, aber es wird mich trotzdem verfolgen. Keith hatte das nicht verdient, aber jetzt verdient er Ihre Hilfe.«

»Wahrscheinlich ist es ja doch Ihre Tochter gewesen.« Der alte Mann regte sich jetzt auf.

»Denken Sie das wirklich?«

»Ich weiß nicht, was ich denke.«

»Tatsächlich interessiere ich mich auch mehr für das, was Sie *wissen*. Es gab einen Grund, warum Sie die Waffe hinter die Bar gehängt haben. Sie wollten damit jemandem ins Gewissen reden, ihm mitteilen, dass Sie Bescheid wissen.«

»*Was* weiß ich?«

»Wer Sergeant Davies ermordet hat. Und jetzt, da Keith die ganze Geschichte wieder ausgegraben hat, wusste man nicht, was noch passieren würde. Er hat geglaubt, dass es sich um dieselbe Waffe handelt. Vielleicht wollte er sie auf DNA-Spuren untersuchen lassen. Deshalb hat er den Revolver aus der Bar mitgehen lassen. Sie haben immer die Wahrheit gesagt – dass Sie den Revolver angespült am Strand gefunden haben. Aber ich glaube nicht, dass Sie viel getan haben, um die anderen Gerüchte zu zerstreuen. Tatsächlich gefielen sie Ihnen ganz gut, weil sie den Weg zur wahren Geschichte gewiesen haben.«

Rebus hatte einen weiteren Schritt auf Josef Collins zu gemacht. An ihm vorbei spähte er in den schmalen Flur. Familienfotos an den Wänden und der übliche Krempel, der sich im Lauf eines langen Lebens ansammelt.

»Stefan Novack, Helen Carter und Frank Hess – Keith hat mit ihnen allen gesprochen, ihnen Fragen gestellt. Stefan fährt noch Auto, aber als Sergeant Davies ermordet wurde, war er nicht im Lager – es sei denn, Sie wissen, dass es anders war. Helens Schwester hatte mehr als genug Verehrer, einige davon wurden Liebhaber. War Helen eifersüchtig? Hatte sie ein Auge auf Sergeant Davies geworfen? Dann war da Frank, der sie angehimmelt hat, was aber scheinbar nicht auf Gegenseitigkeit beruhte.« Rebus hielt inne. »Und dann Sie. Sie kannten sowohl Frank als auch Helen. Was bedeutet, Sie kannten auch ihre Schwester. Ich habe angefangen, mich zu fragen, ob der Revolver Ihre Art war, den Leuten mitzuteilen, dass *Sie* es getan haben. Sehen Sie, um die Tatwaffe in Hoffmans Zimmer zu deponieren, musste man Zugang zum Lager gehabt haben. Helen hat auf der Krankenstation gearbeitet; Sie und Frank Hess waren interniert.«

»Bleiben nur noch ein paar Hundert weitere potenzielle Verdächtige.« Collins klang plötzlich sehr müde, er ließ die Schultern hängen. Mit zittrigen Händen voller knotiger Altersflecken packte er seine Gehhilfe.

»Sagen Sie mir, Mr Rebus, wer von uns hätte die Kraft aufbringen sollen, Keith zu ermorden? Sie haben gesagt, er hat den Revolver an sich genommen – wir hätten ihn ihm doch abnehmen müssen, mit ihm darum kämpfen? Ihn ihm entreißen? Können Sie sich das vorstellen? Wirklich?«

Rebus wartete einen Augenblick, dann trat er den letzten Schritt vor. Sein Gesicht befand sich jetzt nur noch Zentimeter von Collins entfernt.

»Es wird Zeit aufzuhören, Herr Kolln – für unsere beiden Töchter.«

Collins' Augen wirkten wie überschattet. Er löste eine Hand von der Gehhilfe und fuhr sich damit über die Lippen. Dann, langsam und entschlossen, wich er vom Eingang zurück, zog die Gehhilfe mit sich.

»Sie haben recht«, sagte er auf seinem Rückzug. »Ich habe ihm nie verraten, dass es nicht dieselbe Waffe war. Er wirkte nach wie vor ungeheuer anziehend auf die Damen, verstehen Sie – das war meine Art, ihn von meiner Frau fernzuhalten … meinen *beiden* Frauen.«

»Aber wer?«

»Sprechen Sie mit Frank, Mr Rebus.« Langsam schloss sich die Tür.

»Was ich bisher über ihn gehört habe, könnte das ein recht einseitiges Gespräch werden.«

»Versuchen Sie's.«

Die Tür fiel knackend ins Schloss, und Rebus blieb alleine auf dem makellosen Pfad in dem ausgezeichnet gepflegten Garten stehen.

»Dann mach ich das wohl besser«, sagte er leise und fuhr sich mit der Hand durchs Haar.

Das Haus, in dem Frank Hess mit seinem Enkel Jimmy lebte, war eins in einer kurzen Reihe, die abseits der Hauptstraße zum Strand führte. Die Sonne schien, es wurde angenehm warm. Rebus dachte, er könnte das ferne Rauschen der Wellen hören. Ihm fiel auf, dass er noch gar nicht am Wasser gewesen war. Vielleicht bald. Er musste dreimal auf die Klingel drücken, bis er eine Stimme von drinnen schreien hörte.

»Was wollen Sie?«

Er hob die Klappe vor dem Briefschlitz an und rief jetzt hinein. »Mr Hess? Hier ist John Rebus, der Vater von Samantha.«

»Verschwinden Sie.«

»Das kann ich nicht, Mr Hess. Wir müssen reden.« Er spähte durch den Briefschlitz, wich aber rasch zurück, als ein Gehstock in die Öffnung stieß.

»Es geht um den Revolver und warum Keith ihn aus dem Pub mitgenommen hat. Er wollte Sie danach fragen. Anscheinend hat Sie das wütend gemacht. Wobei ich nach unserer Begegnung jetzt im Moment sagen würde, dass das wohl Ihre Standardverfassung ist.«

»Lassen Sie uns in Ruhe.«

»Ist Jimmy da? Kann ich mit ihm sprechen?« Rebus riskierte erneut einen Blick durch den Briefschlitz. Er konnte nur den Oberkörper des alten Mannes sehen, hinter ihm den chaotischen Flur. Dann ließ er die Klappe herunterfallen und versuchte es mit dem Türgriff. Die Tür war nicht abgeschlossen, also trat er ein. Der Gehstock erwischte ihn an der Schulter, lenkte ihn aber nicht von den Gegenständen ab, die er von draußen gesehen hatte. Er hob die schwere Lederjacke vom Haken, betrachtete sie, als ihn ein weiterer Schlag am Rücken traf. Der alte Mann keuchte und spuckte. Rebus bückte sich nach einem Sturzhelm, in dem Lederhandschuhe lagen. Er drehte sich zu Frank Hess um, wehrte einen weiteren Schlag mit dem Ellbogen ab.

»Jimmy hat ein Motorrad«, stellte er fest.

»Nein, hat er nicht«, sagte Hess, versuchte einen weiteren Schlag anzubringen. Rebus ließ die Jacke fallen und packte das

Ende seines Gehstocks, hielt ihn fest, während Hess ihn ihm entreißen wollte.

»Dann zieht er einfach nur gerne Biker-Klamotten an?«

»Er ist ein guter Junge. Er kümmert sich um mich.«

Rebus nickte. »Bedingungslose Liebe – er tut, was auch immer Sie zufrieden macht. Sie haben erraten, weshalb Keith den Revolver an sich genommen hatte. Sie wussten, warum Joe ihn hinter dem Tresen ausgestellt hatte. Sie waren ein Schwerenöter – es hat Sie schwer getroffen, dass Chrissy nichts für Sie übrighatte, obwohl sie sich mit allen anderen abgegeben hat.« Er hielt einen Augenblick lang inne, sah wie sich Hess' Brustkasten hob und senkte, als fiele ihm das Luftholen schwer. »Hoffman war im Lager nicht beliebt«, redete er weiter. »Niemand würde sich beschweren, wenn er vors Erschießungskommando käme – war kein Problem, den Revolver in seinem Zimmer zu deponieren und den Behörden einen entsprechenden Tipp zu geben.« Er hielt erneut inne, musterte Hess. Der Mann war von mittlerer Statur, hatte aber natürlich einiges von dem Gewicht verloren, das er in jüngeren Jahren hatte. Die Haut hing schlaff an scinem Hals. Seine Wangen waren eingefallen, die Zähne gelb. »Sie waren Ihr gesamtes Leben vom Zorn erfüllt, nicht wahr, *Herr* Hess? In Ihrem Alter lässt sich damit nicht mehr viel anfangen, aber Jimmy …«

Hess' Augen loderten plötzlich auf, die Jahre schienen von ihm abzufallen, bis Rebus den jungen Soldaten sah, den Eiferer, den ungeliebten Bewunderer des umschwärmtesten Mädchens.

»Mein Enkel hat nichts verbrochen«, fauchte er und sah sich im Flur um, als würde er etwas suchen, dann zog er sich weiter ins Haus zurück.

Rebus sah sich um. Kein Motorrad. Neben dem Haus war

ein schmaler Durchgang, aber auch dort hatte er keins gesehen. Er zog sein Handy aus der Tasche: kein Empfang. Er steckte es gerade wieder ein, als Hess aus dem Halbdunkel trat und mit einem Tranchiermesser hantierte.

»Was zum Teufel machen Sie da, Frank?«, fragte Rebus, hielt die Hände vor sich, die Innenflächen dem näher kommenden Hess entgegen.

»Ich könnte Sie umbringen, wissen Sie das? Sie haben es selbst gesagt – ich bin voller Zorn.«

»Anders als Jimmy, meinen Sie?« Rebus nickte scheinbar verständnisvoll, dann schnellte seine linke Hand vor, packte Hess am Unterarm, verdrehte ihn, bis das Messer zu Boden fiel. Er trat einen Schritt vor, sein Mund dicht am Ohr des alten Mannes.

»Aber Sie fahren nicht Motorrad«, sagte er leise, dann drehte er sich um und ging hinaus.

Neben dem Haus lief er durch den Gang. Dort standen ein paar alte Fahrräder, eines davon dem Aussehen nach noch aus Hess' Jugend. Hinten befand sich ein kleiner Garten. Und noch mehr Plunder: vergammelte alte Holztüren, ein aus ausrangierten Fensterrahmen selbst gebautes Gewächshaus, in dem aber nur Unkraut zu gedeihen schien, außerdem Autoreifen und Radkappen. In einer Ecke befand sich ein kleiner Schuppen, der anscheinend noch nicht so alt war. Rebus zog die Tür auf und schaute hinein. Ein Rasenmäher sammelte Spinnweben, Werkzeugkisten, Gartengeräte teilweise an Nägeln aufgehängt. Kein Motorrad. Er schloss die Tür und ging zu seinem Wagen; während der Fahrt sah er auf seinem Handy nach, ob er Empfang hatte. Als wenigstens ein Balken sichtbar wurde, hielt er und rief Creasey an.

»Besorgen Sie sich einen Durchsuchungsbefehl für das Haus von Frank Hess. Und vernehmen Sie den Enkel.« Er hielt inne. »Enkel und Großvater, alle beide«, korrigierte er sich.

»Und warum, wenn ich fragen darf?« Creasey klang, als wäre die Verbindung gleich wieder weg. Der einzige Balken flackerte.

»Das erkläre ich Ihnen, wenn wir uns sehen. Machen Sie einfach.« Er beendete das Gespräch und fuhr weiter, fand einen Parkplatz draußen vor The Glen. Er ging hinein, als Cameron gerade den Boden wischte.

»Passen Sie bloß auf, dass Sie nicht auf die Schnauze fallen«, warnte der Barmann.

»Ich falle nie auf die Schnauze, mein Lieber, was mich aber nicht davon abhält, hin und wieder unsanft auf dem Hintern zu landen. Ich hab eine Frage: Besitzt Jimmy Hess ein Motorrad?«

»Nein.«

»Sind Sie sicher?«

»Absolut.«

»Er hat alles, was dazu gehört.«

Cameron nickte. »Weil er sich manchmal das von Callum leiht.«

»Und wer zum Teufel ist Callum?«

»Er und sein Dad führen die Torries-Farm. Callum ist völlig motorradverrückt, auch wenn er meistens einen ATV fährt.« Er sah Rebus' ratlose Miene. »Quad würden Sie's wahrscheinlich nennen. Ist ganz praktisch, wenn man damit über die Felder fährt.«

»Die Torries-Farm, wie finde ich die?«

Cameron setzte zu einer komplizierten Erklärung an, aber Rebus fiel ihm ins Wort.

»Am besten kommen Sie mit.«

»Aber wir machen in …«

»Tu, was er sagt.«

Sie drehten die Köpfe zu der Stimme um. May Collins stand im Durchgang hinter der Bar, trocknete ihre Hände an einem Handtuch. Ihr Blick ruhte auf Rebus.

»Dad hat gesagt, Sie waren bei ihm. Anscheinend haben Sie Witterung aufgenommen, also worauf warten Sie noch?« Sie machte eine Geste, als wollte sie ihn scheuchen.

»Ich hol meine Jacke«, sagte Cameron.

In der kurzen Zeit, die er verschwand, hielten Collins und Rebus den Blickkontakt, ohne dabei ein weiteres Wort zu wechseln. Als Cameron sich an ihr vorbeizwängte, die Arme in die Ärmel seiner Jeansjacke schob, erschien auf Collins' Lippen der Anflug eines Lächelns.

»Viel Glück«, waren ihre Abschiedsworte, als die beiden Männer die Kneipe verließen.

Die Fahrt dauerte zwanzig Minuten, zuerst Richtung Osten, dann über eine gewundene Straße ins Landesinnere. Das Hauptgelände befand sich am Ende eines zerfurchten Wegs, Rebus heizte mit Tempo darüber. Schließlich war's ein Mietwagen. Als er das Geräusch des sich nähernden Motors vernahm, tauchte vor einer der Scheunen ein junger Mann in einem blauen Arbeitsoverall auf.

»Das ist Callum«, sagte Cameron.

Rebus hielt neben einem matschverkrusteten Quad und stieg aus. Cameron und Callum schüttelten sich die Hände und begrüßten sich, als Rebus zu ihnen stieß.

»Ich bin John Rebus, der Vater von Samantha«, stellte er sich vor.

»Mein herzliches Beileid«, sagte der junge Mann. Er war

stämmig, hatte rote Wangen, zerzauste Haare und eine sehr trockene Art an sich. »Was führt Sie her?«

»Sind Sie mit Jimmy Hess befreundet?«

»Schon seit der Schule.«

»Leiht er sich manchmal Ihr Motorrad aus?«

Callum schaute fragend zurück. »Manchmal, ja.«

»Wann zum letzten Mal?«

»Da muss ich nachdenken.«

»In letzter Zeit? Vor ungefähr einer Woche?«

»Das kann hinkommen.«

»Hat er gesagt, wozu er's braucht?«

»Jimmy fährt manchmal einfach ein bisschen rum, lässt Dampf ab. Sein Großvater ist nicht gerade einfach.«

»Auf Dauer würde ich's nicht mit dem aushalten«, bestätigte Cameron.

Rebus drehte sich zu ihm um. »Müssen Sie aber auch nicht, oder? Frank Hess kommt doch total selten ins Pub.«

»Praktisch nie«, korrigierte Cameron. »Er sagt, weil er nicht trinkt, aber wenn man mal bei denen zu Hause war …«

»Was?«

»Da stehen jede Menge Whiskyflaschen, und Jimmy ist ganz bestimmt kein Fan von Malt.«

Rebus konzentrierte sich wieder auf den Farmer. »Wie lange hat sich Jimmy das Motorrad geliehen?«

»Nur für den Tag.«

»Tag und Nacht?«

»Nachts Motorrad fahren ist toll. Da braucht man gar kein Ziel, jedenfalls nicht hier oben. Man fährt einfach los.«

»Wenn Sie darüber nachdenken, könnten Sie mir das genaue Datum nennen?«, beharrte Rebus.

»Bestimmt.«

»Und als er das Motorrad zurückgebracht hat, wie kam er Ihnen da vor?«

Callum blickte von Rebus zu Cameron und wieder zurück. »Warten Sie mal, das ist mein Freund, über den wir da reden.«

»Und Sie werden noch ausführlicher über ihn reden müssen, und zwar mit den Ermittlern.«

Callum schüttelte den Kopf, während Cameron verdattert wirkte. Rebus' Handy vibrierte in seiner Tasche. Er zog es heraus.

»Sie haben hier so weit draußen Empfang?«

»Da hinten steht ein Mast.« Callum zeigte auf einen fernen Hügel.

Rebus presste sich das Handy ans Ohr, wandte sich von beiden jungen Männern ab. »DS Creasey, was kann ich für Sie tun?«

»Sie wissen, dass man sich einen Durchsuchungsbefehl nicht einfach so abholen kann? Ich muss meinen Chef überzeugen, damit er den Richter überzeugt – und das bedeutet, dass Sie zuerst mich überzeugen müssen.«

»Das geht am besten persönlich – wo sind Sie jetzt?«

»Hinter Lairg, unterwegs Richtung Norden.«

»Die Sache ist die, sobald Jimmy Hess mit seinem Großvater spricht, haben wir ein Problem. Mögliche Beweisstücke könnten aus dem Weg geschafft werden. Und für Ihre Methode brauchen Sie Zeit, Robin.«

»John …«

Aber Rebus hatte seinen Entschluss längst gefasst.

Nachdem er Cameron am Pub abgesetzt hatte, fuhr er wieder zu Frank Hess nach Hause und versuchte, die Tür zu öffnen. Inzwischen war sie abgeschlossen. Er klingelte, aber keine Reaktion. Dann spähte er durch den Briefschlitz. Keine Spur mehr von dem Sturzhelm oder der Jacke. Leise fluchend ging er seitlich am Haus vorbei in den Garten. Es gab eine Hintertür zur Küche, aber auch die war abgeschlossen. Das Fenster war schmutzig, trotzdem konnte man hineinschauen. Auf der Arbeitsfläche lag ein Tranchiermesser, die Schublade, aus der es stammte, war noch offen. Auf dem Herd stand eine Pfanne, Töpfe und Geschirr in der Spüle. Zwei Becher auf dem Ausklapptisch. Keine Lebenszeichen.

Er trat zurück und starrte zu den Fenstern oben. An beiden waren die Vorhänge zugezogen. Er ging zurück in den Schuppen und öffnete ihn, kramte darin herum, beschloss dann, dass es einfacher wäre, wenn er den Rasenmäher wegschob. Er zog ihn heraus und machte sich an die Arbeit, warf Werkzeuge hinter sich, um Platz zu schaffen. Kisten mit Schrauben, Nägeln in allen möglichen Größen, die meisten davon verrostet, außerdem Haken, Draht und alte Stromstecker. Plastikblumentöpfe, Zwirnspulen, Ölkanister …

Ihm fiel auf, dass in der Werkbank eine Schublade war. Sie klemmte, also ließ er sie. Aber nachdem er die letzte Kiste durchgegangen war, hatte seine Suche noch immer nichts ergeben. Sein Hemd klebte an seinem verschwitzten Rücken. Er vergewisserte sich, dass sein Inhalierer in der Tasche steckte, nur für alle Fälle. Dann betrachtete er die Schublade und beschloss, es noch einmal zu versuchen. Dieses Mal verwendete er einen großen Schraubenzieher, hebelte sie einen Spaltbreit auf. Teilweise splitterte das Holz, aber die Schublade ließ sich trotzdem ein kleines Stück herausziehen. Er versuchte es noch einmal, noch ein Stück. Er packte die Schublade mit beiden Händen und …

»Das ist Hausfriedensbruch«, sagte Jimmy Hess.

Rebus drehte sich zu ihm um. Hess füllte den Eingang aus. »Sachbeschädigung außerdem.«

»Die Polizei ist schon unterwegs«, sagte Rebus schwer atmend. »Aber die wollen mit Ihnen reden, nicht mit mir.« Er griff mit der Hand durch den Spalt in die Schublade und zog einen Laptop heraus. Er glaubte, dass auch Keiths Notizbücher darin lagen, ganz hinten, schwerer dranzukommen. »Am besten bereiten Sie Ihren Großvater schon mal darauf vor.«

Jimmy Hess schüttelte den Kopf. Sein großes, rundes Gesicht ließ keinerlei Emotion erkennen. Keine Spur mehr von dem heiteren jungen Mann, der mit ihnen im Glen am Tisch gesessen hatte. Ebenfalls verschwunden war der besorgte und beflissene Enkel, der Keith Grants Interview beendet hatte.

»Bestimmt nicht«, sagte er zu Rebus.

Und dann stürzte er sich auf ihn, packte Rebus mit den Händen an der Kehle, schob ihn zurück, bis er an die hintere Schuppenwand stieß. Er spürte, wie ihm die Luft wegblieb, seine Augen hervortraten und wässrig wurden, seine Sicht verschwamm. Die Hände um die Handgelenke des Jüngeren gelegt, versuchte er vergeblich diese zu lösen. Dann suchte er einen kleinen Finger, in der Absicht ihn umzubiegen, bis er brach, aber seine Kräfte verließen ihn bereits. Seine Knie knickten ein, und er sank zu Boden, scharfkantige Gegenstände schnitten ihm ins Fleisch. Er wechselte die Taktik, griff nach Jimmy Hess' Gesicht, krallte sich mit den Fingern darin fest, suchte die verletzlichen Augen. Aber Hess drehte einfach den

Kopf hin und her, machte es ihm unmöglich, Halt zu finden. Inzwischen rauschte es in Rebus Ohren, und die Welt wurde blutrot wie ein Sonnenuntergang. Hess bleckte vor Anstrengung die Zähne. Rebus wünschte nur, er hätte seinem Peiniger mehr entgegenzusetzen … und Sammy besser helfen können …

Sam …

Samantha …

Seine Hände glitten ab, seine Augen flatterten, schlossen sich. Hinter dem Rauschen lag eine tiefe Dunkelheit.

40

Das Team in Leith war bester Stimmung, abgesehen natürlich von George Gamble, der mit verschränkten Armen dort saß und alle ermahnte: »Freut euch nicht über ungelegte Eier.« Sein Stuhl knirschte, als er sich zurücklehnte.

Fast das ganze Team hatte sich vor der Mord-Wand versammelt, sie hockten auf Schreibtischen oder standen erwartungsvoll da, während Graham Sutherland die nächsten Schritte abwog.

»Ich werde mit der Staatsanwaltschaft sprechen«, verkündete er, »das ist vermutlich das Erste.«

»Sollten wir nicht noch Morelli vorladen, über seine Rechte belehren und vernehmen?«, sagte DC Phil Yeats. Er reichte Tee und Kaffee herum, was für ihn scheinbar zur gerne übernommenen Aufgabe geworden war. (»Beamtengehalt für die Arbeit einer Aushilfe«, lautete Ronnie Ogilvies Kommentar eines Abends im Pub, nachdem Yeats gegangen war.)

»Wir dürfen nicht vergessen, dass möglicherweise Fluchtgefahr besteht, solange er uns nicht seinen Pass ausgehändigt hat«, ergänzte Malcolm Fox.

»Alles zu seiner Zeit, Malcolm«, sagte Sutherland. Er hatte vor der Wand Stellung bezogen, schaute sein Team an. »Der Wagen ist inzwischen in Howdenhall. Wenn es Spuren zu finden gibt, wird man sie dort finden. Man hat mir versprochen, dass ich noch vor Ende des Tages eine Rückmeldung bekomme.«

»Was ist mit einem Durchsuchungsbefehl für Morellis Haus?«, meldete sich Esson zu Wort.

»Sobald ich was von der Staatsanwaltschaft gehört habe. Haben wir eine Vorstellung, hinsichtlich des Motivs?«

»Keine klare«, sagte Siobhan Clarke, »auf jeden Fall wurde die Tat vorsätzlich begangen. Ich vermute, er hielt es für weniger riskant, in einem Mietwagen aus der Stadt herauszufahren. Die Überwachungskameras vom Flughafen zeigen ihn sehr unauffällig gekleidet. Malcolm und ich hatten bereits mehrfach mit ihm zu tun, und da war er immer sehr aus dem Ei gepellt.« Das Team hatte Ausdrucke von Standbildern der Überwachungsfilme bekommen. Sie betrachteten sie, während Clarke fortfuhr. »Kapuzenpullover, Jeans und Turnschuhe, das ist eher untypisch für ihn.«

»Wofür ist der Rucksack?«, fragte Ronnie Ogilvie.

»Wie viele Leute fliegen ohne jedes Gepäck nach Edinburgh?«, fragte Clarke statt einer Antwort. »Er wollte nicht auffallen. Aber der Kapuzenpulli bringt mich auf was anderes – er hatte ihn auch an dem Abend getragen, an dem er angeblich überfallen wurde.«

»Angeblich?«

»Wisst ihr noch, was ich gesagt habe, welcher Gedanke dahintersteckt: Wenn wir Morelli ebenfalls als Opfer betrachten …«

»Sinkt damit die Wahrscheinlichkeit, dass wir ihn in den Kreis der Verdächtigen aufnehmen.« Ogilvie signalisierte nickend sein Einverständnis.

»Das ist alles gut und schön«, unterbrach Sutherland. »Bleibt aber Spekulation.«

»Trotzdem sind die Beweise erdrückend«, unterstrich Fox. »Der Wagen befand sich am Tatort, der Mieter kannte das Opfer, er hat das Treffen verabredet. Nicht zu vergessen – der letzte Anruf auf Salmans Handy galt seinem lieben Freund Giovanni.«

»Was wir vernachlässigt haben, weil Morelli vermeintlich selbst Opfer eines Überfalls wurde«, ergänzte Christine Esson. »Dabei kann er das tatsächlich einfach vorgetäuscht haben und mit dem Kopf gegen eine Wand gerannt sein.«

Sutherland nickte nachdenklich. »Ich rede mit der Staatsanwaltschaft, leite alles Weitere ein. Aber bis dahin behalten wir das für uns – geben ausnahmsweise mal keine Infos nach draußen.« Er hielt inne. »Ist das klar, George?«

Gamble erstarrte mit einem Keks kurz vor seinem Mund. »Da musst du mich gar nicht so ansehen, Chef.«

»Wollte nur sicher sein, dass du zuhörst. Und dann schulden wir Siobhan und Malcolm noch einen Applaus. Dank ihrer Bemühungen sind wir überhaupt nur so weit gekommen.«

Sutherland fing an zu klatschen, die anderen fielen ein. Der Applaus war wie üblich durchmischt: aufrichtige Begeisterung und Erleichterung, gepaart mit einem Anflug von Missgunst gegenüber denjenigen, die jetzt die Lorbeeren kassierten.

»Danke, Leute«, sagte Fox, die Finger ineinander verschränkt.

»Pass nur auf, dass dir das nicht in deinen großen kahlen Schädel steigt«, entgegnete George Gamble.

Als sie an ihre Schreibtische zurückkehrten und Sutherland in sein Büro ging, um mit der Staatanwaltschaft zu telefonieren, sah Clarke, wie Fox sich verunsichert mit der Hand über den Kopf fuhr.

»Er hat dich nur verarscht«, sagte sie halblaut zu ihm.

»Das weiß ich.«

Aber Clarke wusste, wenn Fox das nächste Mal zur Toilette ging, würde er den Kopf vor dem Spiegel senken und nach dem Rechten sehen.

41

Er wachte erschrocken auf und holte aus, aber das Gesicht über ihm war das von Robin Creasey.

»Verdammt, John, ich hab schon gedacht, das war's.«

Rebus' Hand fuhr an seine Luftröhre. Er spürte, dass er verletzt war. Wenn er schluckte, glühte sein Hals. Er versuchte zu sprechen, kam aber kaum über ein Wispern hinaus.

»Keiths Computer war hier.« Er zeigte auf die Schublade. »Jimmy hat in der Nacht, in der Keith ermordet wurde, ein Motorrad geliehen. Ron Travis hat es gehört.«

Creasey schaltete die Taschenlampe seines Handys ein und leuchtete in die Schublade. »Da hinten ist noch was«, sagte er.

»Keiths Notizbücher.«

»Ich hole jemanden, der Wache steht. Und einen Krankenwagen.«

Rebus schüttelte den Kopf, was sofort Schwindelgefühle auslöste. Er ließ sich von Creasey aufhelfen. Als er seinen Inhalierer aus der Tasche zog und ihn sich zwischen die klappernden Zähne schob, drehte sich alles um ihn herum. Er wusste nicht, ob es helfen würde, aber er zog trotzdem ein paarmal daran. Als er vorsichtig den Schuppen verließ, sah er Frank Hess in der Küche stehen. Der Mann warf ihm vernichtende Blicke zu.

»Wo kann er hin sein?«, erkundigte sich Rebus noch immer in demselben stranguliertenFlüsterton.

»Machen Sie sich darüber mal keine Sorgen, John«, sagte Creasey. »Wir wollen uns jetzt erst mal auf Sie konzentrieren.«

Rebus packte Creasey am Jackett. »Wollen wir nicht«, sagte er.

»Jimmy ist ein guter Junge«, erklärte Hess, eher um sich selbst davon zu überzeugen als sonst jemanden. Rebus glaubte, Tränen in den Augen des alten Mannes zu erkennen. Er hatte nun Hess' Aufmerksamkeit und zeigte auf Creasey.

»Je mehr Sie ihm sagen, umso besser – für Ihren Enkel, meine ich. Sie müssen jetzt das Richtige tun, Frank. Machen Sie Ihre Fehler wieder gut.«

Hess sah ihn böse an. »Sie und ich sind beide nicht mehr jung. Keith war jung, ungeduldig, er hatte Ideen. Er dachte, er könnte etwas ändern.« Er fuchtelte mit spitzem Zeigefinger in Rebus' Richtung. »Wie lange waren Sie Polizist? Haben Sie die Welt verändert? Haben Sie überhaupt irgendwas verändert?«

»Ich sage Ihnen, was ich nicht getan habe – ich habe niemanden umgebracht, weil ich neidisch auf ihn war. Und dann haben Sie indirekt sogar noch ein zweites Mal getötet – weil Sie Hoffman die Tat untergeschoben haben, zugesehen haben, wie er hingerichtet wurde. Und um zu verhindern, dass es ans Licht kommt, haben Sie Ihren Enkel losgeschickt, damit er noch einmal tötet. Ich vermute stark, Sie waren damit einverstanden.«

»Es war nicht geplant! Das war es nicht!«

Rebus drehte sich zu Creasey um. »Versiegeln Sie den Schuppen, die Spurensicherung soll sehen, welche Fingerabdrücke sich auf den Notizbüchern finden lassen, und schauen

Sie nach, ob noch irgendwas im Haus ist. Jetzt dürfte es doch kein Problem mehr sein, einen Durchsuchungsbefehl zu bekommen, oder?«

»Von Ihnen werde ich auch eine Aussage brauchen. Außerdem denke ich immer noch, dass Sie ins Krankenhaus gehören.«

»Ich verspreche, ich fahre hin – sobald Sie Jimmy Hess gefunden haben.«

»Gehen Sie ihn bloß nicht suchen, John«, rief Creasey, als Rebus auf wackligen Beinen zu dem Durchgang ging. Statt einer Antwort winkte Rebus ab.

42

Vernehmungszimmer B, Polizeistation Leith.

Tatsächlich hatte es auch mal ein Vernehmungszimmer A gegeben, aber das wurde wegen einer undichten Stelle an der Zimmerdecke, deren Reparatur sich als zu kostspielig erwiesen hatte, schon seit Monaten nicht mehr genutzt. Siobhan Clarke vergewisserte sich, dass der AV-Recorder funktionierte. Graham Sutherland saß neben ihr. Malcolm Fox hatte eingewendet, dass jemand aus Gartcosh bei der Vernehmung dabei sein sollte, woraufhin Sutherland mit einer knappen Gegenfrage reagiert hatte: »Warum?«

Clarke stellte sich vor, dass Fox nun einigermaßen wutschnaubend irgendwo im Gebäude hockte, vielleicht telefonierte er mit Jennifer Lyon, um sein Missfallen offiziell zu bekunden. Der Durchsuchungsbefehl für Giovanni Morellis Haus war ausgestellt worden, Esson und Ogilvie waren mit einem halben Dutzend gut ausgebildeter Streifenbeamter und einer Reihe Kriminaltechniker dorthin beordert worden. Morelli selbst hatte man bei seiner Ankunft auf der Wache sowohl um seine Mitarbeit als auch seine Schlüssel gebeten. Seine Anwältin saß nun neben ihm, sortierte ihre Unterlagen. Clarke hatte sich ganz und gar nicht gewundert, als Patricia Coleridge sich ebenfalls angemeldet hatte. Sie war exakt genauso gekleidet wie bei ihrem ersten Besuch. Clarke vermutete, dass sie eine Auswahl an identischen Outfits besaß, die sie stets für ihre dienstlichen Auftritte bereithielt. Außerdem lagen wieder dasselbe teure Notizbuch und der dazu passende Stift sowie ein iPad in einer Lederhülle, die gleichzeitig als Stütze fungierte, vor ihr.

Neben ihr wirkte Morelli nervöser als bisher. Sein Stuhl war zurückgeschoben, sodass er Platz hatte, ein Bein über das andere zu schlagen, ohne dass ihm der Tisch in die Quere kam. Er trug Slipper ohne Socken, mehrere Zentimeter seiner sonnengebräunten und haarlosen Fußknöchel kamen zum Vorschein. Er hatte bereits seine Unschuld beteuert und wollte jetzt einfach nur woanders sein.

»Fangen wir an?«, fragte Graham Sutherland, nachdem sich alle für die Aufzeichnung vorgestellt hatten. Dann lehnte er sich zurück und ließ Clarke übernehmen. Sie begann, indem sie Morelli eine Reihe von Fotos vorlegte.

»Das sind Sie, oder? Vor elf Tagen am Flughafen Edinburgh. Nicht ganz so elegant gekleidet wie sonst, aber doch deutlich zu erkennen. Sie mieten einen Wagen von der Avis-Filiale dort. Hier ist eine Kopie des von Ihnen unterschriebenen Dokuments und hier ein Nachweis Ihrer Kreditkartenzahlung.«

»Kein Kommentar.«

»Wirklich?«

Coleridge warf sich sofort ins Zeug. »Mein Klient muss zum gegenwärtigen Zeitpunkt überhaupt nichts sagen, DI Clarke.«

»Ich dachte nur, es wäre vielleicht einfacher, wenn er bestätigen würde, dass die Beweismittel zeigen, dass er einen Wagen gemietet hat. Diesen Wagen …«

Jetzt zeigte sie auf die Fotos von dem Passat auf dem Avis-Parkplatz und auf der Fahrt durch die Straßen Edinburghs im schwindenden Licht eines verklingenden Sommerabends.

»Ich gebe zu, die Qualität ist nicht berauschend. Aber unser Experte hat ein deutliches Bild des Kennzeichens herausholen können.«

Coleridge betrachtete die Fotos, während Morelli die Wand neben sich anstierte. »Wollen Sie mir sagen, dass diese Bilder alle denselben Wagen zeigen? Ich gebe zu, dass das Kennzeichen beispielsweise hier lesbar ist, aber auf den anderen …« Sie sah Clarke durchdringend an. »Wie viele silberfarbene VW Passat, denken Sie, sind in Großbritannien zugelassen, Inspector?«

»Wenn wir diejenigen abziehen, die keinen Avis-Aufkleber auf der Heckscheibe haben, meinen Sie?«, tat Clarke, als würde sie ernsthaft zurückfragen. »Weniger, als Sie vielleicht denken.« Sie zeigte weitere Fotos. Robbie Stenhouse hatte sich seine Rinderbrühe und den Pie zur Halbzeit redlich verdient. »Derselbe Wagen fährt um 22:30 Uhr am Golfplatz Craigentinny vorbei – haben Sie dort nicht mit Ihrem Freund Salman gespielt, Mr Morelli? Stewart Scoular war wohl auch dabei.« Sie gab ihm Gelegenheit zu antworten, aber er schlug sie aus. »Wir denken, der Fahrer des Wagens hatte den abgelegenen Parkplatz anfahren wollen, aber dieser war über Nacht abgeschlossen. Derselbe Wagen befindet sich daher hier, um 22:50 Uhr, auf der Seafield Road, und parkt, als würde er auf jemanden warten. Wenig später fuhr Salman bin Mahmoud auf den Parkplatz des Lagerhauses hinter diesen Wagen. Und wenig später wurde er überfallen und ermordet.«

»Worauf wollen Sie hinaus?«, fragte Coleridge.

Clarke schenkte Morelli weiterhin ihre ungeteilte Aufmerksamkeit, wobei dieser sich verdammt anstrengen musste, sie nicht direkt anzusehen. »Was hat er Ihnen denn getan, Mr Morelli? Issy wird am Boden zerstört sein, wenn sie's herausfindet.«

Morelli nahm sein überschlagenes Bein herunter und neigte leicht den Kopf. Die Geste war verräterisch genug, und Clarke war vorerst damit zufrieden. Sie stand auf und ging um den Tisch herum, sodass sie sich in seiner direkten Sichtlinie befand. Er wandte den Kopf von ihr ab, wobei er merkte, dass Graham Sutherland ihn ebenso durchdringend ansah.

»Der Wagen wurde auf DNA-Spuren untersucht, Mr Morelli«, fuhr Clarke fort.

»Ihre wurden nicht gefunden, aber die von Salman. Wir vermuten, Sie haben die Kleidung weggeworfen, die Sie getragen haben. Wenn man auf jemanden einsticht, so wie Sie auf Ihren Freund, dann sind in der Regel …«

»Ich sehe hier keinerlei Nachweis einer strafbaren Handlung oder auch nur einer Ordnungswidrigkeit seitens meines Klienten«, protestierte Coleridge. »DCI Sutherland, Ihnen muss doch klar sein, dass polizeiliche Ermittlungen nicht …«

»Ms Coleridge«, unterbrach sie Sutherland nun seinerseits, »was hier verlangt wird, ist eine glaubhafte Erklärung Ihres Klienten, warum er zum Flughafen Edinburgh fährt, einen Wagen mietet und diesen nach nur einem Tag mit weniger als dreißig gefahrenen Meilen wieder zurückgibt. Danach kann er uns vielleicht weiterhin über den Grund oder die Gründe aufklären, weshalb er durch Craigentinny gefahren ist – was nicht unbedingt eine ihm vertraute Gegend sein dürfte –, und zwar keine halbe Stunde, bevor Salman bin Mahmoud dort eintraf, um sich mit jemandem zu treffen. Das ist doch ein eigenartiger Zufall, oder nicht? Ebenso wie der Umstand, dass Mr bin Mahmouds letztes Telefonat an jenem Tag Mr Morelli galt. Sie sprachen weniger als fünf Minuten miteinander, von 19:15 Uhr bis 19:20 Uhr. Ich würde jetzt gerne wissen, was gesprochen wurde, welche Verabredungen getroffen wurden. Unterlässt es Ihr Klient, uns eine Erklärung für sein Verhalten zu liefern, gräbt er sich in ein sehr tiefes Loch. Es wäre also durchaus in seinem Interesse, wenn Sie ihn darauf hinweisen würden.«

Sutherland lehnte sich ein kleines Stück zurück, um den Anwesenden zu signalisieren, dass er fertig war. Das Schweigen setzte sich fort. Clarke war auf ihren Stuhl zurückgekehrt. Nachdem sie die Kappe ihres Stifts abgeschraubt und wieder aufgeschraubt hatte, wandte sich Coleridge schließlich an Morelli. Da er das Gefühl hatte, etwas sagen zu müssen, holte er tief und geräuschvoll Luft, dann öffnete er den Mund.

»Kein Kommentar«, sagte er.

Trotz der Einwände seiner Anwältin wurde Morelli die gesamten gesetzlich erlaubten vierundzwanzig Stunden festgehalten. Man hatte ihn in eine Zelle gesetzt und ihm dünnen, überzuckerten Tee in einem schmalen Plastikbecher gegeben. Die Staatsanwältin hatte sich zu einer Besprechung mit dem Team zusammengesetzt, dann einige Worte unter vier Augen mit Sutherland gewechselt.

»Nichts im Wagen«, sagte Tess Leighton, als sie ihr gerade geführtes Telefonat beendete. »Sie versuchen es weiter, aber es klang nicht zuversichtlich.«

Clarke schaute auf das Display ihres eigenen Handys. Sie hatte Christine Esson um regelmäßige Updates von der Hausdurchsuchung bei Morelli gebeten, bislang aber nicht mehr gehört als: *Schönes Haus!* Clarke schickte ihr eine Nachricht als Weckruf – ein einfaches Fragezeichen –, und ging zum Wasserkocher, wo Fox gerade einen Kräuterteebeutel in einen Becher tunkte.

»Phil ist los Milch holen«, erklärte er. »Bis dahin …«

»Bietest du mir gerade an, deinen alten Pfefferminzbeutel noch mal aufzugießen?«, fragte Clarke kopfschüttelnd. »Ich hatte mir mehr Spuren im Wagen erhofft.«

»Ich auch. Trotzdem hat Morelli einiges zu erklären.«

»Es sei denn, er hält einfach den Mund und spaziert morgen hier raus.«

»Nichts Neues von Christine?«

»Nur, dass ihr das Haus gefällt.«

»Er wird eine Putzkraft haben – wir müssen den- oder diejenige fragen, ob er Klamotten entsorgt hat. Vielleicht fehlt ja auch ein Messer in der Küche …«

Clarke nickte langsam. »Das weiß Christine alles, Malcolm.«

»Es muss doch etwas geben, was wir tun können.«

»Vielleicht schleichen wir heimlich runter in den Zellentrakt und versuchen es mit Waterboarding?«

»Ein paar Ohrfeigen würden wahrscheinlich schon genügen.«

»Wie zu Johns Zeiten«, pflichtete Clarke ihm bei. Dann: »Coleridge möchte ihren Klienten als selbstmordgefährdet einstufen lassen.«

»Warum?«

»Weil sie vermutlich hofft, dass er dann bevorzugt behandelt wird.«

»Ich hab die Aufnahme gesehen.«

»Und?«

»Du warst gut.«

»Hab ich was übersehen?«

»Als du Issy erwähnt hast …«

»Ah, das ist dir auch aufgefallen.«

»Du hast einen wunden Punkt berührt. Hätte nicht geschadet, wenn du da weitergemacht hättest.«

Clarke nickte langsam und sah, wie die Staatsanwältin Sutherlands Büro verließ und zur Treppe ging.

»Sie scheint mir nicht allzu optimistisch zu sein«, meinte Fox.

»Das sind die nie, bis wir kein Geständnis und mindestens ein Dutzend Augenzeugen haben.«

Fox lächelte über den Rand seines Bechers hinweg. Er nahm einen Schluck Tee, kostete ihn. »Gar nicht mal schlecht«, sagte er.

»Phil beeilt sich nicht gerade mit der Milch«, Clarke sah auf ihrem Handy nach der Uhrzeit.

»Frag ihn, dann erklärt er dir, dass es im ersten Laden keine mehr gab. Ich würde drauf wetten.«

»Weil er in Wirklichkeit lieber einen kleinen Spaziergang macht?« Clarke drehte sich um, als Fox Richtung Tür zeigte. Phil Yeats kam mit großen Schritten in den Raum. Kurz vor dem Wasserkocher hob er schwungvoll eine Tüte.

»Gab keine Milch mehr im Laden«, erklärte er.

»Hast du irgendwo eine Kristallkugel versteckt?«, fragte Clarke Fox, während Yeats die Stirn runzelte und sich fragte, worüber gerade gesprochen worden war.

»Setz Wasser auf!«, brüllte George Gamble von seinem Schreibtisch aus.

»Kommst wohl gar nicht zur Ruhe, hm?«, bemitleidete Clarke Yeats, der überlegte, ob er Wasser auffüllen musste.

»Was hat die Staatsanwältin denn gesagt?«, fragte er zurück.

»Dass du eine ganz entscheidende Rolle in diesem hart arbeitenden Team spielst.«

»Du kannst mich mal, Siobhan. Dann geh du doch das nächste Mal Besorgungen machen.«

»War nur Spaß, Phil. Ehrlich, was würden wir ohne dich tun?«

Sie hielt inne. »Bringst du mir meinen Tee dann bitte an den Schreibtisch?«

Sie ließ den jungen DC weitermachen, Fox folgte ihr zurück an ihren gemeinsamen Computer. Ein Piepen hatte sie auf eine Nachricht aufmerksam gemacht. Kaum saß sie, hielt sie ihr Handy hoch, damit Fox es sehen konnte. Christine Essons Nachricht bestand aus nur einem Wort.

Bingo!

43

Die Flecken auf Giovanni Morellis hellbraunen Lederslippern waren winzig. Ein Mitarbeiter der Spurensicherung hatte es auf sich genommen, jedes einzelne Paar Schuhe in Morellis ordentlich aufgeräumtem Kleiderschrank ganz genau zu betrachten, schließlich unter einer Lupe Flecken entdeckt und diese mit Luminol besprüht.

»Es handelt sich um Blut«, verkündete Esson. Sie stand jetzt an derselben Stelle wie zuvor Sutherland, der DCI war nun Teil ihres Publikums, er hielt die Arme verschränkt, die Füße auseinander. Sein Kiefer war unbeweglich, was Clarke verriet, dass er ebenso nervös und angespannt war wie alle anderen – er wollte es sich nur nicht anmerken lassen. »Die Schuhe sind jetzt im Labor. Wenn es sich um das Blut des Opfers handelt, dürfte es nicht lange dauern, die Übereinstimmung nachzuweisen.«

»Keine Müllsäcke mit blutverschmierter Kleidung hinter dem Haus?«, fragte Tess Leighton.

Esson schüttelte den Kopf. »Wir haben endlich seine Putzfrau ausfindig gemacht, sie ist mit Ronnie durchs Haus gegangen. Sie kann sich nicht erinnern, in seinem Auftrag irgendetwas Ungewöhnliches weggeworfen zu haben. Morelli kocht nicht oft, deshalb ist nie viel im Küchenmülleimer. Ein Brabantia übrigens – so ein schöner aus Edelstahl. Das ganze Haus sieht aus wie für eine Fotostrecke hergerichtet. Die Putzfrau hat allerdings gesagt, dass sie *glaubt*, es würde ein Messer aus der Küchenschublade fehlen.«

»Sie glaubt es?«

»Sie kann's nicht beschwören.«

»Das hilft uns nicht«, nuschelte Clarke.

»Sie müssen mit der Staatsanwältin reden«, drängte Fox Sutherland.

»Das entscheide ich selbst, wenn es so weit ist, Malcolm.«

»Holt das Dreckschwein aus der Zelle«, brummte Gable. »Stellt ihm die *richtigen* Fragen.«

»Im Gegensatz wozu, George?«, fauchte Clarke.

»Den muss man einschüchtern, mehr sage ich nicht. Ein paar bodenständige schottische Polizisten ...« Gamble sah Fox dabei an.

»Er denkt, er ist bei *Life on Mars – Gefangen in den 70ern*«, meinte Tess Leighton und verdrehte die Augen.

»Die zweite Vernehmung kann warten, bis wir den Laborbericht haben«, bremste Sutherland.

»Und wenn wir ihn gehen lassen müssen, bevor wir den Bericht bekommen?«, wandte Gamble ein.

»Dann zwingen wir ihn, seinen Reisepass rauszurücken. Keine Angst, George – der entwischt uns nicht.«

»Chef, ich hab schon ganz andere abhauen sehen, mit oder ohne Pass.«

»Ich denke, George hat nicht unrecht«, sagte Clarke mit ruhiger Stimme. »Kann sein, dass wir den Bericht gar nicht brauchen.«

»Meinst du, er wird gesprächig, solange seine teure Anwältin neben ihm sitzt und ihm einflüstert, dass ›kein Kommentar‹ genügt?«

»Nicht wirklich.«

»Hast du noch ein Ass im Ärmel, Siobhan?«

»Nur weibliche Intuition.«

Sutherland warf ihr einen Blick zu, der ihr verriet, dass er ihr das nicht vollständig abnahm. Aber er sagte trotzdem okay.

Bevor Giovanni Morelli aus seiner Zelle wieder nach oben geführt wurde und Sutherland bestätigte, dass Patricia Coleridge unterwegs war, trat Clarke in den Gang, um ungestört zu telefonieren. Danach ging sie die Treppe der Wache nach unten zur Anmeldung.

»Sollte jemand nach mir fragen«, erklärte sie dem Beamten dort, »schicken Sie die Person sofort rauf. Ich bin im Vernehmungsraum.«

Der Beamte nickte. Als Clarke wieder hinaufging, sah sie, dass Fox oben an der Treppe auf sie wartete.

»Du hast doch was vor«, meinte er.

»Wirklich nicht.«

»Doch, hast du. Ich dachte, wir sind Partner.«

»Schöne Partner sind das, die eine halbe Stunde früher bei der Autovermietung erscheinen, um sich persönlich mit Ruhm zu bekleckern.«

Fox tat, als würde er erschrecken. »Brillo braucht sicher Auslauf.«

»Netter Versuch, Malcolm. Wenn das ein Angebot ist …«

»Ist es nicht.«

»Hätte mich auch gewundert.« Sie beugte sich zu ihm vor, bis ihre Lippen nur noch einen Zentimeter von seinem Ohr entfernt waren. »Schau mir zu und lerne.«

Er versuchte böse zu gucken, während sie ins Büro zurückkehrte.

»Da sind wir wieder«, verkündete Patricia Coleridge, sichtlich ohne Begeisterung.

Clarke hatte sich noch einmal vergewissert, dass das Bandgerät auch wirklich in Ordnung war, bevor sie es wieder eingeschaltet hatte. Sutherland saß auf demselben Platz wie zuvor, ihm gegenüber die Anwältin und ihr Klient.

»Die Zelle ist widerlich«, sagte Morelli zu Coleridge. »Die Toilette – ganz und gar unglaublich. Und das Sandwich, das die mir gegeben haben, war absolut ungenießbar!«

»Es wird nicht mehr lange dauern, Gio«, tröstete Coleridge ihn. Notizbuch, iPad und Stift lagen bereit, die Hände wie im Gebet aneinandergepresst, der Blick sprang zwischen den beiden Detectives hin und her.

»Ich nehme an, es gibt etwas Neues?«, fragte sie.

»Bei der Durchsuchung von Mr Morellis Wohnräumen wurde ein Paar Schuhe mit Blutspritzern gefunden«, erklärte Clarke. »Zur Stunde wird das Blut noch analysiert.«

»Es könnte sich also auch um das Blut meines Klienten handeln?«

»Wir wissen beide, dass dies nicht der Fall ist.« Clarkes Aufmerksamkeit konzentrierte sich auf Morelli. »Sie haben alles entsorgt, was Sie an dem Abend getragen haben, nur von einem so schönen Paar Schuhe wollten Sie sich nicht trennen. Als Sie den Wagen gemietet haben, bevorzugten Sie Kleidung von der Stange – das war weniger auffällig –, aber zu dem Treffen mit Salman … na ja, er hat natürlich den wie stets aus dem Ei gepellten Gio erwartet.«

»Sie müssen nichts dazu sagen«, ermahnte Coleridge ihren Klienten.

»Kooperation könnte sich durchaus zugunsten Ihres Klienten auswirken. Wenn das Blut mit dem des Opfers übereinstimmt, werden wir kaum noch Bedarf an seiner Mitarbeit haben.«

»Kein Kommentar«, sagte Morelli.

Clarke spürte, dass Sutherland neben ihr unruhiger wurde. Er merkte offenbar, wie wenig Spielmasse sie hatten, und fragte sich, warum Clarke die Vernehmung unbedingt hatte fortsetzen wollen. Sie wünschte, sie könnte ihn beruhigen, wusste aber nicht, wie.

»Können wir über das fehlende Messer aus Ihrer Küche sprechen?«

»Messer werden ständig weggeworfen«, erklärte Coleridge lang gezogen.

»Kein Kommentar«, wiederholte Morelli.

Sutherland setzte sich erneut unruhig auf seinem Stuhl zurecht. Clarke riskierte einen Blick in seine Richtung.

Entspann dich.

»Wenn die Analyse ergibt, dass es sich bei dem Blut auf Ihren Schuhen um das von Salman bin Mahmoud handelt, Mr Morelli, was dann? Meinen Sie ›kein Kommentar‹ wird im Gerichtssaal genügen?«

»Das ist unerhört.« Coleridge warf den Stift, den sie gerade erst zur Hand genommen hatte, auf ihr Notizbuch und fixierte Sutherland. »Sie haben uns herbeizitiert, ohne neue Beweise vorlegen zu können, Sie haben nichts als eine Abfolge wüster Theorien und Unterstellungen – ist das Ihre Art zu ermitteln, DCI Sutherland?«

Sutherland sah aus, als fiele ihm gerade keine passende Antwort ein, während Clarkes Aufmerksamkeit inzwischen der Tür des Vernehmungszimmers galt, hinter der sie laut erhobene Stimmen hörte. Schließlich wurde auch Coleridge darauf aufmerksam.

»Was zum Teufel ist da los?«, fragte sie, als die Tür aufgerissen wurde. Issy Meiklejohn tauchte auf, Malcolm Fox direkt hinter sich, er packte sie mit der Hand am Unterarm.

»Was zum Teufel hast du getan?«, schrie Meiklejohn Morelli an. *»Du verfluchtes mordendes Superarschloch …«*

Morelli sprang so schnell auf, dass sein Stuhl umkippte und klappernd zu Boden fiel. Er hatte die Hände hocherhoben, als wollte er die Erscheinung vor sich abwehren. Speicheltropfen flogen Meiklejohn aus dem Mund, während sie rot vor Zorn brüllte, dabei beide Zahnreihen entblößte.

»Schafft sie hier raus!«, verlangte Graham Sutherland von niemand Bestimmtem.

»Wie ist sie hier reingekommen?«, wollte Coleridge wissen. »Das muss der Staatsanwaltschaft unverzüglich mitgeteilt werden, das ist wirklich haarsträubend. Damit ist doch jetzt jede Strafverfolgung …«

»Ich hab's für dich getan, Issy«, sprudelte es aus Morelli heraus. »Ich hab's nur für dich getan.«

»Du hast unseren Freund ermordet!«

»Er hat dich angelogen, weil er dich ins Bett kriegen wollte! Das Geld für The Flow hat er nie gehabt!«

»DCI Sutherland!«, kreischte Coleridge. »Ich muss aufs Schärfste protestieren!«

»Schafft sie raus«, wiederholte Sutherland.

Fox hatte die Arme jetzt um Meiklejohns Taille geschlungen und zog sie, so gut er konnte, zurück.

»Du Dreckschwein«, sagte Meiklejohn, alle Energie war verbraucht und wurde nun abgelöst von einem leisen, steten Schluchzen.

»Issy …« Morelli trat einen Schritt auf sie zu.

»Nein«, sagte sie. »Nein.« Sie schüttelte Fox ab und verschwand aus dem Blickfeld.

»DCI Sutherland«, sagte Coleridge, versuchte die Fassung und die Kontrolle über die Situation zurückzugewinnen. »Nichts davon ist verwendbar, nirgendwo – das müssen Sie einsehen.«

Fox machte sich daran, die Tür von außen zu schließen. Er schenkte Clarke einen Blick, und sie schaute zurück – ein Blick, der einem Zwinkern ähnelte.

»Wenn wir die Vernehmung unterbrechen«, sagte sie allgemein in den Raum hinein, während Morelli seinen Stuhl aufrichtete, erneut Platz nahm und den Kopf in den Händen vergrub, »sollte ich das Bandgerät wohl lieber ausschalten?«

»Eine Pause ist das beste«, stimmte Sutherland zu.

»Besser wär's«, sagte Coleridge durch aufeinandergepresste Zähne, »wenn Sie mir erklären, wie es einer Vertreterin der allgemeinen Öffentlichkeit gelingen konnte, an der Anmeldung unten vorbeizukommen – fast als hätte sie gewusst, wo wir zu finden sind.«

Clarke setzte eine Unschuldsmiene auf und streckte die Hand nach dem Gerät aus, stoppte die Aufnahme.

»Nein, lassen Sie's laufen«, sagte Morelli. »Ich will alles erklären.«

»Das ist sehr unklug, Gio«, ermahnte ihn Coleridge.

»Ich will es erklären«, wiederholte er mit gestählter Stimme.

Clarke schaltete das Gerät wieder ein.

44

»Er hat Motorradhandschuhe getragen«, krächzte Rebus. Er saß im Glen, an demselben Ecktisch, an dem er Jimmy Hess zum ersten Mal begegnet war. Creasey saß ihm gegenüber, daneben May Collins. Sie hatte Rebus ein Gebräu aus heißem Wasser, Whisky, Honig und einem Spritzer Zitrone vorgesetzt, dazu zwei Ibuprofen hingelegt, die er kaum herunterbekam. »Daher gab's keine Fingerabdrücke«, fuhr er fort. »Er ist mit dem Volvo hierher zurückgefahren, vielleicht hat er gedacht, damit Zeit zu gewinnen. Dann ist er zu Fuß zum Camp zurück und hat das Motorrad geholt – so spät am Abend war niemand auf der Straße, das heißt, es gab keine Zeugen.«

»John hat Ihnen gleich gesagt, dass es was mit dem Lager zu tun hat«, schimpfte Collins mit Creasey. Er drehte den Kopf zu ihr um.

»Sind Sie sicher, dass Sie nichts davon wussten? So wie Ihr Vater Frank Hess über all die Jahre gepiesackt hat? Hat er nie eine Andeutung gemacht?«

Sie sah den Detective böse an. »Absolut nicht. Ich wusste nur, dass es zwischen den beiden immer ein bisschen Stunk gab.«

»Warum hat Ihr Vater nie den Mund aufgemacht?«

May Collins zuckte mit den Schultern. »Ich denke, wahrscheinlich hat es ihm Spaß gemacht, Frank ein bisschen zu quälen, oder vielleicht war's ihm auch einfach gar nicht besonders wichtig. Er hatte einen Krieg mitgemacht – was war da schon ein unschuldiges Leben?«

Creaseys Handy vibrierte, und er schaute mit ausdrucksloser Miene auf das Display.

»Eine Spur?«, wollte Rebus wissen.

»Er kann nicht weit kommen.«

Rebus fielen wieder die Geschichten über die Ausbruchsversuche aus dem Camp 1033 ein. Die Entlaufenen hatten sich in die Wildnis durchgeschlagen, aber wenig später schon aufgegeben. Er stellte sich Jimmy Hess mit dem Laptop unter dem Arm vor, wie er davonlief, sich ausruhte, weiterlief, Durst und Hunger bekam, fror. Irgendwann würde er merken, wie aussichtslos das war, aber würde er dann den Weg noch zurückfinden, oder sah die Torflandschaft dann schon in allen Richtungen genauso aus, bar jeglicher Orientierungspunkte? Natürlich hatte er möglicherweise auch einen ganz anderen Kurs eingeschlagen, war der Küste in östlicher oder westlicher Richtung gefolgt. Aber es waren Streifenwagen unterwegs, und es gab nur wenige Verstecke, die sich leicht durchsuchen ließen.

»Callums Farm?«, schlug er vor.

»Zwei Beamte sind dort, nur für alle Fälle.«

»Was ist mit Frank?«

»Der sitzt in Tongue hinter Schloss und Riegel. Wir bringen ihn später nach Inverness.«

»Er ist *Ihr* Fang – sollten Sie nicht auch dort sein?«

»Sobald ich sicher bin, dass mit Ihnen alles in Ordnung ist.«

»Ich sage doch, ich bin topfit.« Rebus schluckte und zuckte vor Schmerz zusammen.

»Herrgott noch mal, John«, sagte Creasey.

May Collins streckte die Hand aus und drückte seine. »Lassen Sie wenigstens mal einen Arzt nachsehen«, sagte sie.

Rebus wollte gerade protestieren, als die Tür zur Bar geräuschvoll aufging und Samantha hereingestürzt kam. Sie entdeckte sie und hockte sich neben ihren Vater, umarmte ihn so innig, wie es der beengte Raum zuließ.

»Alles in Ordnung?«, fragte sie.

»Vielleicht muss ich die Chorprobe heute Abend ausfallen lassen.«

»Warst du schon beim Arzt?«

»Er will nicht«, sagte May Collins. »Magst du was trinken, Sam?«

Samantha schüttelte den Kopf.

»Wie geht's Carrie?«, röchelte Rebus.

»Der geht's gut, aber dir nicht.« Sie drehte sich zu Creasey um. »Er hat nämlich COPD, Atmen fällt ihm so schon schwer genug.«

»Ich hatte überlegt, ob ich ihn in Handschellen in einen Streifenwagen setzen soll«, erwiderte Creasey. »Abgesehen davon war mir aber nicht klar, was ich hätte tun können.«

Samantha drehte sich wieder zu ihrem Vater um. »Du bist ein sturer alter Bock.«

»Das passende Blöken hab ich jedenfalls schon drauf.« Rebus strich sich mit Daumen und Zeigefinger über die Kehle.

»Dann war es also Jimmy, oder wie?«, fragte sie. »Er hat Keith ermordet und wollte dich erwürgen?«

»Jimmy«, bestätigte Rebus.

Sie legte die Stirn in Falten. »Wegen irgendwas, das vor über siebzig Jahren passiert ist?«

»Manche Leute haben ein gutes Gedächtnis.«

May zeigte Richtung Tresen. »Mit dem verfluchten Revolver hat es angefangen. Ich wünschte, ich hätte ihn da weggenommen.« Sie nahm Samantha am Handgelenk. »Es tut mir so sehr leid, Sam.«

»Das Lager war es«, sagte Samantha leise. »Es hat Keith wirklich zugesetzt. Er konnte es nicht ruhen lassen ...« Ihr Blick ging hin und her zwischen dem Detective und der Kneipenwirtin. »Kann ich mal kurz alleine mit meinem Vater reden?«

Sie nickten und gingen zur Bar. Samantha nahm Rebus' Hand in ihre.

»Ich denke, wir sollten jetzt anfangen, die Trauerfeier zu planen«, sagte sie. »Ich könnte ein bisschen Hilfe dabei gebrauchen. Und vielleicht steht ja auch ein Umzug in den Süden an – vorausgesetzt, du hast nichts dagegen, dass wir ein bisschen näher bei dir wohnen.«

»Ich denke, damit käme ich klar. Aber du musst dir das gut überlegen, wenn sich die Aufregung gelegt hat – Carrie müsste ja auch die Schule wechseln und so.« Er hielt inne. »Und es tut mir leid, falls ich je an dir gezweifelt haben sollte.«

»Du bist nun mal misstrauisch. Alte Berufskrankheit.«

»Aber das heißt nicht, dass wir nicht miteinander klarkommen, hm?«

Sie grinste und schlang erneut die Arme um ihn. Über die Schulter hinweg sah Rebus, wie Creasey sein Handy nahm, eine eintreffende Nachricht las und May Collins signalisierte, dass er losmüsse. Auf dem Weg zur Tür traf sein Blick den von Rebus, und er formulierte ein einziges Wort, von dem er wusste, dass Rebus es verstehen würde.

Es lautete: »Farm.«

45

»Und wann kommt er wieder?«, fragte Fox in sein Handy.

»Morgen oder übermorgen. Der Saab ist repariert, das ist schon mal eine Beerdigung weniger. Auch wenn er irgendwann noch mal damit hochfahren muss.«

»John kriegt sie immer alle, oder?«

»Auch wenn er selbst fast dabei draufgeht. Der Mörder hätte ihn beinahe erwürgt. Wo bist du überhaupt?«

»Versuche mir beim Spazierengehen einen klaren Kopf zu verschaffen.«

»Nicht zufällig in der Nähe eines gewissen Penthouse?«

»Du bist immer so misstrauisch.« Fox hielt inne. »Und du?«

»Ich bin in Johns neuer Wohnung. Wollte ihm nur kurz das signierte Buch von Lee Child bringen – als Geschenk zur Wohnungseinweihung. Aber dann hab ich doch noch ein paar Kisten ausgepackt.«

»Das wird er dir nicht danken.«

»Wenn ich's ihm überlasse, dauert es Monate. Außerdem werde ich heute Abend sowieso nicht fertig – ich gehe mit Graham essen, wir wollen ein bisschen feiern.«

»Was läuft da für Musik?«

»Was von John – R. Dean Taylor.«

»Nie gehört. Ist es nicht noch ein bisschen früh zum Feiern? Gibt noch eine Menge zu tun.«

»Wir haben ein Geständnis auf Band, Malcolm.«

»Das war ein hübscher Trick von dir. Aber Issy muss natürlich nur ihrer alten Freundin Patsy erzählen, dass du sie angerufen, ihr alles erzählt und sie eingeladen hast, doch persönlich vorbeizuschauen …«

»Ein Geständnis ist ein Geständnis. Vollkommen ohne Zwang.«

»War er denn schon lange in sie verliebt? Morelli in Issy, meine ich.«

»Seit sie sich als Teenager zum ersten Mal begegnet sind«, bejahte Clarke. »Es wurde aber nie was draus – was vermutlich an ihr lag. Aber als Morelli mitbekam, dass sie in Edinburgh studieren wollte, schrieb er sich für dasselbe Fach ein – was schon ein bisschen unheimlich ist, wenn du mich fragst.«

»Ein bisschen sehr.«

»Salman nagte inzwischen schon am Hungertuch – er hat sogar Morelli angepumpt. Trotzdem konnte er es sich nicht verkneifen, mit dem Geld zu prahlen, das er Issy zur Rettung des Traumprojekts ihres Vaters versprochen hatte.«

»Geld, das er gar nicht besaß.«

»Er wollte sowieso wieder zurück in seine Heimat, entweder um sich dem Regime zu stellen oder das Familienunternehmen zu retten. Im Prinzip hatte er vor seiner Abreise noch eine letzte Chance, Issy flachzulegen. Morelli hat ihn deshalb nach Craigentinny gelockt, unter dem Vorwand, er hätte eine Quelle, die bei der Übernahme helfen wolle. Sie stritten sich, und Morelli zog das Messer.«

»Das er mitgenommen hat, weil …?«

»Weil er Italiener ist und dachte, dass Salman vielleicht ein bisschen überredet werden müsste, Issy die Wahrheit zu sagen und die Finger von ihr zu lassen.«

»Warum hat Morelli es Issy nicht einfach erzählt?«

»Ich denke, weil vermutlich ein bisschen was von seinem Vater auf ihn abgefärbt hat – kein Mitgefühl, keine Empathie.«

»Bereit zum atomaren Großangriff.« Fox trat nickend vom Fahrradweg.

»Außerdem«, sagte Clarke, »kaufe ich ihm seine Version nicht ab, jedenfalls nicht vollständig. Er hat sich für Craigentinny entschieden, weil näher an seinem Zuhause zu riskant gewesen wäre. Und der vorgetäuschte Überfall spricht auch gegen ihn. Das war kein Streit, der eskaliert ist, sondern ein eiskalt geplanter Mord, wie ich selten einen gesehen habe. Und deshalb ist mir nach Feiern. Und du gehst jetzt erst mal spazieren?«

»*Don't drink, don't smoke*, um Culture Club zu zitieren – also, was soll ich sonst machen?«

»Adam and the Ants«, korrigierte sie ihn. »Na ja, dann pass schön auf da draußen – die Stadt beißt dich, wenn du am wenigsten damit rechnest. Ich sehe lieber zu, dass ich hier fertig werde – muss nach Hause und mich umziehen. Dann bis morgen.« Fox schwieg. »Oh, fährst du schon nach Gartcosh zurück?«

»Gibt's einen Grund, warum ich bleiben sollte?«

»Müssen wir uns jetzt schon verabschieden?«

»Das klingt fast, als täte es dir leid. Anders als an dem Tag, an dem du gemerkt hast, dass ich mit von der Partie bin.«

»Gute Reise, DI Fox. Komm uns mal wieder besuchen.«

»Wiedersehen, Siobhan.« Er beendete den Anruf und steckte sein Handy wieder ein. Er ging von Lauriston Place, wo er auf einer durchgezogenen Linie geparkt hatte, zurück nach Quartermile. Um die Uhrzeit am Abend würde er keinen Strafzettel mehr bekommen (der aus der Hanover Street, vor dem Restaurant, lag noch im Handschuhfach). In Quartermile war es ruhig, ein paar Leute saßen in einer Bar, und ungefähr die Hälfte der Tische in dem malaysischen Restaurant nebenan waren besetzt. Essenszulieferer kamen und gingen, während Studenten Sainsbury's-Tüten in ihre Buden schleppten.

Fox ging auf den hohen Glaskasten zu, den Cafferty als sein Zuhause bezeichnete, und drückte auf die Klingel. Er wurde sofort eingelassen, blieb aber einen Augenblick in der Vorhalle stehen, sammelte seine Gedanken, bevor er den Fahrstuhl rief. Er hatte vorher angerufen und sich bestätigen lassen, dass Cafferty ihn empfangen würde. Cafferty hatte natürlich nach dem Grund gefragt, und Fox hatte nichts weiter geantwortet als »Scoular«.

»Gute Nachrichten, hoffe ich, Malky.«

Kommt auf die Perspektive an.

Cafferty wartete an der Tür des Penthouses auf ihn, er trug ein weißes Hemd mit offenem Kragen und eine Jogginghose. Barfuß tappte er in den offenen Ess- und Wohnbereich, nahm sich ein halb mit Rotwein gefülltes Glas.

»Kann ich Sie verleiten, ein Glas mit mir zu trinken, Malcolm?«

»Ganz bestimmt nicht.«

Cafferty setzte sich auf seinen Lieblingssessel und wartete, wunderte sich nicht, als Fox stehen blieb.

»Wegen Scoular«, fing Fox an.

»Ja?«

»Wir haben sehr tief gegraben, immer wieder, aber da ist nichts.«

»Ach was?« Die augenscheinlich gute Laune wich aus Caffertys Miene.

»Spielt aber eigentlich gar keine Rolle, oder? Worauf es Ihnen ankommt, ist doch, dass ich und besonders meine Chefin überhaupt für Sie arbeiten. Wenn Sie das erst mal geschafft haben – und per Videoaufnahmen nachweisen können –, haben Sie uns in der Tasche. Ist es nicht so?«

Cafferty machte den Mund auf, um zu antworten, aber Fox war noch nicht fertig.

»Aber auch das ist noch nicht die *ganze* Wahrheit – die ganze Wahrheit ist nämlich, dass Sie rasend eifersüchtig sind auf den Mann.«

»Wie bitte?«

Fox zählte an den Fingern ab. »Er ist jünger als Sie, sieht sehr viel besser aus als Sie. Er verkehrt mit den Großen und Mächtigen, nicht mit dem Lumpenpack, mit dem Sie alltäglich geschlagen sind. Sie sehen ihn mit seinen Freunden in Ihrem Club und wissen, dass da eine Mauer ist zwischen Ihnen und denen. Anscheinend kommen Sie nicht darüber hinweg, dabei haben Sie's weiß Gott versucht. Man kann das als Klassenunterschied bezeichnen oder schlicht als Snobismus – die schauen auf Sie herunter, obwohl sie doch eigentlich zu Ihnen aufschauen sollten. Und in der Zwischenzeit verkauft Scoular kleine Mengen an Koks an seine Freunde, um sie bei Laune zu halten, bringt Leute zusammen – eine echt einflussreiche Person. Und ja, wahrscheinlich ist auch irgendwo schmutziges Geld mit im Spiel, aber ihm persönlich ist absolut nichts nachzuweisen. Deshalb ist er Ihnen ein Dorn im Auge, und deshalb wollten Sie, dass wir Erkundigungen über ihn einziehen. Und jetzt sage ich Ihnen, das hat Ihnen null Komma nichts gebracht. Er ist immer noch Stewart Scoular, Bauunternehmer und Society-Liebling, und Sie sind immer noch Sie selbst.«

Er unterbrach sich. »Ich hol mir ein Glas Wasser.« Als er zur Spüle ging und ein sauberes Glas vom Abtropfgitter nahm, hörte er Cafferty langsam klatschen.

»Sind Sie jetzt fertig mit Ihrer kleinen Ansprache?«, fragte Cafferty, als er seinen spöttischen Beifall beendet hatte. »Geht's Ihnen besser, nachdem Sie sich das alles endlich mal von der Seele geredet haben? Wenn ja, dann trinken Sie Ihr Wasser und schieben Sie Ihren Arsch hier raus. Ich muss telefonieren und ein paar pikante Videoaufnahmen in die Welt hinausschicken.«

Fox ließ sich Zeit, stellte sein Glas anschließend in die Spüle. Er schaute auf seiner Armbanduhr nach der Zeit.

»Müssen Sie noch wohin, Malcolm?«

Fox schüttelte den Kopf. »Sie sollten sich was ansehen.« Er tippte etwas in sein Handy ein. »Wird auf der Seite vom *Scotsman* gestreamt. Die haben die Exklusivrechte, aber morgen erscheint es überall. Sind Ihre Augen gut genug für einen so kleinen Bildschirm?«

Cafferty hatte sich langsam erhoben. Fox drehte die Lautstärke hoch und hielt ihm das Handy entgegen. Dennis Jones saß auf einem Sofa, seine Frau Jennifer Lyon neben ihm. Das Interview hatte bereits begonnen, aber jetzt kamen sie zum eigentlichen Punkt. Jones und Lyon hielten sich, wie zuvor besprochen, an den Händen. Auch die Fragen waren vorher verabredet worden. Laura Smith führte das Interview. Sie war zwar nicht unbedingt die zurückhaltendste Journalistin, aber ihr war klar, was es bedeutete, die Exklusivrechte an einer solchen Geschichte zu bekommen.

»Ich möchte mich öffentlich und zutiefst vor allem bei meiner Frau entschuldigen«, sagte Jones, »aber auch bei allen anderen, die in diese bedauernswerte Geschichte mit hineingezogen wurden – ein entsetzliches Durcheinander, das ausschließlich ich selbst zu verantworten habe. Ich kann nur hoffen, dass Jenni mir vergibt. Ich weiß, ich werde unermüdlich daran arbeiten, ihr Vertrauen zurückzugewinnen. Ich habe gewiss zu keinem Zeitpunkt aufgehört, sie zu lieben, und werde dies auch niemals tun. Ich werde, selbstverständlich mit sofortiger Wirkung, von meinem Posten an der Universität zurücktreten und eine Therapie beginnen.«

Fox betrachtete Cafferty, während Cafferty das Schaustück verfolgte. »Lyon ist davon überzeugt, dass sie den Sturm aussitzen kann«, erklärte Fox, während Laura Smith eine weitere ihrer vorbereiteten Fragen stellte. »Sie hat ein Team von PR-Leuten und Anwälten versammelt, also machen Sie mit Ihren Aufzeichnungen ruhig, was Sie wollen. Die Geschichte ist längst draußen, und meine Chefin hat die Kontrolle darüber. Sie haben sich nur selbst zur Zielscheibe gemacht. Jede dem Scottish Crime Campus unterstellte Behörde wird Sie ganz oben auf ihre Prioritätenliste setzen.« Er richtete seine Aufmerksamkeit jetzt auf das Fenster mit Blick auf The Meadows. »Genießen Sie den unverbauten Blick, solange Sie noch können.«

Er schaltete den Live-Stream aus und steckte das Telefon ein, ging schweigend zur Tür und dann hinaus. Als er auf den Fahrstuhl wartete, rechnete er halbwegs damit, Cafferty noch einmal auftauchen und explodieren zu sehen. Aber der Fahrstuhl kam, Fox trat hinein, stand mit dem Gesicht zu der sich schließenden Tür und drückte auf E wie Erdgeschoss. Auf halbem Wege nach unten merkte er, dass er noch immer die Luft anhielt, und atmete endlich aus. Er würde Jennifer Lyon eine Stunde Zeit lassen, bevor er sie anrief, um ihr mitzuteilen, dass alles nach Plan verlaufen war. *Ihrem* Plan, den sie ihm an jenem

Tag in Gartcosh unterbreitet hatte. Es hatte eine Weile gedauert, ihren Ehemann zu überzeugen, aber die einzige Alternative, die sie ihm angeboten hatte, war die Scheidung gewesen.

»Verdammte Verschwendung von Observierungsstunden«, brummte Fox vor sich hin. Trotzdem, Lyon war ihm jetzt etwas schuldig, und er würde schon dafür sorgen, dass sie es nicht vergaß.

Die Fahrstuhltüren öffneten sich, und er trat hinaus. Eine weitere Tür trennte ihn von der frischen Luft der Außenwelt. Durch die Scheibe sah er eine Gestalt mit Kapuze auf der Straße gegenüber.

Lieferte er was zu essen? Nein, er hatte nichts dabei. Ein Bewohner? Vielleicht. Aber Fox dachte bereits in eine andere Richtung: einer von Caffertys diversen Kleinkriminellen, höchstwahrscheinlich ein junger Dealer. Er zog die Tür auf. Dem jungen Mann mit der Kapuze war an seinem pockennarbigen Gesicht anzusehen, dass er unentschlossen war.

»Wollen Sie rein?«, fragte Fox.

Es dauerte noch einen Augenblick, bevor er sich entschied. Dann: »Ja danke.« Die Hände tief in den Taschen seines Kapuzenpullis, ging der junge Mann an Fox vorbei, der ihm immer noch die Tür aufhielt.

»Ich nehme an, Sie kennen den Weg – P steht für Penthouse.«

»Ich kenne den Weg, klar. Danke.«

»Stellen Sie sich darauf ein, dass er nicht unbedingt bester Laune ist«, sagte Fox, als er bereits das Gebäude verließ. Draußen war es noch hell. Zu dieser Jahreszeit konnte man sich noch kaum vorstellen, wie viele lange dunkle Nächte schon bald kommen würden …

Danksagung

Dieses Buch wurde lange vor dem Ausbruch der Covid-19-Pandemie 2020 begonnen, aber während des darauffolgenden Lockdowns lektoriert. Ich bin meiner Frau Miranda dankbar, dass sie es in dieser Zeit mit mir ausgehalten und als erste Leserin und entschiedene Kritikerin fungiert hat. Ich möchte außerdem den Mitarbeitern und Mitarbeiterinnen bei Forward Vision in Edinburgh für das große Engagement danken, mit dem sie sich nicht nur um unseren Sohn Kit, sondern alle ihnen anvertrauten jungen Erwachsenen kümmern.

Wer die Gegend um Tongue herum kennt, wird gemerkt haben, dass ich mir mehrere Freiheiten genommen habe. Es gibt dort keinen Ort namens Naver, ebenso wenig ein Camp 1033, auch wenn andere erwähnte Lager durchaus existierten und einige hier geschilderte Ereignisse auf Tatsachen beruhen.

Ich bin der Edinburgh Central Library dankbar dafür, dass man mich auf mehrere wertvolle Quellen aufmerksam gemacht hat, vor allem auf *Camp 165* von Valerie Campbell und *British Concentration Camps: A Brief History from 1900-1975* von Simon Webb. Bei einem meiner Besuche an der Nordküste stieß ich außerdem auf *Tongue and Farr* von Jim A. Johnston, das mir geholfen hat, die Geschichte dieser wunderschönen Region Schottlands zu erkunden.

Alle Fehler und Ungenauigkeiten stammen von mir selbst.

Ein Hoch auf alle Lieder und ihre Sänger, in dunklen Zeiten wie in solchen des Lichts.

Der Autor

Ian Rankin, geboren 1960, ist Großbritanniens führender Krimiautor. Seine Romane sind seit Jahren fester Bestandteil der internationalen Bestsellerlisten. Er wurde mit dem Order of the British Empire geehrt, außerdem erhielt er den British Book Award und zahlreiche andere renommierte Preise. Er lebt in Edinburgh. Weitere Informationen zum Autor unter www.ian-rankin.de.

Ian Rankin im Goldmann Verlag:

Die Rebus-Romane in chronologischer Reihenfolge:
Verborgene Muster • Das zweite Zeichen • Wolfsmale • Ehrensache • Verschlüsselte Wahrheit • Blutschuld • Ein eisiger Tod • Das Souvenir des Mörders • Die Sünden der Väter • Die Seelen der Toten • Der kalte Hauch der Nacht • Puppenspiel • Die Tore der Finsternis • Die Kinder des Todes • So soll er sterben • Im Namen der Toten • Ein Rest von Schuld • Mädchengrab • Schlafende Hunde • Das Gesetz des Sterbens • Ein kalter Ort zum Sterben • Ein Haus voller Lügen • Ein Versprechen aus dunkler Zeit • Das Erbe der Toten

Rebus. Alle Inspector-Rebus-Stories

Die Malcolm-Fox-Romane:
Ein reines Gewissen • Die Sünden der Gerechten

Ian Rankin als Jack Harvey:
Sein Blut soll fließen. Thriller

Außerdem lieferbar:
Der diskrete Mr. Flint. Roman
Der Hinterhalt. Thriller

Die Titel sind zum Teil nur als E-Book erhältlich.